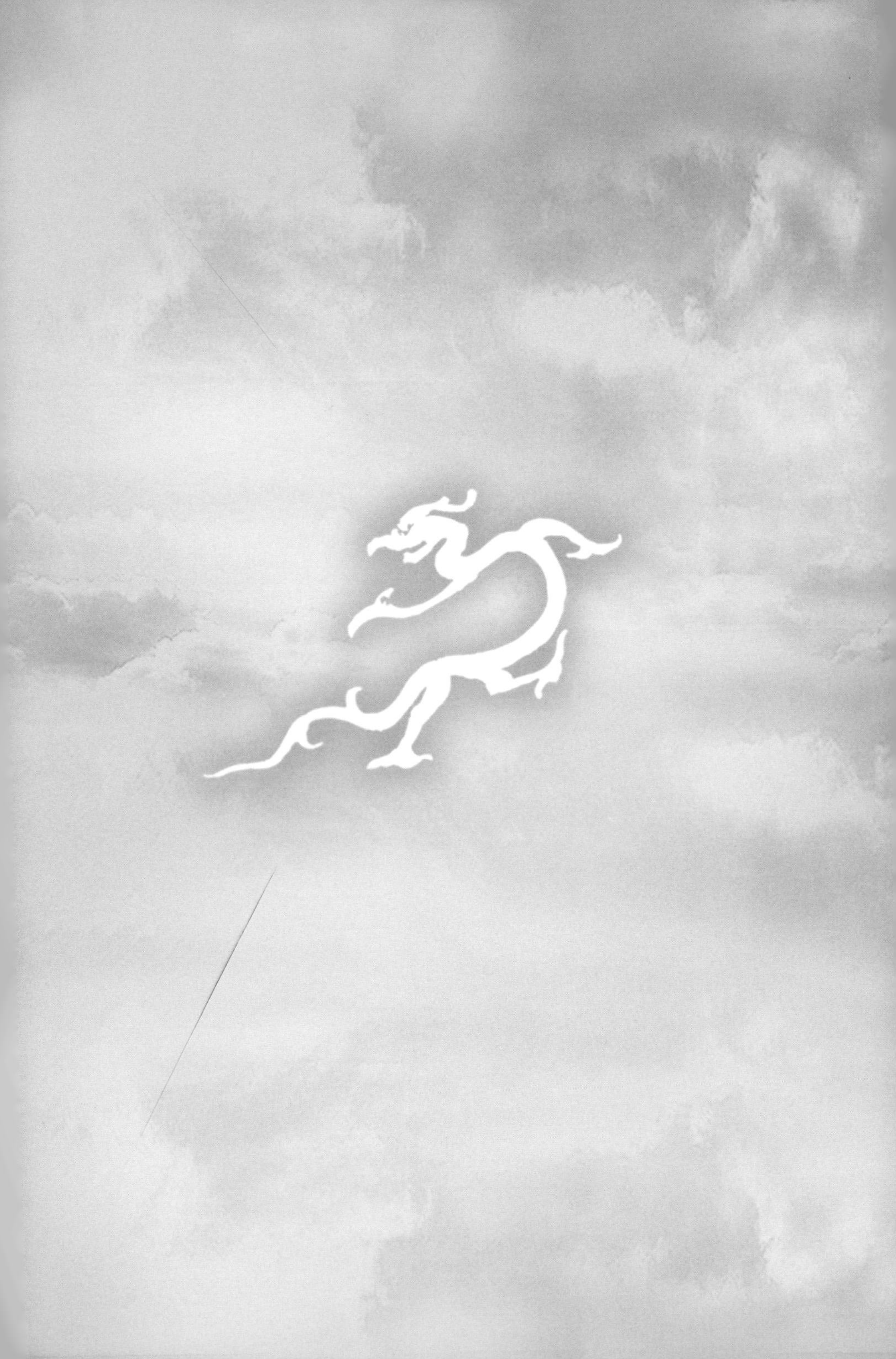

有華人的地方就有

龍人的作品

賊秦
2

滅秦內容簡介

大秦末年，神州大地群雄並起，在這烽火狼煙的亂世中。
隨著一個混混少年紀空手的崛起，他的風雲傳奇，拉開了秦末漢初恢宏壯闊的歷史長卷。
大秦帝國因他而滅，楚漢爭霸因他而起。
因爲他——霸王項羽死在小小的螞蟻面前。
因爲他——漢王劉邦用最心愛的女人來換取生命。
因爲他——才有了浪漫愛情紅顏知己的典故。
軍事史上的明修棧道，暗渡陳倉是他的謀略。
四面楚歌動搖軍心是他的籌畫。
十面埋伏這流傳千古的經典戰役是他最得意的傑作。
這一切一切的傳奇故事都來自他的智慧和武功……

滅秦五閥簡介

入世閣

閣主大秦權相趙高，身懷天下奇功「百無一忌」，又借助官府之力，使得入世閣漸漸強大至有力壓其他四閣的趨勢。而克制他的皇道武學「龍御斬」又消失江湖，故更令其橫行無忌。

流雲齋

西楚最強大的門派，在其齋主項梁的經營下，統一了西楚武林，將各門各派的人才盡歸入旗下，在萬里秦疆烽火四起之時，趁虛而入想一舉奪得大秦江山。鎮齋神功「流雲真氣」霸道無比，其侄項羽憑此功而搏得西楚霸王的英名。

知音亭

亭主五音先生是亂世武林中修爲最高的幾位強者之一，門下高手無數，紀空手就是得其之助，才能在亂世中立足，鎮門神功「無妄咒」可以控制天下任何絕學導氣時的經脈流向，使其敵不戰自敗，唯一弱點是不能駕馭中咒者的思想。

聽香榭

一個神秘而又古老的組織，當代閥主呂翥是一個不達目的勢不罷休又有著很強征服慾的女人，其門中的「附骨之蛆」、「生死劫」、「紅粉佳人」三大奇毒，控制著無數的武林高手。天下最可怕的殺手主使人。

問天樓

春秋戰國衛國亡國後的復國組織。當代閥主衛三公子，一個怪物中的怪物，雖身懷上古絕學「有容乃大」奇功，橫行天下稀有敵手，但其性格反覆無常讓人捉摸不定，他可以爲達目的而不擇手段，又可爲復國獻出自己唯一的生命。劉邦的親生父親，紀空手的強敵。

主要人物簡介

最聰明的女人——紅顏

知音亭的小公主，擁有著高貴典雅的氣質，空谷幽蘭般的容貌。音律與武學修爲都已達到很高的境界，性格平和堅強，其聰明之處便是在亂世眾雄中選擇了紀空手，而一代霸主項羽卻爲搏其一笑傭兵十萬，相迎十里。反而樹立了紀空手這位宿命中的強敵。

最可悲的女人——張盈

「入世閣」閣主趙高唯一的師妹，天生媚骨，媚術修爲之高已達到媚惑天下眾生之境。因趙高修練鎮閣神功「百無一忌」自閉精氣，冷落了她，使其成爲了秦末武林中最可怕的魔女。終死在了扶滄海的「意守滄海」的奇功之下。

最可愛的女人——鳳影

「問天樓」刑獄長老鳳五之女，是位惹人疼愛的小美人，溫婉嫻靜，清純可愛。在韓信危難中與其結緣，成爲韓信的至愛，江湖傳言韓信背叛兄弟助劉邦爭奪大秦疆土都是爲了此女。

最幸運的女人——呂雉

「聽香榭」真正的主人，是位有冒險精神，性格堅毅果斷的美女。因修練鎮榭神功「天外聽香」需保住處女元陰，而無法享受魚水之歡。後聽香榭發生內亂，她受其姐暗算，與紀空手有了合體之緣。得到了補天異氣之助，不但將神功修練到至高境界，還成爲了紀空手的妻子。

最善良的女人——虞姬

大秦美女，容貌清麗脫俗，是位惹人憐惜的嬌弱美人。性格外柔內剛，堅信緣由天定，對紀空手一見鍾情，爲救情郎情願被劉邦充當禮物送給項羽。劉邦也因此事而鑽進了紀空手布下的圈套，不但痛失至愛，還差點在鴻門宴中身陷萬劫不復之境。

最不幸的女人——卓小圓

「幻狐門」當代門主，性格如水般變化無常，媚功床技天下無敵，由於此門是問天樓中的一大分支，她自然而然成爲了劉邦的情婦，後被紀空手以偷天換日的手法易容後送給項羽，變成一個媚惑項羽的工具。

最成功的英雄——紀空手

一位混混與無賴眼中的神，一段段傳奇中的人物。他身具龍形虎相，偶得補天異寶，踏足江湖後在項羽的十萬大軍前，奪走他心中的美人——紅顏。又從劉邦的陷阱中將他送給項羽的禮物——「虞姬」據為己有。江山美人讓他樹敵無數，戰爭與血腥使他明白世間的殘酷。仁義二字讓他變得強大無比，這只因他堅信——仁者無敵！

最無情的君主——劉邦

衛國的皇室後裔，身具蓋世奇功「有容乃大」。但名利使他仍容不下身旁具有高才智的兄弟，為搏強敵的信任，他可以送上心愛的女人與父親的生命。「一將功成萬骨枯」，是他一生奉行的箴言。這只因——帝道無情！

最霸氣的男人——項羽

其天生神力，加之家族的至高武學「流雲道」，更使他身具蓋世霸氣，縱橫大秦疆域所向無敵。然而，為搏紅顏一笑，樹下了紀空手這位宿世之敵。西楚的疆土毀在其一意孤行，四面楚歌、十面埋伏各種奇計使其在楚漢相爭中敗得無回天之力。烏江之畔，橫劍脖頸只表達心中的霸意——「霸者無懼」！

最危險的敵人——韓信

亂世中的將才，紀空手兒時的好友，因能忍別人不能忍之事，使他很快在亂世中崛起。卻因抵不住名利的誘惑，出賣兄弟。霸上一戰他為保存實力，親手放走他今生「宿命之敵」。為自身的利益，他可出賣一切可以利用的東西。可惜等其擁有爭霸天下的實力時，卻得不到任何的支持力，這是他一生中最殘酷的打擊。但他至死仍不明白這是否是——「宿命之意」！

最聰明的隱士——張良

知音亭五音先生放入江湖中的一枚隱子，此人精通兵法，又足智多謀，是亂世中不可多得的謀士，在劉邦身旁盡心盡力助其發展勢力，紀空手復出後因他之助不費一兵一卒得到大漢所有的軍隊。此人唯一弱點——不懂絲毫武學。

最倒楣的鑄師——軒轅子

天下三大鑄劍師之一，因愛人之撫隱於市集鑄練神刃，刀成之際，因定名「離別」實屬凶兆，身受數大高手圍攻而血戰至死。後此刀在紀空手之手力戰天下知名高手威揚天下。

最可怕的劍手——龍賡

天生爲劍而生的人，因身具劍心，故能將劍道練至無劍的至高境界——心劍。五音之死令其復出，紀空手得其之助，才棄刀進入至高武學的殿堂——無我武道。

最富有的棋手——陳平

夜郎國的世家子弟，在夜郎陳家置辦賭業已有百年，憑的就是「信譽」二字，創下了無數財富，是各大爭奪天下勢力眼中不可多得的財力支柱。

最失敗的盜神——丁衡

五音旗下的五大高手之一，偷盜之技天下無敵，雖盜得天下異寶「玄鐵龜」卻無緣目睹其寶，讓紀空手成爲一代霸者的機會。

目錄

第一章　霸王之敵

夜色漸深，已近三更，江風猶寒，吹得燈火幾點，灑落江面，寂寥異常。

大船中除了紀空手之外，只留下十數人守夜，其餘的奴婢屬下盡隨紅顏與吹笛翁赴宴而去，顯得船上空曠不少。

紀空手靜立窗前，心中疑道：「劉邦既然歸附項羽，此刻必然在宴會之中，他何以能在三更天趕來見我？莫非是我誤解了他的意思？」

他與劉邦相識未久，但劉邦給他的感覺卻像相識多年一般，所以以他對劉邦的了解，他相信劉邦絕非是傳聞中的劉邦，好色之徒的名號，根本就不可能與他連在一起，即使這一切都是事實，那就是劉邦的所作所爲，必有深意，只是自己不曾參透罷了。

想到劉邦的爲人，紀空手的心中頓有一股寒意，虧他始終將其當作是自己的兄長一般。

從沛縣七幫會盟、共舉義旗的那段日子來看，劉邦的沈穩機智、深謀遠慮都給他留下了深刻的印象。而最讓紀空手感到吃驚的是，在劉邦的身上，更有一種常人難以擁有的毅力與意志，支撐著他心中的信念與理想。試問擁有這等忍耐力的人，其所作所爲，又豈是一般之人可以揣透的？但紀空手做夢都不會想到，劉邦會爲了自身利益而出賣他。

思及此處，紀空手回身望向燈火輝煌的樊陰城，驀然間又想到了不可一世的項羽，像項羽這等擁有王者霸氣的奇男子，的確有其傲人的本錢。他的霸氣與生俱來，與他的流雲道真氣一般地狂烈，讓人無從抗拒。

但是紀空手在冥冥之中，忽然記起了一句古話：「剛猛易折，柔則堅韌。」這句古話似乎正是項羽與劉邦性格上的真實寫照。他不知道自己何以會有這種感覺，但他卻始終相信，如果說當世之中還有一人可與項羽爭霸天下的話，那麼此人定是劉邦！

他的心中一動，突然想到了白日與項羽的那場無形的比拚中，自己犯下了一個決策性的錯誤，那就是面對如斯霸烈的流雲道真氣，無人可以與之硬抗，唯一可以與之周旋的，只有全憑內力的柔勁。以柔克剛，這是無以反駁的至理，但是面對項羽的霸氣，任何人都心生戰意，大生放手一搏的豪邁氣概。紀空手也不例外，所以他輸了，輸得毫無還手之力。

他深深地吸了一口氣，忽然覺得自己的心口有一絲莫名的痛感，如針刺一般，不過迅即消失。他不由得心生詫異：「這是怎麼回事？難道與項羽的交手竟使自己受了內傷不成？」

很快他便搖了搖頭，並不在意，反而啞然失笑，暗責自己疑神疑鬼。他驀然間想起項羽收手回力時那淡淡的一笑，那笑中似乎有一股邪氣，邪得讓人心中發寒……

「呼……」便在此時，從江岸之上驀起一道風聲，其聲細微，幾不可聞。紀空手卻心中一凜，聽出是鋒刃破空之聲，正要閃避，卻聽「呼」地一聲，一把小巧精緻的飛刀正插在窗櫺之上，刀身搖閃，發出「嗡嗡……」之音。

見刀如見人，紀空手見得此刀，心中驚喜道：「原來是樊大哥到了。」

他毫不猶豫地縱窗而出，雖然相隔兩丈江面，但他的人卻如大鳥般毫無聲息地滑翔過去，根本沒有驚動船上的任何人，只是落地時一口真氣突然不繼，腳下一滑，差點打了個趔趄。

一雙大手及時伸來，扶住紀空手的腰。這雙大手沈穩有力，正是來自樊噲。

「你不要出聲，緊隨我來。」樊噲貼在紀空手耳邊悄然說道，人如狸貓般潛伏而行，一路張望，顯得極爲小心。

「樊大哥如此謹慎，定然與我有要事相商。」紀空手感覺到氣氛異常緊張，當下也不說話，亦步亦趨，隨著樊噲來到了百丈之外的一個小山崗上。

這座山崗不過十餘丈高，但從平地突起，顯得險峻突兀，由此而望，方圓數里的動靜一覽無遺，絲毫不懼有人近身偷聽。直到這時，樊噲才擁住紀空手道：「數月未見，想死我了。」

雖只一句話，卻讓紀空手感動得幾乎落淚。他一生孤苦，難得有人如兄弟般真誠對己，不由語帶哽咽道：「樊大哥，小弟亦是同你一般。」

當日他與韓信離開義軍前往淮陰，誰知路上遭遇鳳五與方銳的攔截，一去不返，頗讓樊噲擔心，後來樊噲聽說隨紅顏樓船而來的還有一位氣度不凡的年輕公子，他便有些揣測此人或許就是紀空手了。因爲他對紀空手一向很有信心，以紀空手那滿不在乎的邪勁加上他眼神中特有的憂鬱，正是諸般少女心中青睞的人物形象。

當他從劉邦口中證實了自己的猜想之後，便想立馬趕來與紀空手相會，只因他此行還肩負了一項重要的使命，所以不得不小心翼翼，躲過了項羽的一切耳目，才在三更天按時趕來。

兩人寒暄幾句，紀空手猶豫片刻，還是問道：「你們不是在泗水郡一帶活動嗎？怎麼來了樊陰？」

樊噲道：「這真是一言難盡哪。當時我們七幫會盟，沛縣起義，對當時天下的形勢估計不足，按劉邦的意思，我們這支義軍原屬陳勝王張楚軍的一支分脈存在於世，加入到抗秦的行列中，伺機而動。孰料張楚軍在不到半年的時間內，遭受秦將章邯所率官兵大力圍剿，同時在內部團結上也出現了問題，終導致滅亡。這一切出乎了我們原有的意料，使得我們原本艱難的處境愈發艱難，單靠自身的這點實力，很難與天下群雄並存。」

「所以你們選擇了歸附項羽？」紀空手沒有想到劉邦不但欺騙他，甚至連樊噲也不例外，但他萬沒想到天下的大勢會變化得如此之快，當日他人在淮陰時，尚且聽得陳勝王的軍隊是何等的聲勢浩大，提出「王侯將相，寧有種乎」，使天下所有有志之士看到了希望。但豈料數月一過，流雲齋的大軍後來居上，取而代之，可見這亂世當中，並無常理可言。

「這是劉邦分析了天下大勢之後的無奈之舉，亦是一著必行之棋。以我們現在的實力，兵不逾萬，地不過數縣，是很難單獨生存下去的。唯有依附在一股更強的勢力之下，才有生存發展的空間，而流雲齋無疑是最佳的一個選擇。否則的話，不要說大秦軍隊的數十萬人馬虎視眈眈，就是在義軍之中各路人馬的強行吞併就能讓我們這股力量滅亡。」樊噲的眉宇緊鎖，滿是憂慮之色，顯然對當前的形勢有著一種憂患。

紀空手這才知道劉邦的用心，不由爲劉邦在處理這件事情時的魄力與果敢大加歎服，雖然歸附別人被看作是一件懦弱的事情，但審時度勢，認清自己，卻需要莫大的勇氣，劉邦如此行事，依然不失其英雄行徑。

樊噲道：「饒是如此，要在別人的勢力中保存自己，依然是一件非常嚴峻的事情，稍有不慎，便有遭人吞併之虞。劉邦看到了這一點，所以爲了麻痹項羽，故意裝出自己胸無大志、貪圖財色的形象，不讓別人懷疑，而他卻在暗中積蓄財力人力，一等時機成熟，便會另立大旗，重振聲威。」

紀空手見樊噲渾不將自己當作外人，連這等機密之事亦直言相告，知其是爲真漢子，不由大是感動道：「樊大哥，我能爲你做些什麼嗎？」

樊噲深深地看了他一眼，道：「我此次前來，一來是與你敘敘舊情，二來則是向你轉告一件事情，劉邦讓我問你，今日你與項羽在比氣之後，是否感到身體略有不適？」

紀空手驚道：「劉邦何以知道這件事情？」他與項羽比氣，不過是瞬息間的事情，便是紅顏人在近處，尚且不能察覺，而當時劉邦與自己相距足有二十丈遠，他是如何知道的？

「我看好他的原因就是他的深不可測。」說到此處樊噲微微一笑，接口道：「你能與項羽一拚，雖敗猶榮，做哥哥的好生替你歡喜。這至少說明你在武道上的長進極爲驚人，假以時日，必能躋身於當世一流高手的行列。」

紀空手聞言，神色頗顯沮喪道：「樊大哥這是高看我了，單是一個項羽，已讓我毫無還手之力。」

樊噲笑道：「項羽是何等人也，以你今日的修爲，當然不能與他相提並論，他乃習武天才，年紀輕輕已是流雲齋第一高手，比起齋主項梁，猶勝一籌，算得上是當世絕頂的人物，你若能與之抗衡，豈不是可以名揚天下了？」

「原來如此，怪不得我面對他發來的真力，幾無取勝之機。」紀空手不好意思地笑了起來，一笑之間，又回復了他先前的自信。

「但是你絕對不應該在那個時候與他比拚內力。」樊噲正色道：「他對紅顏的仰慕之情，天下盡知，而你人在紅顏身邊，自然會被他視作情敵，以他狂傲驕橫的性格，又豈能咽得下這口惡氣？」

紀空手不由微哼了一聲道：「他不覺得這樣做太過霸道了嗎？男女之情，講究兩情相悅，豈能等同於天下之爭？」

樊噲苦笑道：「這個社會本就是講究強權的社會，在一個強者的眼中，也許對一個女人的爭奪，更勝於他對天下的爭奪，因爲這裡面牽涉到男人的尊嚴。」

紀空手昂然道：「無論他是何等人物，也休想從我的手上奪走紅顏。她是我的女人，更是我的愛人！」

他說這句話的時候，整個人傲氣十足，盡顯男人固有的本色，便是樊噲，聽之也怦然心動，更爲紀空手無畏的精神所歎服。

「正因爲他看出了這一點，所以才會一心將你置於死地。」樊噲的話猶如一道霹靂，震得紀空手心中一跳，驀然間又感到了那一絲鑽心般的疼痛。恍惚間，他聽得樊噲又道：「如果劉邦所料不差，你的心脈已經遭受到流雲道真力的襲擊，三個月內將有性命難保之虞。」

「什麼？」紀空手大驚，驀然憶起項羽對他的那一股邪笑，頓時感到樊噲所言非虛。

紀空手怎麼也沒有料到，以項羽的身分地位，竟然會爲了一個情字便對只謀一面的情敵下手，這等陰毒狠辣的作風，的確讓人感到一種可怕的心寒。

樊噲並不傷感，反而微微一笑道：「流雲道真氣乃流雲齋傲視武林的不傳之秘，當世之中，除了項氏宗族子弟中的十數人外，還無人可以練成。當這真氣練至六層之後，可以殺人於無形。項羽的心計頗深，爲了避嫌，他只是將你的心脈震得斷續不定，一旦再受外力，便神仙難救。不過，這一切幸好被劉邦看在眼中，所以並非不可挽回。」

紀空手又驚又喜，驚的是項羽如此待己，冷血無情，比之禽獸猶有不及；喜的是劉邦既說可以挽回，那就肯定會有救命之機。他定了定神，望向樊噲，等待下文。

果然，樊噲道：「由此往北，便是漢中郡。行十天路程，可到上庸城，那裡有一家『藥香居』，你只要亮出這個信物，其主人自然會全力施救。」他遞上一塊亮黝黝的竹牌，牌上除了一個「令」字之外，再無痕跡，顯得毫不起眼。

紀空手將信將疑，將之揣入懷中道：「藥香居真能治好我這心脈之傷嗎？」

樊噲淡淡一笑道：「如果說天下間還有『藥師』神農先生不能治癒的傷病，那麼此人就真的是神仙難救了。」

紀空手不再相問，心中暗道：「看來劉大哥絕非尋常之輩，以他此時的聲望，若要結識到似神農先生這等奇人只怕不能，唯一的解釋，就是他背後擁有一股神秘的力量，而神農先生也定是這股力量中的一支。否則他們一個在沛縣，一個在上庸，兩地相距何止千里，當初又是如何相識的了？」紀空手本來就覺得劉邦的身世隱密，常有驚人之舉，以前礙於交情，倒也不曾問過，但這一刻間他心中的劉邦，無疑披上了一層神秘朦朧的色彩，更讓人難以捉摸。

他搖了搖頭，將這些疑團盡拋腦後，拱手道：「既是如此，我便先行回船，明日向紅顏告別之後，即刻啓程前往上庸。」

樊噲攔住他道：「萬萬不可。」

紀空手眼現詫異道：「樊大哥何出此言？」

樊噲正色道：「項羽此人，既起殺心，必會趕盡殺絕。只要你一天未死，他必派人跟蹤於你，一旦得知你往上庸而去，肯定會安排人手狙殺。」

紀空手倒抽了一口冷氣，道：「此人行事如此毒辣，真是聞所未聞，我紀空手對天發誓，倘若我僥倖有命生還，今生今世，絕對與他為敵！」

他的言語中自有一股凜然之氣，更有一種莫大的毅力與決心！樊噲站在他的身邊，自然而然便感到了一股熊熊戰意衝空而起，心驚之下，不由尋思道：「有敵如此，只怕項羽從此難於安睡榻上了。」

「還有一句話，不知我當講不當講？」樊噲輕歎了一口氣道。

在紀空手的印象中，樊噲一向剛猛正直，生性樂觀，少有煩惱，似這等閒愁寫在臉上，卻是紀空手首次得見，不由奇道：「樊大哥有事但講無妨。」

「大丈夫生於天地，何患無妻？似紅顏這等出身名門世家的女子，好雖然好，卻絕非良配，這固有貧富之分，門第懸殊作怪，還有一個重要的因素，就是有項羽在，只怕你為人為己，都必須放下這段情緣。」樊噲憂心忡忡地道。

「樊大哥可否說明白一些？」紀空手是何等聰明之人，當然聽出樊噲話中有話，心中一凜，急聲問道。

「你若真的喜歡紅顏，或許就只有放下這段感情。項羽一旦知道紅顏無意於他，以他的性情，得不到的東西，他是寧肯毀滅，亦不願送人！照此推算，你們此刻尚在楚地，必然會有大禍降臨。」樊噲說出了心中的擔憂。

紀空手知他所言非虛，尋思道：「五音先生雖然聲望蓋天，卻是鞭長莫及，一旦項羽鋌而走險，的確是一件令人頭痛的事情。罷了，兩情相悅，又豈在一朝一暮？我這便去了，日後相逢時，我再向紅顏解釋。」

他心生感激，一拱手道：「既是如此，事不宜遲，小弟這便告辭。」

樊噲拍拍他的肩道：「保重。」

紀空手深知樊噲的義氣，正要把劉邦出賣他的事情告之，但回想起樊噲提到劉邦時的表情，那副崇拜之像溢於言表，因此話到嘴邊又咽了回去，抬頭看準天象，大步向北而去。

未走幾步，樊噲追將上來道：「差點忘了一件重要的事情，你倘若內傷痊癒，可去咸陽，那裡有人正等著你去助他一臂之力。」

「此人是誰？」紀空手大是莫名。

「韓信，七月初二，他將在趙高舉辦的『龍虎會』上現身，切記莫忘！」樊噲說完這句話，人已隱沒在茫茫夜色中。

紀空手好生激動，直到這時，他才總算又聽到了韓信的消息。

他一路夜行，快步如飛，心頭偶有那一絲絞痛出現，卻不妨礙他的馭氣之術，他一心想早日趕到上庸，除去身上隱患，然後趕往咸陽，相助韓信一臂之力。雖然他不知道劉邦是如何從鳳五手中救出韓信的，而韓信又爲何會去咸陽，但他從樊噲鄭重其事的表情上，似乎預感到未來的艱難。

「紅顏，對不起，他日再見，我必會好好待你，請你原諒我的不辭而別。」他心中好生歉疚，無奈中透著一種深深的負罪感。他本不想辜負佳人，只是時勢所迫，不得已而爲之，這不由得讓他更恨起一個人來。

「項羽，終有一日，你會後悔今生多了我紀空手這個強敵！」

◆

一連數日，紀空手都穿行在大山原野之中，曉伏夜行，避人耳目。他深知以項羽的勢力，既然動了殺機，那麼危機便會時刻潛伏在自己的左右，任何一點失誤，都有可能讓他的生命終結。

他每一日曉伏之時，必將身上的玄陽真氣運滿周天，方才入睡。以玄陽真氣的療傷功能，也絲毫不能對自己的心脈之傷有所幫助，可見項羽的流雲道真氣的確詭異非常，而那一絲鑽心絞痛也在一日一日無形中漸漸加重，一旦病發，將使他有生不如死的感覺。

但正是因爲這樣，反倒激發了他對生命的強烈眷戀，無論是爲了紅顏，還是韓信，或者就爲了項羽，他也要堅強地活下去！

有了求生的信念，使得他眼中所見的一切都變得美好起來。放眼望去，遠處崇山峻嶺，林木蔥郁，疊翠層綠，鳥獸出沒其中，有一種別樣美麗的風景。

轉過一道山嶺，便聽到一陣巨大的嘩嘩水聲，氣勢磅礡，聲震山野，一條寬約十數丈的大河在陡峭的山梁間流過，整條河段險峻非常，懸崖聳峙，森林密布河谷，時有珍禽異獸徜徉漫步。

紀空手心神一蕩，完全被眼前壯麗的山水吸引，半天回過神來，不由暗暗叫苦：「這河水如此湍急，豈不斷了我的去路？若是折返而行，只怕又得耽誤數日時間。」

他沿著陡峭的山壁，順著巨大的蔓藤而下，緩緩地下到了谷底河邊。取石投於水中，只覺水深湍急，絕非人力可以渡過，不由心生茫然。

他尋崖而走，數里之後，河谷驀然開闊，流水至此由急轉緩，水面更是寬了一倍有餘，讓紀空手心喜的並非是山石綠水透出一種難以名狀的神秘美態，讓人心旌神搖；而是在兩岸之間，多出了一條嬰兒臂粗的竹繩，橫貫河面，而河邊一葉孤舟橫斜，順水打轉，卻不流走。

「真乃天助我也。」紀空手略一尋思，便知這是兩岸山人爲了往來方便，自設的一個荒野渡口。他解開纜繩，登船而上，並不操槳橫舵，只是手拉竹繩，微一借力，孤舟便離岸蕩去。

當他的眼芒緩緩劃過對岸的密林時，忽然之間，他的眉心一跳，一種不安的心情油然而升。

「怎麼會這樣？」紀空手心中一凜，驀然驚覺。

他緩緩地將手摸在了腰間的那把飛刀上，勁力提聚，靈覺開始向虛空滲去……

當他將船一點一點地向河面中心滑去時，這種異樣的感覺便愈發清晰。勁力充盈之際，他終於感覺到了那密林之中逸散而出的淡淡殺氣。

殺氣很淡，如雲煙飄渺其間，這顯示了殺氣的主人是一個當代高手。紀空手略一權衡，推算出以自己現時的功力，雖然可以與之一拚，但是自己的心脈之傷隨時可能發作，其兇險程度自是更不待言。

他緊了緊自己握刀的手，肌肉繃直，雙指夾刀，一股冷汗陡然從毛孔中滲出，令他感到了莫大的危機存在。

「呼……」驟風平空刮起，捲起枯葉無數，枝影搖曳間，林梢一分爲二，暴然分開，向兩邊橫捲。

「嗖……」風起之時，也是箭出之際，沒有人可以形容這一箭的速度與力道，就如同是一道撕裂烏雲的閃電，爆閃在蒼竹翠林之間。

紀空手沒有動，也不敢妄動，他也在等待一個出手的時機。面對能射出驚人一箭的強敵，他絕不敢輕易出手。

他在靜心中漫向虛空的靈覺，已經清晰地捕捉到這一箭的方位與速度。面對如此狂烈的箭羽，他此刻的目光根本不起作用，也難以捕捉到這一箭的存在，除了用感覺、用心，才能體會到它在虛空中的整個軌跡。

「啪……」紀空手睜開了眼睛，卻沒有看箭的來勢，而是落在了自己那充滿力度與動感的大手上。

「呼……」手動了，以不可思議的動感之美詮釋了整個出刀的動作，然後爆發出一股令人心悸的刀意，劃破了整個虛空。

他的飛刀術來自於樊噲，卻勝於樊噲，因爲這裡面不僅包括了他對飛刀的領悟，同時補天石異力亦賦予了飛刀全新的生命與靈動的質感，所以飛刀一出，天地間爲之一暗。

「轟……」刀箭各行軌跡，卻在虛空中最終交融，迸發出莫大的氣勁，激射水浪無數。紀空手終於在最後的一刻間感覺到了箭的來路，以一種駭人的準確度，擋擊了對方這必殺的一箭。

是的，他只能擋擊，而不可能用人體的速度來躲避這毀滅性的一箭，唯一的辦法，就只有用飛刀來格擋。

水浪沖天，震得孤舟搖晃顛簸，幾有翻舟之虞。但任由小舟如何晃蕩，紀空手的雙腳仿如生根在船面上，冷冷地凝視著來箭的方向。

他在等待，等待第二箭的突襲。

但他沒有等到他期盼看到的第二箭，就彷彿第一箭的存在只是一個虛幻，那密林之中，又回復到一個寧靜的世界。

他一直不動，以一種靜止的心態去感悟空間的動感，唯有如此，他才可以沈著應對。

「哈哈哈……」就在他以爲對方會一直保持這種靜態的時候，林中驀然爆出一陣冷然大笑，其聲之難聽，便是鳥獸也不堪忍受，紛紛驚飛逃竄。

紀空手緩緩地舒了一口氣，整個人卻不敢鬆懈半分。敵人既現，但他卻不會忘記身後的大敵。一條人影縱上林梢，展動身形，幾個起落間，人便站到了河谷前的一方巨岩上。

來人長得矮胖臃腫，形同冬瓜，但是身形步法極爲輕盈，竟然是以輕功見長。紀空手沒有看到他的弓與箭，卻從他的眼眸中看到了一股濃烈無比的必殺之氣。

剛才的結果顯然出乎了來人的意料之外，所以他密布戰意的臉上依然掩飾不了那種難以置信的詫異，眼中除了殺氣，還有欣賞與驚訝之意，似乎根本不相信眼前的這個年輕人竟然能破去自己最爲得意的一箭。

「你就是紀空手？」來人的語氣低沈而冷漠，並不因他欣賞紀空手而改變他的殺氣。

「你應該清楚，否則你也不會射出這必殺的一箭了。」紀空手毫不客氣地道。

「你很直接，我喜歡你這樣的性格。」來人笑了，只是笑得有些冷：「但是你不該犯下錯誤，一個不可彌補的大錯，誰若得罪了我們的少主，就意味著他的生命已不再延續下去！」

「你是誰？」紀空手笑了笑，覺得對方的話雖然可笑，卻在荒誕中說出了一個事實：那就是在強權社會中，強者永遠可以支配別人的命運。

「我本不想說，怕你死了之後的亡靈會來找我，但是看在你能擋住我的『無常箭』的份上，我告訴你，我叫狄仁，是流雲齋的十三家將之一，而且我的『無常箭』向來是一發七響，還有六箭，希望你能接下。」他的嘴上不無傲意，似乎當世之中，能夠接下他「無常七箭」的人並不多見，所以他相信紀空手也未必能行。

紀空手心中一凜，這才知曉這個矮冬瓜雖然其貌不揚，卻是當世有名的幾大神射手之一，以氣馭箭，霸力四射。無常之箭，確可索人性命於瞬間，這狄仁能夠名揚天下，的確是名不虛傳，有真正懾人的絕活。

「狄仁？你的確是我的敵人。」紀空手緩緩說道。

他的左手拉住竹繩，依然一點一點地向對岸移動，而右手放在腰間的刀柄上，一刻都沒有鬆懈。

「站住，不要動！」狄仁大呼一聲，雙手一動，手中竟然多出了一把精緻的鹿筋弓，六支寒光凜凜的箭矢同在弦上，使得空氣爲之一緊，籠罩在一片肅殺之中。

紀空手渾然不懼，猶如未聞，依然我行我素，步步進逼。他不能停在舟面上，必須人到對岸，否則難以擺脫背腹受敵的險境。

狄仁似乎爲紀空手的無畏感到心驚，雖然他知道對方已受心脈之傷，但是紀空手臉上那漫不經心的氣質與毫無恐懼的神態依然讓他感到了一種強勢的壓迫，就像是一潭平靜的深水，寧靜而悠遠，永遠無法揣度它的深度。

他不再等待。

狄仁的手緊拉弦心，弓成滿月之勢，卻久懸空中，仿如定格一般。雖然他的殺氣夠猛，殺機夠烈，可是他卻感到了一種無助的虛弱，似是面對著一座橫亙眼前的山梁，無法找到一個最佳的攻擊時機。事實上，紀空手的每一個動作都非常合理，守中有攻，隨時都可能在對手出手的剎那發出最爲殘酷而狂野的反擊。是以，狄仁不敢妄動，只能眼睜睜地看著紀空手逼近。

狄仁不動，並非表示他就坐以待斃，他之所以不動，其實也是一種等待。

他在等待水狼步雲的出手，事實上紀空手的直覺錯了，另一道殺氣並非在他的背後，而是存在於他腳下的水底。只是紀空手絕對想不到有人竟然會像魚兒一般在水裡呼吸、生活，甚至長時間可以不浮出水面換氣。

別人不能，但步雲一定能。據說他還可以沈在水底睡上一覺，然後才在別人下河洗澡的時候在其背上捅上一刀。他不僅水性極好，而且忍耐力與對任何事物的敏銳都如餓狼一般，所以他才會成爲水狼。

狄仁相信步雲，步雲如果沒有出手，那就說明現在還不是出手的時機。到了步雲出手的時候，那絕對是石破天驚的一擊。

所以他只有等，眼睜睜地看著紀空手步步緊逼……

「噗……」一圈小小的水泡突然翻滾於水面，聲音雖細雖微，卻引起了紀空手的注意。

他幾乎完全是出於一種本能，躡足提氣，向空中竄去，同時右手一揚，手中的飛刀如電芒般疾射向狄仁。

他必須先發制人，搶在狄仁之前出手，只有這樣，他才能贏得一點時間，讓他看清自己的腳下究竟發生了什麼事情。

「嘩……」水流突旋，濺出一團晶瑩的水花，捲向舟首，就在水花最盛處，突然暴射出串串水箭，恰恰從紀空手的腳下擦過。

這一著險之又險，若非紀空手反應奇快，的確能讓步雲得手。但這卻不是步雲唯一的殺招，水浪衝開處，一條人影標射而來，劍鋒凜凜，在虛空中劃過一道詭異的弧跡。

紀空手心中大駭，飛刀在手，卻沒有時間發出，因爲步雲的劍實在突然，實在太快，就彷彿從水中射向空中，根本不受時間、空間的限制。

面對如此驚人的一擊，紀空手冷靜異常，知道自己此刻的每個選擇，都關係到了自己的生死。

他幸好手中還有刀，一把鋒長七寸的飛刀，飛刀並非總是在空中飛行，只要運用得當，它在手上也是一種厲害的兵器。

他大喝一聲，勁力驀然在掌心中爆發，帶動刀刃向劍鋒迎去。

「當……」步雲的劍身一震，他的手腕一陣發麻，只覺得從劍身傳來一道巨力，如電流般竄向自己的體內，與此同時，他聽到了狄仁的無常七箭脫弦疾飛的懾人之響。

無常七箭，此時卻只有六箭在空中標射，這六道懾人的箭氣，幾乎封鎖了紀空手在空中的每一個角度。

紀空手與步雲刀劍相交的剎那，身形一晃，感覺到氣血翻湧，十分難受，他強提一口真氣，又往空中升去，人到至高處轉爲下落之勢時，他看到了漫射虛空的六道箭芒。

這一連串的驚變簡直讓人目不暇接，如行雲流水般的攻擊在兩大高手的配合下是如此地完美，如此地讓人心悸，若非紀空手的直覺敏銳，只怕此刻已是孤野亡魂了。

不過紀空手並沒有脫離險境，單是這六道勁箭已讓他窮於應付，何況水下還有水狼步雲的那一柄奪命之劍？無論從哪種角度來看，紀空手這一次似乎真的是無計可施了。

事實上，紀空手之所以能夠迅速步入高手的行列，是因爲他能夠用腦子來想問題，同樣是一件事情，別人看到的是表面，他卻能透過表面去深究實質的東西。

當狄仁六箭上弦之時，紀空手便斷定其中必有破綻。因爲狄仁既稱它是無常七箭，必定是七箭齊發，才有追魂索命的威力，如果突然少了一箭，那麼這一箭在空中的破綻自然而然就會出現。這就像一個慣使鬼頭大刀的人，有一天突然讓他去舞動一把闊板厚背刀，雖然同是大刀，但是他卻有一種極不順手的感覺，連平時練得極熟的刀法也會出現破綻一般。

這與狄仁的輕敵不無關係，他聽說自己要對付的只是一個心脈受損的年輕人，自然會覺得只用六箭已經足夠致人死命。等到他發現紀空手並非是他想像中的容易對付時，那第一箭早已被他射出去嚇人了，哪裡還能收回？

不過這六箭齊發，仍是十分驚人，分呈各種角度出擊，的確讓人防不勝防。

紀空手卻沒有慌亂，在箭出的同時，他已經看到了欠缺的那一箭在這個箭陣中所留下的一點微不可察的破綻，雖然只有一點點，但在他的眼中，無疑是一線生機。

他的腳尖突然互點，在毫無借力之處的空中，他的身形借著這一點之力，折著一道呈弧形的路線，堪堪從六支箭矢中擦身而過，同時腳踩竹繩，順勢一彈，人已穩穩地落在了巨岩之上。

「你的這串閃躲的確漂亮，可惜的是，它雖然漂亮，卻不能讓你的生命繼續延續！」狄仁一驚之下，恢復鎮定，他雖然手中無箭，卻還有弓，堅硬無比的鹿筋弓。弓在狄仁手中，等同於一個劍客的手中有劍一般，同樣具有驚人的殺傷力。

紀空手微微一笑道：「我不能阻止你說大話，卻可以證明你說的一切都是大話。來吧，讓事實說話！」

他一揚手，飛刀立於虛空，一陣清風吹來，衣袂飄起，他整個人的身影有一種說不出的飄逸與灑脫。

「難道他並沒有受傷？」狄仁在這一刻間竟然心中起疑，他本不該對他尊崇的項少主有任何懷疑之心的，但是看到紀空手神采奕奕的模樣，不由得讓他產生一種不應有的錯覺。

「不會的，絕不會是這樣！」狄仁在心中衝著自己喊道，暗暗給自己鼓勁。他的戰意在陡然間提升起來，鹿筋弓無鋒無芒，卻綻射出驚人的殺氣。

他一步踏出，殺氣頓時湧動，鹿筋弓微微振出，突然幻變千百道弓影，向紀空手的立身之處層疊襲去。

紀空手微一錯步，腳下踏出「見空步」的步法，刀未出手，已經用鬼魅般的身法化去了狄仁這凌厲的一擊。

狄仁心中雖驚，卻將弓影幻閃出一團光幕，以更快更刁鑽的速度與角度攻向紀空手，瞬息之間出手了三十六招。

三十六招的出手，渾似一招攻擊，招招之間銜接得天衣無縫，猶如浪潮般前赴後繼。紀空手只有旋步疾退，身子隨著步法變換了三十六個方位，總是在弓到的剎那間，提前一步移動。

他雖然在守，卻似占到了先機，攻者的一方始終處於被動。但他並沒有勝券在握的感覺，他必須記住自己的身後還有一個水狼步雲。

水狼步雲真的就像一匹捕食獵物的餓狼，無聲無息，伺機而動，總是在該出手的時候出手，而且毫無徵兆。紀空手明知他的存在，卻根本不知其確切位置，這讓他傷透腦筋。

「呀……」紀空手不敢等待下去，一聲暴喝，他終於在守勢中攻出了他的七寸飛刀。

刀出，帶著一道淒厲的呼嘯，響徹了整個虛空，同時牽引出澎湃如潮的勁力。

大智若愚般的一刀，也是返璞歸真的一刀，看上去平平無奇，卻燃燒著無窮的戰意，映紅了刀身劃過虛空的軌跡，迎向了那弓影的中心。

這看似平常的一刀，卻封鎖了弓影進擊的每一個角度，逼得鹿筋弓必須與刀鋒相對。這一刀的確霸烈，但是紀空手也許忘了，他每一次妄動真氣，都有可能使他斷而未斷的心脈徹底無救。

狄仁沒有忘，所以在心中暗喜，不退反進，反而催動全身的勁力，企圖悍然一拚。

「叮……」紀空手當然也沒有忘記自己的傷勢，飛刀準確無比地落在了鹿筋弓上，突然一滑，削向了狄仁持弓的手腕。

狄仁沒有料到紀空手會有如此一變，再想收力，已是不及，他唯有撤招閃避，猛提一口真氣，硬生生地橫移三尺，方才躲過了紀空手這七寸飛刀的絕妙攻擊。

狄仁揮弓連擋紀空手十來記刀鋒，每擋一記，心中便愈發沒有了必勝的信心，眉間不經意地現出惶惶然的表情。

所以戰不過數十招後，狄仁的臉上已是密布豆大的汗珠，身體不顯乏累，但心卻累，累得幾乎承受不起對手每一刀帶出的壓力。

但紀空手始終露出淡淡的微笑，似乎不是與人生死相搏，而是晚飯後的閒庭信步。

他當然愜意而輕鬆，心態更在張馳之間達到了收發自如的意想之境。他自從偶得補天石異力之後，彷彿悟到了武道真諦，在他看來，武道一脈，原無定規，任意揮灑，如果拘泥於門派套路，反而縛手縛腳，不能滲透攻守玄理，自然落入下乘。只有以平靜的心態去感悟身體之外一切的動態，在動靜對比間追求武道中至美的極致，方能最終步入天下一流高手的行列。

正是這自由發揮的前提，暗合了他散漫不羈的性格；也正是他的性格，決定了他的每一次出手都是天馬行空，任意爲之，卻收到了意想不到的奇效。

狄仁再拚幾招，幾乎感到了一種絕望。這巨岩之上殺氣密布，暗流湧動，充滿著動感與活力，但狄仁卻感受不到這些，他只感到空氣是那麼地沈悶，那麼地靜寂，悶寂得讓人幾欲發狂。

這是一種如死一般沈寂的壓力，更是一種巨浪衝擊堤壩引起崩潰的前兆。狄仁只感到自己的心彷彿被整座大山壓伏，擠壓得自己好累好累，累得不想再活下去。

而這一切，只是因爲紀空手的微笑與他手中的那把七寸飛刀。

「呼……」一串水瀑突然竄向空中，以閃電之勢捲向巨岩，乍暖還寒的水珠足有萬千之數，如一張大網般罩向了外在攻擊狀態的紀空手。

這水網來得突然，更有一道凜烈的殺氣隱伏在水網的暗影後，其勢洶洶，任何人都不敢無動於衷。

紀空手並沒有感到驚訝，而是早就算計到步雲會在這個時候出手，因爲他每一次攻向狄仁的時候，都有意無意地將自己的後背亮在水面的一方。他雖然不能確定步雲的藏身位置，但水狼步雲應該就在水中。

所以步雲一動，紀空手突然收住了攻向狄仁的飛刀，大手似動未動，飛刀卻脫手向後急奔。

他一直在等待這個機會，他心裡清楚，步雲的襲擊總是喜歡用水幕來作掩飾，這樣既可以掩住身形，亦能蓋住劍鋒破空的聲音。但步雲似乎忘記了一點，既然他可以這樣做，別人當然也能如法炮製，而且對方是將計就計，比他的攻擊更具隱蔽性。

「叮……」等到步雲發現了紀空手的企圖時，他的面門僅距飛刀三尺，在這麼短的距離內要想閃避一把高速直進的飛刀，幾乎是不可能的事情。他唯一能做的，就是用劍格擋。

「噹……」但他絕對沒有想到一把飛刀會有如此驚人的力道，他人在空中，又毫無借力之處，只能順著這股力道向後飛墜，重新落到了水中。

紀空手計謀得逞，又抓出一把飛刀，冷冷地盯住數尺之外的狄仁。他的飛刀出手，既震懾了步雲，同時也為他贏得了一點時間，時間不多，卻足以讓他擊殺狄仁。

狄仁沒有想到戰局會是像現在這樣發展，他只能一步一步地後退。

一步、兩步、三步……

聽著紀空手踏出的步伐如此有力，狄仁彷彿聽到了沙場決戰時那激勵士氣的鼓聲，又彷彿聽到的是一首沈淪生命的哀曲，他的神經已經到了崩潰的邊緣，就在這時，他忽然看到紀空手安詳平和的微笑裡竟然閃過了一絲痛苦之色。

他簡直不敢相信自己的眼睛，直疑這是自己心態失衡之後的錯覺，當他再一次看去的時候，此刻的紀空手，雙眉緊皺，微笑已在其臉上消失。

紀空手所受的心脈之傷終於在這一刻發作了。

「哈哈哈……」狄仁終於又笑了。

「你完了，這一次你真的完了。」他緩緩地抬起了自己的鹿筋弓，以一種非常緩慢的步伐逼迫過去，他也想讓紀空手嘗一嘗那種等待死亡的滋味。

紀空手的臉痛得已然變成了鐵青色，嘴唇緊咬，已有一絲血紅的液體滑出。心脈之傷如斯霸烈，痛得他只覺得自己置身於一個冰寒徹骨的真空中，什麼也看不見，什麼也聽不到，只有那「咚咚咚……」的心跳聲，如驚雷般迴盪在他的意識之中。

「逃！只有逃亡，才有可能躲過這災難性的一劫！」紀空手只有一個念頭。

他不想死，一股求生的慾望使他迅速作出了決定。他必須在心脈之傷達到極限之時逃離此地，否則後果不堪設想。

他不作無謂的掙扎，只是將目光鎖定在自己手中的那把刀上。這是他能拚盡餘力發出的最後一刀，也是絕境反擊的一刀，生死全繫於這一刀之上，他不得不慎之又慎。

隨著狄仁步步跟進，紀空手幾乎退到了巨岩的邊緣。他已不能再退，只是冷冷地橫掃了狄仁一眼，道：「如果不是我心脈之傷發作，你本來是殺不了我的，是不是？」

他的語氣中有一股不可抗拒的力量存在，逼得狄仁不得不答：「是的，我殺不了你，也許還會被你所殺，但就算你逃得了我們這一關，也依然改變不了你自己的命運！」

「我不信！」紀空手心中一驚，根本沒有想到項羽爲了置己於死地，不僅派出了狄仁、步雲這兩大強手，而且還有高手潛伏於後，伺機而動。他既然決定逃亡，自然與這些不知名的高手極有見面的機會，所謂知己知彼，他當然想從狄仁的口中得到更多的情況。

到了這個時候，狄仁已經覺得項羽的安排有些多餘了，也就不介意把他所知道的事情告訴給一個即將殞命的死人聽。他相信，紀空手就是知道這些也是無用，所以他不怕洩密。

「你可以不信，但事實就是如此。如果你僥倖闖過了我與步雲的這一關，半天之後，你就會遇上項文、項武，這兩人不僅同屬項府十三家將，更是項氏一宗的遠房親戚，其一身武藝曾經得到少主的點撥，排名亦在我與步雲之前。」狄仁說到這兩人時，神情明顯有所收斂，似乎對這兩人心有忌憚。

「這麼說來，他們的武功應在你們之上了？」紀空手的目光緊鎖在狄仁的臉上，只要他稍有浮躁與閃失，就會立刻出手。

「是的，這是事實，所以你即使逃過了我們這一關，也很難有活命的機率！」狄仁不自然地笑了笑，誰也不想承認自己的武功比別人差，即使是事實，也是一個令人尷尬的事實。

「如此說來，我只有認命了。」紀空手微微一笑，彷彿又回得了先前的自信。

狄仁眉頭一跳。

紀空手突然臉色一變，眼芒望向狄仁身後，暴喝一聲道：「步雲，還不動手！」

這一喝幾乎讓狄仁三魂已去其二，出於本能地回頭望去。他不得不看，因爲在他們之間，爲了權勢爾虞我詐，從來就沒有相信過誰，正是抱著這種將信將疑的心態，他所以回頭。

「嗖……」一道刀破虛空的驚響驀然生出，以迅雷不及掩耳之勢炸響在整個虛空，飛刀如奔馬踏雲，殺氣凜凜，奔向了狄仁腦頸間的大動脈處。

這一刀的出手無疑是一例經典，它幾乎費盡了紀空手的整個心血，無論是出手的時機，還是角度、速度，都是經過了精心測算的，更有紀空手先謀後動的心理戰。整個動作除了在力道上尙有欠缺之外，幾乎是無可挑剔。

狄仁更是大駭，這才知道自己上了大當，他毫不猶豫地錯步反滑，企圖向左移動數尺，但是一切都已太遲，沒有人可以在這麼短的距離內閃躲過這驚人的絕殺，狄仁當然也不例外！

「呀……」一聲慘呼驚起，劃破了黃昏的寧靜，它是那麼地淒寒而短促，就像狄仁本身的生命。步雲在水中看到了這一切經過，心中駭然之下，根本就來不及出聲示警。這一切就如夢幻驚醒，戛然而止，快得幾乎讓人不敢相信這是人力所爲。

他被紀空手渾身散發出的殺氣所懾，嚇得連大氣都不敢喘，反而更往水底潛下幾分。他似乎忘了，紀空手受心脈之傷所累，此刻正是沒有反擊之力的時候了，他這個偷襲好手，卻竟然放棄了刺殺對方的大好機會。

也正因爲如此，紀空手強提一口真氣，從容不迫地消失於暗黑的山林之中。

◆

這時的紀空手真是到了絕境，前有項文、項武伺機設伏，後有水狼步雲銜尾緊追，比之先前的逃亡，更增兇險無數。

他的心脈之傷似有愈發加劇之勢，那種莫名的絞痛感滯留在體內的時間愈來愈長，其痛難耐，生不如死。雖然樊噲斷言還有三月時限，但紀空手每一次妄動真氣，都使自己更向死亡走近了一步。

他咬牙走出了十里許路，此時天色全黑，無星無月，紀空手唯有憑著感覺亂闖一氣，等到他辨明地勢時，忽然發現自己竟然置身於一個絕谷之中。

望著三面黝黑的峭壁斷崖，紀空手的心中好生絕望，再想回身，已是周身乏力，只有倒臥在一塊大石上，聽著耳邊的豹鳴狼嗥，昏昏睡去。

等到他一覺醒來時，天已大亮，他這才知道自己這一睡足足花去了十幾個時辰的時間。他心中驀然一動：「無論是步雲還是項文、項武，他們都必然斷定我會拚命逃亡，向前疾奔，而絕對料不到我會在他們身後，也許天意讓我藏身絕谷，逃過此劫亦是未定。」

他心情大好起來，打量起眼前的地勢，只見絕谷三面俱是斷崖險壁，孤樹斜長，藤蔓環繞，壁直一線，便是猿猴亦難攀爬而上。而自己來路卻是一大片莽莽森林，一眼望去，終不到頭，真不知自己昨夜是如何闖入的。

絕谷之中風景猶好，山澗深溪，飛瀑流泉，滋潤著一方茂盛草木。此時正是春天，野花四處，野蜂嗡嗡，陣陣松濤之中夾雜著鳥鳴獸叫，無不盡現大自然的原始美態。

「如果有紅顏相伴，結廬隱居，終此一生，人生該是何等的愜意。」紀空手遐思情動，不免想入非非。

他採摘了一些野果充饑，然後步到水澗邊，飲水洗臉，看到水中影像，自己竟然憔悴了幾分，不由輕輕一歎。

「嗚……」就在這時，相距數十丈外突然響起一陣淒厲的狼嗥之聲，低沈哀婉，聞之生怖，似有哀情相訴。

紀空手心中一動：「狼嗥如此，必是老邁或是帶傷，才會顯得這般慘烈，看來我與此狼同屬一命，且去看看。」

紀空手翻過一堆亂石，便見數丈外一頭猛狼臥伏於長草之中，身形龐大，狀如獵豹，兩眼如鵝蛋般大小，充血生紅，目光中保持著高度的警覺與自衛的敵意。一見紀空手的身影，便要竄起撲來，突然一聲哀嗥，重新又跌倒在地。

紀空手一眼便看出了這頭野狼的腿骨已折，傷勢極重，不知是因何遭此大罪。見牠雖然傷重，卻凶性不改，紀空手心生厭惡，倒也懶得理牠。

待他扭頭走得幾步，狼嗥又起，顯是野狼不負劇痛，哀鳴起來。紀空手不由心生憐意：「牠好歹也是一條性命，遇上了我，豈能不救？這也算是我在人世中做過的最後一件善事吧。」

他回到水澗邊，捕殺了幾尾斤重的大魚，折轉回去，站到野狼身前道：「狼兄，你我相見總算有緣，我想救你，卻又怕你傷及我，所以你若把我當作朋友，你就點點頭。」

野狼似乎極通靈性，瞪足雙眼盯緊紀空手看了良久，輕「嗚」一聲，竟然點了點頭。

紀空手沒想到自己無心之言，竟然得到反應，心中大喜道：「原來你還能聽得懂我的話，這可真是奇哉怪也。」當即拋下魚肉，撕裂成條，餵到狼嘴邊。

看著野狼吞嚼不迭，自是多日未食，饑餓難耐，當下又回到澗邊，又捕殺了幾條大魚餵之，然後細細地察看野狼的腿傷。

這野狼的四腿骨盡折，顯然是一時失足，從高處墜下所致。野狼性情孤僻，一向獨來獨往，一旦有傷，牠有天生的自療手段，自然無礙，只是像這頭野狼的傷勢，爬行猶難，又怎能採藥自救？

第二章　與狼共舞

紀空手混跡市井，雖然沒有見過野狼，卻常常遇狗，狼與狗大致同類，他便按照以往所見採來幾味草藥，剁碎替其敷上，撕下衣巾，替牠包紮好。

這一番折騰下來，花費了四五個時辰。野狼通靈，感到紀空手爲己忙碌，也就盡去敵意，偶爾伸出舌頭輕舔紀空手的臉頰，雖然腥臭，但紀空手並不在意。

他原想折路而返，剛走數步，又聽得野狼召喚自己。他的目光掃去，正與狼眼相對，卻見那狼眼之中已無凶光，多了一層感激與哀求之意。

「這可奇了，牠何以也會有如此豐富的感情，竟然對我如此親近？莫非牠不是一般的野狼，而是一頭通曉人性的靈異之狼？」紀空手暗暗稱奇，轉念一想，又留在谷中。

他卻不知，這頭野狼存世十年，天生兇悍性殘，孤身生存在大森林中，不知經歷了多少生死搏殺，終於成爲了這森林之王。牠深諳「物競天擇，適者生存」的自然法則，所以牠總是獨來獨往，恃強凌弱，在牠的意識中，永遠不會有「朋友」二字，只有敵人。

牠之所以對紀空手表示馴服之心，卻是出自真心。因爲紀空手的身上積存著補天石的異力，它生於天地之間，吸收靈異禽獸之氣，自然而然會對百獸千禽有鎮服之力，這頭野狼縱然桀驁不馴，但面對這股奇異的魔力，面對比自己更強的強者，牠唯有馴服。

這也是牠何以能聽懂紀空手言語的原因。

一人一狼相處四五日，難得有狼會如此聽話，紀空手在好奇心的驅使下，倒也樂於與牠嬉玩。狼與人之間感情愈深，竟如好朋友一般。

眼看野狼傷勢癒合極速，紀空手明知分離在即，心中生出戀戀不捨之感。只是想到自己若是與牠相伴，一出人世，必然驚世駭俗，只得打消了帶牠同行的念頭。

這一日紀空手替野狼拆去裹布，看著牠支撐起來，一瘸一拐地走了幾步，不由大喜道：「狼兄，你傷勢無礙，又可在森林中自由跳躍了。」

狼兄勉力過來，依偎在他的腳下，輕嗚數聲，很是感激的樣子。紀空手俯下腰去，輕拍牠的腰身道：「你傷好了，就該到我們分手的時候了，如果我僥倖不死，必定會回來看你。」

狼兄輕咬他的衫角，緊緊不放，似乎感到分離在即，眼中露出一絲哀婉的眼神。

紀空手拍拍手道：「你捨不得我，我又何嘗捨得你呀？」他站將起來，突然感到心口爆漲欲裂，無數道絞痛如魔鬼般緊纏不放，瞬間淹沒了他的整個意識。

「難道這一次真的是心脈之傷發作了嗎？」紀空手心中狂喊道，頓時暈厥過去……

當他悠悠醒來時，已不知是幾天之後。

紀空手聽到一股熟悉的呼吸聲在耳邊響起，那如暴雨般的絞痛已不知所蹤，消失在了他的意識之外。他想起了狼兄，睜眼一看，卻見狼兄忠實地守候在他的身旁。

狼兄見得紀空手睜開了眼，驀然驚喜歡叫起來，伸出長舌輕舔著紀空手的臉頰，絲毫沒有掩飾自己的依附之情。

紀空手微微一笑，嘴唇一動，正想說話，只覺得自己的口舌異常發苦，舌尖中還有不少殘渣遺留。

他驀然心驚，問道：「狼兄，你餵了我什麼東西？」

狼兄待他支起身子，這才緩緩來到他身前的一塊平石之上，紀空手只見那上面至少有十七八種藥草一一擺放，空氣中隱隱傳來一絲藥香。

紀空手大是感動，心中暗道：「這定是在我昏厥之後狼兄替我採摘回來的，如此盛情，可見狼心未必不如人心。」他感慨之餘，倒是疑惑這些藥草對自己的傷情是否有用。

狼兄叼了幾株藥草，含進嘴中，一陣咀嚼，然後湊到他的嘴前，便要餵服，紀空手大吃一驚，又好氣又好笑地道：「莫非你這些天來都是這般餵我吃藥的？」

狼兄見他如此，倒也歡喜，搖搖尾巴，非要將藥草餵服到紀空手的嘴中。紀空手雖感狼兄盛情，但這份盛情太過腥臭，不要也罷。

紀空手緩緩站將起來，看看天色已晚，心想此時若走，只怕又要迷失山林。

他看了看狼兄，見牠傷勢已是人好，心裡也著實替牠高興。拾起地上的藥草，端詳半晌，也不識得，只好放下道：「狼兄，這些藥草莫非都是你採來的麼？」

狼兄卻不理會他，站在一方高處，突然昂頭嗥叫一聲，牠的聲音蒼涼而悠長，帶著一股威嚴的氣勢，儼然是在向子民發號施令。驀然間，從山澗邊、藤蔓中跳出十幾隻猴子，肅然坐在狼兄的前面。

紀空手哪裡見過這等有趣的場面？不由大樂，可是還沒等他看清是怎麼回事，狼兄一聲低嗥，那些猴子紛紛跳開，向峭壁攀爬而上。

紀空手這才知道採摘藥草的是這些猴子，而狼兄不過是發號施令者。他心下暗暗叫奇：「這些猴子竟然能夠聽從狼兄的指令，倒也是聞所未聞，看來畜生野獸的世界，也並非如人想像的那麼簡單。」

不一會兒，那些猴子紛紛回來，手上都拿著藥草，放在那塊平台上，等待狼兄的檢閱。狼兄看了一下，突然向其中的一隻猴子齜牙低嗥，嚇得那隻猴子伏地而坐。

紀空手不知狼兄何以會陡然發怒，上前一看，大吃一驚，只見那堆藥草中赫然放了一顆赤紅之珠，在夕陽照射下，紅光閃閃，眩人眼目。

他俯身拾來一看，入手寒意蝕骨，轉動珠子，發現珠身刻有一個「范」字，顯然是此珠主人的姓氏。

他心中的驚奇，已經無法用任何言語來形容。自他誤入絕谷以來，從狼兄到猴子，從猴子到這顆紅珠，無不給他巨大的震動，他心中隱隱覺得，也許他並不是進入這道峽谷的第一人，在他之前，應該還有人來過這裡。

「狼兄，狼兄，這顆紅珠是從何而來？你幫我問一問，好嗎？」紀空手看了一下狼兄，很是興奮地叫道。

狼兄會意，衝著那隻嚇得癱坐一團的猴子低吼了一聲，便見這猴子跳將起來，順著一道飛瀑的邊緣，抓住幾根藤蔓向上升躍，爬行不過十丈左右，那猴子尖叫數聲，突然消失在藤蔓之中。

紀空手一直關注著這隻猴子的動靜，終於明白，在那片峭壁之上，一定存在著一個山洞，這紅珠顯然是來自於那裡。

「如此隱密的山洞，定然隱藏著什麼東西，只是看那洞口藤蔓橫生，顯然是很長時間無人進出了。我倒要看看，裡面究竟有什麼寶貝？」紀空手好奇心起，摸摸口袋中的火石煤紙，微一提氣，人已凌虛升空，抓住長垂的一根藤蔓縱身而上。

他人到猴子消失的地方，分開藤蔓，一個只容一人鑽進的洞口赫然入目。洞中漆黑一片，除了猴子在裡面吱吱亂叫外，再無其他動靜。

「淮陰紀空手拜會范老前輩。」紀空手不知洞中深淺，唯有運氣於聲，遙傳而入。

誰知連呼三聲，洞中毫無反應，紀空手只得道聲「得罪」，翻身入洞，打燃火石，借著微弱的光線一步一步向裡走去。

這山洞入口狹窄，行不多遠，紀空手便感到自己的腳踩到了一級石梯上，他緩緩地運起玄陽之氣，頓時使自己的耳目靈敏數倍，視物範圍已可遠及數丈開外。

紀空手進入洞中陡覺眼前一亮，只見從置身處起竟是一個長五十丈、寬五十丈的正方形殿堂，四周俱是堅岩石壁，隱隱有人工斧削的痕跡。在這座殿堂的堂頂中央，鑲嵌了一隻形如玉盤的光源體，整個殿堂微弱的照明光正是由此提供。

「這山洞原屬天然，經過後人發現之後，花費了不少心力鑿成現在這等規模，可見洞中主人絕非尋常之人。」紀空手仔細打量著這洞殿的擺設，無論茶几桌椅，屏風大床，俱是用紅珠同樣質地的石料打造，就連日常所用的盆碗瓢盤亦是如此，不由得讓紀空手心生詫異。

這紅色石料絕非取自於絕谷之中，當時的主人花如此巨大的心血將之運入洞中，卻只是用於日常事物，這不得不讓紀空手感到費解。

他拋開心中的疑團，一步一步拾級而上，來到了洞殿正中央。當他看到正面的石壁上有刀刻的數個大字時，心中一震，只覺得自己的體內湧出一股靈異之力，幾欲噴發，似乎暗合這字義寓意的精神力。

「武道，心道也；唯心存天地，天地方能盡收一心。」

這的確是武道的至理。

能夠書寫此字者，當然是真正領悟了武道極致的絕頂聰明之人，唯有如此，他才會有如斯魄力，如斯心境。

紀空手只感眼眶一熱，淚水緩緩流過臉際，他不明白自己為何一見此字便想哭泣流淚，但他感到了有一種感動自己的精神力注入了靈魂之中，讓自己超越了這段時間與空間，進入了一個玄乎其玄的全新天地。

他初識武道以來，從來都是在悟性中徘徊，然後一步一步向武道玄理邁進。他也許曾經窺到了武道至極的境界，但一閃即逝，從來不像現在這般有切膚的感受。當他與這十八個大字遙遙相對時，才豁然明白，其實追求武道的過程，亦是改造心境的過程，唯有心道修成，武道才能存於一心。

可惜的是，這心脈之傷的大限留給紀空手的時間已經無多，他是生是死，猶成懸疑，誰又能料到他的將來？

紀空手心神震動之下，不自覺地跪了下來，隨著自己身位的降低，入目的竟是一堆白骨，這白骨形似盤膝而坐，血肉化盡，骨架不倒，依稀可辨此人生前的赫赫威勢。

「這人莫非就是那位姓范的洞中主人？」紀空手心道，雖然他面對的是一堆白骨，心中卻油然生出一股崇敬拜服之意，思及此人生前傲視天下的王者氣度，不禁嗟歎。

他恭恭敬敬地向這堆白骨叩了三個響頭，低聲念道：「在下乃淮陰紀空手，一時心奇，進洞一觀，不想打擾了洞中主人的亡靈，你若在大有知，還請恕空手無知之罪。」

他緩緩站起，遊目四顧，再也沒有看到洞殿中還有其他物事。想來洞中主人堪破生死，無求無欲，對身外之物概不眷戀，真正做到了「來無一物，去無一物」的原始心態，返璞歸真，大徹大悟。紀空手體會著當時主人的心境，良久方歎道：「做人做到了如此份上，夫復何求？」

他看到那隻猴子坐在紅石椅上，輾轉反側，坐立不安，吱吱嘰嘰地叫個不停，不由微微一笑道：「猴兄，我們去吧！無意闖入洞來已是不該，若再打擾主人的亡靈清修，我們便是罪過了。」

他走得幾步，伸手便去摟抱猴子，誰知無意間手指觸著椅背，一股驚人的寒氣陡然從手指而入，直貫經脈之中，他駭然一驚，甩手不迭，心中奇道：「這些石物看上去毫不起眼，想不到還有這等古怪。」

他這才知道那隻猴子坐立不安的原因，誰的屁股下坐著一塊如寒冰般的東西，要想清靜下來殊屬不易，何況是這隻本無坐性的猴子？

他有了先前的經驗，暗一運力，將玄陽之氣透入手掌，這才緩緩地按在那紅石椅上，體會著這道寒氣的來源。

這道寒氣似有若無，絲絲縷縷，來自於石質的深處。它的寒氣比冰雪猶勝三分，卻清純無比，彷佛不摻任何雜質。當紀空手的手掌與之相觸的刹那，寒氣便自然而然地吸附於他的掌心，隨著氣血的運行，一點一點地向他全身經脈滲透而去。

紀空手心中一凜，不敢大意，提聚玄陽之氣護住心脈，任由這道寒氣在經脈中竄行，運行一個周天後，紀空手渾身一震，只覺得在這道寒氣的衝擊下，自己的心脈之傷似有發作的跡象。

他心驚之下，正要撤手，突然感到有一種無限暢美的感覺由心而生，沿著神經的走向，進入到自己的意識之中。這種感覺既像是久渴之下的一滴甘露，又似重嘗交歡滋味的深閨怨婦，讓人欲罷不能。

他深深地吸了一口氣，靜下心來，默默體會著這種快感，整個人進入到了有欲無求的境界。

當這道寒氣轉到第九個周天之時，紀空手感到自己體內的玄陽之氣與這道寒氣水乳交融般渾爲一體，不分彼此，爆發出一股莫大無匹的生機，一點一點地癒合著自己的心脈之傷，雖然只是一絲一縷地接續合成，但已足見成效。

紀空手心中大喜，尋思道：「原來這紅色石質竟然有如此神奇的功效，不僅能增加我本身的內力，而且還有療傷的作用。看來這洞中主人花費心思將它移放於此，絕不是一時心血來潮，而是大有用意，有備無患。」

他既有了這驚人的發現，自然也就不急於出洞趕路，而是靜下心來，將這些紅色石質的物事一一把玩，吸收其中寒氣。他雖然不知這些寒氣最終是否能痊癒自己的心脈之傷，但吸收交融的暢美之感令他樂此不疲，不知不覺間在洞殿之中度過了七日光陰。

七日之中，他不分白晝黑夜，盡情地遨遊於陰陽雙氣互生互容的氣理玄境中，毫無倦意，肚子餓了自有那隻猴子採來鮮美果實，讓他大塊朵頤。直到他體內再也不能包容這種由紅石透發出來的寒氣時，這才收攝心神，回復到清明的意識。

他緩緩地站將起來，試著積聚體內的真氣，誰知他意念一動，真氣便隨之而動，幾乎達到了收發自如、全在一心的境界。這一驚令他心中狂喜不已，知道自己身體內陰陽雙氣已達到生生不息之境，相生相容，共有一個天地，再也分不出何為陰何為陽，使得補天石異力終成自己身體的一部分，內異之差永遠不存。

紀空手陡然發出一聲長嘯，嘯聲悠長而及遠，充滿著一股概莫能敵的王者霸氣！至此，他對武道禪心境界的領悟，更是精進一層。

洞外依稀傳來一聲狼嗥，其聲應和，蒼涼中亦多了一絲歡喜。這狼嗥聲自是來自狼兄，牠顯然是從紀空手的嘯聲中聽出了什麼，是以慷慨昂頭相和，一人一狼，嘯聲不斷，此起彼伏，迴盪於絕谷上空。

紀空手出得洞來，整個人精神煥發，眉目之間憑添一股傲視天下的王者霸氣，便是野狼兄見他，亦生畏懼之心，直到他呼喚數聲之後，才敢近前相偎相親。

「狼兄，這一次我們可真要別過了。」紀空手的神情中自然流露出一絲莫名的惆悵，雖然一人一狼相處的時日無多，但彼此間卻建立了深厚的感情。

狼兄搖頭擺尾，大是不捨，緊緊地跟在他的身後，寸步不離。

「我絕非無情，只是此次遠行，路途遙遠，一路兇險無常，生死難料，我自己尚且難保其身，又怎能照顧得了你？」紀空手蹲下身子，摟緊狼頭，動情地道。

狼兄強力掙脫開去，「嗚」地一聲，躥上一方高處，對著大上斜照的紅日狂嗥三聲，毛髮盡皆豎立，極有威勢，盡顯強者風範。

「好，你既有心出山，那麼我便帶你出去，遊逛一下，如碰到敵人，以你我的組合，定能將他殺個片甲不留。」紀空手驀生豪氣，哈哈笑道，言語中自有一股說不出的豪邁。

當下一人一狼出了絕谷，沿著森林隨山勢而行，直奔上庸。行得數日，山勢漸漸平緩，來到了前往上庸城的必經之路——忘情湖。

這忘情湖占地萬畝之闊，草木繁茂，鳥獸成群，風拂碧水，林木爭豔，偶有漁舟數點，宛如一幅山水墨畫。遊人置身其中，的確流連忘返，留情於山水之間。

紀空手人在高處，俯瞰全景，雖然陶醉於湖光山色中，但他的心靈卻突然産生一種前所未有的感應，令他莫名心悸。

他清清楚楚地感覺到，在湖濱的那片森林裡，有一股強大的殺氣與力量滲透於空氣中，這股力量至強至大，顯示著對方擁有不可小視的實力。

「以項文、項武、步雲三人的實力，還不足以形成這麼強大的威脅，這只能說明在首次刺殺無果的情況下，敵人已有強援到了。」紀空手微微一笑，驀然發現自己所在的對面山峰處升起一縷玄黑滾滾的狼煙。

「敵人已經算計到了此處乃是通往上庸的必經之路，所以設下重兵埋伏。看他們井井有條、調度有方的樣子，必是欲在此將我一戰即滅。項羽啊項羽，你也太霸道了吧？」他因自己深愛的女人而遭來嫉妒，面臨殺身之禍，可是在他的心中，卻無怨無悔，即使再讓他重新選擇一次，他也會毅然決定爲自己心中的至愛付出一切，包括生命。

「嗚……」狼兄也在這一刻嚎叫起來，狼類特有的敏銳使牠意識到了危機的存在，所以出聲示警。

紀空手輕撫著牠的頭道：「狼兄，你怕不怕？」

狼兄以一聲有力悠長的狼嗥回應。

紀空手只覺心神一振，一股勃發的戰意猛然飆升，充斥於全身每一道經絡，整個人變得無畏無懼，長嘯一聲道：「好，我們走！」

他大步向前，一步一步向森林的區域邁進，絲毫沒有猶豫。

一曲故楚小調隨著一陣清風遙遙傳來，聲音溫婉，和著西下的夕陽，構成了一幅漁舟晚歸的和諧圖畫。但是紀空手充耳不聞，在他的身上，唯有一股濃烈的肅殺之氣隨著他那鏗鏘有力的步伐透發出來，具有一種大無畏的精神力。

他知道自己只要一踏入這片古樹林中，就將會有生死大戰等待著自己。他原可以繞道而走，無非是多費幾日行程，但當他看到那濃濃的狼煙如魔鬼般升騰於空時，他便決定不再躲避，無論前面是刀山，還是火海，他也要勇於面對。

他的心裡全無半點驚懼，亦無絲毫緊張，臉上的表情就像是趕赴山寨舉行的野火會，輕鬆愜意，根本就不像是步入代表死亡的境地。

這是一種自信的心態，有了自信，這種心境便自然而然生成，而非是人爲的行爲。

然後他便看到了一對孿生兄弟各持快刀，擋住了自己的前路上。

這一對孿生兄弟長得實在太像，無論是相貌、體型，還是衣束、氣質，都渾如一人，他們唯一的不同，便是手中的兵器。同是一把刀，卻是一公一母，正是殺人無數的「陰陽分界刀」。

刀鋒一出，陰陽分界，如此充滿霸殺之氣的刀，當然是項氏兄弟才能擁有。

「項文、項武！」紀空手的心裡跳出了兩個人的名字，只有將這兩個人的名字套在這兩個人的身上，你才會發現這名字是取得如此可笑，因爲他們所學絕非文武之道，而是搏殺之道，這一點可以從他們冷冷的目光中看出。

殺氣橫溢，如霧般籠罩著這片密林，一種似有若無的壓力存在於他們對峙的空間，沉重得讓人幾乎窒息。

「你們的耐心實在不錯，等了這麼多天，終於還是讓你們等到了我。」紀空手似乎並沒有感受到這氣流中的壓力，淡淡一笑道。

項文、項武的眼中同時流出一種詫異之色，似乎想不到紀空手遭心脈之傷的折磨，氣色不減反增，愈發顯得神采照人。不過這詫異只是一閃即逝，取而代之的依然是那冷冷的殺意。

「無論你怎麼逃亡，最終都不可能改變你必死的命運。」項文道。

「因爲我們少主發下的霸王帖，至今還沒有人能夠受帖不死的記錄。」項武接上一句，兩人說起話來也如同一人，話與話之間銜接之妙，顯得配合默契。

紀空手微微一笑，覺得這對兄弟的說話很有趣：「我沒有接到這帖子，可是你們卻要殺我！」

「所謂的霸王帖，是我們項府的一句行話，少主的一句話，其實就是帖子。」項文一怔，覺得自己有必要解釋一番。

「所以他要你死，我們就絕對不會讓你再活下去。」項武也覺得自己應該補充一下。

紀空手輕哼一聲道：「如果我不死呢？」

這句話顯然出乎項氏兄弟的意料之外，因爲他們從來就沒有想過會有這種現象出現，所以微微一怔，想了一想才道：「那就我們死，不過迄今爲止，我們似乎還沒有失手的記錄。」

「那就請！」紀空手冷冷地道。

「請什麼？」項氏兄弟異口同聲地道。

「請動手！」紀空手話一說完，手已按住了腰間的飛刀。

拔刀是一個過程，一個直接給對手施壓的過程，所以紀空手按刀的手快，拔刀的時候卻是一寸一寸地向外移動。隨著刀鋒一寸一寸地暴露空中，那凜凜的寒意隨著耀眼的刀光悍然標出。

整個空間爲之一窒，風靜雲止，冷寂一片，除了呼吸聲外，就唯有那暗湧空中的殺氣。

項文與項武對視一眼，這才真正感到了對手的強大，不由在心中暗暗罵著步雲。因爲在步雲的描述中，紀空手雖然殺了狄仁，但是受心脈之傷的拖累，已是難以對人構成威脅。正是因爲他們相信了步雲的話，所以才在長老凌丁的面前一力請戰，爭邀頭功。

但是他們雖然驚詫，卻絕不畏懼，因爲他們算定紀空手必死無疑。這倒不是說他們對自己的實力極有信心，而是他們相信凌丁。

凌丁是流雲齋三大長老之一，名列齋主之下，卻在萬人之上，縱是項羽本人亦不敢怠慢於他。項羽考慮到紀空手曾與玄鐵龜有染，怕有變數發生，所以請他親來壓陣。他此時人在林中，隨時都可能出現，這給了項氏兄弟莫大的鼓舞。

項氏兄弟同時拔刀，速度極快，橫亙於空中，猶如兩道山梁，他們的動作一致，只是刀鋒一正一反，優勢互補，形同一人。

風沒起，卻有暗流湧動……

「鏘……」地一聲，項氏兄弟雙刀互碰，發出一道刺耳的聲音。紀空手心神一驚之下，驀見兩縷雪白的光影向他襲來。

他感到自己有些輕敵了，事實上項氏兄弟表面上有些像是頭腦短路之人，其實心智卻是一等一的聰明，他們利用自己的說話和一些舉止來使對手產生錯覺，造成輕敵思想，兩人便可趁機偷襲，達到事半功倍之效。

紀空手心驚之下，身子倒翻而出，但是他似乎忽略了雙刀並進的速度。

紀空手根本就無法看清對方的刀路，手中的七寸飛刀也是宜攻不宜守，「蹬蹬……」一連退了數步，氣機一動，頓時腳踏見空步，竄遊於雙刀殺勢的縫隙之間。

他的步法快速靈活，旋步移身，連換十來個方位，但項氏兄弟的雙刀似有靈性一般，緊追不捨，始終不讓紀空手逃出刀勢範圍。

「呀……」紀空手瞅準對方一個破綻，一聲暴喝，勁力在掌心中驀然爆發。

刀漫虛空，帶出一聲清越的龍吟之聲，也帶出了瘋漲不息的戰意。

飛刀雖然只有七寸，卻如七丈大刀，橫破空中，刀鋒在虛空中幻出一道亮麗而奇詭的弧跡，毫不猶豫地點在了最先迫近的陰刀之上。

「叮……」飛刀擊在陰刀的中心點上，以一種非常巧妙的力道一吸一引，略帶迴旋之力，將陰刀引向了隨之而來的陽刀上。

「噹……」雙刀迸擊，發出一陣悶響，項氏兄弟同時發現手中的力道與刀鋒的方向不對，無奈刀速太快，根本來不及避讓。幸得兩人收力及時，所以雙刀一觸即讓，沒有互傷到對方。

「兄弟有仇，也用不著兵刃相向吧？」紀空手嘴上調侃，手上動作卻絲毫不讓，飛刀在手，振出無數道刀芒，刺向了身形微晃的項氏兄弟。

他改守爲攻，占盡先機，出手毫不留情。飛刀雖短，但刀勢卻無比霸烈，刀鋒所向之處，數尺內足可傷人，殺氣如飛溢的瀑布，沖瀉而下，大有勢不可擋之勢。

雖然雙方的變化只在一瞬，但場面上卻大不相同。紀空手抓住時機，擁有十足自信，向項氏兄弟展開了如水銀瀉地般的攻擊，項文、項武縱是心有靈犀，配合默契，但依然唯有在這種強攻之下節節敗退。

五尺、一丈、兩丈……隨著紀空手的步步緊逼，項氏兄弟苦苦支撐，向森林深處退去。紀空手愈戰愈勇，心動意動，漸漸發揮出了這些日子來他在洞殿內領悟到的武道玄理，同時靈台一片清明，捕捉著周圍的一切動靜。

所謂吃一塹，長一智，經歷了剛才輕敵帶來的被動之後，紀空手似乎明白了一個道理，那就是在高手對決中，你永遠不要小視對手，而是要以尊重的態度相對。只有這樣，你才能尊重自己，尊重自己的生命。

所以他在占盡了絕對優勢的情況下，依然不敢放鬆自己，讓自己的身體始終處於一種高度靈敏與快速反應的狀態之中。也正因爲如此，他在每一次攻擊的同時，心中都有一種惴惴不安的感覺，似乎預感到了潛在的危險。

「嗚……」狼兄突然狂嗥起來，牠伏在紀空手身後的那一片草叢中，在沒有得到紀空手的指令前，牠是不敢妄動的，但牠在這個時候突然嗥叫，是否意識到了一種危機的存在？

「轟……」就在紀空手追趕項氏兄弟欲自一棵大樹旁經過時，那棵大樹的厚重樹皮突然迸裂開來，碎裂成無數木片，似箭雨般爆射開來。

如雨般的木片勁氣逼人，更有一道驚人的殺氣隨之而來。

「水狼步雲！」紀空手心裡雖然早有防備，但是步雲的這一招依然出乎他的意料之外。

「呼……呼……」與此同時，項氏兄弟反身揮刀，趁機展開了絕地反攻，令紀空手頓時陷入了絕境之中。

在這一瞬間，紀空手的心豁然變得寧靜，靜得不起一絲微波。

但在紀空手的心中，卻感覺不到這肅殺之氣，感覺不到陰陽分界刀的存在，甚至於步雲那把藏在無數木片中的劍，他也渾如未覺。此刻他所感覺到的，唯有這風。

「唯心存天地，天地方能盡收一心。」此時的紀空手，跳躍的思維中閃現出這一行字來，彷彿他又回到了洞殿之中。

他的心靜如止水，不起半絲波瀾，真氣隨意而動，隨著三萬六千毛孔透射出去，捕捉著每一寸空間的異動。

在這剎那之間，這段空間彷彿變成了三維世界，無論時間、速度、力量，都全然失效，不管是疾射的木片，還是飛射的劍鋒；不管是項文的陰刀，還是項武的陽刀，在紀空手的眼中，它們都成了一個個懸凝不動的靜物。

飛刀漫空，雖只七寸，卻似飛奔的烈馬，發出了一連串快逾閃電的動作。

「呼……」飛刀旋動，撥開了如雨般的木片，正好點在步雲刺來的劍鋒上，然後借著一盪之力，疾刺項文、項武握刀的手腕，雖有先後之分，卻如同至，就似三把飛刀齊出一般。

「呀……」三人同時發出了一聲慘呼，然後刀劍砰然落地，臉上均露出一種迷茫的表情，似乎根本不相信剛才的一切竟然是人力所爲。

這太令人匪夷所思了，難怪他們目瞪口呆，其實就連紀空手自己，也不敢相信剛才的一切竟然是自己所爲。

他這驚人的一刀，的確超越了時間與空間的限制，在瞬息間爆發出了他體內的全部潛能。正因爲他這一刀太快，所以相對來說項氏兄弟的刀簡直就如蝸牛爬行；正因爲他這一刀力量巨大，才顯得步雲的那一劍軟弱無力。其實這一刀，已經讓紀空手在這一瞬間看到了武道的巔峰。

項氏兄弟只有逃，步雲也唯有逃，面對這一刀，他們都失去了再戰的勇氣。

當他們逃出數丈之後，這才聽到「嘩……」地一聲，枝葉如雨般紛紛墜落，紀空手的這一刀刀氣霸烈，竟將刀勢數丈範圍內的枝葉盡折。

紀空手緩緩地看著這一切，絲毫不動，然後緩緩地閉上眼睛，似乎想追尋這一刀迸發出來時的剎那心境。

他沒有尋到，一無所獲，他知道這是可遇而不可求的剎那，卻也並不惋惜。

這只因爲——他曾經擁有這驚世的剎那！

良久之後，他才輕歎一聲，一人一狼重新上路。他的步伐依然鏗鏘有力，一步一步向前直進，因爲他知道，決戰只是開始，真正的戰鬥還在前方。

行不多遠，他來到了三棵古樹相互環抱的地方。這種景觀的確少見，三樹同抱而生，任何人都會停下腳步來看上一眼。

紀空手當然也不例外，所以他停下了腳步，可是他還沒有來得及看上一眼，便聽到了一個冷冷的聲音：「你不像是在趕路，而像是行軍打仗，腳步有力卻不快，讓老夫等得都有些不耐煩了。」

這個聲音似乎就在耳邊響起，差點讓紀空手嚇了一跳，但幸好他一直都有心理準備，所以從外表上看他還是顯得鎮定自如，只不過他的手心緊了一緊，握住了腰間的飛刀。

然後他便看到從暗黑的樹影中走出一個人來，踱步而出，不疾不徐，風度絕佳。

紀空手看不到來人的五官，也看不到來人的衣著，但是這些已不重要，重要的是他感到來人往自己的身前一站，就像是一道偉岸的山梁，氣勢之強，讓人有種無法攀越之感。

他不害怕，而且無畏，他也喜歡高手的挑戰，甚至追尋生死懸於一線間的刺激。但面對此人，他的心中卻泛起一絲莫名的寒意。

「不過，你還是來了，這說明你很有勇氣，而且你能從項文、項武與步雲設下的圈套中脫身而出，證明你很富心計，文武雙全，大智大勇，的確值得老夫爲你出手。」來人依然是冷傲的聲音，不過又多了一絲欣賞之意，顯然他知道項氏兄弟與步雲共同設下的殺局。在他認爲，這個殺局很有水準，少有人可以逃出生天，所以他才會讓這三人去自行安排。

「你是什麼人？說來聽聽，看看你是不是也值得我爲你出手！」紀空手看不慣對方如此倚老賣老，索性頂撞一句，儘管他也知道，眼前之人將是他在這裡遇到的最可怕的對手。

「哈哈哈……」來人狂笑三聲，笑中自有三分怒意：「你小子夠狂，很合老夫的脾胃。告訴你吧，老夫乃流雲齋凌丁，希望你不要弄錯，免得日後你的鬼魂尋仇尋錯了人。」

紀空手心頭極爲震撼，這才知道自己面對的竟然是江湖上有數的幾十個奔雷級高手之一——凌丁。

他與紅顏相處之時，曾經聽過紅顏點評天下高手，說到凌丁時，紅顏評道：「此人擅長追殺，爲人兇惡，冷血無情，執畫天鞭，乃奔雷級高手中最不要臉之人！」

紅顏的點評，當然是來自於其父五音先生，憑五音先生的見識，自然不會有錯評誤評，說到「最不要臉」，是指凌丁殺人不擇手段，只求目的，不管其餘的處事作風。也正是這種人，才是最可怕的人物。

「原來是你，項羽連你都派了出來，可見他是必殺我才甘心。」紀空手收攝心神，冷靜以對。誰遇上凌丁這樣的敵人，都必須小心翼翼。

「你現在才知，只怕太遲了。需知情場如戰場，情敵便是生死大敵！你之所以不幸，是因爲你愛上了一個你不該愛的女子，而你最大的不幸，卻是我們少主也正好愛上了這個女子。」凌丁眼露不屑之色，有些同情紀空手。在他看來，天下的女人千千萬萬，又何必只戀一根草？雖然這是一根靈芝草，但用自己的生命去交換，付出的代價也未免太大了。

「這是我的事情，幸與不幸，只有我自己才知。我想知道的是，紅顏現在怎麼樣了？」紀空手掩飾不了自己的思念之情，不由關切地問道。

「她很好，離開樊陰時，還爲你的不辭而別而傷心，但這在我們少主看來，更加堅定了必殺你的決心，所以才讓老夫出手！」凌丁極爲自負地道。

紀空手聞言心神一蕩，思及紅顏不見自己時的那種傷心失態，心中不由生疼生憐，「最難消受美人恩」，他此時正是這種心態。

「多謝！」紀空手拱手謝道。

「多謝老夫親手殺你嗎？」凌丁不知其意，還以爲他是爲了能死在自己的手上而感到無比榮幸。的確，他凌丁的那雙手，從來就不殺無名之人。

「你錯了。我之所以謝你，是因爲你告訴了我有一個女人在爲我傷心，爲了不讓這個女人再次爲我傷心，所以我決定了，無論如何，我都要活下去！」紀空手精神驀然一振，生機勃發，戰意熊熊，整個人彷如一頭俯瞰大地的蒼狼，充滿了無限動力與殺意。

凌丁微微一怔，顯然沒有料到紀空手的氣勢亦同樣咄咄逼人。他不敢大意，緩緩地取出了他最拿手的殺人武器——畫天鞭。

然後他便看到了紀空手的飛刀，一把只有七寸長的飛刀。他想笑，但是當飛刀懸凝空中不動時，他笑不出來了，因爲他發現了一個可怕的事實。

那是一把沈穩有力的飛刀，就好像它天生便橫亙在那裡，經歷千百年而紋絲不動。不動還不可怕，可怕的是刀雖不動，卻封鎖了自己每一條攻擊的路線，自己一旦攻擊，就會遭到這把飛刀的無情封殺。

「有趣，真的有趣！」凌丁喃喃自語道，同時鞭鋒一揚，終於出手了。

他不進反退，竟然沿著三棵大樹繞了一圈，才悍然攻出。這一手甫出，頓令紀空手臉上失色。

原來在兩人對話時，紀空手就已經從兩人相峙的空間中看到了一個絕佳的位置，只要自己從這裡出刀，進可攻，退可守，進退自如，佔據主動。但凌丁顯然也看到了這一點，所以換位移形，從另一角度殺出，頓時破去了紀空手精心設置的防禦。

「轟……」紀空手唯有撤刀閃避，幸而這裡大樹不少，他一個錯步，已閃至大樹之後，凌丁的畫天鞭擊在樹身上，頓時枝葉盡落，樹幹頻搖，聲勢端的驚人。

紀空手爲之駭然，不過他早有準備，一計不成，另施一計，借著此地樹林密布的特點，從容穿行閃避。對於高手來說，一寸短，一寸險，兵器的長短有時候能取到決定性的因素，但在空間狹窄之處，長兵器反不如短兵器更能發揮作用。由於受到空間的限制，凌丁的畫天鞭雖然威勢驚人，但施展的空間不大，致使精妙之處難以盡情發揮，倒是紀空手的七寸飛刀如魚得水，遊刃有餘。

兩人一前一後，繞樹而行，紀空手身形狼狽，卻不失爲對付凌丁的最佳對策。

「轟轟……」之聲不斷，凌丁的鞭法威猛剛勁，全被紀空手以見空步閃躲開來，鞭擊樹幹，發出驚天悶響，樹動枝搖，猶如裂岸驚濤。

紀空手的每一步踏出，似乎都占到了先機，這才能躲過凌丁這一連串的攻擊。否則的話，以凌丁的速度與力量，已臻一流，即使兩人同時啓動，紀空手也要略慢半拍。

他之所以只守不攻，並非膽怯，而是採取了「避其鋒而擊其鈍」的戰略戰術，根本不與凌丁強大的氣勢正面抗衡，所謂「兩強相遇勇者勝」，這固然是一句至理名言，但是沒有智慧，不用頭腦，那就是愚夫之勇，不足以構成威脅。

凌丁似乎看穿了紀空手的心思，所以並非一味強攻，而是突然收勢，凝立不動。他用改變節奏的方式企圖打亂紀空手的步法，從而形成有效的攻擊，可是紀空手絕非他想像中的弱手，同樣在感悟到他的氣機的同時，剎住了身形。

兩人相對而立，相距最多一丈，卻根本不能見到對方，只能從對方的氣機中來感受各自的動靜。因爲在他們之間，正好有一棵盤根粗大的古樹隔亙中間。

「你很聰明，但是卻失去了年輕人應有的勇氣，這令老夫很失望！」凌丁經過了這一番強攻，依然氣不喘色不變，顯示著他的內力悠長，異常雄渾。

「那你就只有失望了，匹夫之勇，恕我不爲。」紀空手淡淡一笑，他無賴的心性根本不受這套激將法。

「如果你認爲自己這樣只守不攻的策略可以對付老夫的話，那你就錯了。」凌丁冷冷地道。

「也許我是錯了，但卻是我唯一的選擇。遇上你這樣的高手，我必須慎之又慎！」紀空手笑道：「本來你是可以把握整個戰局的，但是卻犯了一個高手通常愛犯的毛病，就是過於自負，如果現在項氏兄弟與步雲在側，自然可以對我構成威脅，但你是凌丁，是流雲齋長老級的人物，當然不屑於與人聯手來對付我這麼一個初出江湖的毛頭小子。」

「即使沒有他們，老夫依然把握了整個戰局，難道這不是事實嗎？」凌丁輕哼一聲，自是被紀空手說中了心事。

「你拿我毫無辦法，這似乎也是事實！」紀空手嘻嘻一笑道。

「是麼？那我就讓你見識一下，什麼是真正的鞭法！」凌丁話音一落，鞭勢一改，畫天鞭如同一道游蛇般驀然繞過古樹，向紀空手奔襲而至。

紀空手沒想到凌丁的應變能力如此之強，說變就變，竟然以氣馭鞭，平空旋來，他心中的驚駭確實無與倫比。對他來說，以氣馭劍、飛花傷人只是神奇的傳說，從未親見，所以認爲這是被人誇大的事實，但凌丁演繹出的以氣馭鞭，卻是活生生地展現在眼前的事實，這由不得他不信。

「噹……」紀空手不得不出刀，面對畫天鞭在空中飄忽不定、詭異非常的攻擊，他幾乎不能躲閃。刀鞭相擊，爆出轟然聲響，紀空手身形微微一晃，卻見那鞭悠然直退，一碰樹幹，竟借反彈之力彈射回來，速度更快更猛。

紀空手的心神反而鎮定了不少。

雖然凌丁的以氣馭鞭詭異精妙，速度奇快，但是凡事有一利必有其弊，它在攻擊的力量上和氣勢上定會有所削弱。畢竟真氣流竄空中，遇阻力而消耗，加之既是以氣馭鞭，必須用一部分真氣來控制鞭的方向走位，如此一折一扣，威力自是大減，所以反讓紀空手鬆了一口氣。

「呼……」刀鞭再迎，殺氣標瀉，這一次紀空手人雖退了一步，卻一刀將畫天鞭撞上了半空。

樹後傳來凌丁的一聲冷哼，紀空手驀感不妙，抬頭一看，卻見畫天鞭由上自下俯衝而來，竟然幻化千萬道鞭影，如一張大網般撲罩下來。

畫天鞭竟能借勢生力，這一著令紀空手大出意料之外，暗叫一聲：「好！」整個人倒竄出去，企圖閃過這鋪天蓋地的一擊。

他身形閃得極快，畫天鞭的反應亦是不慢，竟似長了眼睛的幽靈一般，陡然折射追來，紀空手聽得身後殺氣迫近，心中大駭，根本不相信這世上會有如此神奇的武功，會有如此靈異的兵器。

他的每一個動作都是隨心所想，臨時而動，下一步的動作連他自己也未必可知。但畫天鞭卻似通靈一般，總是料定自己的下一著棋，陰魂不散地緊迫不放，這世上難道真的有鬼？

紀空手從來不相信鬼神一說，所以他認定事情雖然詭異，但必有其因。

他揮刀擋擊，與畫天鞭交擊了十幾招，雖然被動，卻並未完全落於下風。在他的心裡，對任何事情都從來沒有絕望過，遇強愈強，更能激發他的鬥志與自信，這似乎也暗合補天石異力的秉性。唯有強大的壓力，才能將潛能自由地、盡情地、淋漓盡致地發揮出來。

他的心隨之而靜，對晝天鞭的每一個動作與變化都留意觀察，同時將飛刀插入晝天鞭的每一個破入點，其刀法看似隨心所欲，毫無章法，但每每出擊，卻能發揮出意想不到的威力。

「呼……」晝天鞭繞樹擊來，眼看快到紀空手面門處時，陡然一滯，紀空手迎刀架了個空，詫異之下，突然啞然失笑。

面臨生死之境，他竟然笑得出來，這的確有些稀奇。

但是他不能不笑，因爲他發現了凌丁所謂的以氣馭鞭的秘密。

他自從在洞殿徹悟武學玄境之後，就已經認定了以氣馭劍這種至高無上的氣馭術實際上是不存於世的，在想像中的氣馭術，必定需要有強大雄渾的真氣來操縱兵刃，達到收發自如、隨心所欲之境。但如果一個人若是真的擁有了這般強大的真氣，他的一個舉手、一個投足都能給人莫大的威脅，又何必去簡從繁，以氣馭劍？這實在讓人不可思議。

真正的高手，永遠是去繁從簡，返璞歸真，絕不會因爲好看花巧而步入詭道。凌丁是個高手，他又怎會不知道這種簡單的道理呢？

他當然不會去練所謂的氣馭術，其晝天鞭之所以凌空而禦，攻守有術，其實是在他的手與晝天鞭之間，繫了一根肉眼難察的冰血蠶絲，以線馭鞭，然後用手操縱蠶絲，看上去就好像是傳說中的氣馭術。

紀空手能夠發現這個秘密，自然是迎刀架空之後，看到蠶絲受樹幹一繞，長度不夠，致使晝天鞭一出即回。但饒是如此，凌丁能夠憑藉一根蠶絲將晝天鞭使得如此出神入化，的確是一個不可小視的人物。

紀空手識破玄機之後，靈機一動，汎即繞樹穿行，在樹與樹之間疾步飛掠騰挪。凌丁一見，哪裡還能不明白他的心思?當下回手收鞭，整個人提氣上縱，躍上樹頂。

他人一上高處，紀空手頓時無處藏跡，也不敢奔逃，只能腳步一錯，原地靜候。凌丁借地勢之利，隨時可以乘勢追擊，所以紀空手不動無疑是明智之舉。

但即使不動，一個在高處，一個在低處，兩人相峙，紀空手在氣勢上已是有虧無贏，換作別人，只怕唯有俯首認命。

但紀空手就是紀空手，愈是有巨人的壓力，就愈能激發他心中的戰意，面對凌丁居高臨下的強壓，他昂頭以對，絲毫不懼。

凌丁將這一切看在眼中，對他的剽悍與野性不得不刮目相看，只有在這個時候，他才深刻地認識到這個年輕人鬥志旺盛，絕不簡單。也許他可以一千次一萬次地將紀空手擊倒在地，但只要紀空手還有一息尚存，就會一千次一萬次地重新站到他的面前，對於這一點，凌丁勿庸置疑，這也正是他認爲紀空手最可怕的地方。

靜，可怕的靜，整個森林都寂然無聲，甚至沒有一絲活的氣息。

凌丁的手緊了緊畫天鞭，幾次都欲躍下攻擊，但最終都還是放棄了。他必須等，等到紀空手在自己氣勢強壓下露出破綻，那才是他出手的最佳時機。

這將是一個漫長的等待過程。

倏然間，一道耀眼的閃電裂空而過，霎時將暗黑的世界照得一片通明，亮光劃過紀空手的臉，那是一張剛毅剽悍的臉，臉上露出不屈的神情。

凌丁有些不敢相信自己的眼睛，一晃兩個時辰過去，紀空手竟依然保持著自己的站姿，仿如雕像般一動不動，這份毅力與從容的氣度，實在讓凌丁感到心驚。

他這才感到這是一個無趣的等待，他不想再耗下去，準備出手。

閃電過後，轟轟雷聲由遠及近，突然在森林的上空炸響。

「啪啦……」突然一聲暴喝，就在雷聲炸響的剎那，凌丁終於出手了。

他的身形之快，猶如電芒掠動，整個空間生起一種強烈的呼嘯聲，帶動著無數氣旋席捲向紀空手。

這無疑是近乎完美的攻擊。

他借樹冠的高勢，借雷霆之威，將自己全身的潛能在瞬間爆發，全繫在這一鞭之上。

天沈、地陷、林動、風狂……

天象驟變，一切俱在毀滅。

凌丁出手的剎那，甚至帶有一絲惋惜，惋惜一個生命最終被自己毀滅。

「啪啦……」又一道閃電裂空劈來，不可思議的事情發生了，紀空手縱身躍起，竟達數丈，七寸飛刀漫向虛空，吸引著一道電火纏繞其身，高壓耀眼的電流，將整把飛刀閃擊得光芒四射，接著這光芒向四周擴散，將紀空手籠罩其中。

在暗黑的夜空，這一幕猶如電神忽至，便是凌丁亦是目瞪口呆，心悸之中，刀鞭在瞬間交擊了十三下。

「轟轟轟轟……」十三記悶響，帶出了十三道無匹的勁浪，炸出了十三個數丈方圓的大坑，掀翻了十三棵大樹，這毀滅性的十三擊，真可謂地動山搖，驚天動地。

「哇……呀……」兩人同時驚呼，一觸即分，同時向後跌飛，血箭如注，狂噴一氣。就在紀空手墜地的刹那，暗黑中一對藍光飛奔而至，伏地一抄，竟將紀空手馱在身上悄然隱去。

凌丁身受重創，勉力站起，只覺握鞭的手臂一陣發麻，口舌中亦滿是血腥味。他心生悸意，回想剛才那驚人的一幕，幾乎不敢相信自己的眼睛。

「紀空手絕不會比我好到哪裡去，我必須找到他，然後由我來結束他的生命！」他強提一口真氣，搖晃幾步，踏過亂石斷枝。

電弧又起，劃過長空。

借著這刹那間的光線，凌丁大吃一驚，因爲他一眼望去，哪裡還有紀空手的蹤影？

與此同時，紀空手此刻正伏在狼兄的身上，越過這片森林，向上庸城的方向前進。

他的內傷雖重，但憑藉著自身玄陽之氣的白療功效，很快扼制了傷勢的加重，紊亂不堪的氣血漸漸向正規運行，從而誘發生機，癒合傷處。

數日之後，他的身體已無大礙，帶著狼兄翻過一道山嶺，終於發現了一條官道。一路上遇到一撥數十人結伴同行的商旅，問明正是通往上庸的去路，不由大喜。

爲免驚世駭俗，他尋到有人家的市集時，租了一輛馬車，一人一狼坐將進去，隨著車身的晃動，人狼相對，紀空手伸手抱過巨狼，說道：「狼兄，前方人口密集，爲了你我的安全，我們就在此分手，將來若有機會，我定回狹谷找你。」兩雙眼睛霎時彼此凝望對方片刻，隨著一聲悲嗥，一道影子自車中射出，消失於陽光之下。

黃昏時分，紀空手終於到了上庸城。

繳納了入城關稅後，尋得路人相問，才知「藥香居」並非自己想像中的出名，問及神農先生，也是無人得知，不由得令紀空手暗暗叫奇。

「樊大哥既讓我來上庸，絕非無的放矢，說明這神農先生對療治心脈之傷肯定有獨特的手段，我倒要用心找找。」他知心急無用，當下尋了家客棧住下。

其實自洞殿出來之後，紀空手的心脈之傷便再也沒有復發，即使是與凌丁一戰，也絲毫不損，想來已康復痊癒。但他不懂醫理，不明心脈之傷究竟是否得到大治，是以心中依舊惶惶，想到三月之限，時日無多，唯有盡快找到神農先生解除心惑，方才放心。

誰想一連數日，都是一無所獲。紀空手幾乎尋遍上庸城各家藥店藥鋪，都說自家神農氏的牌位肯定供了，只是「神農先生」卻聞所未聞。他心灰意冷之下，坐到一條小巷口的酒店裡，叫了數碟冷盤，一壺溫酒，自斟自飲起來。

這家小酒店鋪面極小，也就三五張桌面，雖然過了吃飯時間，但鋪子裡還是人滿爲患。紀空手剛一坐下，一個鼠頭鼠腦的中年漢子便擠來坐下道：「借光一坐。」

紀空手一看此人模樣，便知他是一個老資格的混混兒了。他出身市井，見到這一類人多了，心中自然親近幾分。

這中年漢子大呼小叫地點起菜來，紀空手看他一眼，知道此人大有古怪，倒也不去理他。果然不出所料，這漢子菜一點完，站起身來道：「老子先上一趟茅房。」

紀空手大手一拍，將他按在座上，嘻嘻一笑道：「茅房不上也罷，還是先坐下來喝杯酒再說。」

那人剛想叫喊，紀空手伸手一亮，原來被對方偷去的錢袋又回到了他的手上：「你的手法不錯，只是比起老子來，還是差了一點。」

那人見得紀空手露出這一手，立時被鎮住，陪著笑臉道：「原來閣下也是同道中人，請恕馬五有眼無珠，饒恕則個。」

「我不僅可以饒了你，還請你喝酒，不過有言在先，你必須回答我幾個問題。」紀空手靈機一動，想到盜行中人識人無數，或許知道神農先生的消息亦未為可知。

馬五眼珠滴溜溜地一轉，嘻嘻笑道：「那我就不客氣了。」當下大馬金刀地坐下，在自己點好的酒菜一齊上桌後，這才動筷。

誰知紀空手的竹筷伸出，夾住他的筷子不動，問道：「你可識得藥香居？」

「不識。」馬五回答得非常乾脆，急著抽筷，卻半天不動分毫。

「你可識得神農先生？」紀空手又問道。

「也不認識。」馬五急得汗都出來了。

紀空手心中驀生惆悵，想到像馬五這等人都不知神農先生的下落，自己一個外鄉人自然更難尋覓，微微一歎，也不為難馬五，問了一個他並不想知道答案的問題：「那麼你是否知道這家店鋪的生意何以會這麼好嗎？」

馬五暗鬆了一口氣，道：「這我倒知道，這家店鋪名為胡記老店，三年前請來一個大廚，做得一手好菜，就是架子大了點，言明每月只逢初一、十五兩大開工做菜，而且一日只做一餐，今日正逢十五，所以食客聞風趕來，生怕錯過了這頓口福。」

紀空手不由奇道：「做廚子做到這份上，倒也稀奇，只是他手藝這麼好，何以不尋一家大酒樓，卻要在這小巷陋店中謀生？」

「這就叫藝高人膽大，廚子的手藝，大多是因店揚名，店大招牌硬，食客自然多，但真正的廚中高手卻不屑爲之，非得是店鋪因他揚名，這才顯示出他的真本事。」馬五喝了口酒，整個人渾身來勁，唾沫橫飛道：「這位大廚所做的每一道菜，據說都是家常風味，從來不用山珍海味，名貴佐料，所用主料配料都是街頭小巷常見的東西。可是經他的手這麼一弄，其味鮮美，據說連那些吃過京城大菜的人也讚不絕口。」

馬五的這一番話頓時勾起了紀空手的心思：「難得遇見這等美味，總要大快朵頤一番才甘心，否則三月大限一到，自己到了陰間地府也得後悔。」他拿定主意，有心想見識一下這位大廚的手藝。

「怎麼不見這位大廚的人影呢？」紀空手環顧四周，只見幾張桌上擠滿了食客，大多衣著華麗，一看便知是豪富人家。而店鋪鋪面與後堂相連，以一道門簾相隔，除了跑堂的夥計進出之外，門簾上寫著四個大字：「閒人免入。」

馬五邊吃邊談道：「這你就不知道了，他老人家的手藝既是一絕，那譜擺得可就大了。先不說其他，單是那廚房，豪華得簡直讓你想都想不到。」

紀空手看了看這破爛門面，臉上不信的神色頓時讓馬五看了出來，壓低嗓門道：「你別看這外面，那廚房至少比這堂口大了兩倍有餘，據說他老人家站竈炒菜，替他打雜的下手少說也有十幾位，那排場，嘖嘖……」

「你怎會知道得這麼清楚？」紀空手看看「閒人免入」四個大字，努了努嘴道。

「我是幹哪一行的？」馬五笑道。

紀空手啞然失笑，想來這馬五肚子餓時，也曾到這廚房去過，只是非應主人之請，乃是不請自入而已。

兩人又閒談半晌，酒菜盡光，眼看到了晚飯時間，才聽到一名跑堂夥計出來道：「大先生來了，各位客官若要點菜，盡請趕早。」

馬五站起身來道：「紀公子慢慢享用，我就不打擾了，改日有緣再見，我們就算是朋友了。」

紀空手正要留他，卻見他拍拍自己的襤褸衣衫，又指指周圍的人，意指自己不適合待在此地，紀空手只得任其去了。

他隨手在菜譜上點了幾道小菜，看到眾人眼中詫異，指指點點，也不在意，倒是一心一意地等著跑堂夥計上菜，以求嘗嘗大廚手藝。

第三章　江湖廚神

菜肴上齊，果然是「色、香、味」樣樣上佳，雖未入口，卻香氣撲鼻，勾起肚腹中饞蟲無數。紀空手緩緩地下筷一嚐，品味良久，只覺通體透爽，無酒亦醉，方知吃飯也是一門精深博大的藝術。

幾盤菜下肚，他緩緩站起，這才留意到其他桌前七八人圍坐一席，只擺一盤菜肴，細嚼慢品，滿臉知足。他心中暗道：「看來此地人崇尚節儉，儘管只是幾盤素菜，看來我倒顯得大手大腳了。」

一個夥計迎上來道：「客官吃好了，敝店自開張以來，客官算得上是頭一位大主顧了。難得有人像你這般捨得吃，不愧是吃食中的行家。」他滿臉堆笑，一番話說得紀空手心驚肉跳，暗自尋思道：「我口袋裡銀錢不多，若是菜價太貴，只怕我出得了此門，進不了客棧門了。」

不過他想此菜滿打滿算，也不過十兩銀子罷了，而自己口袋中少說也有幾十兩銀子，絕不會現場出醜，當即揮揮手道：「結賬吧！」

夥計正等他這句話，忙道：「好嘞！客官，賬已算好，一共是一百八十三兩白銀，您老是大主顧，老闆發話，三兩免收，請您老付一百八十兩銀子吧！」

紀空手大驚道：「我沒聽錯吧？幾個小菜要找一百八十兩銀子？殺豬呀！」

那夥計冷笑一聲道：「本店明碼標價，世人皆知，收你一百八十兩銀子，絕對公道。你知這一盤炒豆芽的用料嗎？若是沒有十五隻陳年母雞，三十六隻初鳴雛鵝休想做出，算上十幾個人工，大先生的心血，收你五十七兩銀子不算貴吧？」

紀空手這才知道這些人爲何一桌只有一個菜，並非是他們節儉，而是自己過於奢侈了。想起自己點菜時遭人指點議論，自然是因爲自己出手過於大方了。

事已至此，紀空手無話可說，只能將自己的錢袋一併奉上，苦笑道：「在下乃異鄉人，實在是不知貴店行情，所帶銀錢全在這裡，一併奉上，所欠數目只有等到日後再還。」

那夥計掂掂銀兩，不敢做主，叫來老闆，這胡老闆哪裡肯依？拉拉扯扯，罵罵咧咧，突然從紀空手懷中滾出一件物事來。

紀空手一看，正是樊噲交給自己的竹質權杖，此物乃是自己面見神農先生的信物，豈能有失？當下俯身來拾。

誰知胡老闆以爲是什麼寶物，一腳踏上道：「銀錢不夠，以此物作抵。」

紀空手空有一身本事，卻不願與這些市井中人計較，恃強凌弱，是他所不爲之事。只有輕歎一聲，任胡老闆將權杖拾在手中。

「什麼破爛玩意？」胡老闆把玩半天，不由呸了一聲，作勢欲扔。

「且慢，將那東西讓我看看！」一個聲音從門簾之後傳來，低沈有力，胡老闆一聞之下，立時滿臉堆笑，快跑幾步遞了過去。

簾中之人接過一看，半晌才道：「有請這位公子進來一敘。」

此言一出，眾人無不大吃一驚。須知這門簾之後，除了店中夥計進出之外，還從來沒有客人踏入過一步，而且聽這聲音，似乎正是大廚自己發出的邀請，令人覺得不可思議。

在胡老闆的殷勤招呼下，紀空手掀簾而入，走過一條不長的甬道，眼前一亮，便見一座精美的房舍赫然入目，裡面鍋響勺翻，忙碌一片，正是馬五口中的豪華廚房了。

誰知胡老闆並未停步，再往裡走了十餘步，到了一扇庭院門口，這才止步道：「公子請入。」

紀空手踏進門去，迎面撲鼻而來的是一片花香，林木掩映中，數座雅致精巧的小樓房舍時隱時現，假山瀑布，飛濺而下，奇花異草，花浪輕翻，猶如一幅山水畫卷。

紀空手看得油然神往，始知這小巷陋店中，亦是別有洞天。

一名清秀淡雅的美婢盈盈而來，施禮作揖道：「公子請隨我來，先生在藥香居恭候公子大駕。」

「什麼？」紀空手心中一陣狂喜，這可真是踏破鐵鞋無覓處，得來全不費功夫。他怎麼也沒有料到，「藥香居」三字並非是藥鋪的一個招牌，竟然是庭院之中一所建築的名稱而已，這的確讓他有喜出望外的感覺。

美婢有些詫異地瞟了他一眼，紀空手這才發現自己有些失態，當下緊隨其後，穿過一道迴廊，便見一座古亭隱現於花海之中，亭上有匾，匾題「藥香居」。

一個清瘦矍鑠的老者一襲白衣，雙手背負，手上拿的正是那塊亮黝黝的竹質權杖，他彷彿渾然不覺紀空手的到來，抬頭觀天上星辰，似乎沈浸在悠悠往事之中。

紀空手站在他的身後，不敢相擾，只是默然而立，良久才聽得此老輕歎一聲道：「你終於來了。」

紀空手應聲道：「是，淮陰紀空手拜見神農先生！」

神農先生微微一震道：「神農之名，已有十年未聽人再叫起過，今日一聽，又勾起我往日的諸般回憶。」

他驀然回首，雙目精芒一閃，正與紀空手的目光相對，紀空手心中暗驚：「此人功力非凡，眼芒逼人，深不可測，便是淩丁也未必及得上他。看來樊大哥所言不假，醫治心脈之傷，非他莫屬。」當下上前行禮，說明來意。

神農先生微微一笑道：「我已接到了飛鴿傳書，你持權杖而來，我必當盡力，還請不必客氣。」

他示座之後，眼芒緊盯紀空手的臉色，半晌才道：「我第一眼看你的時候，心中就好生奇怪，你的傷既然是心脈之傷，算算時辰，此刻已臨病危之期，臉色絕不會這般紅潤。但此刻的你絲毫不見病發之兆，莫非另有奇遇？」

他一語道中，頓讓紀空手心生佩服之感，當下將自己這一路所遇之事一一告之，聽得神農先生搖頭晃腦，嘖嘖稱奇。

神農先生把脈之後，拱手笑道：「恭喜公子，你的心脈之傷已然痊癒，用不著我獻醜了。」

「怎麼會這樣呢？」紀空手心中的一塊石頭頓時落下，只是心中仍是大惑不解。

神農先生思慮良久方道：「你在洞殿中所見的紅色石質，我雖未親見，但是據我推斷，應該是取自大漠火焰山中的赤日寒鐵。它雖出自赤炎之地，卻本身性寒，鐵質中的寒氣不僅能助增功力，亦有續接經脈之效。」

紀空手這才明白過來，想到此間事了，心繫韓信安危，便要立時告辭。

神農先生道：「公子不必性急，你心脈之傷雖然痊癒，但是你此去咸陽，兇險異常，我受權杖主人之托，已經爲你打點一切，你只須隨我習得一門手藝，自然可以出入相府，參與龍虎會。」

紀空手正愁咸陽之大，侯門之深，自己如何才能混入相府，此刻聽得神農先生這般說話，心中自是大喜。

「如此便多謝先生了。」紀空手肅立行禮道。

神農先生扶著他道：「公子不必多禮，我曾經欠得權杖主人一份情，十年以來，一直耿耿於懷，不能了卻心願，今日總算是可以報效了。」

紀空手不由大奇：「這權杖乃是劉大哥與樊大哥送我之物，他們當是權杖主人才對，可是神農先生說到十年前，他們也僅是十來歲的少年，怎會對神農先生有恩呢？」他心中不解，見到神農先生不提及此事，倒也不好相問。

神農先生最後又說道：「我之所以留你，無非也是讓你學習廚藝之道，因為我已接到趙高送來的帖子，他的五十壽宴將由我一力承辦，你將作為我的門徒一同入府幫竈。」

紀空手微微一驚，心中忽然有一絲不安的感覺，就像自己正步入到一個精心佈置的計畫之中，一步一步地邁向漩渦的中心。他相信樊噲，不會出賣自己，但自己是不是又被劉邦所利用呢？

「也許是我多慮了。」他在心裡暗暗地安慰著自己。

◆

這一日他人在院中的一座精巧小竈上操練廚藝，眼看一盤拿手好菜即將出鍋，卻見神農先生從院外走來，行色匆匆，臉色略顯陰霾。

「大事不妙，凌丁等人已經追到上庸，正在四處打聽公子的下落。」神農先生眼神之中暗藏不安，緩緩說道。

紀空手一怔之下，始知淩丁等人受命於項羽，必殺自己才肯罷休。他原以爲淩丁遭創之後，療傷時間絕不會短，等到傷癒追來，自己或許已離上庸而去。想不到他復原得如此之快，陰魂不散，終於又纏上了自己。

「我們應該怎麼辦？」紀空手人在藥香居內，不好擅自作主，只能將目光投在神農先生的臉上。

「此時距七月初二時間無多，如果在這個時候出亂子，必定會傳到趙高耳中，引起不必要的麻煩。我們唯一的辦法，就只有快刀斬亂麻，在最短的時間內將他們一網打盡，然後啓程上京！」神農先生眼芒一閃，殺氣頓生，顯然已有了應對之策。

問題是淩丁的實力強大，憑自己與神農先生的能力，能否將他們一網打盡？

神農先生看到了紀空手眼中的疑惑，微微一笑道：「我已經想好了行動的方案，而且放出風聲，將你的行蹤暴露給了他們。」

紀空手道：「你是準備在藥香居中動手？」

神農先生對紀空手有如此反應表示欣賞，道：「只有這樣，才能殺人於無形，不至於使風聲走漏出去。何況我們占盡天時、地利、人和，有必勝的把握。」

「但是我們即使事先早有準備，又怎能把握到他們行動的時間呢？」紀空手提出了一個很關鍵的問題。

「他們殺你心切，自然等待不及，而且淩丁此人，太過自負，即使明知有詐，也會不屑一顧，所以我可以料定，他們今晚必至！」神農先生果斷地預測道。

紀空手只覺胸中一熱，戰意橫生道：「那我們有必要好好計畫一番，讓他們有來無回。」

兩人相視一眼，哈哈大笑，都被對方的豪氣所感染，心中湧出必勝的自信。

與此同時，距藥香居不遠的一座高樓上，凌丁攜項氏兄弟、步雲以及手下一幫武士登樓遠眺，觀察著藥香居的整個地形地貌。

他自林中一戰後，已不像先前那般輕敵，而是重新估量起紀空手的實力。他不得不這樣做，因為與紀空手交擊引發的內傷，差點讓他九死一生，若非有流雲齋的獨門聖藥，他豈能像現在這般神采奕奕地站在此地？

他的傷勢略有好轉，立刻帶人趕往上庸。對於紀空手，他是勢在必得，否則他很難向項羽交差，畢竟霸王帖出，例無活命，他不想讓這個規矩壞在自己的手裡。

所幸搜尋數日，終於得到了紀空手確切的消息，這使他鬆了一口大氣。只要目標仍在，他就不愁沒有下手的機會，身為流雲齋有數的幾大高手之一，他當然有這個自信。

「你可打聽到，紀空手此刻藏身之地是屬於何人的產業？他與房屋的主人又是怎樣的一種關係？」凌丁的目光望向步雲，後者精於隱身暗殺，打探消息亦是一絕，他們一入上庸，所得消息十有八九來源於他，是以凌丁有此一問。

「步雲已探聽明白，此屋的主人乃胡記老鋪的一個大廚，身分雖低，排場卻大，住到上庸已有十年，只在這幾年才拋頭露面，世人皆不知他的來歷底細。據步雲推算，想必此人亦是江湖中人，當年與紀空手的師門長輩有些淵源，歸隱之後，礙於情面，才暫時將紀空手收容藏身。」步雲面對凌丁咄咄逼人的眼光，心中雖怯，但還是條理清晰地將自己得到的消息講述出來。

凌丁陷入沈思之中，細算十年前歸隱山林的江湖好手，沒有三十之數，亦有十餘人之多，一時之間，哪裡去理頭緒？不由輕哼一聲道：「此人莫非連姓名也沒有嗎？」
步雲打個寒噤道：「我聽到別人都是稱呼其『大先生』，想來不是真名，所以不敢稟告。」
「大先生？」凌丁的眉頭緊皺一處，沈聲道：「老夫記得十年前江湖上的確有過一個大先生，此人複姓神農，驍勇善戰，劍術一流，與問天樓的衛三公子交情不錯，如果這房屋的主人是他，那麼這將是一件十分棘手的事情。」
流雲齋一向與問天樓誓不兩立，存世百年，雖沒有太大的衝突，但小的磨擦始終不斷。凌丁身為流雲齋長老，對問天樓的情況十分關注，所以立時想到在紀空手的背後，或許有問天樓的支持。
他沒有料到事情會弄得這麼複雜，當初接到項羽的邀請，他就以為這是項羽小題大做，區區一個江湖小兒，何必要勞動長老大駕？但時至今日，他才發現一切事情並不如自己想像中那麼簡單，如果對方真的是神農先生，那就意味著問天樓將對流雲齋開始宣戰。
「為了慎重起見，我們是否靜觀其變，等待援手？」項文的心思非常縝密，意識到形勢有些嚴峻，不由出言提醒道。
凌丁眼芒一寒，冷冷地盯住項文的臉道：「你認為有這個必要嗎？」他一向自負，在森林中未能擊殺紀空手，已被他視作這一生的奇恥大辱，此時再向項羽求援，豈非自摑耳光，顏面何存？
項文不敢作聲，肅然而立。
凌丁遙望遠方的藥香居，臉色數變，喃喃自語道：「由此樓而去，相距藥香居不過百米，而且此樓明顯高過於它，但是由外而視，卻不能看到其內部動靜，這就說明其主人家深諳建築之道，借山石樹林，相映掩護，使其內部自成洞天，外人難探虛實。由此可見，此人即使不是神農先生，想必亦非尋常之人。」

步雲諂笑道：「凌長老眼光獨到，自然一目了然，能從一幢建築上看出破綻，真令步雲心生佩服。」

凌丁微微一笑，一擺手道：「其實這也不是什麼難事，久走江湖，閱歷自然多了。不過這建築雖然頗多古怪，但要阻擋老夫的腳步，卻又差了一點，所以爲防夜長夢多，我想今夜子時，應該是我們出手的時候！」

項文忍不住勸道：「此刻我們未明對方虛實，貿然動手，未必穩當，何不多等兩日，等到摸清了對方的底細再動手亦不算遲。」

凌丁搖頭道：「我們雖然不知對方的虛實，但對方又何嘗知道我們的底細？以有心算無心，我們的勝算極大，豈能爲求穩妥而殆誤戰機呢？所謂兵貴神速，這才是用兵詭道。」

項文知他心意已決，勸說無用，只得退一步而求其次道：「長老說得也是，既然主意已定，如何出手，還請示下。」

凌丁淡淡一笑道：「老夫心中早有打算，吃過晚飯後，再容老夫一一安排。只是今晚一戰，務必人人爭先，將紀空手徹底斬殺，否則的話，休怪老夫不留情面！」

他在心中對紀空手已是恨極，話音雖淡，殺氣卻濃烈無比，眾人無不感到心驚。

他卻不知，今夜一戰，究竟是哪一方有心，哪一方無心，而且他更是連做夢也沒有料到，其一切計畫早已在神農先生的妙算之中。

◆

藥香居，園心亭。

神農先生與紀空手相對而坐，只是亭中石几上，多出了一把刀匣。

刀匣古樸，靜臥几上，紀空手的目光停留其上，半晌才帶著一絲疑惑望向神農先生。

「此乃紀公子故人之物，我受朋友所托，將之轉贈於你，希望你能喜歡。」神農先生微笑道，手一伸，將刀匣推至紀空手的面前。

紀空手出戰江湖以來，從來都是以七寸飛刀對敵。飛刀雖然靈活多變，但若棋逢對手，卻又不能盡興，是以心中早已渴望有一件稱手的兵器，此時聽得神農先生這般說話，頓時大喜，道了聲謝，雙手輕輕按在了刀匣之上。

他入手下去，渾身微微一震，只覺得從刀匣中傳來一絲淡淡的寒氣，正與自己掌心之中的血脈相對。寒氣入脈，似有若無，卻使自己在剎那之間殺氣飆升，向四方空中漫湧而去。

他心中一凜：「此刀如此靈異，雖隔一層刀匣，卻猶能與我心生感應，莫非注定了我就是它的主人嗎？」

他臉色頓時凝重，肅然站起，雙手捧住刀匣，恭恭敬敬地低頭俯視，良久方道：「我雖暫時還不識你的廬山真面目，卻知你乃世間罕有的神兵，若是你不嫌紀空手愚鈍無知，從此刻起，你我便相依爲命。」

他話音一落，悠然開匣，但見匣中一道白光亮出，耀眼無比，刀身不動，刀鋒卻微顫不已，發出一陣激昂悠長的龍吟之聲，懾人之極。

「離別刀?!」紀空手入目一看，不由大吃一驚，心中自是喜不可言。

他第一次看到離別刀時，就有一種不可名狀的衝動，總覺得它必然會與自己構成不解之緣。雖然後來他們之間失去了聯繫，但在他的心中，總是有一股難以割捨的情愫，久久不能忘懷。想不到自己竟能在斯時斯地，再見寶刀，那種感覺，恰如熱戀中的情人相逢一處。

他伸手一握，抓刀在手，輕嘯一聲，心中充滿了無盡的喜悅。

這當然是劉邦與樊噲托人相贈自己的，雖然他不知道神農先生與劉邦究竟是什麼關係，但他真誠地感謝他們，因爲正是他們，才使自己獲得了這把寶刀。

神農先生拍手叫道：「所謂寶刀贈英雄，當真是一點不假。有此刀在手，紀公子果真俠氣驚人，豪情勃發。」

紀空手微微一笑，突然長嘯一聲，縱身而起。他的勁力聚集掌心，刀鋒閃處，盡是殺氣。在見空步精妙的步法配合下，離別刀忽似輕巧，淡若無聲，刀跡詭異，宛如天馬行空，不著痕跡；忽而沉重，勁力飛瀉，化作渾雄的呼嘯，猶似裂岸的驚濤，盡顯懾人膽寒的威勢。

刀舞之中，紀空手心中更生靈異之力，貫注刀身，人與刀渾如一體。心靜則刀如止水，心動則刀如狂風，心念意念合乎刀意，心刀如一，終合武道禪意。

一段刀舞下來，紀空手縱回亭中，微微一笑間，一陣清風吹來，滿園殘花飛舞。原來就在剛才，刀氣漫空，已在不經意間從每朵花莖下一一劃過，不見一絲痕跡。清風雖然無力，卻只須輕輕一拂，殘花自然離枝飛舞。

「心刀合一，揮灑自如，不僅刀好，而且人亦絕佳，堪稱一段絕配，真正羨煞我了。」神農先生情不自禁地讚道。

「空手一時按捺不住，致使這園中百花遭了大罪，實在是不好意思。」紀空手收刀回鞘，恭聲謝罪。

「這些花兒算得了什麼，能讓我見到如此精妙的刀法，你就是將這諸般花兒連根鏟盡，亦是千值萬值！」神農先生笑呵呵地道。

「如此說來，我便再也做不成護花使者了。」紀空手被神農先生的情緒所感染，說起笑來。

神農先生豪氣迸發道：「這護花使者不做也罷，要做，今夜你就做個殺手！」

◆

今夜有星，有月，只是淡星孤月，使得天地間愈發變得朦朧不清。

靜寂的子夜，寂然無聲，在星光月芒的俯瞰下，憑添一份淒寒。

一道清風掠過，一條人影首先出現在牆頭之上，如鬼魅般探頭探腦地張望一番，然後發出了一聲蟈蟈叫聲。

隨著這「蟈蟈」叫聲的響起，院子之內四呼五應，這堵高牆上頓時出現了十數條人影，玄衣短靠，暗光閃閃，每一個人的臉上都帶著一股濃烈的殺氣。

凌丁算得上是一個刺殺的老手，在他的江湖生涯中，至少經歷過四次重大的刺殺行動，而且全部成功，無一失手，這也是五音先生評他「最不要臉」的原因之一。因爲在五音先生這等超一流高手的眼中，武道是正大光明的決戰，任何違背了這一原則的遊戲，都是危險的、無理的，也是君子所不爲的。

幸好凌丁不是君子，所以他才能憑著一連串精彩的刺殺而名揚江湖。他之所以決定在今晚行動，是因爲他憑著自己多年的經驗，認爲今晚的夜色正是刺殺的最佳時刻，被攻擊的目標人往往會因爲這朦朧不清的月光而在感覺反應上處於比較遲鈍的狀態。

刺殺最關鍵的一步，是要準確無誤地找到目標，否則一切免談。凌丁正在算計著怎樣才能找到紀空手的時候，他突然發現，在這座庭院的中央，竟然有燭光在暗黑的夜裡不住地搖曳。

「時至子夜，怎麼這院中還有人不曾入睡？」凌丁心中一凜，感覺到有一種不安的情緒升起。對他來說，任何反常的東西都值得他去研究，因為殺機往往就隱藏在反常的現象中。

他隱隱約約看到了一個熟悉的背影，心中驀然生出一股驚喜。自那一夜森林之戰後，他對紀空手的背影已是刻骨銘心，當然不會看錯。

他可以百分之百地斷定，亭中那獨坐的人影就是紀空手，也正是他此次刺殺的目標！

目標既然出現，就應該考慮在對方毫無察覺的情況下如何接近他。凌丁想都沒想，就帶了項氏兄弟與步雲潛下高牆，自四個不同的方向朝紀空手包抄過去。

從高牆到藥香居，無論從哪個方向逼近，都必須經過一片剪接有度的花草林木。為了不引起花枝林葉的聲響，凌丁等人都是小心翼翼，一點一點地向中央進逼。

當他們幾乎就快要接近古亭的時候，不知為什麼，凌丁的心中突然產生出一絲莫名的悸動。

「這是怎麼回事？」凌丁眉心一跳，冷汗頓出，似乎預感到一絲凶兆，同時他的腳步立時停下，屏住呼吸，向四周觀望。

靜，靜得讓人毛骨悚然。凌丁看到整個庭院中除了慢慢移動的那三條黑影之外，壓根兒就見不到還有動態的物體。

「難道這是自己的錯覺？」凌丁暗鬆了一口氣，似乎為自己草木皆兵般的神經質感到好笑。當他正要繼續前行時，突然聽到了一聲驚呼，以及十幾聲肉體倒地的悶響，在這寧靜的夜裡，此種情況顯得詭異之極。

悶響來自於身後的高牆上，如此整齊劃一，任何人都會明白在那裡發生了什麼事情。但是這聲驚呼卻來自凌丁的左側，在那個位置上，正是步雲前進的路線。

「上當了！」凌丁的第一個反應就是如此，驚怒之下，瞬間明白了對方的用心。

敵人顯然是利用了自己殺人心切的心理，以紀空手爲餌，將自己等人的注意力全部集中在紀空手一人的身上，然後展開了各個擊破的戰術。這種戰略也許並不高明，但在有心算無心的情況下，卻非常簡單有效。

不過受到最大驚嚇的人，還是步雲。

他走得很慢，也十分小心，總是要等一隻腳踩實之後才去移動另一隻腳。當踏到第三步時，他突然感到自己的腳被什麼東西拽住了。

他好奇地看了一眼，整個人頓時就像掉入到一個冰窖中，寒意徹骨，因爲他看到了一隻手，一隻沈穩而有力的大手。

「呀……」他從來都沒有看到過這麼可怕的事情，這隻手從地下伸出，來得如此突然，就像是來自於陰間地府無常的勾魂手，頓時嚇得魂飛魄散。

他只想逃，可是又逃不動，倉促之間，他想到了手中的劍，拚盡全力向地面刺去！可是他的劍芒剛亮，忽然感到了一道寒氣從自己的肛門處插入，直透心臟。

但是這一系列的驚變並沒有讓凌丁改變攻擊的決心，他暴喝一聲，鞭影擊出，人如大鵬般直撲亭中。

與此同時，他看到項文、項武也揮刀躍進，只要三人的動作夠快，他們仍然有擊殺紀空手的機會。

但是無論是項文，還是項武，他們人在半途，就已經被人截住。凌丁吃驚之餘，為這些人的突然出現似乎感到不可思議，他明明注意到整個庭院中除了紀空手之外，再沒有第二個人，可是為何一到自己動手的時候，這些人便及時出現呢？難道他們是從地裡冒出來的不成？

他沒有猜錯，這些人的確是從地底跳出來的。

神農先生知道以凌丁的耳目，要想在他的眼皮底下隱匿身形，是一件十分困難的事情。不過，他既然決定要向凌丁動手，當然會考慮到這些困難，所以他派出自己七名弟子，埋伏土裡，以期做到反偷襲之效。

這種辦法絕對有效，凌丁雖然老奸巨滑，卻也不會想到在自己的腳底還另有玄虛。

凌丁沒有想到，項文當然也沒想到，只是在聽到步雲的驚叫後，他忽然感到有一道驚人的殺氣隨著一團花影迫來，花散、劍出，生出強大無匹的氣勢，籠罩著項文所有可退之路。

來劍突然而兇猛，便連項文也心生寒意，他的陰刀在手，唯有全力抗擊。

「噹……」刀劍相擊，兩人身形各退一步，項文這才看到對手是個肥胖大漢，體重如山，卻輕盈靈動，雙目炯炯有神，顯示著其人有不凡的內氣修為。

「你是誰？」項文出於本能地問了一句。

「在下後生無，忝為神農先生座下七弟子之一，恭候項兄多時了。」後生無冷冷一笑，手下絲毫不停，劍風再起，如旋風般刺出。

項文一怔，只覺得「後生無」三字實在陌生得很，但卻證明了對手的確是神農先生的人，心驚之下，刀鋒一閃，斜劈後生無的劍身。

兩人的出手都是極快，以步法的靈動來彌補氣勢上的不足，眨眼間已是相互攻守了數十招。項文明知對手有備而來，而己方偷襲不成，反遭圍殺，在心態上已落下風，只想尋找機會，與項武會合。

他們所習刀法，講究二者合璧，優勢互補，合攻合守，自有意想不到的奇效。但是後生無顯然從紀空手口中知道了項氏兄弟的這點秘密，反而攻勢更烈，逼得項文與項武之間的距離愈拉愈大。

項文唯有一味悶守，寄希望於項武能突破重圍，來與自己合併。

可是項武的形勢更顯嚴峻，他面對的竟是兩個強手。這兩人一個舞鍋，一個舞鏟，而它們又是以精鋼打製，有矛盾之功效。招法怪異，殺勢懾人，未出幾招，已讓項武有手忙腳亂的感覺。

這兩人也是兄弟，亦是神農先生的弟子，終日爲廚，從廚房中悟出一套攻防兼備的武功，經神農先生改良之後，便成拿手絕技。這舞鍋之人姓公名不一，生性穩重，心思縝密；而使鏟者爲公不二，天生神力，極富攻擊性。兩人合在一起，比之項氏兄弟的雙刀合璧，似乎也不遑多讓。

項武此時落單，自非公家兄弟的對手，不過他的陽刀擅攻不擅守，拚命之下，也能發揮出幾成攻勢。

「砰……」項武刀走偏鋒，一個旋身，剛剛避過公不二的一記飛鏟，驀覺胸口一悶，當胸遭到公不一的鍋底重重一擊，他連退數步，氣血翻湧，五臟欲裂，始知這看似全守的鋼鍋也能發出有效的攻擊。

「叮……」他強提一口真氣，勉力格擋住公不二的數道鐽鋒，每一擊之後，都覺自己的嗓子發熱發腥，終忍不住張嘴一噴，一道血箭如電標出。

項武一手揮刀擋住公不二的攻勢，見得鋼鍋旋動而來，氣勢猛烈，唯有橫臂格擋。他自信自己的內力不錯，充鼓肌肉，絕對可以擋住這破鍋的襲擊。

但是這個世上是沒有絕對的事情的，待他橫臂一出，這才叫糟。

「呀……」他慘呼一聲，斷臂飛出，血肉飛濺，痛得整個人立時變形。他怎麼也沒有料到，這鍋兒雖然無鋒，但它的鍋邊卻如刀鋒般鋒利無比，旋動之下，正好絞斷了他的一隻手臂。

公不二一見之下，當然不會放過這種絕佳的機會，全身勁力驀然在掌心爆發，飛鐽出手，其勢無匹，鐽鋒如箭矢般搗入了項武的心窩。

慘呼短促，卻懾人心魂，更讓項文心生悲憤，所謂兄弟情深，他的潛能突然提聚，陰刀「刷刷……」數響，逼退後生無，人如電芒般向公家兄弟縱去。

「又來一個，兄弟，看來我們還得再忙乎一陣了。」公不一持鍋在手，與公不二的飛鐽構成一個夾角，以靜制動，絲毫不懼。

後生無並不追擊，他緩緩收劍，明白項文此去，只會死得更快。他只是將自己的眼芒望向了藥香居內的一戰，在他看來，這才是驚心動魄的一戰，但凡武者，不容錯過。

◆

凌丁躍出的同時，就發現自己的每一路人馬都在這一瞬間遭到了敵人的攻擊。他心驚之下，卻絲毫不懼，以飛電之勢向藥香居撲去。

他沒有一絲的猶豫，也沒有一絲對同伴的憐憫。他只有一個目的，就是必殺紀空手，即使只剩他一人，亦要完成這個使命。

人在飛縱之時，他已完成了自己全部內力的提聚。就在相距紀空手只有兩丈的距離時，他盯住紀空手凝然不動的身形，忽然生出了一絲不祥的預兆，突然穩身落地。

他必須落地，不能冒進，因爲他感到了一種完全滲透虛空中的殺氣似有若無地飄渺其間，看似淡若無形，卻能在瞬間爆發出驚人的力量。

凌丁的眉間一跳，終於將目光鎖定在那條如山梁橫亙夜空的背影上。他知道，一切殺氣的來源，正是來自這紋絲不動的紀空手身上。

紀空手始終不動，目光深邃，望著搖曳不定的燭火，似乎想從中看出一點世間的玄機。他的身形如山峰凝立，靜默中透發出一種自然動感的活力，似乎在他的身上，每一寸肌膚都蘊藏著無盡的生機，每一個毛孔都散發出懾人心魂的殺氣，就彷佛他與空氣融爲了一體，生機與殺氣同時彌漫在這朦朧的夜空中。

凌丁的臉上不自覺地多了一絲訝異，他怎麼也沒有料到，分別不過半月時間，昔日的對手竟然又在武道上有了精進。一個人的武功高低也許能欺瞞別人，可一個人的氣質變化卻逃不過凌丁的眼睛。這一次，凌丁面對紀空手時，第一次感到自己並沒有必勝的信心。

他必須使自己改變這種被動的局面，於是他開口說話了，唯有這樣，他才可以忘掉自己心中的這一絲懼意，同時向所有人表示，他是凌丁，是一個讓任何人都感到可怕的對手。

「你居然找到了神農先生來保護你，果然有些神通，不過我還是要告訴你，他救不了你，有我凌丁在，你就必死無疑！」他的聲音嘶啞有力，聽上去有點歇斯底里的味道，他自己似乎也被自己聲音裡的這種情緒嚇了一跳。

「或許你在今天之前說這句話，我還可以相信，但是現在，你的話就變得有些滑稽、可笑，甚至有些不要臉了。你只要看看你的周圍，就應該明白你現在的處境。」紀空手沒有轉身，甚至沒有動一下，只是淡淡地說道，似乎並沒有將凌丁放在眼裡。

「我不用看，他們技不如人，就該死！這用不著讓人憐憫，但我的功力遠勝於你，就應該讓你去死！這才是這個世道的真理！」凌丁冷冷地道，他的大手緊握著晝天鞭，勁力提聚，就等一個出手的機會。

「是的，這個世道的真理就是物競天擇、適者生存，永遠是屬於強者的天下！」紀空手冷冷地道，在他話一出口時，整個人的氣質都豁然生變，傲然堅挺，橫生王者之風。

凌丁心中一凜，絕對想不到紀空手會說出這樣一句話來，而更讓他感到心驚的是，紀空手在說這句話的時候，就像是他已把握了這個天下，笑談揮指間，強虜盡滅。

他忍不住退了一步，在後退的同時，他看到了一把刀，一把寒鋒無儔的長刀。

刀，是離別刀，也是紀空手的刀，刀一出手，快如閃電，就如同刀的本身就已是漫過虛空，橫斜在凌丁的眼前。凌丁根本沒有看到紀空手從哪個角度出刀，甚至連刀的攻擊方向也猜測不透，只知道刀鋒一出，眼前亮起了一幕奇異詭秘的刀雲。

凌丁在心悸中疾退，同時大手一振，鞭影疾出，連封了七道氣牆，企圖阻止這一刀的迫壓。他不得不如此，因爲他沒有想到紀空手的這一刀有如斯境界，說來便來，毫無徵兆，宛如雲天之外那一樓清風。

紀空手一聲冷哼，身形已起，整個人與刀合一，幻生出千百道光影，穿破氣牆，強力擠進……

「叮……噹……」之聲連綿不絕，殺氣飛瀉中，兩人在瞬間交手了三十九招。一個全守，一個全攻，紀空手攻擊固然銳利，但在凌丁全力防守之下，並未達到先聲奪人之效。

凌丁絕非弱者，事實上他每接一記紀空手的刀招，都在琢磨著對方刀中的破綻。就像一條盤身縮首的毒蛇，護住自己的七寸，然後瞅準機會就反噬一口，他也一直在尋找絕地反攻的契機。

「你守得真不錯。」紀空手不由由衷地贊道，他的這三十九招刀法，都是憑著記憶，然後針對凌丁的鞭法而自創出來的，攻敵所必救，無一不是絕妙之招。但是凌丁卻憑著自己老到的經驗一一化解，毫髮無損，這的確讓紀空手感受到了對方可怕的實力。

「你的刀法也不賴！」凌丁壓下胸中翻騰的氣血，裝作無事般冷冷笑道。

「幸好我還有幾刀，不知你能否接得下來？」紀空手話鋒一轉，又多了一絲嘲諷的味道。

凌丁冷哼一聲，正要說話，紀空手的刀已劃向了虛空，向他迫來，刀式平淡無奇，卻蘊含著一種玄理。

凌丁的眼眸中閃過一絲異樣的色彩，凝視著離別刀劃向空中的軌跡。他已經清晰地感覺到這看似平凡的一刀中所蘊含的一往無前的霸烈之氣，更看到了這一刀之後衍生千變的後繼攻勢。

事實上即使沒有這種直覺，凌丁也看到了這種危機的存在。這一刀的本質根本就與紀空手剛剛接連攻出的三十九式迥然有異，它樸實、單純，仿如初學水墨者手中的一支筆，雖然沒有功底與規矩，卻暗合自然之道，蘊含了無窮禪機。這同樣是一種境界，是一種返璞歸真、大智若愚的境界。

所以刀鋒一出，凌丁唯有反攻，他絕不能讓紀空手的這一刀發揮到極致，否則他只有敗亡一途。他的畫天鞭終於出手，經過了一番壓抑之後的出手，帶出一種解放了束縛的感覺，所以酣暢淋漓地達到了快的極致。他的鞭不僅快，而且準，毫不猶豫地擊向了刀鋒的中心。

一快一慢，形成了一種速度的反差。如此詭異的一幕，唯有在高手決戰中才會出現。

「叮……」畫天鞭精準無比地觸到了離別刀的鋒尖，卻沒有發出預想中的爆炸，凌丁只感到自己剛猛無匹的勁力被一股迴旋之力一引，衝向了地面。

「轟……」爆響倏起，泥土飛揚，地上驀開一條數丈大洞，猶如山洪爆發的力道沖得花樹連根拔起，一擊之威，端的驚人。

紀空手一退之下，刀勢平空一頓，疾若秋風直掃，攻勢如潮，趁勢向凌丁的手腕劈去。

凌丁收勢不及，旋身回彈，唯有揚鞭再擋。

「叮叮叮……」

凌丁一攻未成，又成守勢，倉促之間，這才真正地領略到了紀空手這一刀的可怕。紀空手的這一刀本就是誘招，泄盡了對手的氣勢，卻在對手舊力已盡、新力未生的剎那出手，頓時打破了兩人之間的攻守平衡，使得凌丁在被動中毫無抗擊之力。

凌丁只有節節敗退，每退一步，都讓他感受到了一種前所未有的恥辱；每退一步，都讓他的心中多了一份悲憤之情。他的理智似乎正被這種怒火所燃燒，他怎麼也沒有料到，紀空手的手上只多了一把刀，卻讓勝利的天平向其傾斜而去。

「難道自己真的老了？」凌丁在心中問著自己，其實他知道，自己還是原來的自己，但紀空手變了，已經是超越了自身的紀空手，只有這樣才使他們之間在今日一戰中互換了角色。

面對潛力無限的紀空手，凌丁的心中悲憤之極，更多了一種悲愴的心境。這種心境讓他爆發出了毀滅的心態，不是你死，就是我亡，或者是同歸於盡，他都必須將眼前這位撕下了自己自尊面具的年輕人毀滅於無形，唯有如此，他才甘心。

他的主意已定，眼神中竟然多了一股亢奮的紅色，紅得驚人，如燃燒的火焰。紀空手把這一切看在眼中，心中凜然，不得不小心戒備。

當紀空手劈出第七十四刀時，他忽然有了一種不可名狀的感覺，心驚之下，已經感到了自己的刀鋒彷如劈在了一段虛空中，毫不著力，他唯有疾退收刀！

可惜這一切都遲了一點，只遲了那麼一點點，卻改變了整個戰局。

凌丁根本就無意去接擋這一刀，他將全身勁力都凝集到了握鞭的手心，看準刀路，突然鞭壓刀身，迅速向紀空手的手腕滑去。

他這一著絕對是出人意料的一著，亦是同歸於盡的一著。他根本就不去理會紀空手的刀勢，而是拚盡全力，展開了如毒蛇反噬般的一擊。

這一著雖然有失高手的水準，卻是有效而致命的，如果紀空手不想同歸於盡，唯有棄刀。

棄刀是痛苦的決定，紀空手曾經發誓，他將自己的生命與離別刀相連一起，刀在人在，刀亡人亡，他自然不會忘記這一點，所以他絕對不會棄刀。

他不棄刀，也不想同歸於盡，這似乎已是不可能的事情。

凌丁看出了這一點，所以晝天鞭一出，擁有排山倒海般的氣勢，大有不達目的不收兵的陣勢。

「嗆……」

一聲清脆的金屬聲驀然響起，在這夜空中迴盪，這聲音響得如此突然，突然得讓凌丁的心在這一刻間莫名悸動。

鞭勢一緩，紀空手人已縱出一丈開外，他的離別刀依然在手，身體的每一部分都完好無缺。他已在毫髮無損的情況下逃過了這致命的一劫。

這簡直讓人感到不可思議，對凌丁來說，至少如此。

他幾乎算計到了紀空手的每一個動作，無論從哪一個角度來看，紀空手都只有在棄刀或是同歸於盡上作出選擇，別無它法。可是現在卻出現了第三個結果，這是怎麼回事？

不爲什麼，只因爲紀空手的另一隻手上還有一把刀，一把七寸飛刀，正是它適時出現，使得凌丁的如意算盤落空了。

雖然紀空手總算逃過了一劫，但是凌丁抓住這稍縱即逝的機會。長鞭揮空，大開大闔，向紀空手展開了如潮般的攻勢。

高手之間，只爭一線，這驚人的變化導致了整個戰局角色的互換。凌丁終於在占到先機的情況下開始把握戰局的走向。

「嗆嗆嗆……」紀空手變幻了十餘種方位才閃過凌丁這一連串的攻擊，直到這時，面對對方連成一氣猶如長江大河般的攻勢，他才知道，凌丁的高手之名，絕非虛負。

他唯有用見空步與之周旋，同時刀鋒轉換不同的角度，在嚴守防線的同時伺機反撲。

「你也有今天。」凌丁猙笑一聲，橫亙於空際的晝天鞭猶如一條在雷火電光中重生的惡龍，標射而出，更在虛空中變扭出數道奇詭的幻痕。

「轟……」紀空手駭然之下，著地一滾，同時飛刀出手，擊在鞭鋒之上，撞擊出無數火星。他的身法雖然狼狽，卻有效地化去了這驚人的一擊。

「噓……」紀空手不得不另換刀路，他的刀似乎很難阻擋得了一味強攻的畫天鞭，一步一步地向一叢花樹間退去。

二人一進一退，在花枝間飄忽行進，殺氣漫天，充斥著這段虛空的每一寸空間。

「呀……」紀空手的一隻腳已經踏入到了身後的一團花叢中，再退已是絕境。他驀然大喝一聲，離別刀突然疾射，暴生氣勁，絞殺向畫天鞭。

凌丁雖然訝異，卻相信這是紀空手強弩之末的最後一擊。刀破長空，嗚嗚直響，聲勢雖然驚人，但只要他破去了紀空手的這一刀，就應該能夠置紀空手於死地。

他的臉上終於露出了一絲得意的笑容，有一種即將要功成身退的感覺。雖然這次行動他的人馬幾乎是全軍覆滅，但他並不覺得可惜。他始終認爲，任何成功都是需要付出代價的，沒有付出，哪有收穫？只有經歷了千辛萬苦換得的成功，才值得他用一生去追憶。

他很快就尋到了紀空手的一點破綻，雖只一點，卻足以致命，至少對凌丁來說是如此。

與此同時，後生無人在數丈開外，與公不一、公不二兄弟倆站在一起，蓄勢以待，封鎖了凌丁的左路線路。

那邊的戰事已經結束，十幾具屍體已被迅速處理，神農先生的門下七弟子，已將凌丁圍在了中心，他們的任務，就是絕不容許凌丁逃出藥香居去。

他們甚至看到了紀空手這一刀的破綻，也看到了凌丁針對這個破綻發出的最凌厲的一擊，卻沒有一絲驚訝，平靜得讓人覺得反常。而在後生無的臉上，居然還流露出一絲淡淡的笑意。

可惜凌丁沒有看到這些反常的現象，他也無暇顧及於此，他的心神集中在他的畫天鞭上，希望能夠通過這一鞭來結束紀空手的生命。

風動，暗流湧動，鞭鋒一出，空氣竟似在剎那間如炸開四射的松針般飛瀉狂舞，泥石激散，氣破枝碎……天地爲之一暗，彷彿在虛空中湧動的不是鞭，而是陰曹地府中無常的勾魂幡旗。

如此驚人的一擊，又是針對自己的破綻而來，紀空手似乎再無回天之力了，但是，他在凌丁鞭出的同時，卻笑了。

在這種生死懸於一線的緊要關頭，他居然還能笑得出來，這太反常了。而這反常令凌丁忽然間失去了必勝的自信，冥冥之中，他感到了一種不可名狀的危機存在。

危機來自於他的左側，就在凌丁奮然一擊的同時，一股淡淡的殺氣從錦簇的花團中標射出來，以閃電般的速度攻向了他的肋部。

與此同時，紀空手的離別刀突然旋轉了九十度，呈斜角夾擊之勢拍開了他洶湧的鞭勢，一動之時，剛才的破綻竟然不見，看上去更像是一個圈套。

如此驚變令凌丁心中大駭，根本沒有時間去想這一切的原由，生命比一切都要重要，他不能不退，也不敢不退。他用一種比進攻的速度更快的方式而退，但他絕對沒有料到，陡然出現在他肋部的這一拳會比他的速度更快，氣勢更猛，猶如炸響半空的一記雷霆。

「呀……」他只叫了一聲，就感覺到了自己肋部的強烈痛感，然後「喀喀……」數聲，他甚至聽到了自己的肋骨折斷粉碎之聲。這一切來得如此突然，讓他的心頓時充滿了無盡的恐懼。

他終於看到了這一拳，也看到了隱藏在這一拳背後的眼睛，這雙眼睛深邃而明亮，帶著一種遠勝冰雪的無情，似乎嘲弄著這位曾經不可一世的對手。

「你、你、你就是——神農?!」

凌丁癱坐地上，整個人渾如散架一般，腦中打了一個機伶，驀然想到了這個未曾出現的大敵。

「不錯，我就是神農，在我的五味拳下，從無活口，所以你可以安息了。」神農先生緩緩地收住拳頭，然後緩緩地從花間踱步而出，淡淡一笑道。

凌丁這才知道，自己從頭到尾，似乎都落入了一個圈套中，從來就沒有真正地掌握過主動。可惜，他明白得太遲了，所以他唯有死。

殺氣漸漸散去，月夜依舊朦朧不清。神農先生回過頭來，衝著紀空手笑了一笑：

「大功告成，明日我們即可啓程了。」

紀空手緩緩收刀入鞘，道：「多謝援手。」

「不必謝我，其實我們已在同一條船上，生死與共，榮辱與共，你的事就是我的事，何必言謝？」神農先生拍了拍他的肩頭，眼中流露欣賞之意。

「我想殺了凌丁之後，流雲齋未必肯就此罷休，只怕我的麻煩還在後頭。」紀空手想到了項羽，如果自己未死的消息傳到他的耳中，不知這個不可一世的人物臉上會是一種怎樣的表情。

「人在江湖，誰又會少得了麻煩？這不足爲懼，我倒覺得，此次相府一行，我們將遇到的風險才真正是兇惡萬分！」神農先生的目光中透出一絲憂鬱，似乎預見到了未來的艱辛。

第四章　意鎖虛空

紀空手默然無語，只是靜靜地思索著神農先生話中的韻味。

神農先生微微一笑道：「不過幸好有你，你的心智與武功都足以讓人稱奇，他日成就之高，只怕放眼天下也無人能及，所以我相信此行應該能逢凶化吉。」

「先生對我如此看重，實在是讓我汗顏了。」紀空手輕輕地吐了口氣，似乎想釋放這種沉重的壓力。他從來就沒有想過終有一天自己會成爲什麼英雄豪傑，只是心性使然，由心而發，所做的事情都是認爲自己應該去做的，並沒有刻意去追尋境界。直到神農先生說出這番話來，才使他從朦朧之中看到了一點今後的目標。

神農先生淡淡一笑道：「長江後浪推前浪，輝煌永遠是留給你們這些年輕人的，你應該當仁不讓，如果你不介意，從今日起，神農便是你的好朋友了，而神農門下便是你的門下！」

紀空手大驚道：「這怎麼可以?!」

神農先生眼睛一瞪道：「你嫌我老麼？」

紀空手忙搖頭道：「先生的五味拳妙至毫巔，哪有半點老態？我只是怕辜負了先生的厚愛，是以才婉拒先生的這番盛情。」

神農先生嘿嘿一笑，大手一揮，便見後生無等七名弟子來到藥香居中，恭聲行禮道：「弟子謹聽師父吩咐！」

神農先生臉上露出滿意的微笑，眼芒從每一個人的臉上緩緩劃過，然後轉頭道：「紀公子，這些人隨我已有十餘年的時間了，資質雖非絕佳，但爲人忠誠，勤力勤勉，一身武功倒也還過得去，如果你不嫌他們，就讓他們跟隨你創造輝煌吧！」

紀空手感動之餘，知道神農先生意切情真，自己倘若再謙讓，未免顯得太小家子氣了，當下拱手道：「如此便多謝先生了。」

此言一出，不僅神農先生喜形於色，便是後生無等七大弟子亦是心中歡喜。紀空手雖然年輕，但心計智謀遠勝常人，武技更是一流，這些都是後生無他們耳聞目睹的，而最讓他們心中折服的是，紀空手雖是年少有爲，卻絲毫沒有年輕人應有的浮躁之氣，舉手投足間，盡顯大氣，隱隱然有超凡入聖的王者霸氣。

「你們還不快快跪拜主人！」神農先生厲聲喝道。

眾人欲跪，卻被紀空手伸手攔住道：「從今往後，我們以兄弟相稱，切切不可行這主僕之禮，否則就真的折煞我了。」

在神農先生的提議下，眾人對天起誓，結成神風一黨。所謂「虎從風，龍從雲」，暗合龍虎際會之意。紀空手平空多出了這麼一幫強援，心中著實歡喜，想到咸陽之行，不免又多了幾分把握。

眾人散後，紀空手惆悵頓起，思緒萬千，想到紅顏，想到韓信，只覺得月光所照，哪一方才是他們的歸處？

◆

經過半個月的精心打理，韓信對照月馬場的一切事務終於做到了瞭如指掌。他不由在心中暗暗驚道：「想不到時農十年時間創下的家業竟如此之大！」

在昌吉的引見下，韓信以少東家的身分視察了一支由上百名青壯漢子組成的鐵騎。這些人全是來自關內各郡的孤兒，經時農收養調教之後，習得一身武藝，個個盡顯剽悍之氣。他們的忠心自不待言，見了韓信，更是戰意勃發，摩拳擦掌，一心誓死效命。

韓信得鳳五所授，深諳兵不在多而在於精的道理。經過數天觀察，他從這些人中選出三十六人，組成了「照月三十六騎」，作爲自己的親兵衛隊，同時對他們授以搏擊之道，從嚴治軍，使他們在短時間內構成極強的戰鬥力。

咸陽之行，的確兇險之極，韓信深知以己一人之力，孤身犯險，勝算可謂微乎其微，能有這一支精銳之師，無論在心理上，還是臨戰上，至少多了一分把握。

照月三十六騎的每一名戰士個個善騎，騎術極精，對弓箭射術都有相當的造詣。韓信針對他們在近身搏擊上的弱點，因人施教，在這些方面加緊強化，使得他們受益非淺，各項技術趨於全面。

這一天韓信人在照月馬場的練武場上，正對他選出來的兩名「照月三十六騎」的頭領進行劍術的指導，突聽得馬蹄聲響，煙塵漫起，一彪人馬快速從場外而來。

韓信微微一怔，自他入主照月馬場以來，一向清靜無事，這彪人馬所爲何來？

他耳目靈敏，相距雖遙，卻已認出當頭一人乃是昌吉。在他的身後，除了寧秦城守格瓦將軍之外，還有一個身材魁梧的壯漢相隨，此人滿臉鋼髯，殺氣貫肩，不怒而威，看上去與格瓦有幾分相似，但神態間卻多了一絲囂張而驕橫的意味。

「他既來了，想必大事已成，只等我動身啓程了。」韓信雖然不識此人，卻料定他就是格瓦所說的兄長格里，忝居突厥暗殺團的首領，乃是趙高最器重的三個紅人之一。此次他能親來寧秦，想必是受格瓦之托，爲韓信入京出謀畫策。

「萬九、宗十一，你們倆先去通知手下各騎，列隊恭迎貴客光臨！」韓信衝著這兩個頭領發號施令，兩人應諾一聲，縱馬而去。

韓信大步迎上，相距數丈，便已拱手笑道：「格瓦將軍，好些日子不見，你可讓我一陣好想啊！」

三人下馬，雙方聚到一處，格瓦笑道：「自上次分別之後，我便托人上下打點，忙乎一陣，總算在今日有了眉目。」他身形一讓，指著格里道：「這位便是家兄格里，他得知你我之間的交情，慨然應諾，答應爲你此次入京見相鋪平一切。」

韓信這時再看，只見格里濃眉之下，目光凜凜，顯示其高深的功力，而最令人心驚的是，他隨隨便便往人前一站，便有一股無形的壓力憑空而生，讓人心生寒噤。

「原來是格里將軍，久仰大名，今日得見，果然是名下無虛，在下時信，性情愚鈍，此次入京面相，還望將軍多多關照。」韓信連忙笑臉迎上，禮數周到，態度恭謙，頓讓格里心生好感。

格里爲人傲慢，秉性囂張，一慣目中無人，此次若非自己的兄弟一力牽線慫恿，說到時信對人仗義，出手大方，他才不會跑這麼遠的路來搭理這個暴富人家的子弟。可是當他打量了韓信第一眼時，心中驀然一驚，忖道：「此子目光看似隨和，卻暗含精芒，可見有不凡的內力，我可不能小覷了他。」

當下微微一笑道：「時公子太謙了，如果我沒有看錯，你可是一個少見的高手，怪不得格瓦說起你來，定要讓我給你安排在龍虎會上一顯身手的機會。」

韓信道：「在下練過十年功夫，說到高手，那是蒙將軍抬舉。只是習武之人，有時不免一時技癢，聽說有龍虎會這等武林盛事，誰又不想露上一手，以博趙相青睞，從此非富即貴呢？」

格里聽他說得直爽，毫不隱瞞此次入京的目的，顯然是把自己不當外人了，自然十分高興，臉上頓時露出難得一見的欣賞之意，道：「時公子能這樣想，亦是人之常情。我此次來，就是爲公子此舉出力，只要我們細細謀畫，相信定能如公子所願。」

韓信與昌吉相視一笑，知道以格里的身分地位，他若能這麼說話，事情已有了七八分的把握。而格瓦更是詫異，他心知自家兄長原是礙不過自己的情面才出手相助，誰知格里一見韓信，態度立變，倒讓他大出意料之外。

他卻不知，格里雖然身爲趙高的心腹，卻與趙高身前的俏軍師張盈、親衛營的統領樂白素來不和，雖然三人同爲趙高最爲器重的紅人，但各領一股勢力，隱成分庭抗禮之勢。近段時間加之張盈與樂白隱現聯手跡象，對他不斷施予排擠打擊，他雖隱忍不發，卻在暗中擴張勢力，企圖與這二人相抗到底。

所以他一見到韓信，頓時被其氣度與懾人的風采所吸引，認定此子前途無量，倘若收歸己用，必是強力援手，當下已起籠絡之心。

數人從照月三十六騎的戰陣之前走過，面對這等軍紀肅然、士氣高昂的威威戰陣，格里更是對韓信的才能有所了解，與格瓦相視一眼，覺得此行不虛。

四人到了一所庭院，擺下酒桌，上得佳肴美酒，邊談邊飲。格里暗中觀察韓信的一舉一動，只覺得此人武功之高，不可揣度，舉止從容，具有大家風範。

「時公子自小離家學藝，對武道如此癡迷，實在令我佩服，不知你師從何人？能否告之一二，看看我是否認識？」格里求才心切，三杯酒下肚，便想打探韓信的底細。

「在下的授業恩師歸隱山林已久，默默無名，並不爲世人所知。他老人家性情古怪，我下山之時，曾與我約法三章，其中言明不得洩露他的姓名行蹤，所以只有請將軍見諒了。」韓信心中早有應對之策，緩緩說來，彷彿真有其事一般。格里深知江湖中人性情各異，有此舉措，亦屬尋常。

「我初見公子之時，便覺得公子行事絕非常人，雙目有神，氣息悠長，必是武道高人！如果你不嫌格里冒昧，你我切磋三招，不知意下如何？」他有心相試，容不得韓信不允。韓信遲疑片刻，已從格里的神情中明白其意，當下站起，允諾而戰。

他立於場中，自有一股威勢生出，人雖不動，卻衣袂鼓動不已，勁力溢出，向四方湧動。

格里緩緩地站在他的面前，心中驚歎不已：「此子尚未出手，殺氣已然蠢蠢欲動，看來我若不使出真功夫，未必能占到他的上風。」他既有心籠絡，當然要顯露一手，以鎮懾其心，所以緩緩提氣，造出先聲奪人之勢。

他的武功在入世閣高手中已是一流水平，韓信雖然氣質不凡，卻並未讓格里當作對手看待，是以出手時暴喝一聲：「小心了！」突然化拳爲掌，斜斜劈出，勁風驀然生起。

韓信頓覺呼吸不暢，感受到一股驚人的壓力隨掌而來，速度雖緩，卻罩住了他整個身形，不由豁然心驚：「格里能得趙高賞識，絕非僥倖，看他的樣子，最多使出七成力道，卻讓我難以招架。」

他心中雖顯驚慌，表面上卻極爲冷靜，倒退一步，同樣拍掌而出，攻向格里的手腕。

韓信不守反攻，頓讓格里「咦」了一聲，甚是驚奇。他的掌勢猛烈，兇悍無比，有大漠惡鷹凌空撲落的氣勢，少有人可以硬抗。韓信看出了這一點，根本不防，而是攻敵所必救，頓時化去了格里的這一凶招。

格里回臂一格，掌劈敵勢，撞肘而出，一消一打，以一種驚人的速度迫向韓信的胸口。

這一變化欲守還攻，確非常人可及，關鍵之處在於格里拿捏時間與分寸恰到好處，正好在敵方掌力稍頓之間陡然生變，換成是一般高手，根本來不及抵擋。

韓信也沒有換招格擋，而是腳下一滑，退出一丈有餘，在退的同時，突然掌劈虛空。

格瓦與昌吉驚呼一聲，不明白韓信何以會如此出掌，肘風正疾，他不迎肘而擊，反捨肘於不顧，劈向一段空處，真是令人費解。

而格里眉間卻隱含笑意，看出了韓信這一著的高明之處。他這一肘雖然平實無奇，但其力道之猛，絕對如泰山壓頂，更兼肘擊之後尚生變化，如果對方迎肘而擊，必敗無疑。但韓信判斷精確，掌劈虛空，完全封鎖了肘擊的路線，自然讓格里心生顧忌，無功而返。

「果然身手不凡。」格里讚一聲道，突然收肘還拳，拳風溢出，緩緩地擊向空中。

他有心相試，所以這一拳擊出，確實是他平生所學的精華所在。看似簡簡單單的一拳，但拳路往前一寸，拳勁便驟加一分，空氣湧動間，只覺這拳勢如江水般一浪緊接一浪壓迫而來，罩住了這庭院的每一寸空間。

格瓦與昌吉同時站起，迫得向後連退數步，可見格里的這一拳之威，是何等驚人。

昌吉心中擔心不已，深怕這一拳擊傷韓信，頭上已有冷汗滲出。但要捨身相救，卻又不及，唯有閉眼不看，心中不住祈禱。

格瓦更是心驚，只道格里不識輕重，竟然一逞虛名而擊殺韓信，不由暗暗叫苦。拳勢如風，震顫得酒杯中的酒水亦起道道波紋，但韓信卻沒有動。

他不動，是在承受這一寸一寸逼來的壓力，從而激發自己心中的戰意，心中戰意燃起，才能使他在瞬息之間將玄陰之氣提升至極致，以抗衡格里這如大漠風暴般的拳勁。

當格里的拳頭終於出現在自己的眼前時，他的眉心這才一跳，拳頭「喀喀……」直響，突然伸出，以剛猛無儔之勢迎將上去。

「轟……」一聲悶響，迴盪在庭院之中，除了這一聲悶響，整個空間再無其他，即使是剛才奔湧於空中的氣勁，也陡然消失了一般。

靜，真靜，無論是相峙而站的格里與韓信，還是呆若木雞般靠立牆角的格瓦與昌吉，沒有人開口說話，似乎仍為眼前的一幕感到莫名其妙。

只有韓信輕歎了一口氣，心中的驚駭實在是任何言語都無法形容的。他不得不承認，格里是一個可怕的人物，也是一個真正一流的高手，他不僅用自己異常雄渾的掌力包圍了自己驟發而至的拳勁，而且在兩勁相觸的剎那間一卸一消，竟然將兩股勁力化為無形。

「喀……喀……」直到這時，韓信才看到格里腳下所站的那塊厚重大石板突然龜裂而開，遇風一吹，盡成粉末。

「將軍如此神威，時信總算領教了。」韓信心悅誠服地道，語氣中不免多了一些心灰意冷的味道。

格里一臉肅然，緩緩踱步過來，拍了拍他的肩道：「能與我相拚掌力的，這個世上並無幾人。你能做到如此，實在讓我感到驚訝，如果我所料不錯，日後你的成就必在我之上，所以你應該感到知足才是。」

他拉住韓信的手，接道：「從今什後，你的事就是我的事，我們平輩論交，將軍二字，再也休提！」他當真是一代梟雄，斷事果敢，行事極速，給人雷厲風行的感覺。若非韓信心有所屬，早已拜為門下，誓死效忠了。

韓信假意謙讓幾句，眾人重新入席，格里問起韓信為趙高準備的壽禮，昌吉從懷中取出一份禮單，雙手遞上。

格里仔細瀏覽了一遍，將之置於桌上。昌吉又遞上一份禮單道：「這是我家少主為將軍準備的一點薄禮。」

格里看都未看，淡淡一笑道：「你聽說過有人為自己辦事還收禮的嗎？」

格里言下之意，自是將韓信當作了自己的心腹，不分彼此。

他大權在握，遠見卓識，深知一個真正的人才遠勝於成山的珠寶，所以對韓信大加籠絡，收買人心。韓信大為感動，若非有鳳影之故，在他的眼中，是問天樓也好，是入世閣也罷，其實並無什麼區別。

「時公子的出手果然大方，比之他人，當然矚目，只是要真正打動趙相的心，卻又未必能夠。」

格里沈吟半晌，深思遠慮之後這才緩緩開口。

韓信與昌吉對視一眼，心中驚道：「這已經是盡我照月馬場所能了，如果還不能算作厚禮，那真是無法可想了。」他一心想藉此來獲得趙高的注意，如果自己的禮單不能使之動心，豈非是前功盡棄？

格里見他神情緊張，微微一笑道：「我隨駕侍奉趙相二十餘年，深知趙相爲人。他看上去生活奢華，擁金戴銀，日日有醇酒美人相伴，其實這只是他對外人的一種障眼法，表示自己對現在的生活很是知足，讓敵人盡去防範之心。事實上，他真正的志向遠大而廣闊，非常人可以揣度，所以能真正讓他動心的，絕非是金銀美人這一類身外之物，他需要的，是可以襄助他完成大業的人才和物力。」

韓信臉上不露聲色，心中卻暗驚：「趙高位極人臣，已是一人之下、萬人之上的熾天人物，他倘若還不知足，豈不是要取胡亥而代之，成爲天下之主？」不過他同時也暗暗歡喜，知道格里說出這番話來，的確是對自己信任有加，再無防範。

「依將軍所見，我應該怎麼辦才好？」韓信問道。

格里臉色微慍，正要責怪韓信又稱自己爲「將軍」，轉念一想，用人之道，在於恩威並施，他既然執意如此，也不勉強，當下點頭道：「此事換作別人，也許很難，若是你來籌備這份厚禮，卻正是出自手上。我來時曾經留意到你馬場中的各色戰馬，其中不乏有上等貨色，你只要精心挑選出十匹良駒，外加你自己，必然能得趙相另眼相看。」

韓信恍然大悟，連連稱謝，與格里把酒言歡，談及相府諸多事情。他人雖還未至咸陽，但對咸陽的情況總算有了大概了解。

一連數日，格里兄弟都逗留在照月馬場，盡極籠絡之意，韓信知其用心，虛與委蛇，與之周旋，愈發令格里欣賞不已，兩人還不時就武道上的事宜切磋一番。至此，韓信這才知曉拳法並非格里所長，他真正的拿手武器，是霸王鉞！

鉞是一種樂器，以此作爲兵器，自然有借音傷人之意，可見格里的內力是何等雄渾。韓信與他有過三招之戰，至今想來，猶然心驚，有意無意間，倒想見識一下霸王鉞的威力。

可是格里淡淡一笑道：「雕蟲小技，不足掛齒。」輕輕一句話便婉拒了韓信所請。

轉眼間已是六月十七，正是日頭毒辣、地面生煙的炎夏時節，韓信親率照月三十六騎與昌吉、格里一道，護著十四上等良駒，以及數車珠寶金銀上路了。照昌吉的意思，此行雖有格里照顧，但閻王好見，小鬼難纏，帶上些護身之物，一路上自可少些不必要的麻煩。

◆

與此同時，紀空手與神農眾人，也從上庸出發，正行進在漢中郡的入關途中。

他們爲防流雲齋的人馬追殺，一路上從不招搖，整個馬隊裝扮成商旅模樣，快速前行。這一日行到沔水邊上，按照事先的計畫，他們選擇了搭乘大船前往故道城去。

這一路上，神農先生與紀空手相處久了，愈發覺得此子早晚不是池中之物，便將自己最爲拿手的「五味拳」傾囊相授。紀空手聞言大喜，誠心相學，不過半月時間，已經領悟到了這套拳法的精華所在。

神農先生看在眼裡，喜在心頭，他之所以一眼看中紀空手，固然有堪破天象之功，更多的是一種微妙的緣分，他甚至從紀空手的身上，看到了一些他過去的影子，所以希望能從他的身上，再看到自己未竟的雄心與抱負，最終得以實現。

這看上去像是一個懷舊的綺夢，更像是一個充滿理想的夢境。雖然看似遙不可及，但神農先生堅信，這絕對不是一個遙遙無期的夢，所以他毫不猶豫地將自己的所有本錢投入進去，就賭自己沒有看錯紀空手。

有的時候，他覺得自己似乎有些違背了對衛三公子的承諾。當年衛三公子有恩於他，名聲如日中天的神農竟然捨棄自己一切輝煌的過去，隱姓埋名，一等十年，就為了在今朝一刻為其出力。若非是讓他遇到了紀空手，他依然會為了這一承諾而效忠拚命，但是現在，他忽然覺得，自己的十年等待與付出，其實足可抵得上這任何加在自己頭上的恩情。

十年光陰，也許在歷史長河中並不算什麼，但在一個人的身上，十年的光陰卻是一段難以忘卻的記憶。尤其是發生在曾經叱吒風雲的神農身上，可想而知，這十年來的甘於平淡與寂寞又是一段何等痛苦的記憶。

所以，當他看到紀空手時，紀空手身上那種特有的王者風範與不滅的戰意頓時激發了潛藏在他心中已久的激情。他不再為當年的承諾而苦惱，而是將這一切看作是一個難得的契機，重新開啟自己塵封已久的記憶，加入到爭霸天下的行列中去。

只不過這一次，卻與十年前的他有所不同，十年前的他，是這場大戲的主角；而這一次，他卻甘於退到幕後，去成全紀空手的英雄之夢。

望著眼前的這位年輕人，聽著窗外沔水嘩嘩流淌之聲，神農先生好不容易壓制住自己心中的激動，緩緩說道：「此次咸陽之行，旨在襄助韓信，可是你想過沒有，韓信為什麼會到咸陽？而劉邦又何以知道韓信的人在咸陽？關鍵的問題是，韓信究竟要在咸陽幹什麼？」

這一連串的問題正如一串串的謎團，套在紀空手的腦海中已是很長時間了。他出於對劉邦與韓信的信任，每每觸及到這些問題，都一帶即過，從不深思。他始終認為，憑自己與這二人的交情，他們是絕不會加害於己的，自己所做的一切，只是在盡一個朋友的本分與道義。但是既然是神農先生將這些問題鄭重其事地提出來，他也並不迴避。

「我對此一無所知，作為他們的朋友，我完全相信他們。」紀空手坦然答道，但在他的心中，並非全無疑慮。

神農先生是何等聰明之人，當然看到紀空手的身上有一個致命的弱點，那就是過於看重友情。他經歷江湖數十載，深知江湖險惡，當然不會坐視不理，因為他知道，在一個真正的高手面前，能夠傷害他的只能是朋友，而不是敵人，只有背後捅來的刀子，才是足以致命的。

「我很欣賞你這種對朋友的高義，但是你要記住，真正的朋友是相輔相成的，你如果要完全信任一個朋友，就必須有一個條件，也是原則，那就是這個朋友一定也要完全相信你！否則這一切都將毫無意義。」神農先生淡淡一笑，眼中流露出的彷彿是對世情的堪破。

「先生有話請講。」紀空手從神農先生的表情上似乎看出了一些什麼，恭聲說道。自從他們相處以來，紀空手被神農先生待己的一片真情深深打動，他雖然不知道神農先生何以會這樣對待自己，卻能感覺到神農先生對自己的這份至誠之心。他沒有理由不相信神農先生，就像他沒有理由不相信自己一樣。

神農先生心知紀空手並非愚鈍之人，肯定也是看到了一些問題所在，所以才虛心請教，不由微微一笑道：「你這兩個朋友，我雖從未謀面，卻從你的故事中了解到了一些。儘管了解了一些，但要憑這點了解去評價一個人，未免有失偏頗，有失公允。我只能就事論事，談談我的一些淺見。」

紀空手點頭道：「先生所言極是，個人的感情色彩容易影響到一個人正確的判斷，只有將之拋開，讓事實說話，才是最公道的評價。」

神農眼帶欣賞之意道：「你能如此想，我就放心了，其實這件事情從一開始，我就有所懷疑。當年我向衛三公子承諾，見權杖如見其人，答應為他辦一件事情，這事唯有我兩人知曉，這劉邦是從何而知？又是從何處得到這竹質權杖的？」

「這的確是讓人生疑的地方，我也曾想過衛三公子乃是問天樓主，而劉大哥只是沛縣中一個小小的亭長，他二人身分地位懸殊，相距又何止千里？本是風馬牛不相干的兩個人，他們又怎會聯繫在一起？」紀空手若有所思，顯然對這個問題早已想到。

神農眼中露出一絲驚詫而喜悅之色，紀空手此言一出，說明他並非一味地死抱著友情不放，審時度勢，目光非常敏銳。

「這只是疑點之一。疑點之二則是你受項羽重創，心脈有傷，自是一件非常偶然的事情，劉邦將你送到藥香居來，又囑你傷癒之後入京，這顯然也是臨時決定的事情。正因為如此，疑點就應時而出，而這疑點正是出在我的身上。」神農眼芒一閃，倍顯銳利，彷彿閃動著睿智的光芒。

紀空手只是望著神農，默然不語，他並不覺得這件事情有何不對，是以靜聽下文。

「你仔細想想，答案自然會出來。試想衛三公子與我訂下這十年之約，是何等地煞費苦心，他如此費盡心力，自然是希望我能幫他辦成一件大事。可是你的出現看上去全是偶然所致，似乎根本不是他計畫中的一環，兩相對照，你不覺得我們此次入京太突兀了一點嗎？」神農每一句話都說得很緩，生怕疏漏了一些細節，而使自己的整個思路缺乏聯貫性和說服力。

紀空手驀然驚醒道：「這的確是令人生疑的一個問題。」他始終覺得自己此行有些太過巧合，心生惴惴不安之感，此時聽得神農說起，心中迷霧盡散，似乎看到了問題的癥結所在。

他沈思良久，緩緩說道：「也許我們這一路人馬在衛三公子的計畫中，只是作為疑兵之用，他寄予希望的，正是韓信！」

神農雖然也想到了這一點，但是他總覺得問天樓如果真是這樣做的話，那麼這個計畫實在是太龐大了，就像是一個投資巨大的工程，令人簡直不敢想像。不過他深知衛三公子的為人處事，其人作風，不可揣測，也許這一切都是他刻意為之，也未嘗沒有這個可能。

「如果事情真如你所說，那麼韓信此次咸陽之行，所為之事絕非小事，他要取得的東西，絕對是可以驚天動地！」神農的眼芒一亮，驟然興奮起來。

「管它是什麼東西，此次入京，我只要保得韓信平安，也算是問心無愧了。至於這之間的事情，我紀空手不想知道，也無心過問，只等此間事了，我便入川。」紀空手淡淡一笑道，他聽了神農的這一番分析，不由肯定了自己心中所想，劉邦又想以樊噲來利用自己！

月色如水，灑落在流水嘩嘩的江面，聽著這如二胡獨奏的濤聲，神農從紀空手的眉宇間看到了一絲恬淡與淡泊的韻味，如深山中持鋤耕種的老農，帶著一種與世無爭的心態來看待世間的萬千風景。

「人各有志，我不想勸說你什麼，不過身為男子漢大丈夫，如果為了一個女子而捨棄他本可以創造的輝煌，這是否值得？」神農的眼睛一眨未眨地緊盯著紀空手的臉，眼神中帶出的是一股希翼之情。他顯然聽說了紀空手與紅顏之間的故事，所以他近乎嚴厲地叫道：「自古美人所愛的都是英雄，以紅顏的身世地位，她是否會甘於與你一起度過平淡無味的一生？」

神農的這一句話顯然觸動了紀空手的心弦，令他憶起往日的種種事情，不由感慨萬千。這無形中也激發了他的鬥志，暗暗尋思道：「是啊，即使紅顏甘於平淡，我也不能就此逃避一切，只有通過自己不懈的努力，使自己心愛的女人能以己為榮，這才是真正男子漢的作為！」

他的眼神驀然一亮，仿如黑暗中的一縷光明，照亮了自己未來的方向。當他不再保持沈默，準備開口說話時，他已決定，無論如何，此次進入咸陽，他都要揚名天下，成為世人矚目的核心人物。

「謝謝你提醒了我，從今日起，不管遇到多大的困難險阻，我都會迎頭面對，絕不逃避！」紀空手緩緩地道，整個人仿如出鞘的鋒芒，其勢已不可擋。

神農笑了，他之所以笑，是因為自己並沒有看錯人。在這個世上，有些人也許不會看重功利虛名，也不會刻意去追尋一些自己所得不到的東西，他們生性淡泊，甘於平淡與寂寞，卻絕不表示他們就是弱者，只要他們真正要想作為強者的話，他們不難做到，因為他們本身就是真正的王者，而紀空手正好就是這一類人。

兩人相視而笑，雙手互握一起，神農肅然道：「我不得不再提醒你一句：一到咸陽之後，我們的敵人不僅有趙高的入世閣，項梁、項羽叔侄的流雲齋，還有衛三公子的問天樓。這三者都是武林豪門，稍有不慎，你我走的就是一條有去無回的不歸路！」

紀空手深深地吸了一口氣，道：「我既然已經決定，就不再後悔！無論這些人是如何可怕，我必與之周旋到底！」

在燭火之下，他的臉被燭光映紅，顯得倍加精神。神農驀然在面對他的這一剎那間生出一種奇異卻又清晰的感覺，似乎覺得眼前這位充滿鬥志與激情的年輕人，必將轟轟烈烈地加入到爭霸天下的行列，從而名揚天下，光耀江湖。

神農緩緩地伸出手來，手心中多出一段布條。

「這是附在離別刀上的一封短信，信中的主人再三囑咐，要我見信之後立刻毀去，我想它對你或許有用，就留了下來。」

紀空手爲之一怔，接過布條一看，只見上面赫然寫有八個大字：「事成之後，將之除去。」正是劉邦的手跡。

他渾身一震，道：「想不到他竟這麼狠毒！」

神農淡淡一笑道：「這就是你一直爲他賣命的朋友，其人之無情，其人之可惡，由此可見一斑。」

紀空手神色一黯，往事紛遝腦中，一幕幕浮現而出，在烏雀門中那暗夜間熟悉的身影……在山野間他與韓信被鳳五追殺的情景……他默然無語，此刻終知劉邦爲何要非殺自己不可，要怪也只能怪自己得到了不該得到的東西。

門外傳來一陣急促的腳步聲，神農聽出是後生無的聲響，心中微驚：「他負責一路上的探報消息，這時趕來，莫非是有大敵來到？」

後生無敲門而入，拜見紀空手與神農之後，方才稟道：「流雲齋三大長老之一的申子龍正率一幫人馬從上庸連夜趕來，看其情形，只怕是針對我們而來。」

神農沈吟片刻，對紀空手凝聲道：「凌丁之死異常機密，想必他們並不知情。申子龍之所以趕來，恐怕是沒有得到你的死訊，受命增援。照此推算，流雲齋對你勢在必得，如果我們避讓不理，只怕他們會一直糾纏下去。」

紀空手劍眉一揚道：「既然如此，我們就先下手爲強，徹底將敵人消滅乾淨，然後再行入京！」

神農點頭道：「這事勢在必行，不知申子龍此刻相距我們還有多遠？」後一句話所問自是後生無。

「據準確的情報，三日之後，在官山峽附近我們有可能與之遭遇。」後生無大有把握地道。

「那我們就在官山峽設伏，殺他們一個措手不及！」紀空手道，他的話語雖輕，卻有一種必勝的決心。

◆

三日之後，官山峽內。

這是一段水流湍急的河道，兩岸夾峙，高聳入雲，峽谷狹長，彎曲幾折，船隻上溯而行，猶如蝸牛爬行般緩慢。

申子龍的座船一路快趕，終於在欲進峽谷時，看到了前面的目標。對申子龍來說，這不啻於一個驚喜，只要目標出現，他就根本不怕對方能逃出自己的手掌心。

他有這個自信，也有這樣的實力，身爲三大長老之一，他在流雲齋的排名高於淩丁，武功也遠在淩丁之上，何況他帶來的手下個個都是門中精英，他沒有理由讓紀空手再活在這個世上。

他獨立船頭，放眼望去，只見前面的大船雖然相隔數十丈遠，但船上的情況卻不能逃過他驚人的目力。當他仔細打量了一番之後，心中驟然多了一絲詫異。

他所看到的船上，根本就未見一人，保持著一種讓人心驚的寧靜。這種寧靜所帶來的壓力，讓申子龍有種惴惴不安的感覺。

迄今爲止，他還沒有與淩丁的那一路人馬碰頭，一路追來，到了上庸之後，便突然失去了他們的消息，這讓申子龍心中感到了一絲凶兆。他雖然未知淩丁的凶吉，但心中卻作好了孤軍奮戰的準備。

他也曾想過，如果淩丁這路人馬全軍覆滅，那麼紀空手他們的實力就足以讓人害怕了。這令他不由得更加小心翼翼，想到了出發之前項羽對他再三叮囑的那句話來：「紀空手此人絕不簡單，我之所以要將他除之而後快，並非是世人想像中的衝冠一怒爲紅顏，而是因爲此人身上有一股無窮的潛力，假以時日，他必然是我爭霸天下的強敵之一。」當項羽一臉肅然說出這句話時，申子龍頗顯不以爲然。他對這個年輕有爲的少主雖然佩服得五體投地，卻並不認爲少主對紀空手這件事情的看法就是正確的。

那一日在樊陰城外的碼頭上，申子龍人在項羽身後，曾經仔細地打量過紀空手。面對這位敢與自己少主爭美的年輕人，他不得不佩服紀空手的勇氣與不畏強權的傲骨，並且大有欣賞之意，但是說到爭霸江湖，無論是從身分地位，還是從紀空手現在的實力來說，似乎都差了一大截。

如果他知道紀空手此刻已經得到了神農先生的全力支持，或許會改變自己的這個看法，以「五味拳」聞名天下的神農先生，當可列入當世前五十名高手之列，更以超凡的智慧，被武林大豪所推崇。像這樣一個完全可以開山立派的宗師級人物，尚且甘於爲紀空手謀畫大計，可見紀空手確實有其獨特的人格魅力與卓爾不群的領袖氣質。

可惜申子龍並不知道這些事情，所以他沒有看出紀空手的座船如此寧靜，其實正是一場大戰即臨時爆發的先兆。

隨著兩船愈來愈近，申子龍也感受到了這種山雨欲來風滿樓的緊張態勢。在他的身後，站有三人，一老二少，神采奕奕，目光炯然有神，他們都是申子龍最爲器重的屬下，江湖上人稱「父子三俠」

的桂家爺仨，父親叫桂永波，長子桂風，次子桂雲，父子三人往船頭一站，自有一股懾人的霸殺之氣，凜然如戰神降世一般。

「桂兄，你看前面這船毫無動靜，會不會被他們事先發現了我們的行蹤，擺下了空城之計？」申子龍眺望良久，心中疑惑地道。

桂永波早就對前船的反常情況有所警覺，他注意到前船甲板艙樓上雖不見人影，但從船舷之邊伸出的幾排槳櫓卻翻動頻頻，與激浪搏擊極烈，心中頓時少了幾分擔心，緩緩一笑道：「申兄所言過於多慮了，我們此行北上，極爲隱密，諒紀空手也料不到我們的行動會如此迅速。何況他絕對想不到少主爲了他的項上人頭，會出動兩大長老的大駕，是以我們在暗不在明，完全可以把握整個殺局的發展。」

申子龍聽來亦覺有幾分道理，點頭道：「我們也不能如此樂觀，凌丁受命追殺紀空手已有月餘時間，迄今毫無消息。憑他的實力，別說是一個紀空手，就是十個，我也會買他贏，可是事實並非如我所想，時至今日，紀空手還是活得好好的，他卻吉凶未卜，這實在讓人感到匪夷所思。」

桂永波道：「凌長老擅長追殺，人又機警，想來不會出什麼事情。據我估計，可能是凌長老發現對方有太大的背景，是以不敢輕舉妄動，只是躲在暗處，伺機待動。」

申子龍搖搖頭道：「他若是人在附近，豈有不來與我相見之理？不過桂兄所言倒是提醒了我，也許紀空手到了上庸之後，確實得到了強援相助也說不定，我們萬萬不可掉以輕心。」

兩人一路閒談，眼看著兩船愈追愈近，最多相隔不過七八丈遠，申子龍看到前面大船依然毫無動靜，心中驚詫間，忽然感到了一股淡淡的殺氣充斥於這虛空之中。

這種感覺讓他心驚，眼觀地勢，才發現這段水面愈發狹窄，寬不過六七丈，水流急湍，能容一條大船通過，兩岸山林茂密，亂草遮地，顯得山勢極為險惡。

「大夥兒準備了，一等船隻靠近，立刻動手！」申子龍伸手按住了腰間的短戟，發出了準備戰鬥的命令。

船上眾人無不持械待命，留下二十餘人守船，另外二十餘人摩拳擦掌，目光鎖住對方的大船，大有一觸即發之勢。

「哈哈哈……」從大船上傳出一陣激情四溢的狂笑聲，笑聲之後，自船尾處走出一個清癯老者，雙手背負，面對群雄，自有一股概莫能敵的霸氣顯現臉上。

「申子龍，識得故人嗎？」老者斷然喝道，聲如霹靂，震得眾人耳內嗡嗡直響。

申子龍覺得對方面目極熟，一時間卻又想不起是誰，當下拱手抱拳道：「請恕在下眼拙，敢問高姓大名？」

老者微微一笑，拳頭伸出，在空中陡然發力，擊向浪湧波泛的水面。

「轟……」勁力到處，滔滔江水中驀起一道巨大的水流漩渦，捲起數丈巨浪，掀向申子龍所在船隻的甲板。

「五味拳？你是神農先生！」申子龍心頭一緊，終於認出來人的底細，不由大驚！神農與他曾有數次交手，雖然未分勝負，卻知此人智勇雙全，難纏得緊，如果紀空手有他相助，只怕今日必是一場惡仗。

「哈哈哈……難得你還認得老夫，看你窮追不捨的樣子，莫非是一時技癢，還要與老夫決戰一場？」神農話音有力，頗顯意氣風發，衣袂飄飄，猶如獵獵戰旗迎風招風，愈發顯得鬥志昂揚，看得眾人無不懾然。

申子龍心中暗道：「一晃十年不見，這老兒的功夫愈發深不可測。所謂『小不忍則亂大謀』，爲了擒殺紀空手，我可不能對他動氣。」

當下拿定主意道：「神農先生的『五味拳』在下已多次領教，的確了得，我今日前來，絕非與先生爲敵，只是受項少主之命，來請一位貴客上我們總堂一聚，還望先生能夠成全。」

神農先生淡淡一笑道：「你忒也客氣了，不就是想要紀空手的性命嗎？何必說得這般隱誨？不過看著你我多年『交情』的份上，我倒想勸你死了這條心思。」

申子龍眼芒一閃，寒光逼出道：「這麼說來，先生定是要爲紀空手強自出頭了？」

「不！老夫絕無此意！」神農先生此言一出，簡直出乎申子龍的意料之外，不過神農先生繼續微笑道：「我今日來見你，是受了一位客人相請，想請各位去他的地頭走上一遭。此人待人誠懇，再三叮囑，務必要老夫將各位請去一見，未知你是否領情？」

申子龍愕然道：「此人是誰？」

神農先生冷然哼道：「姓閻名王，字判官，別號無常。」

申子龍聞聽之下，心中大怒，一揮手道：「放箭！」

他手下不乏有善射之人，早已持弓在手，一聽號令，抽箭而出，便要上弦。

神農先生冷笑一聲，同時喝道：「放木！」此言一出，便聽得「繃繃……」數聲粗索斷裂之音，從兩邊舷下響起。

「放木？」申子龍心中一驚，再聞得繩索斷裂之聲，猛然醒悟，急叫道：「快快速退！」

直到這時，他方才明白己方已經落入敵人的圈套中。

原來對方事先選擇了這條狹長水段作爲攻擊的地點，然後在兩邊船舷上捆住兩根巨木，巨木兩頭削尖，突然斬斷繩索放行，木借水勢，自然力量驚人，一旦撞擊到其他船隻，即使不當場覆沒，亦會使船隻大大受損。而且在這麼短的距離內，又處於如此狹窄的水道中，縱是高明的船工，也休想避開這兩根巨木的撞擊。

等到申子龍想通這一點時，已是遲了，只見兩根巨木穿行於驚濤駭浪中，如惡龍般飛速衝向了自己船舷板上。

「轟轟……」兩聲驚天的悶響，撞擊得船體猛然一晃，頓時傾斜，數聲慘呼同時響起，幾名功力稍弱之人經不起這一撞之力，紛紛跌入了巨浪之中。

事發突然，令申子龍大驚失色，同時桂永波父子亦是束手無策，更不用說手下的那數十名屬眾了，大船顯然被撞開兩道巨大的口子，水流直灌，船體急劇下沈……

「小心……呀！」桂風突然一聲慘呼，剛要向岸上縱落，腿上赫然中箭。

以他的功力，要避過此箭並非難事，只是在這種情況下，他的注意力全部集中到了對方的船上，根本就沒有想到在兩岸的叢林之中還有埋伏。

箭，來自暗處，雖不見發箭之人，但其箭快而準，準且狠，一看便知是行家出手，這讓申子龍等人根本不能多想，各持兵刃，向另一邊岸頭縱去。

船距兩岸最多不過兩三丈距離，的確難以難倒這些武林中人，但就在他們騰空縱躍的剎那，「噗噗……」之響頓時暴迭而起，從叢林中暴射出數十支勁箭，其勢極快，其勁極烈，仿如半空中驟降箭雨。

「呀……呀……」這箭雨來得如此突然，又在這種時機中出現，頓時令眾人手腳大亂，功力稍遜者，身體中箭，當場亡命。僥倖能逃過箭矢攻擊的，卻因一口氣提不上來，唯有落入湍急的江水中，難逃溺水之災。

唯有申子龍與桂永波父子三俠，帶著四五名隨從揮舞兵器，高接低擋，化去了這一輪箭矢的攻擊，先後落在了河岸之上。只是神情狼狽，似乎根本沒有想到己方未經一戰，就在這一系列驚變中折損了大半人馬。

一切都似乎經過了精確的計算，構成了一個幾近完美的殺局。

「紀空手不愧是紀空手。」神農人立船頭之上，情不自禁地發出了這聲感慨，像這種自始至終都完全把握著主動的殺局，他還是第一次見到，這令他對紀空手又增添了幾分信心。

可是戰局並沒有結束，真正的惡戰才拉開序幕……

申子龍人一躍到岸上的實地，並未顯得太過慌亂，而是立即安排僅存的幾人前後呼應，站成一個嚴密防守的陣式，迅速穩住腳跟。他深知此時己方任何的冒進都有可能成為敵人的目標，與其如此，倒不如靜觀其變。

他這一著是在一系列驚變之後迅速作出的決定，臨危不亂，的確是高手風範，連神農的眼中也露出了幾分欣賞之意。

「申子龍，閻王請客你不去，實在是不給閻王面子。不過作為老朋友，我不得不提醒你一句：閻王要人三更死，誰敢留人到五更？你還是乖乖地認命吧！」神農樂呵呵地道，看著昔日的對手這般狼狽，他的心裡著實高興。

「神農，算你厲害，我申子龍甘拜下風，不過這只是指你設下的這個圈套。論及手上功夫，你敢與我單挑嗎？」申子龍觀察著兩岸叢林與對方大船上的動靜，絲毫不知內中虛實，無法可想之下，他唯有兵行險著，希望擒賊先擒王，然後借機行事。

誰知神農毫不上當，微微一笑道：「十年之前，你我就單挑過了，無非是半斤八兩，誰也奈何不了誰。」

「十年之間，你又怎知我的武功沒有精進？」申子龍仍然不死心地道。

「我當然知道，你這十年武功不僅沒有絲毫長進，似乎還退步了不少，否則怎會還未交手，就落得損兵折將，慘不忍睹？」神農忍不住大大地戲弄了一句。

申子龍勃然大怒，揚起「無爲戟」，驀然向大船標射而去。

「嗚嗚嗚……」數道箭響，驟然從神農的身後發出，未聞弦響，顯然是袖箭一類的兵器，不過其速之快，確非尋常。

四箭齊發，各有角度，封鎖住申子龍前進的路線。申子龍發一聲威，戟鋒閃躍，將之一一擊落，身形不停，依然直進。

他這一手端的漂亮，便是神農也不由得叫了聲好，令他頗有幾分得意，孰料就在他即將接近船頭之時，耳中突聞「嗚」地一響，眼芒一亮，頓時見到了一道白光如電芒般撲射而來。

這一驚非同小可，申子龍此刻人在空中，已經毫無借力之處，純粹是以一種慣性向前滑移。而如此迅猛的飛刀殺出，卻又讓他不得不對此作出相應的舉措。

飛刀的速度極快，蘊含著爆炸性的力道，充斥了整個空間，眼見飛刀幾逼面門，申子龍的「無為戟」終於暴閃出手！

「叮……」刀戟相撞，火星四濺，申子龍只感手臂一陣酸麻，為這一刀所蘊之力而吃驚。不過他並不慌亂，反而毫不猶豫地借著這股反彈之力，穩穩地落回岸上。

他的應變能力極強，每一個動作也極富針對性，但卻無功而返，的確讓他感到了一絲沮喪。

他不由自主地抬起頭來，便看到神農的身邊又多出了一個飄逸俊朗的年輕人來。

此人便是紀空手，這個殺局中的一切，都是出自他的謀畫。

紀空手嘴角含笑，站於船尾之上，意態悠閒而散漫，猶如觀雲賞月。他這不經意間的出現，頓時給了這空間一種似有若無的壓力，仿若一座高峰，又似無盡的大海，讓人無可揣度亦無法征服。

申子龍知道，紀空手人未出現，已經在氣勢上壓過了自己一頭，那是一種無形卻有實質的氣機。高手相爭，只爭一線，他驟然感到了一股莫大無匹的壓力正向自己緩緩迫來。

壓力來自於自信，而紀空手的自信就像是一種實質存在的壓力，那種睥睨天下的氣概，令申子龍驀然間想到了項羽。

這兩人無論是年紀還是個頭，都幾乎相當。唯一的區別，也許就在於身世與背景，但饒是如此，當他們面對敵人的時候，臉上的表情與神態都是那般地神似，如出一轍，仿若世間絕對沒有什麼事情是他們無法辦到的，即使是這個亂世的天下，在他們眼中仿佛也是唾手可得。

峽谷間的氣息隨著紀空手的出現陡然變得沈悶起來，無論是神農，還是父子三俠，無不感到了空氣中這異常的變化。

直到此時，申子龍才明白了項羽爲何會在臨行之前再三叮囑自己，這不是多此一舉，而是金玉良言。項羽看出了紀空手的可怕之處，所以才會再三叮囑自己。

可是自己最終還是小視了對手，這才失去了戰局的主動，這讓申子龍懊悔不迭。當他與紀空手的眼芒悍然交錯於虛空的那一剎那，他突然感到，即使沒有神農相助，紀空手也不會像他想像中的那般容易對付。

戰意在無聲無息中湧動於他們相峙的空間，神農的眼中緊盯著紀空手的每一個細微的動作，眼神中自然流露出了一絲訝異。兩人經過這段時間的相處之後，他明顯地感受到了在紀空手的身上又出現了妙不可言的變化，湧動的戰意更如一團熊熊火焰纏繞著他的整個身體，向四周的空氣中散發出心跳的熱力。

三丈的距離，實在太近，也許在高手的眼中，這根本不算距離，但申子龍卻感到在他們中間橫亙了一道不可逾越的山梁，令人遙不可及。

「申兄，讓我出戰吧！」桂永波顯然看到了等待下去只會對己方不利，今日面臨絕境，稍有不慎，他們父子三人只怕會橫屍當場，自己唯一的心願，只求拚得一死，希望能保住兒子的兩條性命。

桂風、桂雲大驚道：「爹！」一左一右，護在桂永波身前。

桂永波看到桂風腳上一瘸一拐，心中生痛道：「風兒，雲兒，你們難道還不知道爲父的心意嗎？」

他們父子三人自從投身流雲齋以來，經歷了無數次血戰，自然有心脈血相連般的默契。無論是桂風，還是桂雲，都已看到了桂永波的用意：他是不想讓兩個兒子去送命，更希望通過自己的一戰，能讓申子龍看出敵人的破綻，藉此挽回敗局。

申子龍不由眼眶一熱，叫了聲：「桂兄……」便再也說不下去。

桂永波大手一推，從兩個兒子的中間踱步而出，倒提長矛道：「在下桂永波，領教紀公子高招！」

紀空手眼見桂家父子情深，親情可見，心中倒躊躇起來。他一生從未得到過父愛母愛，也從來未曾聽說過自己父母的任何消息，是以一見這種場面，激動之餘，殺氣頓減。

神農先生暗暗心驚，深知桂永波絕非弱手，假若紀空手心存不忍之心，兩人交戰，必定吃虧，當下冷哼一聲道：「父子三俠，情深意重，的確是名不虛傳，可是在你們父子三人的手中，不知拆散了多少家庭，留給這世上多少無父無母的孤兒，難道你們就一點不感到內疚嗎？哼！早知如此，何必當初！」

紀空手心中打了一個機伶，頓時明白了神農此話的用意，心中暗道：「此刻是什麼時候，我還心存婦人之仁，不是你死，便是我亡！生死大戰之際，我豈能心慈手軟？」當下淡淡一笑道：「先生不說，我倒忘了一句古訓，那就是惡有惡報，善有善報，時機一到，什麼都了。桂老爺子，承蒙你看得起在下，便讓在下領教你的高招！」

他話聲一落，人已縱於空中，如大鳥般滑落岸邊。桂永波眼見有可趁之機，一聲暴喝，人如疾風般揮矛而出，萬千矛影驟起，攻向了紀空手未落的身形。

紀空手一驚之下，連心中僅存的最後一絲好感也化爲無形，狂叱道：「乘人不備，算什麼英雄？」雙拳同出，迎向矛影的中心。

桂永波不顧高手身分實施偷襲，實乃救子心切，既已出手，當然全力以赴。矛鋒與拳頭互換幾下，「砰……」地一聲，終於撞在一處。

氣浪飛瀉間，桂永波只覺氣血上湧，「蹬蹬……」退了兩步，卻見紀空手身形不退反進，大喝一聲，鐵拳幻出千百道勁風，襲捲而來。

就只一個照面，無論是申子龍，還是神農，都已看出桂永波絕非紀空手的百招之敵。單從內力與攻擊的技巧而言，紀空手就已勝上一籌，而且紀空手的年齡優勢讓他佔據了不敗之地。

桂永波心中暗暗叫苦，每接紀空手一記鐵拳，自己的氣血便翻湧不止，如浪鼓動，只須再拚數招，自己的經脈非受損不可。但是他心存必死之心，唯有勉力爲之，咬牙堅持。

場中還有一人，更是驚喜不已，因爲他看出紀空手的五味拳雖然出自於自己，卻毫不拘泥舊有的格式，信手揮之，興之所致，往往在一些攻防轉換中另出新意，讓人根本無法捉摸其拳之線路。

「奇才，真是練武的奇才，假以時日，便是五大豪門在他的眼中，又何足道哉？」神農簡直不敢相信自己的眼睛，唯有欣然感慨。

桂永波竭盡全力接下紀空手的七拳之後，再也不退，而是一聲低嘯，矛如遊龍般在身體周圍繞出一道亮麗的弧跡，封鎖了所有對方企圖接近他的空間。

此招有名，名曰天網，意指天網一出，可以抵擋萬千攻擊。

紀空手及時收拳，眼中閃過一絲訝異。他是當局之人，自然深諳此招的兇險所在，可是就在他的拳勢處於要收未收之際，他卻拳路一變，拳影在對方密密匝匝的矛影中化成了無數碎片，化成了一道無形的清風。

只有一拳，不知道它是何時出現在這段虛空，虛空無限，唯有清風，這仿如清風的一拳，漫過桂永波那有若堅牆般牢固的矛勢，擠入到桂永波的身軀防護之內。

天網既然是天網，當然會有網眼，它可以網住太多的東西，卻絕對網不住清風。

「呼……」拳風驟起，仿若天邊的那道流雲，靈動中透散著清閒而雅致的韻律。但桂永波卻感受不到這詩意般的意境，他所感到的，是這一拳帶出的凌厲殺氣！他唯有收盡矛影，與之硬抗一擊。

兩股剛猛無儔的力量如擦肩而過的氣流，捲起一股強勢的旋風，向四面八方鼓湧而去。

塵飛草走，石射葉揚，山林呼嘯頓起，打破了峽谷的沈悶，取而代之的是充滿著濃烈血腥的戰意。

紀空手雙目圓瞪，怒喝一聲：「再接我這一拳試試！」

骨節砰然而響，肌肉狂跳間，紀空手的拳風漫向了虛空之中。這一拳出手，毫無規律章法，只憑一時意趣，使人根本看不出紀空手所攻何方，更不知道他這一拳的軌跡走向究竟存在於虛空的哪一段。

桂永波大駭之下，連退數步，別人也許不知道這一拳的厲害，而他人在局中，豈有不知？事實上，他也無法看出紀空手的氣勢鋒端攻向何處，但他卻感到了紀空手這狂風般的拳意正以一種高山滾石之勢漫透了每一寸虛空，根本不是人力所能抵擋的。

此拳一出，神農已看出紀空手勝券在握，因為這一拳名曰「一鍋燴」，雖然在紀空手的創新之下有所改變，卻使原來招式的威力大大增強，任何人要化去這一必殺之拳，都必須要付出相當的代價。

桂永波感到有些悲哀，一種技不如人的悲哀。面對如此強悍的年輕人，他終於感到自己老了，他在悲涼的心境中出手了，竟是一種同歸於盡的打法。

他需要用死來捍衛自己做人的尊嚴，所以矛鋒破空，帶出的竟是沈沈的死亡氣息，那種必死的決心，使得他將這一矛的威力發揮到了極致。

與此同時，桂風、桂雲驚呼一聲，同時出手，雙矛迸發，攻向紀空手所必救之處。

天地間頓時一片肅殺，烏雲敝日，天色昏暗，虛空中的氣流驟變狂野，狂野得讓人幾乎不能呼吸。

「來得好！」紀空手暴喝一聲，突然收拳，手臂回繞間，手中赫然多出了一把寒光閃閃的離別刀。

他既不想與人同歸於盡，當然不會異想天開地以肉拳去與三支鐵矛相拚。他一退之間，刀已在手，以一種肉眼難辨的速度化去三矛的攻擊，同時整個人「蹬蹬蹬……」連退三步，才算避免了與父子三俠同歸於盡的局勢。

第五章　人矛合一

父子三俠並肩而立，矛鋒所向，各不相同，卻讓人感到了一股懾人的氣勢，彷彿戰局的主動權就在這片刻之中互換。

但是事實上絕非如此，紀空手此刻雖在丈外，但從他的刀鋒上透發出來的勁流，依然充斥著他們相距的每一寸空間，刀雖未動，卻比動態之時更讓人心生悸意。

此時的紀空手，整個人進入到了至靜至極的武道玄境，也許正是因爲對方同歸於盡的打法，使他在瞬息間觸摸到了無爲之境，激發了他對外界事物的靈覺感應。

眾人無不心驚，因爲他們看到的紀空手，絕對如大山凝立不動，但是他們卻感到了這靜止的背後，將是如火山熔岩般的爆發。

桂家父子再也忍受不了這靜默帶來的壓力，突然動了。

人動，矛亦動，人矛合一，彷如三道電芒逼入紀空手布下的刀氣中。氣流在這一刻間如海嘯飛掠，任何人都看到了桂家父子這聯手一擊的巨大威力。

一丈、九尺、七尺……

距離在極短的時間內縮小，但在紀空手的眼中，卻清晰無比地看到了三支鐵矛在每一寸空間的行進與變化，更感受到了它們即將攻擊的方位與角度。他的心靜如止水，不起半分波瀾，外界事物的任何細微波動，都盡現於他的心中，絲毫沒有遺漏。

刀出，如雲天之外的一道流雲，飄逸中彷彿不沾一絲俗氣，緩緩地漫向這無盡的虛空。空中有矛，矛帶殺氣，卻絲毫掩不住這清新自然的清風。

刀若清風，如此寧靜，眼看就要與三矛相撞，突然間刀鋒一亮，清風盡散，化作了萬千寒芒，將三支鐵矛盡數夾裹。

桂永波驟覺矛上壓力劇增，輕叱一聲，陡然發力，全身勁氣在掌間爆發，腕動矛振，幻化成一團光影突破了這凜厲刀氣的包圍。

他心中一喜，卻又生疑，只覺得自己的這一手固然凌厲，卻未必能如此輕易地擠入對方的刀氣中。等到他心生警兆時，矛鋒所向，毫不著力，紀空手劈向他的這一刀竟是虛招。

「不好！」這是桂永波的第一反應，緊接著他的心中一緊，牽掛起兩個兒子的安危。

刀鋒既出，絕無虛發，桂永波擋擊了一記虛招，並不意味著刀刀都是虛招，所謂虛中有實，其實紀空手真正的目標，是腿上有傷的桂風，只要擊殺此人，父子三俠也就名存實亡，自己亦可穩操勝券。

等到桂風驚覺時，他的長矛已然攻擊過度，無力回防。面對紀空手如鬼魅般鑽出的刀鋒，他唯一可以做的，就是棄矛而退。

他只要退後一步，桂永波與桂雲的長矛必將到位，在他的身前封殺住紀空手這必殺的一刀，但他始終沒有邁出這人生中的最後一步。

只有一步，卻是決定生死的一步，沒有人可以形容紀空手的這一刀有多快，桂風只覺自己明明才剛剛看到了刀鋒的來路，心裡卻感到了一種冰寒的刺痛。

然後桂風便倒下了，而紀空手的人已在一丈開外。

桂永波看到了這一幕，除了悲憤，更有一種「白髮人送黑髮人」的悲哀。他的眼中頓時佈滿了血絲，肌肉抽動跳躍，整張臉可怕得猶如魔鬼附身般恐怖。

他還沒來得及出手，桂雲已經衝了出去。年輕人的反應的確夠快，所以他搶在桂永波的前面殺出，一心只想爲兄報仇！

紀空手冷冷地看著他邁步、揚矛、振腕、發力，每一個動作都收入眼底。他的心異常冷靜，猶如狼兄面對獵物時的表情，當矛鋒接近他的面門時，他才斜頭一閃，然後以驚人的速度與準確性將離別刀送入了桂雲的心窩。

他連眼睛都未眨一下，看著桂雲倒在自己的面前，然後抬頭，便發現了一雙怒火與悲憤交織的血紅大眼。

這一刻間，紀空手再也克制不了自己的心緒，竟然生出了一絲憐憫，因爲他所看到的桂永波的眼睛裡，是怒火，是悲憤，還有失子之後的哀鳴。

無聲的吶喊，原比有聲的吶喊更具震撼力。所以，紀空手的心爲之一軟，竟然不願舉起自己的刀鋒，向這位可憐的老人揮去。

這是一個錯誤，絕對是一個不可饒恕的錯誤，等到紀空手驀然感到自己的肩上一陣刺痛時，他才醒悟，如果對敵人仁慈，那就意味著對自己的殘忍。

「呀……」他慘呼一聲，借著玄陽之氣的反震力震出矛鋒，整個人連退數步，直到河岸之邊方才站定腳跟。

但桂永波一擊得手，整個人更爲瘋狂，如一陣旋風直進，手腕急振間，矛鋒發出一種懾人的呼嘯，響徹了這段空間。

他已經將自己身上的潛能發揮到了極致，矛鋒一出，幾乎籠罩了周圍數丈範圍。這一矛不僅蘊含了他所有的力道，而且蘊含了他同歸於盡的決心，是以，這是驚天動地的必殺一擊。

兩岸叢林中驚呼聲起，便連一直鎭定自若的神農也情不自禁地狂呼起來，眼看這慘劇即將發生時，突然一道白光亮起，閃耀在這風起雲湧的矛影之中。

刀矛相觸，沒有發出一點聲響，紀空手早已看清桂永波的這一矛無法抵擋，是以根本不擋，而是刀鋒貼住矛鋒，一粘一引，竟然將桂永波引到了自己的身後。

「撲通……」水花濺起，桂永波發現自己上當時，已是收勢不及，整個人掉入江中，頓時被急流捲走。

濤聲怒吼，其勢洶洶，豈是人力可以抗衡的，桂永波枉爲一代高手，面對這自然界中的暴虐，亦是毫無還手之力。

眾人駭然之下，無不打個寒噤。

半晌之後，紀空手才從剛才慘烈的一戰中回過神來，眼芒一寒，射向申子龍道：「讓我再領教申長老的高招！」

他此刻肩上有傷，血流未止，卻毫不在意，依然臉無懼色地向對方的第一強手挑戰！其兇悍的鬥志，便是野狼亦未必可及。

神農看在眼中，剛欲出聲，卻又緘默不語，因爲一個英雄的成名，本就是一個充滿血腥與暴力的過程，只有經過了血與火的洗禮，才會有真正的英雄誕生，而紀空手需要這種鍛造與考驗。

這讓他想到了烈焰中重生的鳳凰。

峽谷內再次起風，在申子龍與紀空手相距的空間裡，風起雲湧，氣流竄動，兩道咄咄逼人的眼芒在虛空中悍然相觸，任何人都感到了一種大戰在即的緊張氣氛。

申子龍的眼神不住地往內收斂，眼縫幾成一線，似乎欲看透眼前這個對手。目睹了父子三俠的慘死，他的心中沒有太多的悲哀，也沒有時間來哀悼亡靈，他唯有保持冷靜的心態，以重新估計對方的實力。

剛才的一戰，給了他太多的震撼，無論是紀空手的見空步法，還是五味拳、離別刀，每一種招式出現，都給了他的視覺以最強烈的衝擊，心中更有一種不可名狀的驚奇與喜悅，這種複雜的情緒始終貫穿了場中搏殺的整個過程，令他有時候竟然不分敵我，爲一個精妙的殺著而在心中情不自禁地爲紀空手叫好。

他首先是一個武者，然後才是流雲齋的高手，所以當他從對方的一招一式中悟到了一些武道真諦時，甚至忘記了敵對關係。他是那麼地投入，揣摩著對手層出不窮的變化，以至於紀空手一叫戰，他毫不猶豫地緩緩抬起了手中的無爲戟……

無爲戟出，神之爲奪，虛空中氣流湧動，壓力充斥著每一寸空間。

紀空手冷冷地注視著這戟鋒的走向，感受著無爲戟漫射空際的氣勢鋒端……

面對這位排名在凌丁之上的高手，紀空手不敢有絲毫的大意，「鏘……」地一聲，拔刀在手，腳呈不丁不八之狀。

申子龍的無爲戟的確是一件神兵，尙在空中，戟身已然透亮，在內力的催逼下，一股無形的殺氣隨之湧出，逼迫著紀空手出刀的每一個方向。

紀空手心中倏然一緊，迫不得已，向後退了一步，半個身子已經懸空。

「受死吧！」申子龍看準了這個稍縱即逝的機會，陡然發力，整個人突破了數丈空間，戟鋒直撲向紀空手的面門。

他認定紀空手已無退路，是以戟鋒一出，鎖住三面空間。沒有人看清他是如何動作的，一閃即至，其速快若閃電。

紀空手並不急於出手，他似乎料定申子龍會以這種方式實施攻擊，是以連眼睛也不看一下，而是用心來感受這空氣的異動。

然後他才出刀！

他出刀的迅速更快，氣勢更猛，宛如一道狂捲黃葉的秋風，刀風過處，一片肅殺。

「轟……」刀戟一碰即分，火星一閃即沒，兩人似乎都無意以內力取勝，錯步開來，各展精妙殺招，廝纏一起。

這無疑是高手的對決，也是一場充滿血腥的生死大戰，但是在神農的眼中，彷彿看到的是一場遊戲。

他沒有看錯，事實上戰局中的兩人，從一開始就刻意迴避以內力相拚，他們更講究一種對武道的求索。無論是紀空手，還是申子龍，他們都將自己所悟到的一些東西運用到實戰中，希望能從對方的身上學到什麼。

是以神農眼中所見的對決，更像是一種武者的遊戲，是一種同道中人的切磋。

兩人刀戟互搏，瞬息之間攻守數十招，攻防轉換之快，讓人瞠目結舌。旁觀者絲毫沒有感受到來自兩人身上的任何氣勁，卻從兩人精妙的招式中感受到了驚心動魄的霸殺之氣，雖然刀戟無聲，卻無人不感到窒息。

當申子龍攻出第七十四招之後，又化解了紀空手第七十五次的攻擊，兩人之間似有默契一般，一攻一守，錯落有致，在外人的眼中看來的確有趣。但申子龍漸漸發覺，這看似切磋性質的比拚，自己完全落入下風，幾乎是跟著紀空手的步伐而動，讓對方控制了整個節奏。

這意味著自己已經處在一種不利之境，當申子龍意識到這一點時，對武道求索的興趣頓時大減，頭腦也愈發清醒起來。

在這場近乎實戰的切磋中，兩人都大膽地應用了自己對武學的領悟，以印證自己思想中的疑惑。毫無疑問，申子龍肯定從這種較量中有所收穫，但比起紀空手從中得益的經驗與心得，卻是大大不如。

也就是說，在這場雙方互爲利用的較量中，紀空手受益非淺，完全佔據了主動。

是以，申子龍頓有一種上當的感覺。

但他絕不甘心被一個黃毛小子戲弄股掌之間，表面上不動聲色，卻在慢慢地提聚著自己全身的功力，企圖在一個恰當的時機施出石破天驚的一擊！

一切都在無聲無息中進行，便連神農門下的弟子們也以爲戰局已近尾聲，紛紛從叢林巨石中走出，每個人的臉上都帶著勝利者的笑意。

紀空手騰挪著自己的身形，踏著見空步的步法，將離別刀的攻守發揮到極致。難得有這樣一個高手心甘情願地陪著自己見招拆招，這讓他感到一種前所未有的舒暢，整個人都沈浸到了一個追求武道極致的境界，渾然忘卻了自己此時正置身於一場生死大戰中。

危險正一步一步地迫進……

就在他攻出了一招自矛法中領悟到的刀招時，順著刀勢而望，陡然間發現申子龍的臉上出現了一絲詭異的笑意，這笑來得那麼突然，猶如魔鬼的獰笑般讓人魂飛魄散。

「不好！」紀空手心中驚呼道，接著他便感到了一股莫大無匹的壓力自無爲戟而出，排山倒海般向自己籠罩過來。

直到這時，他才發現自己犯下了一個錯誤：他不該將申子龍視爲一場遊戲的對手，在高手之間，本無遊戲可言，有的只是關乎生死的決鬥！

在這刻不容緩之際，他沒有懊悔，也沒有時間來懊悔，而是毫不猶豫地飛身而退。

他必須退，沒有人可以小視申子龍這充滿爆炸性的一擊！戟出虛空，狂風大作，完全是一種只攻不守、只進不退的霸殺之招。

紀空手無疑選擇了一個正確的應對之法，唯有如此，他才可以在退的同時提聚功力，然後展開有效的絕地反攻。

可是他卻忘記了一點，就只有一點，卻足以致命！

他似乎過於沈溺於遊戲之中，忘記了自己所站的位置已是靠近江岸，只須再退三步，他就唯有失足於滾滾的江流之中。

更可怕的是，就在申子龍發出攻擊的同時，紀空手左側五尺處一具死屍陡然間動了，一彈而起，矛鋒如電芒般攻向了紀空手的左肋。

如此突然的一擊，真正可以致人於死地。誰也不會想到，桂雲的死，竟是詐死，這就像是一個事先安排的殺局。

紀空手一驚之間，陡然間明白了很多事情。

其實申子龍等人一跳上岸時，就了解到自己的處境，在這種高手環伺的情況下，如果不用非常的手段，是很難突出重圍的。

於是他們決定犧牲有傷在身的桂風。桂風腿腳不便，無論戰局如何變化，他都難逃一死，所以他決定犧牲自己，以換取同伴的平安。

這雖然是一個難以讓人接受的決定，卻是唯一可行的辦法，所以父子三俠依計而行，造成了三人皆亡的假像。

如此逼真的表演，不僅瞞過了神農等人，同時也瞞過了紀空手。因爲紀空手的刀真正穿過了桂風的心臟，他當然也不會注意隨之倒下的桂雲竟是詐死。

當一切佈局完成之後，申子龍作爲主角便登場了。他用一系列逼真的演技來爭得紀空手的一線疏忽，從而發出了一記足以改變戰局的驚天反擊。

無論是來自申子龍的正面一擊，還是來自桂雲的左肋偷襲，這都將紀空手逼入了一個萬劫不復的絕境，如果這樣的結局都能改變，除非出現奇蹟！

◆

如果說大江之水能夠溺斃一個普通人，沒有人會不相信；如果說大江之水能夠溺斃一個身負武功的高手，你若相信，那就是白癡。

紀空手當然不是白癡，就在這面對絕境的剎那，他忽然想到了一個人，一個白癡才相信他會溺斃的人。

如果說連桂雲都是詐死，那麼桂永波又怎會溺水而亡？思及此處，紀空手背上一緊，突然醒悟到真正致命的一擊，或許應該來自於自己的身後。

當這一切都在電光石火間發生時，沒有人驚呼，沒有人撲前，神風一黨的數十名子弟沒有一個人出手相助。也許是因爲相距太遠，也許是因爲時間不及，也許是……

神農卻在這種緊張的時刻露出了一絲微笑，一種自信的微笑，如果申子龍看到這種神情，不知他會生出何種感想？

不過他並沒有看到神農的笑容，卻看到了紀空手的笑，他的心中莫名生出一絲詫異：「如果是我在這種情況下，是否還能笑得出來？」

他不想知道答案，只是將自己的全部心神投入到無爲戟上，仿若暗黑夜中的一道驚雷，將眼前的一切盡數毀滅。

戟鋒一點一點地漫過虛空，動靜的對比給人一種玄之又玄的感覺。當無爲戟愈迫愈近時，透過雲湧般的殺氣，申子龍看到了紀空手的那雙眼睛。

這是一雙深邃悠遠的眼睛，仿如浩大蒼穹，不可揣度，予人玄妙之境的感覺。他的眼眸中流露出一種少女思春般的憂鬱和對生命無限的眷念，給人無盡的生機和不滅的自信，更表現出一種道家禪境的寧靜。

靜，是一種表現，亦是一種方式，四方動亂唯我靜，這更是一種境界。以靜制動，合乎於天地自然，心至靜極，同樣是武道玄理。此刻紀空手給人的感覺，仿如在這一瞬間超脫了生命的範疇，人世的定義。

這是一種非常怪異的感覺，怪異得讓申子龍感到了一絲恐懼，不過他相信桂永波能夠完成致命的一擊。

三條匪夷所思的攻擊路線，對準了相同的一個目標，只憑不斷瘋漲的氣勢，就足以摧毀人的意志，更何況他們所用的都是神兵利器？

但驚變就發生在這一瞬！

首先感到這種異動的是桂雲，當他的人一彈而起時，其長矛已然出手！這一躍之勢，猶如箭勢，快得似一隻鷹隼，但他忽然發現自己卻像一隻斷翅的鷹隼，竟然飛不起來。

這實在是一件恐怖的事情，他只感到從地底中陡然伸出兩隻大手，正好牢牢地箍住了自己的腳踝，不僅讓他絲毫動彈不得，而且還拉著他的身體用力向地裡陷去。

「啪……」他的整個人如一塊鋼板般硬生生地倒下，摔得頭腦發暈，眼冒金星，手中的長矛堪堪抵至紀空手的身前，便如枯樹跌落，根本沒有半絲威脅。

「呀……」等到桂雲發現這一切都是人爲，而並非鬼魅幽靈作祟之時，他突然感覺心口一痛，一把利刃破土而出，寒氣襲人，頓時讓他一命歸西。

這一切都是土行所爲，身爲神農門下，神風一黨子弟，土行擅長遁土鑽地之術，臥伏泥土之中，三日三夜可以不出頭換氣，打洞築坑，更是本行。當日藥香居一戰，紀空手便是採納了他的主意，出其不意，盡殲凌丁一行。

但是讓桂永波心驚的不是土行的手，而是水星的魚叉。桂永波跳入沔水之後，一直就潛伏在岸邊的水草中，當他看到申子龍發出動手的信號時，長矛破水而出，揚起重重水霧，向岸上縱躍而去。

他已存必殺之心，想到桂風的慘死，他的臉上盡是悲憤，恨不得一矛將紀空手刺個對穿而過，以報這滅子之仇。

長矛如惡龍般刺破虛空，水滴、泥珠如同著了魔般飛舞、旋動，然後形成一道強猛的氣流，向紀空手的背部衝擊而去。

江水湍急，濤聲陣陣，夾雜在這乍起的狂風中，構成懾人的聲勢。

可是紀空手還是不動，因爲他相信水星，更相信水星的魚叉。

就在桂永波破水而出的同時，一重迎頭巨浪「嘩啦……」捲來，在這湍急的河段上，波浪此起彼伏，極爲平常。但這重巨浪形狀怪異，竟似一頭對月狂嗥的野狼，向桂永波的身體夾裹而去。

桂永波心中絲毫不懼，更沒有因此而放慢身形。不要說這只是形如野狼般的巨浪，就是真的野狼襲來，也休想阻止他前進的腳步。

但是他真的沒有想到，這如狼狀的浪峰竟然真的會咬人，而且咬在心上，痛徹心脾。他的身形陡然墜落，血霧噴灑間，終於看清了在浪峰的中心，有一把亮晃晃、寒凜凜的魚叉。

這一刻，他忽然間感覺到自己就像是一條大魚，只不過，是一條將死的大魚。

在臨死的刹那，他想到了一件有趣的事情。還是在他小的時候，他曾經和一個漁夫打賭，說是只要這漁夫能潛在水下一個時辰不動，他就投河自盡，結果漁夫輸了，他贏了這場賭局，因爲他不相信一個人能在水中長久生存。

不過到了現在，他才知道，這場賭局錯的是他，而且錯得很厲害，這一錯竟然真的要了他的命。水星是個很平常的人，這一句話僅限於陸地。到了水中，那裡就是他的天下，桂永波敢在水中與之玩命，那就唯有是玩命——把自己的小命玩完。

直到這時，申子龍才發覺紀空手何以會如此冷靜，這就像是一盤象棋棋局中的殺局，自己精心布下的一個陷阱，最終卻讓自己陷入進去，這讓申子龍感到了羞憤之情。

不過，他已別無選擇，無爲戟出，不是你死，就是我亡，他再也不會後退。

紀空手依舊冷冷地注視著申子龍的來勢，腳下不丁不八，如山嶽般靜立，彷彿土行與水星的出現毫不關己。他的人站在江岸，衣衫舞動，獵獵作響，在這無風的空間裡，盡顯他內在無窮的氣勢。

戟近五尺，勁風直迫肌膚，紀空手劍眉一揚，終於動了。

刀微揚，斜指虛空，引天邊夕陽斜照，勾勒出一片雲霞。

此時無風，此地無風，但刀橫空中，恰如秋天田野上的那道清風，風過處，一片肅殺。

刀氣森寒，如深潭之水，如古窖玄冰，那種自刀鋒湧射出來的寒氣，猶如無形的潮水般一浪緊接一浪地漫過每一寸虛空。

申子龍爲之心驚，更爲自己以切磋之名來迷惑對方的行爲感到羞愧。他根本就沒有揣透到紀空手真正的實力，只有在這一刻，他才領略到了這位年輕人的可怕。

「殺……」紀空手雙眼一瞪，驀然大喝，聲音如龍吟虎嘯，盡顯霸殺之氣。而他的刀似匹練般漫空而出，覆蓋著整個大地，將申子龍盡噬其中。

那無可匹禦的刀氣帶著驚天動地的氣勢舒展開來，滲透虛空，每一寸空間彷彿都被刀氣絞碎，吸納著氣流中的任何形狀的物質，甚至將申子龍的無爲戟也包容起來。

「轟……」土石炸裂四散，枯草敗葉化爲無形。

「蹬蹬蹬……」申子龍本不想退，卻不得不退，一股巨力如山嶽壓來，逼得他連退三步，嘴角處滲出一縷血絲。

紀空手同樣也退了三步，眼中不由多出了一絲詫異。他不得不承認，申子龍的確是他迄今以來遇到的最強對手，除了項羽之外，他還沒有碰到過這樣兇悍的敵人。

他深深地吸了一口氣，強行壓制住體內翻湧的氣血。與申子龍的這一擊，的確是毫無花巧的硬抗，若非他這段時間幾逢奇遇，領悟武道玄理，使得玄陽之氣成倍劇增，只怕此刻他已受到了滅頂之災。不過，當他看到申子龍嘴角的血跡時，他已明白，今日一戰，他將必勝。

「流雲齋能夠位列江湖五大豪門，果然有些實力，我何其有幸，竟然得兩大長老賜教，足見項少主待人至誠之情，大恩大德，無以言謝，唯有以刀相贈！」紀空手冷然笑道，邁前一步，殺氣又起。

「你見過凌丁？」申子龍聞言一驚道。

「何止見過？」紀空手淡淡一笑道：「我與他兩次交手，所幸贏得一招半式，這才能夠留得命來領教申長老的高招。」

申子龍心中一寒，已知凌丁性命不保，不過他此刻雖然身處絕境，卻依然不失高手風範，昂頭喝道：「申某心智不如公子，落得如此下場，倒也認命，不過你要取我項上人頭，只怕未必容易，閒話少說，這便動手吧！」

否？」「且慢！」紀空手微微一笑道：「要送命又何必急在一時？我有一事相詢，你願答便答，不知可

申子龍眼見自己身邊只剩四五個隨從，說到武功，都絕非力挽狂瀾之輩，而對方只是一個紀空手便已如此了得，再加上一個神農，自己斷無生還之理，不由輕歎一聲道：「以公子的心計身手，日後成名天下，只是早晚之事，申某這條老命能送在公子手上，總好過送在無名之輩的手上，唉……你有話儘管問吧。」

「我想問的第一件事是，不知申長老識得沛縣劉邦嗎？」紀空手此言一出，神農微微點頭，這說明紀空手已經開始不相信劉邦了，他更希望通過別人的看法來了解這位昔日的朋友。

「劉邦此人，貪酒好色，不足以成就大事，公子提他作啥？」申子龍語帶不屑地道。在他看來，像劉邦這等好色之徒，提一提也似有污自己的口舌。

「難道你們項少主也是這樣認為的？」紀空手緊問一句道。

「項少主之所以器重劉邦，正是因為他胸無大志，不足以爭霸天下，否則臥榻之側，豈容他人鼾睡？而且劉邦此人雖然貪酒好色，但帶兵打仗確有一套，手下能人賢士頗多，更有七幫為基礎，追隨少主之後，已是屢立奇功，被楚懷王封為武安侯，統率碭郡人馬。只不過申某一向不喜這種人物，是以與他並無交情。」申子龍淡淡笑道，顯然並不看好劉邦。

紀空手聞言之後，不知心中是喜是憂。以劉邦現在的這等聲勢，韜光養晦，不爭人先的處事策略確見奇效，假以時日，必然脫離項羽控制，形成分庭抗禮之勢，成為爭霸天下的一支生力軍。也正是因為如此，說明劉邦為人城府極深，深謀遠慮，胸懷大志，這樣的人必定無情，自己此次咸陽之行，十有

八九是又遭劉邦利用了。

思及此處，他的心情確實是心灰意冷。想到自己一腔真情待人，卻落得如此報應，真正是難受至極。

他輕歎一聲，頓覺自己此番入京，並無太大意義，若非是牽掛韓信安危，真想一走了之，西行入蜀，與紅顏隱居山林。可是轉念一想：「此事只是我暗中揣度，並未證實，倘若冤枉了劉大哥，我豈非辜負了朋友之誼？」

「公子若無話相詢，便請動手吧！」申子龍將無爲戟振出空中，頓時發出嗡嗡之音。

紀空手經過了這一番生死決戰，心中已無殺意，淡淡一笑道：「申長老此時只有一人之力，何必要拚個你死我活呢？我敬重你是一條漢子，不如上船酌酒三杯，化去這段恩怨如何？」

申子龍沒有想到紀空手會說出這番話來，一怔之下，搖搖頭道：「申某領情了，卻斷然不敢相忘這段恩怨。這些死者都是跟隨了我多年的兄弟，卻因我而死，我又怎能不爲他們報仇血恨？」

紀空手眼芒一亮，心中頓起惺惺相惜之感，只是申子龍所言既是事實，若不一戰，絕難了斷，當下不由沈默無言。

「我敬重公子的人品武功，也佩服公子的心智謀略，假若我們早一日相逢，或許能成爲忘年之交的朋友，可惜的是我受命於少主，不得不追殺於你，即使技不如人，也唯有一死而已，卻不敢苟且偷生，否則江湖上人人會罵我申子龍是不忠不義之徒。」申子龍慷慨激昂地道，言語中自有一股豪情奔湧。

「如此說來，唯有一戰。」紀空手肅然道。

「生死之間，不容相讓。」申子龍正色道。

兩人相視一眼，哈哈大笑，笑聲中既有知己般的喜悅，亦有一種無奈。他們深知，尊重對手唯一的方式，就是戰勝對方，這是一場不可避免的決戰。

「請！」紀空手雙手一合，刀鋒斜指半空。

「好！」申子龍緩緩地抬起了無爲戟，將它劃向那虛空的深處……

兩人屹立不動，如山嶽相峙，雖然相距兩丈，但從他們身上奔湧而出的氣勢，如雲湧，如風動，充斥了這段靜默的虛空。

空氣爲之一窒，在場的每一個人都感受到了那種如山梁壓伏的壓力，更看出了這兩大高手都已傾盡全力，絕無半點保留。

神農坐觀局外，心中怦然而動，整個人緊張得雙手緊抓舷欄，木欄盡碎成粉，自己猶自不覺。因爲他已看出，此戰不動則已，　動必分生死。空間的殺氣濃烈得緊纏一起，根本沒有化解的餘地。

他幾乎有一種後悔的感覺，後悔自己沒有及時攔阻紀空手，但心中又隱隱覺得，一個真正的英雄，本來就只有在苦難中成長，在烈焰中鍛造，在無數次高手搏殺中求生，唯有如此，他才配擁有這「英雄」二字的榮譽。

這是一道關卡，也許紀空手就應該無畏面對，而不是逃避。也許只有當他翻越了這道關卡，他才會真正進入到武道高手的行列。

紀空手還是站在那裡，還是帶著淡淡的笑意，隨隨便便地一站，就彷彿興之所致，但是那種滿不在乎的樣子卻給人以無比充實的感覺。他就像是寧靜的深海，深邃而廣闊，讓人無法揣度；他更像是一座高不可攀的山嶽，任何人若欲透視他，都會產生高山仰止的感覺。

申子龍的手依然握住無爲戟，冷汗滲出，竟然良久不動，就像是以這種形式定格空中。雖然他的氣勢達到了自身的極限，但面對紀空手，他卻感到了一種從未有過的虛弱，似是面對一盤永無勝算的棋局，又似是面對即將爆發的火山，根本就讓他看不到一點取勝的希望。他甚至覺得，自己面對的是一道即將決堤的大壩，只要裂開一道縫隙，自己就隨時有被洪水吞沒的危險。

所以，他不敢動，也不能動，靜立如一尊屹立千年的石雕，任由時間一點一滴地流逝而去。

一個時辰很快過去，就在這時，神農終於放下心來，臉上竟然多出了一絲微笑。

他應該笑，因爲他看到了申子龍握戟的大手不經意間顫抖了一下，雖只一下，而且一閃即逝，但對神農來說，已經足夠。

這就證明了申子龍已經沒有繼續支撐下去的信心，只要他一動，必露破綻，等待他的，就將是致命一擊！

神農沒有看錯，所以等到這種顫抖的跡象第三次出現時，他聽到了一聲充滿悲情的長歎。

「罷了，罷了，能敗在公子的手下，申某無憾！」申子龍低嘯一聲，突然回戟一刺，正中自己的心口。

誰也沒有料到申子龍竟會回戟自殺，如此剛烈之舉，引得眾人無不驚呼，更爲申子龍的英雄行徑大爲折服，以一死成全自己忠義之名的，從古至今，又有幾人？

紀空手飛身過去，扶住他道：「申長老何苦如此？」雙掌運力，便要護住他的心脈。

申子龍淡淡一笑道：「這……這是我……我必走之路，命當……如……此。」他整個人癱軟一團，倒在紀空手的懷中，眼睛微閉片刻，掙扎著繼續道：「以……你……之……能，足……以……爭……霸……天……下，可……惜……的……是……我……卻……看……不……到……那……一……天……了……」說完這句話，頭顱垂下，再無氣息。

紀空手緩緩地將他放下，一字一句地道：「就爲了你這一句話，我紀空手絕不輕言放棄！」

他的臉如花崗石般堅定，眼神中更流露出一股不可一世的霸氣。他從來未想過自己要去征服別人，要去爭霸天下，但是申子龍的這一句話，卻勾起了他心中的萬丈豪情，更激起了他永生不滅的熊熊戰意。

不爲別的，只爲這一句話付出了生命的代價，所以才更有分量，更有一種悲情之美！

◆

六月二十日，大秦都城咸陽。

咸陽在九嵕山之南，渭水之北，商業發達，旅運頻繁，市面熱鬧繁華，仿如盛世一般，渾不似正值亂世，隱呈偏安一時之局。

從寧秦入京，最多三日路程，韓信一行因有格里、格瓦兄弟相陪，一路上省去了不少麻煩，沿途所見所聞，俱是大秦暴政之下百姓民不聊生的景象，京城重地尚且如此，也就怪不得天下各地豪傑，揭竿而起了。

「大秦不亡，天理難容！」韓信心中暗道，這也更堅定了他此行的決心。他在冥冥之中得到了上天玄理的昭示，一心想爲「劉」姓義軍效命，以博一世榮華富貴，是以對登龍圖有勢在必得之心。

與格里兄弟相處多日，韓信幾番打聽，終於得悉當世義軍之中，劉邦一系雖然名歸楚軍，但已漸成氣候，屢次抗秦成功，成爲各路義軍中一股不可小視的力量。思及鳳五當日所言，雖然其言語隱晦，但韓信由此揣度，以劉邦這數月時間的上升趨勢，問天樓裏助之人，十有八九便是他了。

在如此亂世，如果沒有像問天樓這等武林豪門的鼎立支援，即使像劉邦這等擁有大智大勇的人物，要想爭得一席立足之地，亦是千難萬難，怪不得韓信會有如此認定。

他唯一不明白的地方，就是如果事實真的如他所想，何以劉邦以卑微的亭長身分，能夠得到衛三公子的賞識？這豈非是一個令人難解之症？

他決定不去想這些沒有答案的問題，而是將一門心思重新放在了登龍圖上。

登龍圖事關百萬兵器與巨大財富的收藏之地，誰若得之，便等於擁有了爭霸天下的本錢。但凡有心問鼎天下者，誰不覬覦？這就難怪衛三公子會窮十年之力，精心佈局，耗費如此巨大的人力物力了。如果自己獲得此圖，必將受世人矚目，日後問天樓藉此問鼎天下，自己豈非立下奇功一件？從此飛黃騰達，指日可待，榮華富貴，更是唾手可得。

不過此圖既然事關重大，想必所藏之地機密異常，絕非是輕易可得之物。否則以衛三公子、趙高這等人物，尚且苦費心血，不見圖影，自己此行，未必就能馬到成功。

思及此處，韓信心中凜然，隱隱覺得咸陽之行絕不簡單，其中兇險之處，絕非是自己可以想像的。

穿過長街，終於到了格里在京中的宅院，這裡雖不及皇宮侯府氣派，但其規模之大，設施之豪華，依然足夠讓韓信瞠目結舌。它位於趙高相府左側的區域，隱然是相府建築的附屬，但是單門獨戶，自成格局，可見格里在趙高心目中的地位。

進了院中，方知院內別有大地，原來這裡全是按著草原風情而建構，既有湖水綠草，亦有馬廄營帳，占地千畝以上，猶如大城之中的一片草原，格里的「突厥暗殺團」便駐紮於此。趙高的入世閣發跡於突厥境內，是以一直崇尚突厥武風，特許格里如此建構，以作訓練精銳之用。

韓信見之，不由嘖嘖稱奇，再看草原之上駿馬飛馳，騎者剽悍，偶有三五人走過馬前，個個雄健非常，不由贊道：「將軍的暗殺團果然名不虛傳，怪不得趙相如此看重將軍，原來如此。」

格里有心賣弄道：「暗殺團戰士，無一不是我突厥百裡挑一的善戰勇士，他們殺人過百，冷血無情，技藝精湛，忠心亡命，在我大秦軍中，素有『狼族戰士』之名，雖只三千之數，卻敢與數萬精兵匹敵！」

韓信看著遠處人群中不時有人持弓練射，有人摔跤角力，武風之盛，的確讓人稱羨，點頭道：「這些人兇悍好鬥，久經訓練，其戰鬥力自然不同凡響，其中不乏有武功高強者，以強帶弱，形成人人爭強之風，對提高整體戰鬥力大有好處，將軍能夠如此統兵，實在讓我佩服不已。」

格里眼現詫異地看了韓信一眼，道：「你能看出我將競爭機制引入日常訓練的手段中，可見你的見識不凡。以你之能，假若與我聯手，日後必能揚名天下，不知意下如何？」

以格里的身分地位說出這番話來，可見他對韓信的確看重，格瓦與昌吉無不大喜，卻見韓信搖搖頭道：「將軍美意，我只能心領。所謂無功不受祿，身為七尺男兒，如果不能憑著自己的本事去爭得一世功名，豈非要羞煞時家列祖列宗？」

他此時初到咸陽，對京中局勢尚不了解，所以不敢立刻擇主而靠。何況他深知格里為人豪爽，最重英雄，自己此番說法，必能博得他的好感。

果不其然，格里哈哈一笑道：「我果然沒有看錯人，能說出這等話來，不愧是頂天立地的男子漢！」這更堅定了他對韓信的籠絡之心。

一陣馬蹄聲隆隆響起，塵土飛揚間，一彪人馬由遠及近，到了近前，方才拉韁收蹄，馬聲長嘶之下，當先一人拱手高聲道：「見過將軍！」

韓信抬頭來看，只見此人頭戴纓盔，一身錦甲，濃眉方臉，英氣勃發，眉宇間隱現倔傲不馴之色，一看便知是個極爲傲氣的青年。

「瓦爾，你來得正好，我正想給你引見一位好朋友哩！」格里顯然對瓦爾極爲欣賞，是以語氣甚是親切。

瓦爾輕哼一聲，以不屑的眼神打量了韓信一眼，道：「將軍，你說的是他嗎？我們突厥人崇尚英雄，也只有英雄才配做我瓦爾的朋友，他難道是英雄嗎？」

格瓦與昌吉驀然色變，都有憤憤不平之色，格里聽出他語帶挑釁意味，正要喝叱，卻見韓信淡淡一笑道：「我也許不是英雄，可是不等於我就不是你的朋友。」

他胸懷大計，不敢樹敵太多，是以一切以忍爲上。瓦爾驚奇地看了他一眼，道：「你若真想交我這個朋友，就先得贏了我手中的彎刀，否則一切免談！」

他們突厥人一向將朋友看得比自己的性命還重，是以從來不會輕易認人作朋友，一旦他把你當作朋友，就等於將自己的性命交付給你了。韓信聽格里說起過突厥風情，是以對此見怪不怪。

在格里的眼中，瓦爾正是他最器重的人才，如果他能與韓信成爲朋友，不啻於讓自己平添左臂右膀，是以他望了望韓信，希望韓信能接受這個挑戰。
韓信當然明白格里的心思，卻還是猶豫了一下，因爲他已看出，瓦爾絕對是一個高手。這只是他的一種直覺，卻是非常精確的直覺。瓦爾的眼芒咄咄逼人，充滿著無窮戰意，整個人就像是一隻高山上孤立的鷹隼，有一種傲視一切的自信。兩人雖未交手，但已經從空氣中聞到了來自對方的殺氣。
「哼，膽小鬼！」從馬隊中傳出一聲冷冷地嬌叱，韓信循聲望去，只見一個勁裝女郎以一種不屑的眼神望著他，雖然人比花美，卻如帶刺的薔薇，身上的每一寸地方都透著野性與自然的美感。
「烏娜，不得無禮！」格里喝道，言語中卻多了一絲疼愛之情。烏娜是他的掌上明珠，他愛她甚至多於愛自己，縱是喝罵，亦不敢太過嚴厲。
烏娜哼了一聲，扭頭不語。
韓信心有鳳影，對其餘女子便也不放在眼裡，只是被一個美女喚作「膽小鬼」，任他再能忍氣，也心有不甘，當下笑道：「罵得好！有小姐這一罵，我豈敢再言不戰？」
兩人下馬，相距五丈而立，眾人退開，卻又被遠近蜂擁而至的戰士圍住。突厥人喜好廝鬥，又聞聽是他們中的第一高手出戰，哪有錯失不看之理？叫嚷聲中，熱鬧一片，無不替瓦爾鼓氣。
昌吉與照月三下六騎雖然兇悍勇武，但在這數千人中，猶如滄海行舟，根本不起作用，只能爲韓信暗自祈禱，希望這位少主不會輸得太慘。
格里大手一揮，眾人肅然無聲，可見格里在狼族戰士心目中的崇高威望。
「你們兩位都是我最欣賞的年輕人，無論誰勝誰負，都不重要，重要的是不能有任何傷害。所以這一戰，只能點到爲止，聽明白了嗎？」格里深深地看了他們一眼，這才大聲說道。

韓信與瓦爾對視一眼，同時答道：「明白！」

瓦爾話音一落，大手緩緩地落在了腰間的刀柄處，剎那間，這片草原上的每一個人都感到了氣溫驟降，森寒無匹的殺氣襲捲著全場。

刀未出鞘，氣勢卻充斥四周，看來瓦爾能蒙格里看重，絕非偶然。

韓信凝立不動，眼芒一閃，如神光閃電，衣衫無風自動，勁氣鼓湧，獵獵作響，其威勢一點都不遜於瓦爾，甚至比對方更多出了一份自信。

眾人無不驚詫萬分，似乎都沒有想到韓信的氣勢竟能與己方的高手瓦爾分庭抗禮，人人凝神屏氣，關注著這驚天一戰！

烏娜更是將一雙美目流連在韓信剛毅的臉上，嬌容上抹過了一道淡淡的紅暈。

格里兄弟與昌吉的臉上無不神色凝重。

瓦爾一聲低嘯，昂頭而起，向前邁出三步，每一步足有七尺，頓時把他們之間的距離縮至兩丈。

他每一步踏出，猶如戰鼓，步伐間的氣勢，配以矯健挺拔的身材，自然而然便流露出一種令人無法抗衡的氣度。看來此子狂傲如此，確實有其狂傲的本錢。

韓信嘴角處依然泛起淡淡的笑意，雙手背負，仿如欣賞著一幅山水墨畫，甚是悠然自得，只是他外袍下突出一枝梅的劍柄，給人一種凜然殺意。

「你能在我的強壓下保持鎮定，倒讓我有了三分喜歡。」瓦爾眼神凌厲，掃向韓信的臉上，「鏘……」地一聲，右手已將彎刀拔出，虛空中立時生出一股凌厲無匹的刀氣，呈弧形向韓信包圍而至。

韓信眼芒一寒，一枝梅驀然脫鞘而出，嗡嗡直響中，化作一道淒寒飛虹，直迎而去。兩股無聲無形的劍氣刀芒，猶如惡龍般在虛空中絞殺廝纏，透發的壓力似浪潮襲捲四方，空氣陡然一窒，接著便聽到一聲激響迴旋虛空，震得眾人耳膜發麻。

韓信倏地飄然而退，橫劍於手，傲然而立。只見他的神色仍是絲毫不改，閒逸散漫，淡笑滿臉，似乎剛才的一擊全是幻覺，劍鋒凜凜，壓根兒就未出手一般。

瓦爾的身形微微一晃，瞬即站定，臉上現出難以置信的神色，突然退後三步，站回原地道：「好劍，好劍法，能使出這般劍法之人，豈能不是我瓦爾的朋友？」

在場的眾人，無不動容，卻看不出兩者相交一擊，誰勝誰負，神情中不由得多出了幾分愕然。

格里將之看在眼中，知道兩人功力相若，瓦爾能出此言，乃是惺惺相惜之故。當下下馬拉住瓦爾與韓信的手，道：「想不到二位一招之下，便能一見如故，既有如此高興之事，何不去痛飲三杯？」

說完挽住二人，從人群中走出，到了一所營帳簇擁的建築面前，吩咐下人，擺酒設宴。韓信心中正奇怎麼會在這裡出現一座具有中原建築風格的宅院，一問方知，原來這裡是格里家眷起居的豪宅。

進入大廳，數人俱都入座，瓦爾性情豪爽，誠心相交，與韓信談論了不少搏擊之道的話題，待得酒肴上席，更是敬酒三杯，兩人都有相見恨晚之意。

格里見得如此，心中著實高興，問起近日咸陽發生之事，瓦爾當即站起道：「自將軍離京之後，團裡一向無事，只有那樂五六來過數次，派些手下再三向我挑釁，我謹記將軍吩咐，不敢應戰，這下好了，將軍既然歸來，便容我與樂五六一戰！」

樂五六乃親衛營第一高手，一向狂傲，仗著有樂白撐腰，屢次向瓦爾提出挑戰。格里抱著息事寧人的態度，著眼大局，倒也不去理會。這時聽得瓦爾說起，心中一股無名火起，眼芒一寒道：「他竟敢如此欺人太甚，那就休怪我下手無情！我們好好計畫一番，既要殺了樂五六，又要讓樂白有苦說不出。」

瓦爾微微一笑道：「我心中早有一計，不知當講不當講？」

格里道：「但講無妨。」

瓦爾道：「親衛營屢次來人挑釁，將軍何不向樂白言明，就讓親衛營與我們暗殺團來個生死約定，大戰一場？」

格里早有這種想法，只是親衛營與暗殺團都是趙高一向看重的精銳部隊，倘若兩虎相爭，傳到趙高耳中，必然不允，自己亦是難逃干係，不由遲疑起來。

瓦爾心知格里的顧忌，黯然坐下，只是想及樂白等人咄咄逼人的架式，臉上猶有不平之色。

韓信心中驀然一動，暗道：「我若想在京中立穩腳跟，豈能一直默默無名？想這樂五六如此倡狂，必然得享大名，我若能將之擊殺，一來可以向格里、瓦爾表明心跡，二來也能揚名京城，讓趙高知曉還有我這麼一號人物。不過如此一來，就算是與樂白的親衛營系統結下仇怨了。」他此刻的心思，仿如賭錢中的押寶，在親衛營與暗殺團之間，只能是二者選其一，稍有不慎，看走了眼，不僅是他，便是問天樓這十年心血亦是前功盡棄，這令他不得不思慮良久。

「這樂五六是個什麼角色？」韓信想了想，問道。

韓信此言一出，頓時讓格里有了計較，當即不動聲色道：「他是親衛營統領樂白的侄子，使得一手好槍法，爲人亦是蠻橫無禮，仗著他叔叔是趙高眼中的紅人，屢次向我暗殺團挑釁，我因爲大局著想而一再容忍，想不到這一次他竟趁我不在，上門挑戰，若是不給他一點厲害瞧瞧，只怕暗殺團從此便難以在親衛營的人前抬頭了。」

「既然如此，瓦爾的建議豈不名正言順嗎？何以將軍會遲疑猶豫？」韓信知他必有苦衷，是以逼問了一句。

格里輕歎一聲道：「樂白與我，曾被趙相視爲左臂右膀，加上俏軍師張盈，乃是趙相最爲器重的三個人。他不想看到我們三人爲了一些事情內訌不斷，以至於影響了自家的實力。更不願看到有手足相殘的悲劇，是以我才一味忍讓，不敢動手。」

「那麼將軍爲何不向趙相言明真相呢？」韓信奇問道。

「我也想過，只是事情並非如你想像的那麼簡單。首先是趙相身居高位以來，性情大變，已經不像原來那般從諫如流，稍有不順之事，便是大發雷霆，遷怒於人。近段時間，趙相爲修練『百無一忌』功，更是深居簡出，難得見其一面。另外，加上樂白與張盈相互勾結，串通一氣，對我大有排擠之意，若是我在毫無證據的情況下向趙相稟報，定遭反咬一口，自惹無趣，所以我一直沒有動手，就是因爲這些原因啊。」格里長歎一聲，臉上頗顯無奈。

韓信沈默不語，心中暗道：「看來格里的處境並不太妙，我若投靠於他，是否能得到趙高賞識，從而混入宮中，只怕尚是未知之數。不過格里對我如此器重，又蒙瓦爾當我是好朋友，我若在此時幫他們出了這口惡氣，豈非能完全贏得他們的信任？」他躊躇片刻，咬了咬牙，終於下定了決心。

他之所以這樣決定，更是相信時農的眼力。格里這條線既是時農精心所牽，想必在他鋪線之時已經權衡利弊，認爲格里無疑是「時信」入宮牽頭的最佳人選。因此韓信沒有理由不相信這位忠心耿耿的老者，同時也相信時農的在天之靈必會庇佑自己。

「以將軍的眼力，我是否是樂五六的對手？」韓信站起來道。

此言一出，眾人無不驚喜，格里更是眼中一亮。他知道，韓信只要答應與樂五六一戰，那就說明他已真正站到自己一邊了。

「樂五六不是你的百招之敵！」格里沈凝片刻，斷然答道。

「如果是這樣，我倒想到了一計，可以幫助將軍和瓦爾兄弟出了這口惡氣。」韓信淡淡一笑，胸有成竹地道。

格里大喜道：「願聞其詳。」

「將軍聽說過『不知者無罪』這句話嗎？我們就在這上面作文章。」韓信當即說出了自己的計謀，聽得眾人無不點頭稱道。

韓信說完話時，猛一抬頭，卻見烏娜的眼神正從自己的臉上一閃而過。朦朧之中，韓信沒有感覺到她眼中的那股野性，倒是覺得這眼神柔如秋水，讓人心醉。

他心中打了一個機伶，驀然間想起了鳳影的笑靨，那笑靨中綻放的柔情，與烏娜的眼神是何等地相似。

想到自己肩上的重擔，面對這少女的綿綿柔情，他唯有苦笑。

第六章　相府風雲

一夜醒來，韓信召來昌吉。

「依你之見，我昨天說出的計畫是否可行？」韓信尋思一人計短，是以想徵詢昌吉的意見。對昌吉的忠心，他毫不懷疑，希望能從昌吉的口中聽到不同的意見。

昌吉遲疑片刻道：「少主的計畫的確是天衣無縫，無懈可擊，不過整個計畫的基礎是建立在對格里的信任上，如果事發之後，格里礙於形勢撒手不管，我們的處境就相當危險了。」

韓信眼現欣賞之意，所謂英雄所見略同，他顯然也看到了這一點，不過以格里目前面對的局勢來看，此刻正是用人之際，他需要有自己這樣的人才替其抗衡樂白與張盈的勢力，如果臨陣退縮，那就等於他屈服於別人的強壓，自然會大失人心，以格里的性格，當然不會如此選擇。

何況自己此舉，等同於向樂白與張盈宣戰，格里早就等待著這一天，豈會錯失這個大好良機？

思及此處，韓信安撫了昌吉幾句，囑他帶著照月三十六騎操練騎射之術。然後按事先計畫，與瓦爾一道，在二十多名戰士的護送下，走過南北暢通的繁華大道，來到了名揚京都的「八仙樓」進膳。

此樓前臨大街，背靠小湖，景色別致，堪稱咸陽一絕，乃是京中達官貴人、富家子弟常玩之地。在瓦爾的引領下，他們佔據了臨窗靠河的一間廂房，先品清茶，靜聽房外動靜。

「你能否確定樂五六必會在此出現？」韓信聊談半晌，突然問道。

「這裡是樂五六常來之處，何況他近段時間一直想找我的麻煩，聽說我到了八仙樓，豈有不來會上一會之理？」瓦爾笑道，似乎極有把握。

韓信這才放心，一時無事，不由與瓦爾聊起天下時局來，漸漸又將話題引向了入世閣三雄身上。

「格里將軍武功高強，深不可測，這是有目共睹的，何以樂白、張盈二人也能與將軍齊名？」韓信隱隱覺得自己早晚會有一天與這二人爲敵，是以有此一問。

瓦爾沈聲道：「我雖然對此二人向無好感，不過平心而論，這二人的確是難得的人才，所以才能得到趙相器重。入世閣能夠名列武林豪門之列，固然與趙相乃百年不遇的天縱奇才有關，卻少不了將軍、樂白、張盈三人的大力輔佐。暗殺團、親衛營之名，足以威震天下，加之張盈的神機妙算，更是百戰百勝，是以入世閣能有今日傲視群雄的威風，絕非偶然。」

韓信道：「難道樂白、張盈的武功竟不在將軍之下？」

瓦爾道：「樂白的『折桂手』、張盈的『美人扇』與將軍的『霸王鉞』並稱入世閣三大神兵，三人之間一向沒有交手，但趙相曾經點評四字，乃『不分伯仲』，可見這三人的武功幾乎相當。」

韓信心中一凜，暗道：「格里的功力如此雄渾，尙且不能壓過樂白、張盈，可見入世閣真是高手雲集之地，而趙高既能統率群雄，想必其武功更是深不可測。我若稍有不慎，只怕此次咸陽之行便是我的黃泉之旅了。」

他暗自深吸了一口氣，收攝心神道：「我有一事不明，想請教兄弟，不知當講不當講？」

瓦爾笑道：「你我之間何必客氣？」

韓信壓低嗓門道：「以趙相的實力，掌管文武軍馬，親信遍及朝野，何以會甘居人下？」

瓦爾一驚，似乎沒有料到韓信會提出這個問題，不由呆了一呆，這才低聲說道：「時兄怎會想到這個問題？」

韓信微微一笑道：「所謂良禽擇木而棲，我既然有意功名，當然希望投得明主，享盡一生一世的榮華富貴。」

瓦爾恍然大悟道：「誰說不是呢，我從千里之外的突厥來此，還不是爲了這一世功名？我曾經聽將軍說起此事，談到趙相的打算，不得不佩服他老人家的深謀遠慮。」

韓信聽格里說過趙高替大秦王朝建立的不朽功勳，也聽過世人傳說的「指鹿爲馬」的故事，趙高的野心之大，誰人不知？卻誰也不明白他何以會遲遲不將胡亥的皇位取而代之，這時聽瓦爾說來，似乎是趙高另有打算，不由來了興趣，催促瓦爾快快說來。

「趙相之所以至今不登皇位，原因有三。」瓦爾看了看四周的環境，這才貼近韓信的耳朵道：「其一，取而代之，師出無名，胡亥登基未久，尙無大惡，倘若在這個時候奪權篡位，不是最佳時機；其二，此際正逢亂世，匪患無數，兵災連連，一旦趙相登位，必成眾矢之的，得不償失，不如暫緩行事；其三，則是關於傳說之中的登龍圖……」

韓信心神一震，整個心怦然而跳，彷彿頭腦充血一般，暗暗驚道：「莫非趙高已得到了登龍圖？」心中像是失落了什麼一般，呆呆地望向瓦爾。

「時兄，你沒事吧？」瓦爾見他臉色不對，關切地道。

韓信頓時清醒過來，淡淡一笑道：「兄弟所言，讓我簡直都聽傻了。」有意無意間將自己的失態之舉掩飾過去。

瓦爾這才又道：「相傳這登龍圖乃是始皇親手繪製，裡面牽涉到上百萬件兵器與巨大的財富。據說始皇繪圖的初衷，原是因爲他想讓大秦王朝永世不滅，傳至千秋萬代，不過他又想到，任何一個王朝都有盛衰興亡的時候，千秋萬代，談何容易？唯一的辦法，就是讓他的後人在滅國之後，依然能夠重新復辟，周而復始，或許可行。於是他便找了一個隱密的地方，將諸般兵器與財寶收藏一處，以作日後復辟之用。趙相花費了數十年的時間，始終未得此圖，是以一直不敢輕舉妄動。」

韓信這才放下心來，突然心中又驚：「以趙高的身分地位，以及超人的智慧，花費了數十年時間尚且不能得到登龍圖，而自己又憑什麼本事就能得到它呢？」彷徨之際，頗有些束手無策的味道。

兩人再聊幾句，門外腳步聲響起，守在門外的武士進來稟報道：「樂五六終於到了。」

瓦爾站將起來道：「時兄，一切就看你的了。」

韓信拍了拍腰間的一枝梅道：「讓他儘管來吧！」決戰在即，他將一切煩惱盡拋腦後。

兩人相視一笑，便聽得樓下一個聲音陰惻惻地傳來：「這不是暗殺團的戰士嗎？難得難得，烏龜也有出頭的時候，倒不知是你們哪位統領來了八仙樓？」

伴隨著這聲音而來的是一陣歡笑不迭的叫罵聲，韓信一聽，便知樂五六等人囂張到了何種程度。

瓦爾冷哼一聲，殺氣貫上眉間，顯然怒氣已達極限。

「他媽的，什麼狗東西在下面叫喚，吵得老子連喝口茶都不清爽。」韓信有心挑釁，聲音之大，響徹了整個樓層。

一時寂然無聲，半晌之後，才聽得叫罵聲起，腳步聲響，伴隨著刀劍出鞘聲而來，到了門前，「砰……」地一腳將門踩開，便見一幫壯漢擁著一個將軍模樣的少年闖了進來。

韓信冷眼望去，只見此人相貌英俊，膚色白皙，鳳眼秀長，渾若女子，只是眉間平生一股傲然之氣，配以腰間那把七尺長劍，顯得此人別具一番英氣。看他怒氣橫生的樣子，韓信當然猜出了此人的身分。

在樂五六的身後，還有四名武士裝扮的劍手，神光充足，殺氣騰騰，無一不是兇悍好鬥之士，想必他們在京城橫行慣了，從來都只有他們罵人的份，此刻聽到有人罵己，一時半會還沒有適應過來。

樂五六眼芒一寒，看清眼前情況之後，一擺手，眾人頓時肅然不語。

「瓦爾，你總算出來了，是否敢接受我的挑戰？」樂五六手指一抬，大有咄咄逼人之勢。

「你算什麼東西，也敢向草原上的雄鷹挑戰？」韓信淡然一笑，緩緩地端茶一飲。

樂五六冷眼一橫，微微色變道：「你是何人？」他循聲而望，終於注意到了韓信，乍眼一看，只見此人驕狂無比，氣度不凡，精芒凜凜，絕對不是好相處之輩，特別是他一臉閒散之氣，更顯出了其從容不迫的高手風範。

「你還不配知道！」韓信看都不看他一眼，欲故意將之激怒。

孰料這樂五六人雖狂妄，心計卻不差，他之所以敢三番五次地向瓦爾挑戰，就是算定了瓦爾絕對不敢應戰。今日上樓一看，瓦爾竟敢公然叫罵，擺明了便是準備好要與他一戰。他深知瓦爾為人雖然粗豪，但行事卻精細無比，如果沒有一定的把握，絕不會貿然行動。

這不由得讓樂五六猶豫起來，打量了一下整個房間的佈局，最後將目光落在韓信的臉上，道：「這麼說來，是你想與我大戰一場了？」

「就算是吧，因為你看上去不像是我的對手，對於痛打落水狗這種好事，我一向有所偏愛。」韓信大大咧咧地一笑，那眼神中的不屑，就像真的是面對一條狗。

樂五六爲之氣結，雖然他對眼前的這個狂徒一無所知，但他沒有理由去忍受這種侮辱！所以他怒極而笑道：「希望你說的落水狗不會是你自己，來吧，小子，讓我們到長街一戰！」

他是親衛營中的第一高手，當然擁有高手的自信，既然有人敢向他挑戰，那麼他不僅要戰敗對手，而且還要極盡能事地侮辱對方，讓任何對手在他的面前都感到顫慄和膽寒，而如此做的最好方式，就是當著眾人的面來舉行這場決鬥。

瓦爾笑了，他其實一直就等著樂五六說出這句話，他相信韓信的實力，所以長街決戰，只會使樂五六自取其辱。

◆

繁華熱鬧的大街，刹那間靜寂起來，所有的閒人客商無不遠遠駐足觀望，長街上霎時騰出了一個十丈的空間。

一方是不知名的劍客，一方卻是名揚京城的樂五六，這似乎是一場沒有懸念的決鬥，卻引起了轟動性的效應。

試問誰敢在虎口裡拔牙？如果有人敢，那就說明這個人很有勇氣。

誰敢向樂五六挑戰，那就等同於在虎口裡拔牙，這個人同樣需要很大的勇氣。

所以圍觀的人十有八九是衝著韓信而來，而不是樂五六，他們都有逆反的心理，希望新人勝舊人，弱者打敗強者，只有這樣，他們才有茶餘飯後聊天的鮮事。

樂五六與韓信各立一端，相距五丈，明晃晃的陽光順著高樓的簷角灑下，照得長街的石板一片金黃。

樂五六的幾名隨從手握劍柄，虎視眈眈雄立在樂五六的身後，一臉傲氣，都對韓信投以輕蔑的目光。

他們有理由自信，因爲樂五六的劍術在咸陽非常有名，曾經創下決鬥七十六場從無敗績的奇蹟，即使是眼高於頂的樂白，也曾誇讚過他的劍法了得。

而瓦爾站在韓信的身後，更是從容冷靜，眼中充滿了對韓信的十足信心。他唯一要做的，就是緊盯住樂五六帶來的幾個隨從，防止他們出手襄助。

靜，實在太靜，偌大的長街之上不聞人聲，甚至連咳嗽聲也沒有。兩人相峙帶出的壓力瀰漫全場，震懾了每一個人的魂魄。

只有這時，樂五六才真正看清了韓信的容貌，才真正認識到了韓信的厲害。他一直認爲自己是一個很狂傲的人，而且自己也有這份狂傲的資格，但是與韓信一站，他才知道，真正狂傲的人竟然就在自己的眼前。

韓信的傲氣與樂五六的傲氣不同，樂五六的傲氣在表面，而韓信的傲氣則是傲到了骨子裡，傲出了一種十足的自信。他的一舉一動，一個皺眉，一聲冷哼，隨意而散漫，但在有意無意間，這每一個細微的動作，都給予了對手最強悍的壓力。

韓信的臉上依然掛著那淡淡的笑意，但樂五六似乎已承受不了這笑容背後的寒意。他雖然昂頭而立，臉帶不屑，其實心內多了一絲莫名的不安。

他不能等待下去，若再等下去，他怕自己會在這沉重的壓力下窒息而死，是以，他出手了。

「鏘……」寶劍出鞘，猶如龍吟，寒芒四射，任何人都感受到了那劍鋒透出的凜凜殺氣。同時他緊握劍柄，威猛無儔地向前踏出三步。

「喳……喳……喳……」只踏了三步，每一步踏下，都撼得石板空響振動，幾欲斷裂，大有先聲奪人之勢。

兩人相距的空間因此縮短，虛空中湧動的氣勢壓力有增無減，旁觀者都有一種透不過氣來的感覺，大爲震凜之下，紛紛如潮水般向後退去。

韓信沒有動，亦不能動，在如此強勢的壓力之前，退縮一步都可能導致不可挽救的敗著。他的整個人收攝心神，進入冥雪劍道靜守的境界，同時將手握在了一枝梅的劍柄之上。

他的目光炯然有神，不怒而威，凜凜寒芒逼射而出，與樂五六那利若鷹隼般的眼芒在虛空中悍然交觸。

樂五六心中一驚，根本沒有想到韓信在自己凌厲的氣勢壓迫下，依然能保持從容不迫的氣度，身形不動若山，如淵亭嶽峙，確實讓人感到了一種不能撼動半分的堅挺感覺。

他與人交手，從來都是在氣勢上先聲奪人，擾亂對方心神之後，再圖後發制人。孰料這一招用在韓信身上，根本不靈，反倒使自己先失了分寸，無奈之下，他唯有暴喝一聲，揮劍攻上。

劍鋒斜出，如毒蛇遊動，全憑手腕振動之力，竟在虛空中變幻出萬道寒芒，鋪天蓋地般罩向對方。

眾人無不拍手喝彩，便是瓦爾，心中凜然間，不由得也爲韓信擔心起來。

這一劍的確是神乎其技，絕對是樂五六劍道中的精華，更難得的是，此劍一出，充滿著一往無回的霸殺之氣，根本不是人力可以抵擋的。

韓信的一枝梅依然安藏鞘中，似乎成了他身體的一部分，絲毫不爲所動。他在等待，等待對方這一劍刺出時必然出現的新力未生、舊力不繼的瞬間，只有在那個時候出手，他才可以在一招之內占到先機。

饒是如此，單是這份泰山崩於前而色不變的鎮定功夫，已經足以震懾人心。

「小子，去死吧！」樂五六怒喝一聲，劍芒凝成一點，陡然刺向了韓信的咽喉。

眾人驚呼之下，「當……」地一聲脆響，震盪長街，韓信的一枝梅不知在何時出手，正好架住了樂五六這驚人的一劍。

樂五六虎口劇震，始知對方的功力實在雄渾，縱然心不情願，他也唯有向後退卻。

有時候退卻也是一種策略，但在此時，樂五六的退，更是一種無奈之舉，他積蓄了多時的狂暴攻勢竟在對手妙至毫巔的一劍下土崩瓦解。

韓信雙目一瞪，厲芒如電般逼迫出來，勃發出一股慨然之氣，道：「你我之間，的確有一人要死，只不知是你還是我？」

他踏前一步，手腕一振，一枝梅盡顯流星七式的威力，風聲呼嘯，攻勢如潮，恰如行雲流水，掩殺而去。

樂五六劈劍連擋，面對如斯攻潮，勉力爲之，尚能招架，但是說到轉守爲攻，卻絲毫沒有這個能力，只覺得自己整條手臂又酸又麻。對方的每一劍劈來，都帶著如大山般沉重的壓力。

當他格住第三十七劍時，已經退出了十丈開外。他的劍法已不如韓信，加之臂力也不及對手，這一戰剛一開始，便注定他要面對失敗的結局。

但他絕不甘心，困獸猶存拚鬥之心，何況是他樂五六？他將戰局的轉機寄託在那幾個隨從身上。能得他樂五六賞識的人，武功都不會低，雖然他們不是韓信的對手，但在關鍵的時候突下殺手，一定可以替樂五六創造一線轉機。

別人不清楚，他樂五六卻不能不清楚，就在他連勝七十六場的佳績中，其中至少有三場就是借著這種不爲人道的方式創造出來的。

所以他希望，這是第四次，雖然在眾目睽睽之下使用這種手段太過卑鄙，但總要好過在光明正大下被別人一劍刺死。

「咳咳……」他在又擋過韓信的一記殺招後咳了兩聲，聽到咳聲的人都以爲這是樂五六力氣不支的徵兆，卻很少有人會想到這是一個暗號。

可是他的隨從似乎沒有聽到，一點反應都沒有，這讓樂五六又苦撐了三招之後，心生詫異。

他不由自主地轉頭來看，便看到了一個熟悉的身影正如一道山梁般橫亙在他的隨從面前，彎刀斜抬，殺氣凜烈，除了瓦爾還有誰？

也許很少人會知曉樂五六的手段伎倆，但瓦爾卻是一個例外。他忍氣吞聲受了不少窩囊氣，早就想把樂五六置於死地，當然會不擇手段地摸清樂五六的全部底牌。

面對強悍無比的瓦爾，那些只會趁人之危的隨從們是絕對不敢出手的，所以樂五六只有絕了這個念頭。

但是他即使不絕這個念頭，也很難保住性命，因爲就在他轉頭的刹那，他犯下了一個不可饒恕的錯誤。

錯誤就出現在他這轉頭之間，沒有人可以在韓信如驚濤駭浪般的攻勢面前一心二用，樂五六這樣做了，他就得死，這是一個勿庸置疑的事實。

劍如流雲，快疾如電，對韓信來說，他又豈肯錯失這個千載難逢的良機？一枝梅如奔雷捲襲，毒蛇吐信般地劃過樂五六的喉部。

血光濺現，慘叫聲起，樂五六慘跌地上，臉上還是不能置信的神色。

他的確不能相信，這個世界上竟然會有如此快捷的劍法，等到他明白過來時，可惜已遲了。

「鏘……」一枝梅跳入鞘中，一切隨之靜止，像是時空在這一刻中凝固。

眾人還沒有來得及歡呼，便聽到長街那端傳來如奔雷般的馬蹄聲，快若狂飆，瞬間即至，旁觀的人群一分為二，紛紛向兩邊退去。

「樂白來了。」一瓦爾的神情愈發顯得凝重。

「可惜遲了一步！」韓信胸有成竹般微微一笑，似乎事態的發展一切都在自己的掌握之中。

馬聲長嘶，蹄聲頓止，一彪人馬紛紛將韓信等人圍住，刀戟森寒，殺氣重重。樂五六的那幾名隨從更是跑向當頭領騎之人，拚命地訴說著什麼。

那人獨坐馬上，一臉陰沈，眼中淒寒地盯著樂五六慘死的屍身，肌肉不住地抽搐，似乎正強行壓制自己心中的悲憤與怒火。他的眉間極闊，方面大耳，相貌堂堂，自有一股威嚴尊貴的氣質。人雖處於悲憤之中，卻猶自鎮定自若，顯得城府極深，一看便知是個難纏的角色。

圍觀之人頓時作鳥獸散，雖有幾個大膽之人，亦是站在遠遠的地方觀望熱鬧。因為他們都識得這號人物，更對他有一種莫名的恐懼。

他，就是入世閣的三大高手之一，相府親衛營統領樂白！

當他接到手下稟報時，不僅驚詫，更隱隱感到了一絲不安。暗殺團的人竟敢與樂五六在長街決戰，這是一件反常的事情，以格里的性格與行事作風，沒有把握的事，他從來不做，他既然敢做，當然就有一定的把握。

這讓樂白不由擔心起樂五六的安危來，他雖然妻妾成群，卻向來沒有子嗣，就將樂五六當成親生兒子一般，希望他能學得自己的全部本事，並且承襲自己的富貴功名。此時聽到樂五六有難，再也坐不下去，帶領一彪人馬火速趕來。

可惜他還是來遲了一步，等他趕到，所見到的卻是樂五六慘死長街的一幕。他只覺得頭腦「轟……」地一響，幾乎暈厥，熱血上湧，一股哀傷的心緒沈澱心中。

不過他是樂白，任何驚變都不可能讓他喪失理智。他很快穩定了自己的情緒，心中想到的第一個問題，就是格里派人殺了樂五六，挑起了入世閣的內部紛爭，難道他就不怕趙相怪罪嗎？這時樂白心中又想起了趙高的那個比喻來。

平時，趙高的嘴上常掛著一個比喻，來喻示著團結的重要性。他說：「一隻野兔是永遠鬥不過一頭雄鷹的，除非是十隻、百隻，甚至是千隻、萬隻野兔聯合起來，那麼就不是雄鷹可以欺負的了。」他說這句話的時候，總是希望自己的屬下能夠牢牢記住。

所以他不願意在自己的入世閣中出現內訌的一幕，更不希望看到自己器重的三股勢力火拚。樂白正是抓住了這一點，才會一味容讓樂五六去暗殺團的駐地不斷地挑釁，借此來打擊暗殺團不斷上升的勢頭。

但是這一次，他失算了，失算的代價，竟是自己視如子嗣的樂五六的生命從此消亡。他的心不由爲之一緊，感到了一股劇烈的絞痛撕扯著自己的整個心肌，深深地吸了一口氣，他才將自己如寒芒般的目光落在了殺人兇手的身上。

這是一位身材頎長的少年，有一張稜角分明的臉型，他也許算不上英俊，卻有著一種與眾不同的獨特氣質，如果說樂白在一年前的淮陰街頭碰上他，就絕不會想到眼前這位英氣勃發的青年竟然會是那個淪落市井的無賴。

這一切的變化來自於神奇的補天石異力，對於這一點，即使是韓信自己也不知情，一切的潛移默化都在不知不覺中進行。

樂白心中一驚，暗道：「此人是誰？他是何時到咸陽的？看他眼神鋒芒內斂，無疑是內家功夫中少有的高手，怪不得他能殺了五六。」他眼芒一寒，冷哼一聲道：「你是何人？竟敢在咸陽城中殺人！」

韓信看了看圍將上來的親衛營戰士，淡淡一笑道：「我不殺人，人要殺我，我豈能任人宰割？在下寧秦時信，當街殺人實屬無奈，望大人明察。」

樂白見他不亢不卑的樣子，心中更是著惱，冷笑道：「寧秦時信？名字陌生得緊，可手上的功夫卻不賴，竟然殺了朝廷命官。眾將士聽令，將這殺人狂徒給我拿下！」

他一聲令下，手下武士拔刀而出，一湧而上，便要將韓信擒下。這時瓦爾大喝一聲道：「且慢！」雙手一張，擋在韓信身前。

「樂統領，時信乃格里將軍的貴客，你不能擅自拿人！」瓦爾拱手作禮，抬出了格里的招牌。

樂白正愁拿不到格里的痛腳處，一聽倒生出心思來，道：「這麼說來，殺樂五六，是格里幕後主使？」

「非也！」瓦爾大搖其頭道：「樂五六之死，純出自找，我奉命陪時公子前來用膳，不巧外出了一會，回來便見兩人已經鬥上了嘴，一言不合，就廝殺了起來。我有心想攔，豈料樂五六根本不聽，堅決要與時公子見個真章，結果便出了這起命案。」

樂白臉色一沈道：「照你這麼說來，樂五六豈非該死？」大秦武風盛行，武人決鬥比比皆是。為了鼓勵國人強身健體，按大秦律法規定，只要是雙方自願以命相搏，縱出人命，殺人者亦可免除刑律制裁。

瓦爾故裝惶惑道：「樂五六是否該死，我不知道，不過事實的確如此，還望統領大人明察！」

樂白一心想為侄子報仇，豈容瓦爾狡辯？當下喝道：「縱是事實如此，他誅殺朝廷命官，還是死罪一條！」揮手叫道：「給我拿下！」

韓信「鏘……」地一聲，橫劍於胸道：「在下殺人之時，並不知他是朝廷命官，所謂不知者無罪，我又何罪之有？」

樂白冷然道：「你敢拒捕？」他的本意就是想激起韓信的反抗，唯有如此，他才可以名正言順地將之當場擊斃！是以話一出口，他的大手「喀喀……」亂響，勁力倏然間提聚掌心。

「在下並無拒捕之意。」韓信毫不授人話柄。

「你持劍對著本官，便是拒捕，讓我來會會你這不知天高地厚的小子吧！」樂白提聚了一口真氣，便要從馬背上撲下。

就在這時，從長街盡頭又馳來一匹快馬，得得之聲，響徹整個長街，樂白引項一望，心中狐疑道：「怎麼他也來了？」

來人五十來歲，長相不俗，氣宇不凡，臉上盡顯富貴之氣，竟然是相府總管趙岳山！

趙岳山與趙高乃屬同門師兄弟，武功之高，深不可測，一向為樂白所忌憚，此時見他一人一騎而來，樂白心中詫異，趕緊下馬相迎。

趙岳山微一點頭，算是作禮，然後驅馬直到韓信跟前，這才止蹄停步，揮鞭一指道：「你就是寧秦照月馬場的時信？」

韓信與瓦爾對視一眼，這才輕舒了一口氣，恭聲答道：「在下正是寧秦時信。」

趙岳山「哦」了一聲，打量了他一眼道：「傳相爺口諭，命你立時去九宮殿進見，你可聽明白了？」

韓信知道一切正按計畫進行，當下大喜道：「在下明白。」

樂白一聽，心中大急，陪著笑臉道：「趙總管，此人身負命案，請容我將之擒下，送入相府未遲。」

趙岳山微微一怔道：「他殺了人嗎？不知死者是誰？」

樂白忙道：「正是我的侄兒樂五六。」

趙岳山不由得重新打量了一下韓信，淡淡一笑道：「怪不得格里對你如此推崇，原來你還真的有兩下子。」他轉頭對樂白說道：「此人既是相爺所要之人，樂統領若是對他太過無禮，只怕會惹得相爺生氣，不如請樂統領和這位小兄弟隨我一同面見相爺，當面說清此事，你看如何？」

樂白想想也只能如此，當下眾人上了馬背，直奔相府而去。

韓信與瓦爾心中暗叫一聲：「僥倖！」想到剛才樂白即將出手之際，那種驚人的氣勢幾乎壓得他們喘不過氣來，這才領略到至強高手的真正風範。

而趙岳山的出現，卻非偶然，這其實正是韓信計畫中的一部分。

韓信事先就意識到了要殺一個樂五六並不難，難就難在如何在毫無損失的情況下善了此事。樂白地位尊崇，武功又高，豈能任人在他的眼皮底下殺了樂五六？一旦樂五六斃命，樂白必然要出頭報仇。以樂白的身分，若對付區區一個韓信，實在是小事一樁，即使韓信有格里撐腰，也難逃樂白的毒手。要真正做到殺了樂五六又不留後患，唯有請出趙高才能壓服樂白。

這似乎是一件不可能辦到的事情，以趙高的身分地位，他怎會出面來幫助一個素昧平生之人呢？但韓信卻有自己的計畫，而這個計畫的關鍵之處，就在於有格里這個穿針引線之人。

在昨天的酒宴上，當韓信提出利用趙高來壓服樂白時，格里覺得韓信有些癡人說夢。

於是韓信道：「我雖然與趙相未謀一面，但是將軍不僅是趙相的心腹，也是我的相識，如果有將軍為我居中牽線，趙相自然就會知曉有我這樣的一號人物。」

格里頓時來了興趣，如果韓信此計可行，不僅可以替他出了這口惡氣，更叫樂白吃上一個啞巴虧。

韓信微微一笑道：「我曾聽將軍說過，趙相此人有兩大喜好，一是人才，二是良駒。我雖不敢說自己是個經天緯地之才，所幸手上正好有十匹良駒，只要將軍替我將良駒獻上，順便替我說上幾句好話，想來趙相必有見一見我的興趣。」
格里道：「我也正有此意，只是此時距相爺大壽尚早，獻禮師出無名。」
韓信道：「獻禮在於投其所好，不在於時間早晚。只要能引起趙相的注意，何必一定要拘泥這些小節？何況明天若要將樂五六除去，那麼這送禮的時間必須要趕在明天早上才行。」
格里奇道：「這二者之間難道會有什麼聯繫？」
韓信正色道：「不僅大有聯繫，而且在下的生死都在這禮上，所以在時間上不能有半點差池。」
格里大是不解，虛心相詢。
韓信繼續道：「將軍請想，我若是當街殺了樂五六，必然會引得樂白前來，於公於私，他都要將我置之死地而後快。而我一旦拒捕，必遭樂白當場格殺；倘若束手就擒，亦是死路一條。雖說將軍可以爲我撐腰作主，但若樂白置此不顧，那我命危矣！」
格里點頭道：「你所言極是，看來此事只有從長計議，我豈能爲了一個樂五六，而不顧你的性命？」
韓信感激地看了格里一眼，道：「多謝將軍關心，不過真要殺了樂五六而又能保得我的性命，未嘗沒有辦法，這就只有全靠將軍了。」
格里眼帶疑惑地道：「靠我？請講！」
韓信道：「只要將軍明日一早面見趙相，不僅獻上良駒，更要說動趙相見我一面，那麼事情就可以大功告成。」
格里豁然明白道：「我懂了。只要你一殺樂五六，這邊趙相便派人請你入見，樂白自然不敢對你動手。而你一旦得到趙相賞識，樂白便只能將報仇一事壓在心裡，再也不會提起。」他喜上眉梢，忽然想到什麼，又道：「只是這時間上十分講究，早一分只怕殺不了樂五六，遲一分又怕危及你的性命。」

韓信笑道：「將軍手下有三千精銳，還怕沒人傳遞消息嗎？只要你這邊說動趙相派人召我，我在那邊立刻動手，保證時間不差分毫。」

兩人商議良久，精心策畫，總算功夫不負有心人，使得事態的發展一切按著計畫進行。

不過連格里也沒有想到，韓信之所以甘冒如此風險，其實並非全為他們出這口惡氣，其真正的用意，還是在於盡快得到趙高的賞識，從而開始他尋找登龍圖的計畫。

一行車馬到了相府門前的廣場，眾人紛紛下馬，便是趙岳山亦不敢托大，當先領路，帶著韓信、瓦爾、樂白三人進入相府大門，餘者只能在大門之外等候。

趙高的相府巍峨壯麗，規模宏大，確敢與皇宮內院媲美。它左有暗殺團相衛，右有親衛營屯守，三套建築連成一體，幾乎占了咸陽三分之一的土地。而相府居中而立，殿堂樓閣重重，亭台廊榭林立，法度嚴謹，氣象肅穆，威武之氣隱於木製建築之中，給人以富麗堂皇之感。

趙高召見的地方乃是偏院的九宮殿中，迴廊隱聞花香，簷角偶露竹影，清幽至靜，的確是修身養性的好去處。只是一路行去戒備森嚴，韓信雖然膽大，卻亦是忐忑不安，未知此番見面是禍是福。

步上台階時，趙岳山湊到韓信耳邊低聲道：「等會兒見到趙相，不必太過拘禮，只須將全身本事盡數使出，必得趙相歡喜。」

他與格里一向交好，對樂白卻不放在眼裡，是以有心襄助韓信，韓信察顏觀色，心中有數，當下恭聲道：「多謝總管提醒。」

跨入殿門之後，韓信偷眼一看，只見偌大一個廳堂之上，除了上首設有一席之外，左右各設一席。格里穩坐其間，正含笑而望，似乎示意一切事情都非常順利。

韓信輕舒了一口氣，正要往上首坐席望去，忽聽得趙岳山上前稟道：「回趙相，人已帶到，只是屬下趕到之時，適逢時信與樂五六當街決鬥，犯下了人命大案，屬下只得應樂白樂統領之請，將他們一併帶回。」

樂白聞言大急，若照趙岳山所稟，時信與樂五六只是決鬥，那麼按照秦律，生死由命，死者既死，生者不咎。他正欲辯白，卻聽得趙高咳嗽一聲，頓時將他要說的話又嚇了回去。

韓信俯首而立，緊屏呼吸，他雖然未識趙高真面，但樂白面對趙高尚且嚇得如此，可見趙高的派勢端的驚人，給人以不怒而威的感覺。自他踏入殿堂的剎那，他的心神便爲之一緊，彷彿受到了空氣中強力壓迫一般，令人頓覺呼吸不暢。

「樂五六爲人倡狂，不知收斂，死就死了吧！」一個尖細的嗓音懶懶傳來，聲音雖柔，卻悠然地在殿堂空間震盪迴響，彷彿在此人的口中，並非是談論一條人命，而是關乎牲畜的死亡。韓信聞聲一凜：「趙高隨口說話，便似有無窮內力壓迫而出，可見功力之高，的確是到了高深莫測的地步。」

「趙相說得是，屬下對他曾經多次管教，孰料他充耳不聞，依舊我行我素，最終落得今日的下場，實在是咎由自取。」樂白不敢辯白，只能順著趙高的語氣說下去，不過句句都是違心之言，任誰都聽出了他心中的不甘。

「如果我沒有記錯，這是樂五六在這個月來第七次向暗殺團的人發出挑釁，我礙於你的臉面，一直沒有處理此事，想不到時信卻幫了我一個小忙。」趙高斜眼瞟了一下韓信，又收回目光，把玩著手上的一個小玉馬。

樂白心中一凜，這才知曉自己的一舉一動盡在趙高掌握之中，想到這段時間自己與張盈過往甚密，這正是趙高所不願意看到的事情，當下冷汗迭出，心生惶恐。

「所以樂五六一事，便到此爲止，你也不必向時信再提報仇二字。」他又咳了一下，接道：「因爲我很欣賞這樣的年輕人，也許在不久的將來，他會成爲我們入世閣的重要一員。」

韓信大喜，帶著激動的聲音道：「時信絕不敢有負趙相厚望！」

趙高微微一笑道：「我相信自己的眼力。」然後轉頭望向樂白道：「如果你沒事了，可以先走一步，順便提醒你一句，在我入世閣門中，有誰膽敢挑起內訌，樂五六便是榜樣，希望你切記！」

他的話音輕柔，聽在樂白的耳中卻如重鼓敲擊，連大氣都不敢喘。

趙高很滿意屬下對自己的這種態度，看著樂白行將出殿，又安撫了他一句道：「不過你大可不必將樂五六的死當成是你的包袱，你身爲親衛營統領，依然是我最器重的人才之一。」

樂白謝恩而去，一出殿門，才知自己的衣衫全都濕透了。

殿堂中的氣氛依然懾人之極，韓信跪伏地上，不敢出聲，半晌才聽到趙高冷哼一聲道：「時信，你的膽子可真不小，竟敢在天子腳下殺人，而且殺的還是我入世閣中人，你可知罪？」

韓信一怔之下，忙道：「在下蒙格里將軍看重，原是想來京城求得功名，以遂家父臨終遺願。孰料這樂五六實在是欺人太甚，在下看不過去，才不得不出手將之除去。」

趙高哼了一聲道：「今日你所殺之人幸好是樂五六，否則的話，只怕你難留小命！」他略提了提嗓音道：「還不抬起頭來？」

韓信猛然抬頭，只見一個瘦如枯柴的老者一身清服斜坐上首，若不注意看，還以爲是鄉間的私塾先生坐錯了地方。他的眉目清秀，只是一雙眼睛略顯細長，但眼眸中精光偶然一閃，予人以深不可測、極度厲害的感覺。

趙高端詳良久，見得韓信不卑不亢，心中多了一份欣賞之意，擺擺手道：「岳山，你帶瓦爾先行退下。」

待趙岳山與瓦爾退出之後，他讓韓信坐到自己右手的席間，正與格里相對，韓信見到格里一臉微笑，頓時暗鬆了一口氣。

「你的武功高低尚在其次，不過你能利用我來打擊樂白，這等心計讓我亦佩服幾分。」趙高緩緩說道，聽在韓信耳中，卻猶如一道驚雷，嚇得直想拔腿而逃。

「在下一時情急，犯下死罪，請趙相責罰！」韓信離座而起，仆地跪下，目光掃了一眼格里，不由又驚又急，他心知自己是被格里出賣，頓時心中產生了一種上當的感覺。

「你不必緊張，也不必責怪格里，如果不是他對我坦言相告，我豈能任由你殺了樂五六？於公於私，或是爲了樂白，我都應該將你繩之以法，以儆效尤！」趙高讓韓信起身入座，淡淡笑道：「良駒固然是我所愛，但真正能打動我心的，還是你的心計，只要你是一個真正的人才，些許功名又算得了什麼？我可以使你封侯拜相！」

他的聲音細長，卻帶出一種王者霸氣，如果不是爲了問天樓，韓信竟有了一絲誓死投效之心，當下語帶哽咽，高聲謝恩。

「你用不著謝我，要謝就謝格里和你自己，甚至還要謝謝上天給你帶來的好運氣。」趙高微笑道：「樂白與張盈為了權勢之爭，幾番排擠格里，本相早看在眼中，一直是隱忍未發，難得你在這個時候殺了樂五六，正好可以讓本相表明心跡，對樂白與張盈起到敲山鎮虎的作用。內部的權力之爭，在本相看來，有存在的必要，這樣可起到互相激勵、人人爭先的良好氛圍，但是凡事都需要一個度，一旦過了這個度，反成其害，這就不是本相想見到的了。」

他用欣賞的目光看了一眼格里，接道：「格里能夠對我毫無隱瞞，忠心可嘉，正因為如此，我才相信他對你的舉薦純出於公，從而讓我對你產生了興趣。你殺了樂五六而能平安無事，格里起到了關鍵作用，這番良苦用心，希望你能理解。」

格里肅然道：「這是屬下應盡的本分，何功之有？何況時信本身是極具實力的人才，縱然沒有屬下舉薦，相信趙相亦能慧眼識英才。」

韓信忙道：「在下能蒙趙相與將軍厚愛，愧不敢當，簡直折煞我了。」

趙高眼芒一掃道：「你無須謙虛，對於你的心計謀略，我已領教，亦是極為欣賞。而你能在數十招內殺了樂五六，武功想必也不會太差，我倒有心見識一下你拿手的本事，你就當著我與格里的面，拔劍一舞如何？」

韓信望了格里一眼，見他點頭微笑，心中頓時有數，離席而立道：「時信獻醜了。」

他有心在趙高面前顯露一手，是以深深地呼吸一氣，「鏘……」地一聲，一枝梅驀然出鞘。

殿堂間的空氣為之一緊，氣流湧動間，一股壓力迫體而來，引得趙高與格里同時喝了一聲彩。

韓信瞬間便進入了「流星劍式」的劍道之中，沈迷於至靜至極的玄境，渾然忘卻身外的一切。

一枝梅陡然遊動起來，在玄陰之氣的運力指引下，忽而輕巧靈動，宛如天邊的流雲，將破空之聲盡數收斂，進入到無聲的世界；忽而變得剛勁雄渾，大開大闔，恰似重重烏雲壓頭而來，劍勢獵獵，變成雄渾有力的呼嘯，一動一靜之間，盡展劍法的奇奧玄妙。

靜時有若碧波蕩漾、浩渺無聲的人海，表面平靜如鏡，靜極之下卻有萬千暗流湧動；動時則似怒海驚濤，奔騰呼嘯，變化萬端，卻是萬變不離其宗。他的每一個姿態都瀟灑自如，出手的時機皆掌握得恰到好處，而每一個動作呈出虛空，都表現出了一種衝破人體極限的力度與妙至毫巔的美感，形成驚天動地的氣勢。

等到韓信一劍斜回，「鏘……」地一聲，一枝梅落入鞘中，格里情不自禁地大聲叫好。他算得上一個武學中的行家，自然可以看出韓信的劍術高明，幾乎不在自己之下。

但是趙高卻冷哼一聲，引得韓信與格里心中一震，同時轉頭而望。

「如果我沒有看錯，這似乎是來自於冥雪宗的流星劍式。」趙高冷冷地一句話，頓時令整個殿堂一片肅寒，仿若北極之地窖。

韓信表面上不動聲色，心中卻無比震驚，他怎麼也沒有想到，自己竟然會在這套劍法上露出破綻。

這的確是一個致命的失誤，更是一個完全可以預見的失誤，但是衛三公子與鳳五似乎都忘記了這是一個並不難發現的錯誤，但鳳五卻只教韓信一套簡單的說辭，就讓韓信帶著這個重大的失誤來奔赴咸陽。

趙高身為五大豪門之入世閣閣主，武功之高，已到了深不可測的地步，他對各門各派武學的見聞，應該是非常的廣博。衛三公子與鳳五既然要韓信取得趙高的信任，應該可以預見到趙高必然會從

「流星劍式」中識破韓信的來歷。

現在趙高既然識破了韓信的身分，等待韓信的，就將是一條萬劫不復的死路。

靜，帶著肅殺的靜謐，使得殿堂中流動的空氣也為之一緊。在趙高與格里咄咄逼人的眼芒注視下，韓信幾乎感到了自己加劇震動的心跳。

「趙相果真是好眼力，這套劍法的確是流星劍式。」韓信肅手而立，微微一笑道，他的臉上出現了一種罕有的平靜，這讓趙高也禁不住覺得詫異。

「說下去。」趙高知道韓信有話要說，也希望韓信能給他一個合理的解釋。因為他突然發現，像韓信這種文武兼備的人才，是自己一直夢寐以求的人物，任何時候他都不想輕易放棄。

「我隨家師十年，才學成了這套劍法，但是卻不知道家師原是冥雪宗的人，今日蒙趙相指點，時信才知道自己的師門。」韓信發現此時只有相信鳳五安排，因此他將鳳五事先教他的說辭原樣道出，所以極是流利，加之表情到位，便連趙高也疑惑不已。

「你師父姓方，還是姓鳳？我似乎記得當世冥雪宗僅存的兩位傳人，非此即彼，應該不會還有第三人能夠向你傳授這套劍法了。」趙高的臉色依然凝重，手上運勁，弄得骨節「喀喀……」直響，只要韓信稍有破綻，殺招必在一瞬之間爆發。

便是格里亦是心中惶惶，一旦韓信出事，他也難逃其咎，必受牽連。

「家師既不姓方，亦不姓鳳，他老人家複姓鍾離，只因與家父有些交情，才收我作記名弟子，並一再囑咐我不可洩露他的身分姓名。今日若非趙相相詢，在下實在不敢向人提及。」韓信甚是謙恭地答道，言語中絲毫不露破綻。

趙高抓住疑點絲毫不放，問及其人年齡、相貌、身高諸般特徵，甚至連此人說話方言亦不漏過，半晌之後方才鬆緩了一下臉色道：「你一定會覺得奇怪，我為何一聽到你是冥雪宗人就會如此緊張，你難道不想知道答案嗎？」

韓信微笑道：「趙相肯說，在下當然求之不得，看到趙相剛才的表情，說實話，我簡直有些嚇壞了。」他以進為退，樣子更是逼真。

趙高眼芒掃在他的臉上道：「因為這事關係到你的身分問題，我不得不慎重行事。冥雪傳人，方銳是我入世閣的八大高手之一，而鳳五則是問天樓的刑獄長老，二者處於敵對的狀態，我必須要證實你的身分之後方可重用。而今你又有了另外的一種說法，我不得已只能將你軟禁數日，待召回方銳後，再由他與你當面對質。」

韓信心頭一震，情知自己全是假話，哪裡經得住別人審查？一旦方銳前來，必將置自己於不利的地步，但他此時已是有進無退，明知前路兇險，亦只能硬著頭皮上了。

「所幸方銳還有數日時間才能趕回咸陽，我完全可以通過綠玉墜，尋到問天樓在此臥底的奸細，讓他傳出消息，將方銳擊殺在外，那麼我就可以給他來個死無對證。」韓信心知此事渺茫，但畢竟多了一線希望，只能在心中暗暗安慰自己。

趙高見他神色極不自然，還以為他未得自己信任，心中難免失望，不由安慰他道：「其實你對流星劍式的領悟，已經遠在方銳、鳳五之上，我可以肯定你的劍法不是學自於他二人。何況你的內力雄渾古怪，似也不是出自冥雪一宗，我之所以要如此慎重，是因為我的確欣賞你，要交給你一個非常重大的任務。」

韓信收攝心神，強行壓下心頭的雜念，畢恭畢敬地道：「趙相此舉，乃是爲時信著想，時信怎會不識好歹，心生怨言？」

趙高很是滿意地看他一眼道：「你能如此想，那是再好不過了。從今日起，你和岳山、格里便留在相府中，等待方銳回來。」

他揮揮手，格里與韓信告辭出來，兩人一出殿門，格里滿臉笑意道：「我應該恭喜你，因爲在我幾十年的記憶中，似乎還是第一次見到趙相會對一個年輕後生如此在意。」

「是麼？可是我一點感覺不到自己會有如此重要，反而覺得自己更像一個失去自由的囚犯。」韓信不由苦笑道。有格里與趙岳山這兩大高手從中監視，他似乎就像一隻關在籠中的鴨子，真的只能聽天由命了。

「成大事者，都要有超乎常人的忍耐力。幾天時間算不了什麼，只要你的身分一旦確定，從此榮華富貴指日可待，便是我也不敢與你比肩相論了。」格里安慰道。

韓信心中暗道：「若是我的真實身分一旦確定，只怕你我就是敵人了，還談什麼榮華富貴？」

在趙岳山的引路下，他們向後院的「尋芳樓」走去。

尋芳樓位於相府花園的左側處，夕陽斜照下，金黃色的餘輝灑落樓宇簷角，倍見美麗寧逸。沿著一條碎石鋪築的甬道，他們愈走愈近，愈發感到一種閒散的心情。

只有韓信心中藏著事情，縱是談笑間，亦是略顯憂鬱。三人正要轉角入樓，突然一位奴僕模樣的漢子匆匆趕至，見禮稟道：「總管大人，神農先生到了，正在膳房處巡視，如何安置他們，還請示下。」

趙岳山哈哈一笑道：「他總算赴會來了，看來從今日起，你我都有口福了。」他拉著格里、韓信來到花園後院，遠遠望去，只見一行車馬停在膳房之外，來來往往，竟有四五十人正在搬運廚房家什，吆喝聲不斷。

韓信一路聽得格里介紹，才知趙高爲了七月初二的壽辰，特地從上庸請到了天下第一名廚神農先生爲他操辦宴席，此時雖然距離壽辰尚有些時日，但採辦佐料、輔菜需要時間，今日趕至，恰恰合適。

他此時心存憂患，哪裡有心談吃論喝？只是礙於趙岳山與格里的興致，一路躡著腳跟而來。對眼前的一切恍若未見，而在心中盤算著如何才能化解即將臨頭的劫難。

鳳五當日將綠玉墜交到自己手中時，並未談到另一半綠玉墜持有者的任何情況，只是說到自己若有大難，這神秘人物自會出現。照此推算，此人當在相府當差，而且就在自己的左近，可是此人會是誰呢？

韓信一一分析過去，從瓦爾、格里，再到趙岳山，甚至是剛才報信的奴僕，他都毫不疏漏地篩選了一遍，依然沒有得出可靠的結論。彷徨之際，他不由問著自己：「如果說只有遭逢大難他才出現，那麼自己現在這個處境，是否預示著大難將臨呢？」

「喂，夥計們，加把力呀！把行頭放置好了，咱們就可以逛逛咸陽城了。」一個沈雄有力的聲音在人群中響起，打亂了韓信的思緒，他微微一怔，陡然間有一種莫大的狂喜湧上心頭，讓他幾乎不可自抑。

他真的是有些不敢相信自己的耳朵，因爲這個聲音對他來說實在太熟悉了，彷彿又勾起了他對往事的回憶。

如果他沒有記錯，這應該是紀空手的聲音，相隔幾乎一年的時間，他曾經在夢裡不知多少回聽到這個聲音，那親切的鄉音，那熟悉的旋律，至死也難以忘記。

於是他循聲望去，便看到了一張熟悉的笑臉映入眼簾，那笑容是那麼地熟悉，令他的心中緩緩生出一股暖流，溫暖著他整個身心。

「他怎麼也到了咸陽，進了相府？」韓信的心中冒出了第一個問題，不斷地問著自己：「他和神農先生是什麼關係？前來咸陽又是爲了什麼事情？」他雖然覺得紀空手的出現實在是令人費解，但他知道一點，紀空手的到來，對他來說，只有利沒有弊，因爲他們是真正的朋友！

他只希望，紀空手現在千萬不要認出自己，一旦對方叫出了自己的名字，無論是自己，還是紀空手，他們都必將陷入一個萬劫不復的絕境。

可是紀空手還是走了過來，而且帶著一臉的笑意，趙岳山與格里相對一望，眼中充滿著疑惑。而韓信的心，卻是好沈好沈，彷彿落入了千尺冰窖的底層。

「這位公子好生面熟，我們定是在哪裡見過。」紀空手笑瞇瞇地站到了韓信的面前，然後說了一句讓韓信覺得這是他生平聽到的最動聽的話。

趙岳山與格里同時將目光落在了韓信的臉上，神色爲之一緊。

「抱歉，我實在記不起來，不過就算是我們第一次見面，能認識你這樣的人，我還是感到高興。」韓信笑了，是一種發自內心的笑，因爲他忽然覺得，自己不管遇上了多大的難題，只要有紀空手在身邊，那麼一切問題都會迎刃而解。他對紀空手從來就有這個自信。

「原來我認錯人了，真是對不起，但我還是認爲你像極了我的一位朋友。」紀空手的目光炯然有神，盯了韓信半晌才道，他的眼神中無疑多出了一絲重逢的喜悅。

韓信不再說話，只是將頭轉向了另一邊，他不想讓自己瞬間的失態顯露在趙岳山與格里的面前，同時更不想讓自己心中的驚喜被別人發覺。

「這裡實在沒有什麼可看的東西，我累了，想早點歇息，還請趙總管送我去尋芳樓吧。」韓信打了個呵欠，有意無意將自己的居處洩露出來。

趙岳山不由笑道：「你今天做了不少事情，的確有些累了，就讓格里將軍先送你回去，待我料理完這邊的事務再來相陪。」

等到趙岳山回到尋芳樓的時候，已是華燈初上，格里與韓信臨窗而坐，斟酒對飲，已有了幾分醉意。

對於韓信來說，他已不再擔心，也不再憂鬱，更不會將數日之後的對質放在心上。自他第一眼看到紀空手時，不知怎地，他的心突然變得異常踏實，就像是一個遊子尋到了故園的家，一條小船回到了可以停泊的港灣。

第七章　感悟人生

這是一種直覺，亦是源自對朋友的信任。雖有多時未見，但是紀空手在他的心中，永遠是一座靠山，特別是當他衝著自己一笑的時候，那一瞬間，韓信幾乎熱淚盈眶。

紀空手還是紀空手，他的隨意笑容，他那滿不在乎的樣子，以及對任何事情都抱著從容不迫的態度，都讓韓信的心有一股溫情的暖意。但是如今的紀空手卻絕對不是以前的那個紀空手，他的氣質遠比從前更加大氣，淡淡的眼神中，無時無刻不流露出一種強大的自信，這讓韓信感到了一種從未有過的舒心與愜意。

所以他不再煩惱，不再擔心，有了紀空手，他相信任何問題都不再是問題，又何必杞人憂天，庸人自擾？回到尋芳樓後，他要做的第一件事就是喝酒，讓自己即將崩潰的神經舒緩下來。

於是三杯下肚，醉意微生，當趙岳山趕來時，韓信正與格里端起了第四杯酒。

「今天的確是一個值得慶賀的日子。」趙岳山坐下來道：「能認識到時兄弟這樣的人物，我感到非常榮幸，假以時日，你的成就當在我與格里之上！」他顯然看懂了趙高的心思，所以才會不吝言詞來誇讚這位年輕人。雖然韓信名說是軟禁，但他相信這只是一種形式，只要身分確定之後，趙高必對韓信加以重用，否則以趙高的爲人，他才不會如此費盡周折地來對待一個無用之人。

「趙總管如此說話，實在讓我汗顏。其實今日我能僥倖脫罪，全靠總管與將軍大力周旋，否則後果不堪設想。」韓信懂得謙遜待人的道理，更懂得知恩圖報，想到樂白正要出手時那股咄咄逼人的威勢，他的心猶有餘悸。

格里哈哈笑道：「想起今日樂白受的這番窩囊氣，我的心裡實在暢快。從今往後，樂白再見到我，只怕要低下頭了。」

趙岳山沈吟半晌道：「以樂白與張盈的爲人，絕對不會咽下這口惡氣。樂白尚不足爲懼，倒是張盈這婆娘心計頗深，你我不得不防。」

韓信聞言驚道：「張盈怎麼是個女人？」

趙岳山嘿嘿一笑道：「正因爲她是女人，才愈發顯得可怕。所謂最毒婦人心，張盈的可怕之處，就在於她的無情，這也是趙相最欣賞她的地方。」

韓信心中一震，自他殺了樂五六時，也就等於與張盈、樂白結下了粱子，將自己放在了和他們敵對的位置上，他必須提防這二人的尋機報復，是以更想了解他們的性格與行事作風。

「張盈真的有那麼可怕？」韓信問道。

「她長得一點都不可怕，而且美麗動人，是屬於那種媚到骨子裡的女人。」趙岳山忍不住吞了吞口水道：「但是你若真的沈迷於她的美色，就會發現這個世界上竟然還有長得這般美麗的惡魔。美與惡集於一人身上，居然是如此的和諧，足以讓人在銷魂之中一點一點地喪失意志與功力，從而甘心拜倒在她的石榴裙下，甘受折磨，甘受驅使，直到最終離開這個人世。」

趙岳山說到這個女人的時候，臉上表現出一種非常複雜的表情，似乎看到了一個有著天使的外表、惡魔心態的怪物，情不自禁地流露出一絲恐懼。韓信將之看在眼中，心裡莫名詫異，只覺得以趙岳山的武功修爲及閱世經歷對張盈尚且如此，可見這妖魔般的女人的確是一個非常可怕的角色。

但是韓信有所懷疑，於是問道：「一個女人的美麗，總是會隨著歲月的流逝而衰老，屈指算來，她應該是五十上下的人了，縱然她年輕的時候美若天仙，到了這個年齡，只怕也難以有吸引人的地方了。」

「那你就錯了。」趙岳山與格里相望一眼，不禁苦笑道：「她絕對不像是一個五六十歲的老太婆，倒更像是一個二八年華的女孩。與她有過一腿的男人都說，她在床上的時候，你更捉摸不透她真實的年齡，因爲她不僅有少女般的肌膚，還有三十來歲如狼般女人的饑渴，更有一種可以讓你黯然銷魂的老到經驗。當你和她相處一起時，你根本就不會記起她的年齡，你只能在欲仙欲死之中感受黯然銷魂的美麗。」

「你肯定試過。」韓信陡然覺得屋子裡的空氣好生沈悶，是以想舒緩一下大家緊繃的神經。

趙岳山笑了：「正因爲我沒有試過，所以她給我的誘惑更大，都說只有吃不到嘴的東西才是最鮮美的，這句話可半點不差。所幸的是我知道她是這樣的一個女人，所以從來沒有打過她的主意。」

「這也是她要與我和趙總管爲敵的原因。」格里笑道。

韓信這才知道張盈爲何會讓趙岳山與格里如此忌憚，因爲一個女人本就可怕，如果這是一個美麗的女人，那就更爲可怕。假若這個美麗的女人還有不屈於人的勃勃野心，那麼她簡直就是可怕至極，算得上是惡魔的化身。

「這麼說來，以樂白的武功與權勢，尚且甘爲張盈所用，想來他已是張盈的入幕之賓了。可是有一點我並不明白，以趙相的性格，他又怎會任由張盈胡作非爲，任意擴張她的勢力？」韓信顯然看到了問題的關鍵，引得趙岳山都不得不佩服這個年輕人的思路的確敏銳。

「趙相之所以能容忍她的一切行事，是因爲他相信張盈絕不會害他，張盈所做的一切，都是爲他而做，他沒有理由去懷疑一個深愛著自己的女人。」趙岳山緩緩道來，臉上一片凝重。

韓信大驚之下，隱隱約約地猜到了趙高與張盈之間，必定發生過一段刻骨銘心的愛情故事，正因爲他們彼此深愛著，所以他們才會有寬廣的心胸來包容對方的一切，甚至包括張盈的淫蕩在內。對任何一個男人來說，無論他的心胸多麼廣闊，無論他對男女之間的事情看得多麼隨意，他都絕對不會允許自己所愛的女人做出背叛自己的事情，但趙高卻做到了，這究竟是出於一種怎樣的心態？抑或因爲這裡面有著一段鮮爲人知的故事？

韓信的思維彷彿錯亂了一般，腦海中不斷地思索著這段故事的不同版本。但無論他的思路多麼縝密與新奇，總是不能給自己一個合理的解釋。

他忽然靈機一動：「也許這正是趙高心中的一個死結，只要解開它，趙高也許就並非不可戰勝。」

他緩緩地喝下一口酒，便在這時，房門被人緩緩推開，然後便聽到一個熟悉的聲音彬彬有禮地道：「我可以進來嗎？」

趙岳山輕笑一聲道：「有酒無菜，豈非憾事？放著天下第一神廚在此，我們卻只顧喝酒，這更是一件不可原諒的事情，所以我叫了幾個小菜，以供品評。」

韓信心中激動萬分，臉上卻絲毫不動聲色，微微一笑道：「久仰神農先生廚藝無人可比，今日能嘗之，實乃幸事。」

紀空手低頭進來，手持托盤，上面果然放了三碟小菜，菜未至而香已撲鼻，頓時讓人心神一爽。

韓信的目光卻沒有落在這精緻絕美的小菜上，而是關注著托盤之下那張陌生面孔的雙眼之上，那熟悉的眼眸中透出一種他心動的神態，彷彿又將他帶回了淮陰市井那種騙吃騙賭的無憂歲月之中。

可是韓信心中非常清楚，歲月就好像那大河之水，永遠不會倒流，無論是自己，還是紀空手，經歷了這一年的風風雨雨，都不可能再回到平庸的過去。他們是這個時代的英雄，注定了將在時代的潮流中搏浪前行，美好的往事，只能成爲追憶。

他看著托盤下的那一雙大手，努力使自己的心歸於冷靜。他不得不承認，這是一雙穩重得讓人覺得可怕的大手，顯示著它的主人的心態是何等驚人的沈穩，這看上去根本就不像是一雙年僅二十的少年的手，倒像是一個飽經滄桑、堪破世情的老人的手，融入了他對世情的感悟和人生中必有的激情。

「我不如他，一直以來，在任何事情上他都永遠比我優秀。」韓信由衷地在心裡感歎，佩服之餘，心中竟泛起了一種酸酸的感覺，等到他明白這種感覺竟是一種嫉妒時，不由大吃一驚。

「怎麼會這樣呢？」韓信忍不住在心裡反問著自己，似乎爲自己的嫉妒感到恐懼。他記得自己以前從來就不會有這種情緒，即使紀空手老是壓著自己，自己也認爲是理所當然的事情。

他終於明白，隨著自己在這段時間的表現，心態亦在悄悄地改變。正因爲他發現了自己擁有不可低估的潛能以及超乎常人的能力，使得他擁有了從未有過的自信。他相信，他不會輸給任何一個人，包括紀空手。

紀空手依舊沒有抬頭，只是將小菜一碟一碟地放在桌上，沈浸於自己的角色之中。當每碟小菜宛如藝術品般擺放完畢時，他才微微地抬頭一笑道：「各位請慢用！」同時與韓信的目光在剎那間相對。

韓信頓時從紀空手的目光中捕捉到了一種強大的自信，還有一種莫可名狀的安全感，他彷彿聽到了紀空手從眼神中透露的言語：「別怕，兄弟，我會一直陪在你的身邊！」

他不由自主地流露出感激的神色，並且當著趙岳山與格里的面，說出了一句他久存心中的話：「謝謝。」

紀空手笑了笑，轉身向外走去。

「且慢！」趙岳山突然叫道。

紀空手緩緩地回過頭來道：「趙總管是在叫我嗎？」

趙岳山的目光緊盯住紀空手的臉不放，半晌才道：「你很面生，記得我半年前到上庸的時候，並沒有見過你。」

「可是我卻見到了趙總管，當時小人正在幫廚，聽說相府中的總管大人到了，一時好奇，就貼著窗櫺瞅到了總管大人的威勢。」紀空手雙手緊貼兩腿旁，畢恭畢敬地道。

「原來如此。」趙岳山聽到有人誇讚自己，心裡不免有幾分高興，揮揮手，讓他去了。

韓信怎麼也不明白紀空手何以會混入神農門下，心中好奇，便開口相問：「這神農先生是何許人也，怎地趙總管會捨近求遠，跑到上庸去相請一位廚師，這豈非有些小題大作嗎？」

趙岳山道：「這神農先生敢稱天下第一神廚，絕非僥倖，據說他祖上九世為廚，對廚藝一道極有心得，趙相正是因為久仰其名，是以才會請他前來操辦這場五十壽宴。你想想看，到了七月初二那一日，前來拜壽者既有王公大臣，又有將軍侯爺，這些人哪一個不是口味刁鑽之人？若非有神農先生押陣，又怎能博得眾人的彩頭？」

「趙相如此大講排場，風頭出盡，難道不怕別人有所非議？」韓信心生疑惑，隱隱覺得趙高花費如此心血來操辦一場壽宴，其中必有蹊蹺。

「這你就不懂了，人活一世，圖的是什麼？無非就是圖個人前風光。以趙相此時的聲勢，已是一人之下、萬人之上的高位，便是當今聖上，亦要對他忌憚三分，他還怕人非議不成！」

韓信喏喏連聲，心中暗道：「如果只是圖個人前風光，何必又開龍虎會？又請來天下第一神廚？這其中只怕並不簡單。而且看趙高待我如此看重，莫非是想利用於我，讓我替他辦一件大事？」他愈想愈覺得有這種可能，當下收攝心神，與格里二人談笑以對。

◆

夜色沈沈，更鼓遙傳而來，已是三更天了。

韓信驀然醒來，輕輕地推開身邊的一個如花似玉的美人兒，運力於耳，感受著周圍的一切動靜。他的聽力愈發通靈，超越時空的限制，漸漸向小樓的每一個房間延伸。他聽到了趙岳山粗重的鼾聲，聽到了樓下美婢奴僕的呼吸聲，還聽到了格里的輕笑與女人如醉如夢的嬌囈聲。他的臉上微微現出一絲苦笑，想起了酒後那一刻的荒唐。

尋芳樓之所以叫做尋芳樓，裡面當然不會缺少美女舞姬，在趙岳山的慫恿下，他們三人無不擁美歸房，抱之以眠。韓信心中記掛鳳影，縱然眼前女子嬌媚如絲，媚力刻骨，他亦不起非份之想，只是逢場作戲調笑幾句，便以不勝酒力爲藉口，倒頭便睡。

他的心裡卻清晰如鏡，明白這女子雖然對己百依百順，柔美動人，卻是趙岳山派來監視自己的耳目。直聽到這女子傳來輕微的夢囈聲，他才舒緩了一口氣，悄悄從床上爬了起來。

他毫無睡意，頭腦依然處在亢奮的狀態下，充滿著與紀空手重逢之後的喜悅。他彷彿有一種預感，就在今夜，紀空手一定會與他相見。

這的確是可以讓人激動的事情，至少對韓信來說，紀空手的適時出現，更讓他放心不少，完全放鬆了他浮躁不定的心緒，因爲他感覺到了紀空手的巨變。

紀空手的確不是一年前的紀空手了，就像自己也已不是一年前的韓信。這一年的時間，也許在一個人的一生中只是一個短暫的時刻，但在紀空手與韓信的眼中，這一年的歲月就像是那如蒼狗般的白雲，影響了他們整個一生，將他們的人生變幻得面目全非。

他看到紀空手的時間，只有兩眼。兩眼雖然是很短很短的時間概念，卻足以讓他感受到紀空手的巨變。此時的紀空手，已不再是淮陰街頭的那個惹事生非的小無賴，他的一舉一動，充滿著成熟而理智的韻味，處處都顯示出了一種強者風範。

是的，紀空手已是強者，特別是在他處理每一件突發事件的手段上，無一遺漏地盡顯他王者的氣度，給人予超強穩定的感覺。

「所幸他是我的朋友。」韓信笑了，笑得十分愜意，因爲他知道，無論是誰，如果多了一個紀空手這樣的敵人，絕對是徹夜難眠。

而此刻他也難以入眠，卻是爲了等待朋友。

「呼……」一陣清風來自窗外，在盛夏的夜間，帶著一股涼爽與清新，簡直沁人心脾。

韓信的整個人都爲之一振，抬手一點，點中了床上佳人的昏睡穴，他沒有聽到什麼，卻感到了清風之後那道暗黑的人影。

如幽靈般的影子，飄移在夜色之中，無聲無息，宛若清風。韓信的靈覺已是極度敏感，卻也只能捕捉到對方飄逝夜空的那一縷痕跡。

他不再猶豫，推窗而出。在這一刻間，他甚至聽到了格里房中的女人達到高潮時的那種讓人耳熱的呻吟。

他的身影也如那道暗影一般迅速融於夜色，一前一後，仿如清煙般來到了花園深處，一路上雖有不少暗樁明哨，但在他們的眼中，簡直如同虛設，憑那些人根本發現不了他們的形蹤。

一蓬花香四溢的花樹下，那道暗影已佇立不動，當韓信緩緩走近時，那暗影猶如情人般將他擁入懷中。

「淮陰城外一別，無日不讓我牽掛韓兄，今日所幸得見，怎不叫我心生感觸？」那黑影湊在他的耳邊，沈聲說道，韓信卻分明聽到了這語音因爲激動而微顫的旋律。

「真的是你！你來得正好，我正有一事相求。」韓信明知這裡不是久留之地，只能匆匆說道。

「請講！」從韓信的語氣中紀空手立時意識到了問題的嚴重性，事實上他看到格里與趙岳山形影不離地跟著韓信時，便有了不祥的預兆，所以無論如何，他都必須見到韓信。

「我要你替我殺了方銳，唯有他死，我才能活著走出相府！」韓信急切地道，因爲他看到了幾道人影似乎正朝這個方向遊移而來，相府之中，不乏高手。

紀空手顯然也看到了這一點，微微一笑道：「你放心，此事交給我！」

兩人一觸即分，迅速隱入夜色之中。

當紀空手回到花園後院的一棟房屋中時，神農先生正悄然坐在他的房內，靜靜等候。

「相府中的戒備的確森嚴，就在我們這棟房屋之外，至少有五個暗哨暗中監視，幸虧我一直小心翼翼，才未被他們發現我們的形蹤。」紀空手坐在神農先生的對面，兩人在黑暗中攞談起事情來。

「相府的守衛歷來強於皇宮大內，其中不乏是入世閣的高手，我們的行動稍有不慎，就會引起局面的被動，是以今夜之行，你有些太過冒昧了。」神農先生語氣中略有責備，似乎對紀空手的妄動大不滿意。畢竟此刻他們身處虎穴，這看似平靜的相府大院中，誰又知曉裡面有多少暗流湧動？

紀空手不好意思地一笑道：「我也知道自己的行動太冒失了，但是爲了韓信，我不得不如此爲之，畢竟我們是最要好的朋友。」

神農先生淡淡笑道：「你可知道，韓信是以何種身分進入相府的嗎？」

紀空手滿腹疑惑，原想當面向韓信提出，後來時間緊迫，也就沒有啓口。他見神農如此模樣，已知憑神農的本事，自然將這些事情打聽得一清二楚。

「韓信此時的身分，是以寧秦照月馬場少東家的身分來到相府的。他由暗殺團的統領格里引見，殺了樂五六後，被趙高召入相府。但有一點可以肯定，爲了防止出現任何細微的破綻，他的這種身分絕對是真實可靠，無懈可擊，所以我可以斷定，韓信的背後主使還是問天樓，他的目標就是登龍圖。」神農的目光綻放著睿智的神采，在暗黑的夜色中隱隱發光，顯示出他心中是何等地亢奮。

「你可以確定嗎？」紀空手心中一酸，想到自己與韓信竟受朋友的利用，冒著生死風險，爲他人作嫁衣裳，心緒實在難平。

「當然，憑韓信一人之力，自然難以在短時間內辦成這件大事。一個人的身分要想做到真正的無懈可擊，沒有龐大的人力物力根本不成，而且最重要的是要有充裕的時間。據我所知，照月馬場的成立亦是十年前，正好與我歸隱的日期相仿，可見這是衛三公子策畫的計畫之一。」神農先生的思路縝密，頭腦清晰，紀空手實在是難有異議。

「那麼我們現在應該怎麼辦？」紀空手似乎處在了兩難境地。

神農先生緊緊地盯著他，一字一句地道：「我們神風一黨唯你馬首是瞻，所以只有你才能決定我們未來的走向。」

他並沒有強迫紀空手的意思，卻讓紀空手感到了一種不安。當神農率領門下弟子誓死效命的時候，紀空手也曾面臨這種兩難的抉擇。此刻人入京城，形勢緊迫，已不容他再迴避這個問題。

他深深地吸了一口氣，儘量使自己的心情平復，從而思考著心中的問題。他從來沒有想過有朝一日會去爭霸天下，可是當真讓他面臨到這種人生抉擇的時候，心中突然爆發出了不可抑制的豪氣。

「王侯將相，寧有種乎？」陳勝王的這一句話，仿如一記春雷，不知萌動了多少人的豪情，激勵起這個時代多少少年的夢想，也悄悄地在紀空手的心中撒下了不滅的火種。

在這個改朝換代的時代，在這個動亂不堪的歲月，舊有的秩序被重新打破，傳統的事物被一一推翻，曾經顯赫一時的王侯貴族淪為流落市井的貧民，曾經沿街乞討的丐兒也能坐上將軍的寶座，無所謂你的豪世出身，無所謂你的財富良田，只要你是強者，只要你能把握住機會，你就能最終成為王者，最終問鼎天下。

想到申子龍臨終時的那句話，紀空手怦然心動：「連我的敵人都對我如此看好，我又有何權利輕言放棄？」

他想到了劉邦，想到了項羽，想起他們揮師數萬，逐鹿天下的豪氣，他忍不住在心中問著自己：

「他們能行，我為什麼不行？同樣是人，我為何就不能與他們一爭高下？」

看著黑暗中神農充滿期待的眼神，紀空手終於下定了決心，他絕不甘心受人利用，他也不甘心讓別人來驅使自己，他就是他，他要做一個全新的自己！

「登龍圖既然如此重要，我想應該會對我們未來的發展有所幫助。當務之急，我們應該由此著手。」紀空手沈吟半晌，這才說道。

神農頓時笑了，紀空手既然說出了這句話，就已經說明自己的一番心血並沒有白費。雖然他們要走的路還很艱難，但畢竟已經邁出了堅實的一步。

「我已經想好了下一步的行動計畫，就是全力襄助韓信取得登龍圖。衛三公子既然敢派韓信入京，當然有一定的把握，我們只要緊盯著韓信，就可起到事半功倍的效果。」神農興奮地說出了自己圖謀已久的計畫，卻讓紀空手大吃一驚。

「不行，登龍圖固然重要，但朋友卻不能失去！我絕不做有損朋友的事情！」紀空手斷然否決。

這是紀空手做人的原則，他不想輕易放棄，神農先生知道這一點，只是淡淡笑道：「如果登龍圖是韓信所要，你依計而行，當然是損害了朋友的利益；如果韓信是受人利用，是為了衛三公子、劉邦他們而謀奪登龍圖，那麼你不動手，只是便宜了問天樓。我之所以守諾十年而最終反悔，並非我是一個言而無信的小人，我只是不想受人利用，被人玩弄於股掌之間，成為別人盤棋上的卒子。」

紀空手渾身一震，想到劉邦的無情，心中如刀絞般疼痛，豁然醒悟道：「可是這必然會傷害韓信。」

「韓信的武功心計絕不在你之下，他之所以受問天樓利用，無非是尚在蒙蔽當中，只要由你向他說明前因後果，相信他也會原諒你的舉動。」神農胸有成竹地道：「如果你們兩人聯手，那麼必將無敵於天下，倘若再有登龍圖在手，我敢斷定，三年之後，這天下必然改姓，非紀即韓！」

紀空手聽得渾身一震，驀然爲神農所描繪的宏偉藍圖而怦然心動。

「現在我們既然確定了行動的計畫，當務之急，是要爲韓信排憂解難。」紀空手說出了韓信的要求。

神農先生道：「此事就交由我來辦理，只要方銳出現，就是他的死期到了。」他似乎很有把握，眼芒中陡現殺機，便是紀空手都陡然間感到了一絲寒意。

自從韓信見到了紀空手之後，他的心中頓時踏實起來，再也不爲方銳的到來而憂心重重，他相信紀空手，就像相信自己一般，他堅信方銳再也不會活生生地出現在自己的面前。

所以他與趙岳山、格里一起玩得非常盡興，醇酒美人，觀戲賞舞，實在是逍遙自得，好生快活。趙岳山與格里雖然肩負監視之責，但只要韓信的身分一日不能確定，他們便不願意將他當作敵人。因爲他們知道，做韓信的朋友，永遠比做他的敵人要愉快得多。

但是到了第三天的時候，趙岳山從外面走來，臉凝重之色，與格里相望一眼，這才對韓信說道：「趙相在九宮殿召見你！」

韓信心中咯噔一聲：「難道方銳已到，而紀空手竟然沒有得手？」他的冷汗「嗖……」地一聲冒出，幾乎濕透了內衣內褲。

他這兩天根本沒有機會與紀空手見面，當然不知事情的進展如何。不過他內心雖亂，表面上卻不動聲色，反而嘻嘻一笑道：「莫非是方銳到了？來了就好，這兩天可把我憋壞了。」

「方銳沒到。」趙岳山道：「但是他的飛鴿傳書卻到了。」

趙岳山的話音雖輕，卻如一道驚雷炸響在韓信的腦際，簡直令他分不出東西南北。他不由在心中暗暗叫苦：「怪不得紀空手那邊毫無動靜，原來地上沒來人，卻是從天上到了書信，這可叫我如何是好？」

他此時的心亂如麻線，明知此行一去，必然露出破綻，但若不去，以趙岳山與格里的身手，亦可置己於死地，他百般無奈之下，只有緊隨二人身後，走一步算一步了。

從尋芳樓到九宮殿，並不需要太長的時間，但韓信卻彷彿走了很久很久。他至少想出十幾個對策，細細推敲之下，卻又無一有用，他只能深深呼吸，保持著心態的冷靜。無論如何，不到最後一步，他絕不放棄。

他此時的心境，既盼紀空手能夠知情，又盼紀空手千萬別來。他盼望紀空手的出現，是想二人聯手，殺出血路，逃得性命。但他心中明白，縱然是紀空手趕來，以趙高、趙岳山、格里三人的身手，已經足以讓他們死上十次，何況相府高手如雲，一旦動手，無異於以卵擊石，於事無補。

在格里、趙岳山的挾持下，韓信終於跨入了九宮殿中。他第一眼看到的，便是趙高瘦小卻有力的背影，雖然置身於暗淡的光線中，卻依然有一種懾人的氣勢。

靜，整個殿堂依然靜得嚇人，給人予陰氣沈沈的感覺。面對這如山壓力，未知吉凶的韓信勉力支撐，才算沒有軟癱在地。

趙高的雙手背負於後，左手執一根寸長的銅管，右手拿著一張柳葉帛布，輕輕地晃悠著，讓韓信的心也隨之起伏不定。

毫無疑問，那帛布便是方銳送來的飛鴿傳書，書中究竟寫了些什麼，韓信已不想知道，他只知道自己的謊言馬上就要被揭穿，等待他的，將是一條不歸路。

他是鳳五的弟子，而不是那位複姓鍾離什麼的弟子。鍾離是他按照鳳五事先的安排編造出來的一個子虛烏有的人物，事實上在這個世上根本就不存在有這樣一位冥雪宗的高手。

方銳當然知道真相，所以無論如何，韓信這一次似乎都死定了。

時間一點一滴地流逝，空氣中的壓力也一點一點地增強，就在韓信決定放手一搏的剎那，趙高那尖細的聲音適時響起：「坐，請坐！」

格里與趙岳山相視一眼，同時鬆了一口大氣，因爲他們追隨趙高多年，知道他有一個習慣，如果他說話中帶了「請」字，那麼就表明他已把你當作了自己的親信。他歷來認爲，如要自己的手下替你賣命，那麼你就要給他最起碼的尊重，把人當牛馬使喚，絕非馭人之道。

他們幾乎是扶著韓信坐在了椅子上，然後在趙高的目光示意下，退出了殿外。

趙高看了看手中的帛布，將它置於桌上，然後緩緩說道：「你想知道這上面寫了些什麼嗎？」

韓信好不容易才壓住自己劇烈的心跳，深深地吸了口氣道：「我不想知道，因爲我從來不曾聽家師說到過方銳的名字，因此我想我與他毫不相干！」

「你也許的確與他毫不相干，但是從今以後，你不僅應該記住他的名字，而且更要好好感謝他，因爲是他讓我最終信任了你。」趙高微微一笑，似乎也爲這樣的結果感到高興。

韓信不動聲色，心中卻大感詫異，他怎麼也沒有想到方銳的飛鴿傳書竟然證實了他的謊話，難道說在冥雪宗中確實有過鍾離這麼一號人物？

如果不是，那麼問題就出在方銳身上，或許這飛鴿傳書的內容並非方銳所書，而是有人代筆也說不定。

還有一種可能，就是方銳本身就是臥底，是那位擁有另一半綠玉墜的神秘人物，這看上去雖然荒誕，卻最有可能。

但韓信已經決定不再去想，既然危機已過，他更想知道取得趙高的信任之後，趙高派他要做的第一件事會是什麼。

「敝師祖確曾收過一個關門弟子，複姓鍾離，此人天資聰慧，悟性奇高，可惜他為人低調，少有人知。」趙高輕輕念叨，似乎正是方銳傳來的鴿書。頓了一頓，又悠然接道：「以本相的眼光，方銳與鳳五還不夠資格成為你的師父。但關於鍾離此人，我也是第一次聽說，是以本相心生疑竇，不敢不去證實。現在既然查清確有此人，那麼從今以後，你就是我入世閣的弟子。」

「多謝趙相提攜！」韓信恭身謝道。

「你不必謝我，我用人的方式，講究有用則用，無用則棄。你是一個有用之才，而此時又正值我用人之際，所以你能受到重用是必然之事。不過你一定要記住，在我門下，必須全力以赴，否則你很難出人頭地。」趙高似乎很欣賞韓信，於是便多提醒了他幾句。

「趙相的教誨時信一定銘記心間，絕對不敢辜負趙相厚望。」韓信答道。

「這就好！這些日子，你就留在府內，不要東走西跑，我有一件事情要交給你辦，等到時機一到，我就會派人通知於你。」趙高深深地看了他一眼道。

韓信告辭出來，格里與趙岳山無不拱手道賀，韓信想到入殿時的那一刻兇險，餘悸未消。在趙岳山的安排之下，將尋芳樓作爲他暫時的棲身居所。

「你既蒙趙相看重，只要努力，早晚必會出人頭地，就安心地住下去。至於你帶來的人馬，我一定會好生照料，但請放心。」格里完成了自己的使命，便要告辭離去，他心繫暗殺團的事務，不敢久留，向趙岳山叮囑幾句，這才匆匆而去。

趙岳山囑咐韓信道：「相府重地，不可妄入，你這些天就在花園多多走動，切忌不要亂闖亂撞，否則被相爺知道，將會對你不利。」

「多謝總管。」韓信心中的大石已經落地，神色自然好了許多，他甚至想找幾個舞姬放縱自己一下，但是一想到鳳影，便再也不起這非分的念頭。

「鳳兒，你還好嗎？」韓信憑窗望北，心中不免憑添幾許惆悵。

第八章　天下大勢

六月二十七，距趙高五十壽辰愈發近了，相府的膳房之內，開始忙碌起來。

紀空手這些天來一直心緒不定，好不容易佈置了一次刺殺計畫，卻因方銳的缺席而落空。直到與韓信見面，始知情況有變，他利用每日三餐送膳的時間，與韓信頻頻接觸，漸漸弄清了韓信入京的來龍去脈，心中更對問天樓多了幾分反感，所謂「士爲知己者死」，而問天樓的每一步棋都帶著蒙蔽與欺騙，這讓紀空手對問天樓更加反感。

他不知道自己是否應該將真實的想法告訴韓信。每次當他見到韓信之時，雖然還是那麼親切，還是那麼溫情，但他卻發現在這親切溫情之後，彷彿已多了一線距離。

他爲這一線距離而吃驚，同時認識到了在他們之間，已經不可能回復到以前那般親密無間的關係。當他終於下定決心要向韓信說出自己心中的抱負時，他卻聽到了「鳳影」這個名字。

這是一個少女的芳名，這一點紀空手從韓信的表情中就已看了出來。每次當韓信向他說出這個女孩的時候，臉上都掩飾不了心中的喜悅和亢奮，這讓紀空手感到莫名心驚。

他不得不爲韓信有所擔心，看著好朋友沈溺情網，他隱隱感覺到了一絲不安。他熟悉問天樓的手段，更覺得韓信與鳳影的相識像是人爲布下的一個局，但是他不能說，也不敢說，他怕說出自己的想法後會對韓信造成很大的傷害。

「成大事者，必須不拘小節。」紀空手想起了神農的一句話，的確有所感觸，但他心裡明白，在這個亂世的年代，在這個豪門當道的時代，他要空手搏出屬於自己的一片天地，不僅需要智慧和勇氣，有時候，更需要的是一種殘忍，一種對自己以及自己擁有的感情上的殘忍。

唯有如此，他才能真正成爲一個強者。

他帶著一絲內疚走出尋芳樓，剛回膳房，神農先生便告訴了他一個驚人的消息：「五音先生到了咸陽，就住在咸陽城的『琴園』中。他此次攜眾而來，是應趙高之約，專赴壽宴助興。」

「難道說知音亭與入世閣素有交往？否則五音先生何以會前來咸陽？」紀空手壓下自己對紅顏的那份關切，更多地是看到了這個問題。他隱隱覺得，自己此行必與趙高爲敵，倘若知音亭捲裹進來，實在是一件棘手的事情。

「你不必擔心，五音先生前來赴宴，並不表示知音亭會與入世閣聯手。在武林五大豪門之中，知音亭與聽香榭置身事外，不問江湖紛爭，因此與其餘三大豪門的關係一直不錯。據我估計，五音先生此行是礙於趙高的情面罷了，你不必擔心。」神農先生顯然看出了紀空手的心思，是以安慰道。

紀空手陷入沈思之中，這看似偶然的事情，卻令他心生疑竇。經歷了這一年多來的風風雨雨，使他對「江湖險惡」這句話的涵義又多了更深的體會。當今時逢亂世，豪門列強紛爭，此際的咸陽，正值多事之秋，不聞世事的知音亭在這個時候來到了漩渦的中心，這不得不讓紀空手往深層次的實質去考慮。

據他所知，此時的咸陽至少有三股勢力捲入了對登龍圖的爭奪之中，除了他自己之外，問天樓與入世閣都對登龍圖有勢在必得之心，再加上二世胡亥的勢力，已經使這局面亂象紛呈，不管知音亭居心何在，五音先生在這個時候進入咸陽，都絕非是一件好事，至少對他來說是這樣。

這不由得讓紀空手擔心起紅顏的安危。如果知音亭一旦對登龍圖有所圖謀，必然會成爲眾矢之的，這將使原本混亂的局勢更加混亂。咸陽城內，必是步步殺機，在難分敵我的情況下，最終將會爆發出一場亂戰。

但是他又隱隱覺得，在當今五大豪門之中，無論是衛三公子、項羽還是趙高、五音先生，這些人不僅武功絕世，而且都是具有人智慧的智者，以五音先生的閱世經驗，他絕對不會看不到此時入京所冒的風險，但他對此依然置之不顧，這是否說明他對事件的發展有所把握？或者是有更大的利益值得他去冒這種風險？

紀空手決定不再憑空揣度，無論如何，他都要在今夜進入琴園，一探虛實。爲了今夜之行，他想出去聽聽風聲，於是在神農先生的安排之下，他以採辦料貨的名義出了相府，逕自向大街走去。

大街上的人流熙熙攘攘，摩肩接踵，市面極爲繁榮，人置其中，根本就感覺不到這是亂世的中心，更感覺不到這繁華背後潛藏的重重危機。

紀空手行不多遠，便發現了身後有相府中人跟躡於後，暗中監視。他心中一驚，忖道：「看來趙高大擺壽宴確有用心，否則也不至於搞得草木皆兵，如臨大敵一般。」

他跟了丁衡三年，對這種跟蹤術瞭如指掌，所以沒有費勁就很快甩掉了尾巴，逕自向琴園而去。

他從來不打沒有把握的仗，既然決定了夜探琴園，他就必須先來踩點，以便摸清琴園的地形地貌，所以他瞅準了琴園附近的一家茶樓，登高而上。

他選了一個倚窗的座位坐下，臨高俯瞰，琴園的景觀十有五六收入眼底。他明知五音先生既然居於琴園，肯定對周圍的高點有過了解，單憑在外面觀望，顯然是看不到什麼東西的，他只是對琴園的進出路看了個大概，便要起身離去。

「人在園中，尚不覺得琴園之美，一旦登高而望，美景盡在眼前。」一個婉轉動聽的聲音從樓梯處傳來，紀空手一怔之下，不由又驚又喜，他怎麼也沒有料到，竟會在此時此地碰到紅顏。

他剛要迎前招呼，忽聞一個媚力無窮的磁性嗓音附和道：「小公主所言極是，雖然是一句平常的話語，卻蘊含了深奧的哲理，就像是墮入情網的少女，愛恨纏綿，盡在網中，不能自拔，等到她真正跳出網時，才會陡然發現，以前的山盟海誓是多麼的幼稚，多麼地可笑。」

「張軍師是有感而發，還是另有所指？」紅顏淡淡一笑，蓮步輕移，已然上了樓來。

紀空手暗驚道：「張軍師？難道來者竟是張盈？我身在相府之中，可不能讓她認出我來。」當下無處迴避，只得倚欄觀景，背對樓面。

陪同紅顏而來的正是張盈，她身為趙高門下的紅人，自然要盡地主之誼，順便也一探究竟，看看知音亭何以會用祝壽之名，盡出精英趕至咸陽的原因。

此時已是非常時期，任何一點風吹草動都有可能影響到大局，是以趙高絕不容許在自己的地盤上還遭人毀了自己的大計。張盈既然受命，當然是醉翁之意不在酒了。

「小公主何以會如此多心？莫非是我說中了小公主的心事？」張盈嘻嘻笑道，她的人一上樓來，頓時傾倒了樓上的所有男子。

她雖然年過不惑，但不知是駐顏有術，還是另有秘方，此刻看上去至多不過二十出頭的年紀，其臉型極富美感，眉目如畫，巧笑嫣然，嫩滑的肌膚白裡淡紅，仿如淡淡的雲霞，端的誘人之極，可惜的是臉色中透出一絲蒼白。

更讓人迷醉的是她一舉一動時隨之而動的體態，仿如魔鬼般撩人，臉上露出的嬌慵懶散神態配著那千嬌百媚的風情，任何男人見之首先想到的，只有一個「性」字。

她與紅顏並肩出現，頓時令整個茶樓增色不少，春蘭秋菊，各有丰韻，難分軒輊，吸引了眾多男人的目光。

紅顏立在人前，依然是一派大家閨秀的風範，臉上微泛紅暈，卻不說話。

張盈的眼光是何等銳利，一瞥之下，已是明瞭紅顏的女兒心態，微微一笑道：「小公主是何等高傲之人，想當日流雲齋項羽屯兵十萬，列隊樊陰，只求博得美人一笑，尚且不得，卻不知是哪家的小子有這等豔福，竟然悄悄地偷走了小公主的芳心？」

「張軍師若是再耍貧嘴，我可不依。」紅顏小臉微紅，嬌嗔道。

兩人閒聊幾句，在隨從清理出兩張茶桌後，坐到了茶樓的另一面窗前。紀空手緩鬆了一口大氣，正要趁機溜走，卻聽得張盈又道：「我曾經聽說，小公主此次江南之行，認識了一位姓紀的公子，怎麼不見他陪你同行？」

紀空手一聽張盈提到自己，倒也不急著溜了，他雖然深愛紅顏，也知紅顏有意自己，卻從來不曾聽到紅顏對自己的看法，難得有此良機，他豈有錯失之理？

紅顏沈吟半晌，幽然一歎道：「人家的心思小女子又怎會明白？樊陰一別，又是數月，也不知他現在可好？」說話雖輕，卻滿懷牽掛之情，聽在紀空手耳中，心中確有一股難言的滋味。

張盈與紅顏的說話都是小聲細氣，似乎不想讓人聽到，加之茶樓上本是熱鬧場所，要想刻意偷聽實在很難。只是此時的紀空手內力雄渾，一旦將體內的玄陽真氣運行至極限，數十丈內的蟲蟻爬行也難逃他的聽力掌握，何況是人言之音？

張盈當然看出了紅顏心中其實是愛煞了紀空手，否則以她的名門素養，絕不可能在外人面前吐露心思，不由微微一笑道：「其實你大可不必爲他煩憂，我才從東方折返，一路上聽過不少關於他的傳聞，就不知小公主是否想聽？」

自樊陰一別之後，紅顏找尋紀空手未遂，即返蜀中與父親會合，稍事休整，又赴咸陽之行。一路上來去匆匆，是以根本沒有聽到任何關於紀空手的傳聞，此時聽得張盈說話，事關情郎，不由大是緊張道：「怎麼不想聽呢？還請張軍師快說吧！」

張盈見她著急，不覺好笑道：「你這位紀空手不比常人，他身負玄鐵龜武功，別人也奈何不了他，你又何必替他著急？我倒聽說他在樊陰之時受了項羽的流雲道真氣，以至心脈受創……」

「什麼？項羽竟然如此卑鄙，怪不得紀公子會離我而去，原來他是害怕拖累了我。」紅顏聞言，花容失色，頓時打斷了張盈的話頭，同時也感受到紀空手對自己的真情。

張盈笑道：「你可嚇了我一跳，縱是情急，也不必如此嘛，你是否不想再聽下去？」

紅顏嗔了她一眼，道：「你快說吧。」臉上紅暈又起，真是愛煞人也。

張盈雖是女子，但見紅顏這等嬌癡模樣，亦是愛憐不已，趕忙道：「這位紀公子絕非簡單之人，他雖然心脈受傷，一路逃亡，卻害得流雲齋兩大長老疲於奔命，最終落得一個身亡、一個失蹤的下場，氣得項羽大怒之氣，已經張榜天下，將你這位紀公子列爲流雲齋的頭號大敵。」

她見紅顏情不自禁地鬆了口大氣，不由調笑道：「怪不得小公主竟然連流雲齋的少主也不放在眼裡，原來有這樣一位多情多義、武功高強的公子相伴，換作是我，想必也是如此選擇了。」

紅顏對張盈的話並不敢恭維，只是情竇初開的女孩總是喜歡與別人談起自己的愛人，總覺得縱然是嘴上說說，亦是了卻了自己的一番相思之苦，是以竟然與張盈談得十分投入，親熱得渾似姐妹一般。

她緩緩說道：「可是我見到他的時候，並不知道他的武功有多麼好，只是覺得他的眼神十分憂鬱，有一種特別的氣質，好讓人心生喜歡。」她的聲音雖輕，但語氣中深藏的熱情如火般燃燒，聽得紀空手心中為之一盪，恨不得跳將出去相認。

「這也讓我想到了二十年前的往事。」張盈彷彿也被紅顏的情緒所感染，悠悠一歎，勾起了記憶中珍藏的片斷：「一見鍾情，兩情相悅，最終卻是一段理不清、剪不斷的情孽。」

紅顏吃驚地望著她，稍有不悅道：「軍師是在咒我嗎？」

張盈頓時感到了自己的失態，搖搖頭道：「我怎會咒你呢？我為你歡喜還來不及哩，只是聽了你的這段情，勾起了我心中的一段回憶。」

她的眼中不再有惑人心神的媚力，卻多了一絲如霧如夢的幽怨。她似乎是想到了二十年前的那個盛夏季節，在一個清幽的湖邊，第一次看到情郎時的場景。

紅顏的心為之一軟，眼中飽含同情。沒想到在這個傳聞中極度淫蕩的女人，竟然有如此純情的一面，「情到多時方是假」，多情之人本無情，也許在這位多情的女人身上真的有過一段刻骨銘心的往事。

「是我不好，勾起了軍師的眼淚。」紅顏掏出了一方香帕，輕輕地遞將過去。

「是麼？倒讓小公主見笑了。」張盈飛快地拭去了眼角的那滴淚水，又回復了那副嬌冶的神情，她似乎想刻意掩飾，卻讓紅顏更生憐意。但紅顏卻不知張盈早已認得紀空手。

等到兩人下得樓去，紀空手兀自爲紅顏的癡情而心動不已，長吁短歎間，忽然靈光一閃：「張盈的放浪不羈形象難道只是一個僞裝，或者說是一種報復？她之所以如此，難道更多的只是掩藏她對某一個人的深深思念？如果我的猜測不錯，那麼這樣一個可以讓張盈牽掛多年的男人是誰？」

紀空手覺得這是一個很有趣的問題，完全值得自己花些時間尋找出這個問題的答案。可是就在他尋思著用什麼方法去尋找答案的時候，忽聽到了一陣腳步聲步步而來，他根本不用回頭，就已經知道有三位實力不俗的高手正衝著自己走來。

他依然保持著原先的坐姿不動，也沒有回頭。在現在這個位置上，他可以採取絕對的主動，到了萬不得已的時候，他隨時可以跳樓而遁，根本不用費神與人糾纏。

「朋友，能跟我們走一趟嗎？」來人的語氣非常客套，完全是帶著一種商量的口吻。

紀空手倏然回頭，他始終認爲，人敬我一尺，我敬人一丈，這才是做人的本分。

「我想你們是否認錯了人，我們好像從來沒有見過面。」紀空手微微一笑，似乎想提醒一下對方的記憶。

「可是我們現在不就認識了嗎？」來人也投桃抱李地笑了一笑，他身後的兩名健漢卻似乎並不和善，只是瞪著眼睛，同時將各自的手腕骨節弄得「喀喀……」直響，識事務的茶客已經開始在悄悄溜了。

「好吧，我跟你們去。」紀空手忽然認識到了自己所處的環境不容他大出風頭：在鬧市的茶樓打架，想不出風頭都難。

於是在這三人的挾裹之下，紀空手非常低調地上了一輛馬車，沿著街市穿行了半個時辰，馬車終於停在了一家庭院之中。

庭院深深，極為靜寂，紀空手抬頭望向窗外，只見藤蔓修長，繁花若錦，假山流水，像是一戶有錢人家的花園。

但是紀空手並沒有沈醉於這美景之中，他決定出手，在最短的時間內逃出這三名不明身分的壯漢的掌握，因為他不想讓別人知道自己的身分。

於是馬車一停，當第三個人跨出車廂的剎那，他的拳頭便照準對方頸椎結合處狠狠地砸了過去。

他的拳頭不僅快，而且準，只要出手，對方就唯有倒下。

但是這個人卻沒有倒下，而是料定了紀空手會在這個時候出擊，所以他亡命地向前撲去，致使紀空手這勢在必得的一拳竟然落空。

紀空手心中大駭，這才發現對方的武功遠遠超出自己的意料，不過他絲毫不顯慌亂，而是當機立斷，向車頂縱去。

「轟……」勁氣如泉噴般沖瀉，碎木橫飛，錦緞散裂，紀空手狀若天神般破車而出，人在空中，已經看清了這三人所站的各個方位。

他的心禁不住直往下沈……

這三人似乎都是隨意而立，看似無心，其實佔據了最有利於攻擊的要害位置。自己無論從哪個方向逃逸，都會遭到對方最強勢的圍殺。

他這才知道自己陷入了一個精心佈置的殺局之中，對方不僅知道自己的身分、武功，而且針對自己不敢暴露身分的心理，引得自己來到這僻靜地實施殺戮。

「對方究竟是什麼來歷？何以會如此清楚自己的情況？」紀空手在刹那間想到了很多對手，卻都斷然否決了，因爲他對自己的行蹤保密程度極端自信，除了神風一黨與韓信外，絕對沒有人能夠識得出他就是紀空手。

勁氣如水漫城牆之勢從三方逼壓而來，根本不容紀空手心生遲疑，他彷彿人在龍捲風的漩渦中心，感受著強大氣流如窒息般的衝擊。

他陡然提勁，將心境處於一種至靜的狀態，放鬆著自己的每一根神經。他的靈覺在捕捉著對方的氣勢鋒端，用心感悟，不放過任何一絲痕跡。

但無論他怎麼努力，表面看上去都難逃一死的命運，只要是稍有常識的人都會知道，此時的紀空手人在半空，縱然是武功奇絕，亦無處借力，只能往下墜落，而對方的三道勁氣正以迅猛之勢自三方擠來，隨時都有可能將他的身體擠裂壓爆，即使他是一個鐵人，最終也難逃厄運。

這是一個絕境，任何人置身其中，都唯有徒呼奈何，回天乏力。

但紀空手卻沒有這種感覺，就在他身形將要墜下的刹那，臉上竟然泛出了一絲笑意。一絲微笑，淡淡的微笑，笑容的背後卻蘊藏了強大的自信。他將全身勁力全部提聚，依然用心去感悟著對方逼迫而來的三道巨流。

無形卻有質的氣流如狂飆直進，宛如決堤的三道洪流，捲起驚濤駭浪，聲勢咄咄逼人，那浪頭峰端彷如巨獸的大嘴，正向紀空手的身軀奔迫而來，似乎要將眼前的一切吞沒。

紀空手算計著氣流峰端的到來，算計著它的速度與接觸自己的精確時間，當他感到勁氣如長針侵入肌膚，引發絲絲痛感時，陡然大喝一聲，無儔勁力自周身三萬六千個毛孔中迸發而出，彙成一道強烈的氣環，迎向了對方勢如狂風的洪流。

「呼……嗤……」氣流一觸間，竟然沒有發生爆炸般的情況，反而產生出了一股非常迅猛的反彈力，而這正是紀空手所希望看到的。

他人在半空的時候，就已經看到了圍攻自己的三大高手都是內力雄渾之輩，三人聯手，別說自己，便是五大豪門之主親至，都不可能以強力抵擋。所以他根本就沒有想去如何化解對方的勁力，而是想到了童年時候在淮陰江畔常見的搏浪遊戲。

每年的春分一過，在淮陰的江邊，總有一群少年下水嬉戲，因爲只有這個時候的江水，才會經常出現他們盼望已久的浪潮，從而開始一種名叫「搏浪」的遊戲。

搏浪，顧名思義，自然是在浪峰中搏擊嬉戲，浪峰的巨力本不是人力可以征服的，所以最終的勝利者從來不靠自身的水性蠻力，而是順著水勢的流向，掌握浪峰的狀態，隨波逐流，從而永遠行在浪峰的前端。

此時紀空手的處境形如搏浪，所以他毫不猶豫地發力而出，借著最終形成的反彈之勢，人如狂風般破空而去。

他的身體飄逸若仙，更似一隻大鳥騰雲於九天之上，腳下的勁氣如雲湧動，他的人借著一縱之力已經飄飛到了數丈開外的假山上。

「數月不見，想不到紀公子的武功精進如斯，佩服佩服！」花叢之中一分爲二，兩人踱步而出，紀空手抬眼看去，心中一喜，因爲來人竟是吹笛翁。

他頓時放下心來，躍下假山，拱手見禮道：「吹笛先生的玩笑開得大了，若不是我見機得快，恐怕唯有勞煩先生爲我收屍了。」

他看了看適才聯手攻擊自己的三人，已是肅然而立，神情顯得恭謙，絲毫看不出剛才那威若驚濤的一擊竟是出自他們三人之手。

「紀公子說笑了，對於你的身手，我從來都不敢懷疑。只是有人不太相信，所以才請樂道三友出手相試。」吹笛翁身子一斜，將身後的那人讓於身前。

紀空手心中一凜，不由又打量了剛才出手的三人一眼，驚道：「原來是樂道三友，怪不得，怪不得。」他素知樂道三友乃是五音先生門下的三大高手，其身分地位已在門派宗師之上，若非他們手下留情，自己未必就能逃過剛才那一劫。

他這才相信對方確無惡意，當下抱拳向樂道三友行禮道：「在下無禮，幸蒙前輩手下留情，多謝了！」

樂道三友微微一笑，同聲道：「年紀輕輕，便有如此造詣，的確如吹笛翁所言，乃是百年難遇的武學奇才。」

紀空手道：「這是吹笛先生抬舉罷了，想我一介浪跡江湖的小子，有何德何能敢受前輩這等評價？」

「當得起，當得起。」樂道三友臉上無不露出欣賞之意，笑眯眯地道。

「年輕人恃才不傲，虛懷若谷，的確是一種美德，不過凡事不可過度，否則就成小家子氣，難顯強者風範。」那位站在吹笛翁身邊的老者淡淡一笑，終於開口說話道。

「前輩教訓甚是，晚輩銘記於心。」紀空手心中凜然，隱隱從其聲中聽出了一股王者霸氣，令人心生仰慕之感。當下轉頭望去，只見此人身材頎長高大，有若峻嶽崇山，相貌清奇，兩眼深邃有神，閃動著智者的光芒，乍看一眼，有若仙道中人般飄逸，再看一眼，卻又有幾分相熟之感。

紀空手見得吹笛翁一臉欣然之色，驀然靈光一現，俯頭便拜：「淮陰紀空手拜見五音先生！」

那老者微微一笑，長袖輕揚，一股人力將他托起道：「請起。」

此人不是別人，竟然就是五大豪門之一知音亭的主人五音先生，而他們現在所站之地，當然就是琴園。

紀空手頓時醒悟，望向樂道三友道：「原來你們帶著我兜了一個大圈子。」

樂道三友中的弄簫書生道：「這不過是遮人耳目罷了，畢竟咸陽乃是非之地，不可不小心為之。」

紀空手聞言點頭，忽又有些納悶地道：「可是你們又怎知我是紀空手？而且這麼快就找上了我？」他自進茶樓，到出來時最多不過一二個時辰，自以為行事機密，卻沒料到最終還是被人識破行蹤，倒想知道自己的破綻出在哪裡。

吹笛翁笑道：「其實這很簡單，那家茶樓一直是我們在咸陽的一個據點，像公子這般非凡人物，雖然作粗人打扮，卻遮掩不了一臉的英氣，自然受到我們的關注。後來小公主上樓一趟，見了你的背影已然生疑，所以就發出信號，讓我們將你請至琴園。」

紀空手恍然大悟道：「原來如此。」

五音先生見他武功不差，頭腦機靈，已有了三分喜歡。礙於愛女所請，細細觀察，只覺此人眉間逸出一股滿不在乎的氣質，雖然面對豪閥人物，言談卻不卑不亢，無疑是一位智勇兼備的人才，不由暗暗稱道愛女的超凡目力，微一沈吟道：「請隨我來。」

他拋卻隨從，只領著紀空手一人當先步入十數丈外的一片竹林，林中有道，直通石亭，清風徐來，在這盛夏時節，倍感清爽。

兩人各坐亭中，早有清茶置上，五音先生品茶一口，道：「你的內力的確古怪，武功卻有路可尋，可見你的一身所學並非來自於玄鐵龜上的記載。世人雖然以訛傳訛，但老夫猜測，你的內力路數只怕與玄鐵龜有關。」

紀空手沒有想到五音先生只看了自己一眼，便對自己的所學盡知端詳，心中的驚訝實在是不可言狀。當下大是佩服道：「前輩所言，無一不中，事實正是如此。」

於是，他將自己這一年來的奇遇一五一十地道出，聽得五音先生嘖嘖稱奇，心中暗道：「這莫非就是天意？倘若此子入我門中，執掌門戶，何愁大事不興？」

他身為知音亭豪閥，一生行走江湖，識得英雄無數，一眼就看出紀空手絕非常人，假若加以調教，日後必成大器。難得的是他一生只有一女，偏偏這女兒又眼高於頂，縱是項羽這等梟雄人物，亦是難入法眼，不想卻偏偏機緣巧合，讓她鍾情於紀空手，這就像是上天安排一般，令五音先生怦然心動。

「你所說的神農先生，雖然以你為首，對你大加推崇，只怕此人的用心並不簡單，你是否有過察覺？」五音先生是何等精明之人，眼珠一轉，立時看到了一線危機。

「正是如此，他無非是想利用我來引開趙高的視線，然後伺機做一些令人意想不到的事情。」紀空手並不吃驚，反而胸有成竹地道。

「這麼說來，你早知他用心不良？」五音先生沒想到紀空手竟有如此城府，詫異地問道。

「我是一個什麼樣的人，我自己心中當然有數，任憑他如何捧吹，我也不至於會認為他會毫無條件地全力輔佐我。試想一個可以將心中大志隱伏十年之人，若非有所圖謀，必是有遠大抱負，偏偏他在這個時候反叛問天樓，卻要輔佐我來爭霸天下，這自然是別有用心。我雖然看出了這一點，卻好似渾然未覺，無非是想借他們之力，趕到咸陽相助一位朋友。」紀空手淡淡一笑，對五音先生毫不隱瞞心中所想，因為他已看出，五音先生是真正欣賞自己的人，就像相馬的伯樂，對千里馬天生就有一種發自內心的喜好。何況還有紅顏在內，使得他終於可以毫無防範地面對眼前這位當世豪閥。

「也真是難為他了，畢竟十年光陰，若非心志堅定之人，哪來這般忍耐力？」五音先生說道。

紀空手微微一怔，道：「前輩莫非知曉他的目的與動機？」

五音先生眼芒一閃，道：「神農出現江湖之時，還在二十年前，風頭強勁，是連五大豪門都不敢小視的大人物。誰知十年前，他卻突然失蹤，成為武林中公認的一段懸案。世人都知道他是為了衛三公子的一個承諾而甘心退出江湖，但我卻明白，神農歸隱，卻是大秦始皇專門對付趙高的一個安排！」

紀空手驚道：「始皇莫非早已預知趙高會有今日的飛黃騰達？」

五音先生冷冷一笑道：「不僅如此，他更看到了趙高爭霸天下的野心。以始皇雄霸天下、征服諸侯的雄才大略，豈有看不出趙高的狼子野心之理？可惜那時的始皇身抱疾恙，又得平息天下戰亂，已經無力對付趙高，否則趙高又怎能逍遙至今？」

紀空手眼中閃現出一絲疑惑之色，道：「先生何以對此事瞭如指掌？」

五音先生並不作答，而是反問一句：「你可知道我知音亭的真正背景？」

紀空手搖頭道：「我只知道知音亭乃江湖五大豪門之一，淡泊明志，不問天下世事，猶如神仙逍遙。」

五音先生啞然失笑道：「難道世人竟是這般評價我知音亭？」隨即收起笑容，肅然正色道：「算起來，我與始皇有姑表之親，當時秦孝公之王后，正是先祖家姐。」

紀空手驚得幾乎跳將起來道：「怎麼會是這樣？」只覺得是否是自己耳中聽錯。

「若非如此，我知音亭何以能雄立西蜀，屹立百年而不倒？若非如此，紅顏又怎會有『小公主』之稱？其實這只因爲知音亭係皇親國戚的一支。」五音先生淡淡一笑道：「當日先祖遺訓，要我知音亭一脈誓死效命大秦國君，現在看來，卻是錯了。自始皇末年，到二世篡位，強施暴政，已失人心，如今大勢已去，我此行北上咸陽，不過是略盡人事而已。」

「你當如何？」紀空手好不容易壓下自己心中的惶惑，直言相問。

「我此行啓程之前，已對趙高的計畫有所察覺。他之所以大辦五十壽宴，其實有一個天大的陰謀，那就是在壽宴之上，派人刺殺胡亥，然後趁機奪走登龍圖，以絕後患，從此登上王位，問鼎天下！」五音先生一直冷笑而道，一字一句，猶如道道驚雷，直震得紀空手目瞪口呆，任他想像力如何豐富，也絕對想不到事情複雜如斯，可怕如斯。

「以趙高現在的勢力，如日中天，只怕先生若要阻止，難如登天。」紀空手倒吸了一口冷氣道，事實上他對大秦殊無好感，更不要說出手相幫了。倘若五音先生出口相求，他必婉拒，然後溜之大吉。

五音先生淡淡一笑道：「我對大秦早已死心，若無先祖遺訓，我才不來蹚這渾水。這些年來，我雖然蝸居蜀中，看似清閒逍遙，其實一直關心著民生大計，每每見到百姓掙扎於水火之中，都令我感到羞愧無比，恨不得大旗一揮，抗擊暴秦！只是這遺訓纏身，令我不敢妄動，所以此行而來，只是略盡人事而已。」

「先生當如何作爲？」紀空手肅然起敬道。

「按我的打算，原是欲趁趙高動手之前，將胡亥與登龍圖一併帶走。趙高野心雖大，但礙於有登龍圖在，絕對不敢篡位奪權，這樣便可讓大秦繼續維持下去，可是胡亥此人殊無才能，而且剛愎自用，竟然起心要與趙高周旋到底，真是不知死活，而我也樂得他去送死。但是對於登龍圖，我是勢在必得，唯有這樣，才會令趙高有所顧忌，從而不敢取而代之，只能另立新君。」五音先生毫無保留地說出了心中的計畫，因爲他不僅相信紀空手，更要有所借用。

「先生對我如此信任，當不會讓我聽聽這麼簡單吧？」紀空手已起心相幫。

「是的，我對你正有所倚重，這些日子來，一直有個難題壓在我心中，始終未能解決。今日見到你時，我才覺得這彷彿是上天安排，助我成功。」五音先生點頭道，眼中掃視著紀空手，隱含相求之意。

「先生請講。」紀空手毫不猶豫地道。

「本來這不是個難題，但胡亥拒入西蜀，這登龍圖便斷然難以得到。因爲登龍圖事涉大秦至高機密，除了胡亥之外，再無第二人可知下落。」五音先生緩緩說道。

「這豈非難辦得很？」紀空手不由詫異地道。

五音先生眼芒一閃，道：「但我卻推算，登龍圖既然如此重要，以胡亥的性格，他絕不會讓登龍圖遠離其身邊，所以當他前來相府赴宴之時，必然會將登龍圖帶在身上。」

紀空手笑了笑道：「想必趙高也是這般心思，所以才會安排這樣一個計畫。」

「正是如此。」五音先生道：「我們只有搶在趙高動手之前，神不知鬼不覺地將登龍圖奪到手中，這樣才算對他有所掣肘。而要做到這一點，唯有靠你。」

紀空手道：「先生門下高手眾多，爲什麼不派他們而要選中我？」

「不爲別的，因爲你是盜神丁衡的傳人。」五音先生微微一笑道：「你的見空步法乃丁衡獨有，所以我相信你也學到了他的妙手三招。」

紀空手不由大是佩服，對五音先生的如神目力與超人見識很是歎服，不過他還是問了一句：「如果我一旦得手，將它交到誰的手中？」

「你可以交給我，也可以留給自己，但總之你要記住一點，絕對不能讓趙高得到此圖！而且你一旦得手，必須馬上逃離咸陽城，否則趙高一定不會放過你的！」五音先生慎重提醒道。

「那個時候，先生會在哪裡？」紀空手問道。

「我就在相府，但卻不能出手助你。我只能保持中立，唯有這樣，才能保證我的人全身而退。」五音先生近乎無情地道，但紀空手卻知道這是一個不爭的事實。知音亭的實力雖然不弱，但在高手如雲的相府中，只能算得上是汪洋之中的一葉孤舟。

紀空手深深地吸了一口氣，然後緩緩站起身來道：「我還想問一句，神農門下的弟子是否知情？」

五音先生搖搖頭道：「以神農的心計，他是不可能將自己的真實身分告訴任何人的，所以他門下的弟子，應該可以信任。」

「這我就放心了，因爲我已經習慣了把他們當作我的朋友。」紀空手笑了笑道：「如果我僥倖得手，一定會前往西蜀親手將圖交到先生的手裡。」

「我恭候你的大駕光臨。」五音先生亦笑了，臉上情不自禁地露出一絲慈愛之情，再三叮囑道：「我們只是盡人事而已，切記不可勉力爲之，大秦是否由此滅亡，上天自有安排，我希望你是毫髮無損地前來見我。」

紀空手道：「到了這一刻，我才徹底相信你不是利用我，否則的話，我會很傷心的。」

五音先生凝視了他一眼，然後笑道：「幸好不是，否則的話，我也會令紅顏傷心。你可以走了，我想你若再不走出去，待會一定會有人比我更急了。」

於是，紀空手走出竹林，第一眼看到的人兒，就是紅顏那燦若桃花的笑靨。

滿肚子的話要說，卻又無從說起，唯有將一切纏纏綿綿的情意，化作絲絲縷縷的柔絲，從眼波中泛出，纏繞著彼此的心靈。

「你終於來了。」紅顏低著頭，小臉兒早已抹上了一層嬌羞，看得紀空手心神爲之一蕩。

「來了。」紀空手木訥地答上一句，一向伶牙俐齒的他，到了關鍵時刻，卻說不出話來。

夕陽照在窗前，映射出一片金黃。兩人相對而坐，隔著一方竹几，淡淡的茶香繚繞著這間小屋。

「在茶樓中與你同行的人就是張盈？」紀空手突然想到了什麼，訕笑而問道。

「你也知道她嗎？那可是一個極富心計的女人，若不是她，我也不知道你會出現在茶樓上。」紅顏笑道，爲差點錯失了自己日夜思念的情郎而癡笑。只有在紀空手面前，她才會放下大家閨秀的架子，回復她的本性。

「哦？」紀空手心中一驚，眼光注射在紅顏的臉上。

「她一上樓，其實就注意到了你，但不知你是誰，只是到下樓的時候才對我說：『你看那人，如果不是瞎子，就是聾子，否則他絕不會不把目光放在我們的身上。』而我也是在那時才看見你腰邊的如意，我也感到好奇，便向她問道：『為何別人不看我們就有問題！』她卻非常自信地一笑：『這就是女人的自信。』」紅顏嫣然一笑，忽然覺得這有點自賣自誇之嫌，倒顯得不好意思起來。

紀空手卻為張盈如此仔細的觀察力感到吃驚，同時也慶幸張盈沒有真正去注意他，但一個人連這點反常也能注意到，那麼這無疑是一個可怕的人物，更是任何一個臥底奸細的天敵。

紀空手不由替韓信的安危擔起心來，誰又能保證張盈沒有暗中監視過韓信呢？他決定一回到相府，第一件事就是要力勸韓信離開咸陽。

「你幹嘛這樣盯著人家看？」紅顏見紀空手癡癡地望著自己，噗哧一笑，嬌嗔道。

紀空手這才發現自己的失態，尷尬笑道：「所謂秀色可餐，美麗的東西總是會吸引人的目光，我想我也不會例外！」

紅顏聽到情郎稱讚，心裡十分甜美，柔聲道：「你真的認為我美麗？」

紀空手輕輕地撫住她的柔荑，欲抽還迎間，卻被紀空手的大手緊緊握住，道：「我不知道你是否真的美麗，但在我的心裡，你永遠是我最美好的東西，只要與你在一起，我的心裡就真的好歡喜好歡喜，再也沒有什麼東西能夠將你替代。」這一直是深藏紀空手心底的話，也不知在夢中說過了多少回，當他此刻向紅顏說出的時候，一點都不覺得費力，反而是親切自然，十分流暢，彷彿這些話都是天經地義應向紅顏表白的一般。

「我也是這般想法。」紅顏心中好生感動，再也顧不得女兒家的矜持，將自己的螓首斜靠在紀空手的肩膀上。

兩人依偎一處，靜觀夕陽斜照，萬千雲霞燦爛奪目，亦比不上他們心中的無限喜悅。

「如果我們就這樣坐上一生一世，相依相偎，該有多好！」紅顏俏臉暈紅，陷入情愛之中，如夢囈般喃喃道。

紀空手驀然想到了自己肩上的重任，輕輕推開她道：「只要此間事了，我定會赴蜀與你相會，再不分離！」

紅顏回眸凝視著他道：「這麼說來，你又要走了？」

紀空手輕拍她的香肩，道：「我只是市井中的一個無賴，機緣巧合之下，涉足江湖，迄今算來亦有一年時間了，在這一年中，我雖然一事無成，卻明白了一個道理：人活一世，你可以不去追求名垂青史，也可以不去追求轟轟烈烈，但你絕對不可以對不起自己！唯有此生無憾，才算不枉此生。」

他說這句話的時候，眼中似有一種閃光的東西，而當他的背影隱沒於夕陽之下時，紅顏忽然發現他的背影恰如一頭月色之下的蒼狼，孤獨而行，有一種悲涼與狂傲的風骨之美。

紅顏的心猛然一跳，一種不祥的預兆油然而生。她不知道自己怎麼會有這種感覺，只知自己的心好沈、好沈，有一種莫名的恐懼慢慢滋生……

◆

「你看到了張盈？」神農的眼睛一陣痙攣性的緊縮，彷彿見到了一件非常可怕的事情。

「是的，但我可以保證，她絕對沒有認出我。」紀空手知道神農何以會如此惶恐，是以又給他服下一顆定心丸。

神農頓時舒緩了一口氣，道：「那可真是萬幸，如果你的易容術讓張盈看出了破綻，那麼我們的計畫就只有放棄了，因爲你絕對想不到這是一個多麼可怕的女人！」

紀空手相信神農不是危言聳聽，因爲他曾經經歷過，但是爲了進一步證實五音先生對神農的判斷，他說出了自己夜探琴園的計畫。

「你不可以去，也沒有必要去。五音先生到了咸陽，對我們的計畫並無大礙。」神農緩緩說道。

「先生何以如此肯定？」紀空手淡淡一笑，神農之所以要阻止他去冒險，自然知道五音先生是友非敵，絕對不是爲了加害胡亥而來。

神農不動聲色地道：「我自然有我的消息來源，聽說有人請來五音先生，名爲給趙高拜壽，實則是爲了分散趙高的注意力，所以五音先生現身咸陽，對我們來說是有百利而無一害。」

紀空手裝出一副恍然大悟的樣子，沈吟片刻道：「我們既然是爲登龍圖而來，守在相府總不是辦法，不如你找人給我繪一張皇宮地圖，我潛入進去，將之盜來便是。」

神農凝視他一眼，這才搖頭道：「其實登龍圖已不在宮中，就在相府，這也是我們要來相府的原因。」

紀空手心知神農話已切入正題，故意吃驚地道：「怎麼會這樣呢？相府之中高手如雲，所轄之地又廣，若要尋找此圖，豈不是大海撈針嗎？」

「事實雖然如此，但我可以肯定，壽宴那天，登龍圖一定就在趙高身上，我們只要將他刺殺，趁亂取圖，自然可以馬到成功。」神農說出了他心中的真正圖謀，也吐露出了他之所以利用紀空手的目的，就是以登龍圖爲餌，讓他行刺趙高。

紀空手的武功遠在神風一黨的其他人之上，縱是神農也未必是其對手，所以由紀空手出手，成功的機率明顯增大。而且萬一紀空手失手，也難以禍及他人，更牽涉不上胡亥，可謂是萬無一失的計畫。

但是憑趙高的武功，紀空手絕對難以得手，這是一個不爭的事實，爲什麼神農明知不可爲卻還要爲之呢？

紀空手提出了這個問題。

神農笑了，笑得非常自信：「這一點你大可放心，到了動手的那一刻，你會發現一頭尖牙尖齒的猛虎竟然也有變成綿羊的時候！縱然這頭綿羊會咬人，但最多不過是一頭會咬人的綿羊。」

「你可以肯定？」紀空手的眼睛一亮，他突然猜到了神農的計畫，也明白了胡亥爲什麼不選擇逃走，而要與趙高一戰到底的原因，因爲這個計畫的確算得上是一個天衣無縫的計畫。

「你應該相信我。」神農得意地一笑，心中卻陰狠地暗道：「我還可以肯定，無論你行刺是否成功，這一次你都死定了。」

「那麼我要睡了，等到七月初二的時候，你再來叫醒我。」紀空手似乎終於放下心來，打了個呵欠，倒頭便睡。

等到神農的腳步聲消失之後，紀空手坐了起來，面對窗外暗黑的夜，他首先想到的一個人，就是韓信。

趙高之所以對韓信如此器重，當然是讓他去刺殺胡亥，只有這樣，趙高既不必擔心弒君之名，又能得到登龍圖之利，真正是兩全其美之事，而韓信無論是否成功，同樣都只有一個結局，那就是死！

無論是衛三公子，還是韓信，都絕對沒有想到事態的發展竟非如他們想像。問天樓窮十年心血，最終竟是爲他人作嫁衣。

但是人算終究不如天算，趙高與胡亥絕對沒有想到，他們挑選出來的代罪羔羊其實並不是任人宰割的羔羊，而是絕不屈從命運的兩頭野狼！野狼的求生本能在自然中從來都是一流，他們又怎會甘心任人擺布？

所以這兩頭狼終於坐到了一起，他們之間的話題，就是怎麼吃掉把他們當作代罪羔羊的人。

「不管是趙高，還是胡亥，都把我們當作了一顆可以利用的棋子，而衛三公子與劉邦同樣是爲了登龍圖而利用我們。你說，他們爲什麼不選別人，卻偏偏都選中了我們？」紀空手拍了拍韓信的肩頭，意味深長地道。

「這絕對不是機緣巧合！」韓信隱隱猜到了一些，卻不敢說出來。

「是的，因爲他們都看到了我們具有利用的價值。」紀空手非常興奮地道：「你要知道，我們已經不再是一年前混跡於市井街頭的小混混了，我們是各大武林豪閥都不敢小視的一代高手，既然連這些人物都對我們如此看重，那我們自己又何必妄自菲薄呢？」

韓信眼芒一亮，道：「你的意思是……」

「兩人聯手，爭霸天下！」紀空手意氣風發地說出了八個字，他的口中每吐出一個字，整個人便多一份氣勢，說到最後，就連韓信也感到了一股迫人窒息的王者霸氣緩緩壓迫而來。

韓信怦然心動，卻沒有馬上附和，因爲他已不再是一年前的韓信，不再是紀空手後面的跟屁蟲了，他已經學會用自己的方式去考慮問題。

在紀空手咄咄逼人的眼芒逼視之下，韓信還是搖了搖頭道：「就憑我們兩個人？」

紀空手微微一笑道：「有你，有我，再加上你的照月三十六騎和我的神風一黨，以及那張登龍圖，難道還不夠嗎？」

「登龍圖？可是我們並未到手。」韓信縱然有豐富的想像力，也從來沒有想過自己爭霸天下。他的心神全被那地牢中的紅白蟻戰所籠罩，同時更相信天意，而不是人力。

「如果它到了我的手上，你是否答應與我爭霸天下？」紀空手微笑道。

「你有把握？」韓信置疑地道。

「這是我的事情，我只想知道你答不答應？」紀空手道。

韓信沈吟半晌，終於點頭道：「只要你取得登龍圖，我就答應你。」

紀空手大喜，拍拍他的肩頭道：「這才是我的好兄弟！」當即便將自己的打算說了出來。

「爭霸天下的第一步，當然是要擁有登龍圖。只有擁有了它，我們才有爭霸天下的本錢，所以對於登龍圖，我是勢在必得！」紀空手的眼神中流露出智慧的光芒，以一種無比自信的口吻緩緩說道。

「但是有入世閣與問天樓的參與，加之胡亥本身的實力，要奪得登龍圖無異與虎謀皮。雖然我心中已經有了一個非常完美的計畫，可是我仍然需要你的幫助。」紀空手深深地凝視著近在咫尺的韓信，不知道為什麼，他總覺得韓信對他的信心不是很足，至少不像先前那般對自己近乎崇拜式的盲從。

韓信勉強地笑了笑道：「既然是我們聯手，就不存在幫助的問題，你的事情就是我的事情。」

紀空手將韓信異常的反應歸結為難於承受太大的壓力，所以安慰道：「你應該相信我，更應該相信你我聯手的潛力，為了證明我們有爭霸天下的實力，我們必須要搶在入世閣與問天樓之前將登龍圖占爲己有。」

「登龍圖在胡亥的手上，我們根本就進不了皇宮，又怎麼能得到登龍圖？」韓信曾經有過無數個計畫，但最終他都必須要通過趙高來達到混入皇宮的目的，別無他法，所以此刻他很想知道紀空手準備用什麼方式去接近胡亥。

紀空手微微一笑道：「既然進不了皇宮，那我們又何必想方設法混進宮去？據我所知，趙高的五十壽辰之際，胡亥是一定會出現在相府之內的，這就給了我們一個最佳的下手機會！」

韓信一驚之下，怦然心動：「如果這個消息屬實的話，那麼趙高之所以遲遲不讓自己展露頭角，肯定會與胡亥有關。」他將目光投射在紀空手的臉上，發出異樣的光彩道：「我明白了，趙高對我如此器重，必定與行刺胡亥的計畫有關。說不定，我還是他整個計畫中不可或缺的主角。」

紀空手點頭道：「是的，趙高的計畫稱得上是完美無缺。如果不是遇上了我們的話，按照大秦法典，凡是大王在場，任何人不能攜帶兵器，違者按忤逆大罪論處，這一點即使是在趙高的相府內也不例外。趙高當然考慮到了這個問題，所以他就安排了一個龍虎會，名爲招賢納士，實則是變相將兵器帶入到有胡亥存在的場合上。」

「照你這麼推算，龍虎會其實只是一個幌子？」韓信似乎有些明白了趙高的用心。

「當然。龍虎會一旦決出了魁首，在那種場合下，趙高必然會宣他上殿面聖，而這個武者自然可以名正言順地帶劍上殿，於是這把劍便成了那個場合中唯一的一件兵器，只要趙高一聲令下，它就隨時可以插進胡亥身體的某一個部位。」紀空手分析著趙高計畫中的每一段精彩之處，說到後來，連他自己也不由得唏嘘不已，大爲歎服。

「而這個武者最有可能便是我。」韓信終於明白了趙高爲什麼會如此器重自己，不免心中有了幾分得意。

「不管這個人是不是你，不管這個人行刺是否成功，他都很難全身而退，因爲趙高絕對不會將弑君大罪攬到自己的身上，所以他唯一要做的，必是殺人滅口！」紀空手冷笑一聲，爲趙高毒辣的手段感到齒寒。

「這麼說來，我豈不是身處險境？」韓信心驚之下，驀然問道。不知爲什麼，只要他一遇上紀空手，就有一種像是條件反射般的依賴思想，讓自己的思維在不知不覺中緊隨紀空手而動。

「不過你既不能臨陣脫逃，也不能不聽命於趙高，否則你就真的死定了。」紀空手冷芒綻射，在夜空中隱現彗黠之光，斷然道：「七月初二那天，你都任由趙高安排，無須擔心，到時候你就知道，這一切只是虛驚而已，我們絕對可以攜著登龍圖全身而退。」

韓信將信將疑道：「這裡可是咸陽，不比淮陰，無論是趙高還是胡亥，都絕非是莫干可比！」

紀空手微笑道：「我還知道，這裡還是他們的天地，但這一切都不重要，重要的是我已經找到了他們的破綻。」

韓信愕然道：「我能知道嗎？」

紀空手道：「不行，這是一個秘密，一個非常重要的秘密，我不想讓你聽了之後徒增壓力，以至於在趙高和張盈面前露了馬腳。但是我可以明確地告訴你，兩強相爭，得利的只是漁翁，你應該相信我的能力！」

韓信點了點頭，道：「那麼這幾天我該做些什麼呢？」

「你只需要做一件事情，就是聯絡你的照月三十六騎，讓他們在七月初二子時到城東百里處的大王莊會合。」紀空手毫不猶豫地發出指令。

「然後呢？」韓信問道。

「然後你就靜候佳音。」紀空手笑道：「一切有我！」說完這句話，他的整個人已經消失在茫茫夜色之中，清風依然徐徐吹來，但窗前卻只留下韓信枯坐的身影。

他坐了很久，很久，霜霧重上，水珠漸凝，也不知過了多少時辰，這才輕歎一聲，眼中竟有兩行熱淚湧出，誰也不知道這淚水是爲誰而流。

他忘了問一句：「紀少，你是否真的相信這世上有命運一說？」他不明白紀空手會怎樣回答，但他卻相信，人的命運應該是由上天注定。

如果紀空手回頭看到了這一幕，他一定會大吃一驚，可惜，他並沒有回頭。

第九章　烽火秦疆

二世皇帝三年，流雲齋齋主項梁聽居巢人范增之計，立楚懷王之孫「心」爲懷王，建都盱台，項梁自封爲武信君。

隨後幾個月，項梁率部與秦將章邯數度交戰，大獲全勝之下，漸生輕敵之心，最終在定陶一役戰死身亡。

消息傳出，懷王驚恐，從盱台來到彭城，作出了一系列的任命，重用一批非流雲齋所屬的人員，項羽不喜，此刻他已登上齋主之位，聲勢之大，一時無兩，豈容他人與之爭鋒？遂在救援趙國的途中，設計殺了懷王任命的上將軍宋義，懷王無奈，就讓項羽做了上將軍，大權在手，威震楚國，項羽之名，聞傳諸侯。

自樊陰列兵會紅顏之後，由項羽統領的楚國軍隊在諸侯中漸成一枝獨秀，強大無比，他邀集十餘路諸侯軍隊救援趙國，並在鉅鹿一役大破秦軍，從此天下群雄，唯他馬首是瞻。

與此同時，劉邦率部西進，並與項羽約定：先攻入關中者，爲關中王。

於是就在距趙高壽辰愈發臨近的時日裡，大秦王朝的形勢已是岌岌可危，戰局幾乎到了行將崩潰的邊緣。劉邦率部十萬，強攻武關，此關乃關中門戶，一旦突破，咸陽城將無憑可依，雙方在此激戰數日數夜，始終僵持不下。

而項羽一部屯兵漳河南岸，與章邯統率的四十萬大秦軍隊相峙不下，雙方互有攻防，大有斃敵於一役的決戰態勢，同時也為劉邦西進牽制了敵軍大部主力。

軍情嚴峻，戰局又是如此緊張，但咸陽城中，卻依舊是夜夜笙歌，醉生夢死的景象，胡亥與趙高更是置朝廷安危於不顧，君臣之間勾心鬥角，爾虞我詐，企圖在七月初二這天抖擻精神，一舉壓服對方。

咸陽城中，看似平靜，卻到了一戰定生死的緊要關頭。只要是明眼人，似乎都已經看到大秦王朝的末日。

山雨欲來風滿樓，這乃此刻咸陽的真實寫照。

◆

七月初二，卦書云：大吉，諸事皆宜。

今天又是一個豔陽高照的日子，碧空萬里，不見白雲，但在尋芳樓中，卻有一種異常沈悶的氣氛壓在韓信的心頭，因為他已明白，決定自己命運的時刻到了。

自與紀空手分手之後，他就開始設法通知照月三十六騎離開咸陽。這看上去是一件非常容易的事情，但在此時此地，由於相府內的戒備陡然森嚴起來，使得韓信只得借重格里的身分，尋了個藉口才召來昌吉一見，等到這件事情辦妥之後，他現在唯一可做的，便唯有等待。

等待是一件折磨人精神的苦差事，不過幸好這種等待並不漫長，日上三竿之後，趙岳山匆匆趕來，一臉肅然，帶他走入了九宮殿中。

九宮殿依然一片陰沈，韓信每次跨入殿中的時候，都覺得自己的心情倍加壓抑，彷彿有趙高的地方，這種壓力就隨時存在著。不過他的鎮定功夫已遠勝從前，單從外表來看，難以勘破他內心情緒的緊張。

大廳上擺了兩排暗紅色的桌椅，除了格里、趙岳山、樂白等人之外，還有張盈等一干韓信未曾謀面的謀臣將領居坐其中。這些人面色嚴謹，神情肅穆，都將目光投在了中間那張鋪著錦白虎皮的太師椅上，靜靜地等候著趙高的來臨。

殿中閒雜人等各自退去，韓信在趙岳山的示意下，坐到了格里的身邊，同時感受到了樂白與張盈充滿敵意的目光巡視。

殿中氣氛緊張，卻靜寂異常，整個空間不聞人聲，靜至落針可聞。

半晌之後，一陣輕輕的咳嗽聲從殿後傳來，隨著一個輕輕的腳步聲，趙高終於出現在眾人的視線之下。他踏出的每一步，輕盈中不失沈穩，循規蹈矩，臉上泛出一絲不經意的笑意，風采照人，目光若電，更有幾分不可一世的王者傲氣。

眾人肅然起立，待得趙高坐定，這才紛紛重新入座。

趙高的視線掃視眾人一圈，這才微微一笑，有種說不出來的自信與威風震懾全場，緩緩說道：「各位辛苦了。一大早將各位從熱被窩裡請來，想必各位也知曉了本相的意思。是的，沒錯，本相邀請各位，的確是爲了今天晚上的這場大戲！」說到這裡，他頓了一頓，看到眾人亢奮的神情，似乎甚爲滿意，大廳中頓時湧出無限戰意和迫人的壓力。

他看了韓信一眼，繼續說道：「除了韓信之外，在座的諸位跟隨本相拚戰多年，深知本相的爲人作風，一定會在心中問起這樣一個問題：那就是何以本相會在如此大好形勢之下，遲遲不對胡亥動手的原因！」

這個原因韓信曾經聽格里說過，但趙高的話出，頓時讓眾人無不大驚：「這只因為胡亥本身便是一個武學高手，無論是明槍執仗，還是暗中行刺，都絕非易事，何況還有登龍圖的下落始終不明，若無十足的把握，本相不敢妄動。」

趙高所言，絕非危言聳聽，由不得眾人不信。倒是張盈淡淡一笑道：「但是趙相既然有心要動，當然是有了十分的把握，還請趙相將計畫一一道出，讓屬下們好著手準備。」

「本相忍耐多年，又豈會急於這一時的功夫？」趙高微笑道：「對於胡亥其人，本相曾經有過深入的研究，最初以為此人胸無大志，只是一個庸碌無為的酒色之徒，但是只要留心觀察，便不難看出他心中暗藏殺機，伺機待動。據本相所知，他暗中培植的勢力絲毫不弱，而且也準備在今天晚上與本相一決雌雄！」頓了一頓，隨即沈聲接道：「所以今夜一戰，已是決戰，不容有半點閃失！」

他的話中殺氣隱現，更有勢在必得的決心。當他的視線掃到趙岳山的身上時，趙岳山霍然站起。

「本相交代你辦的事情是否辦妥？」趙高在這個時候問起話來，未免突兀，但是眾人心中一凜，知道趙高必有用意。

趙岳山道：「事已辦妥，凡是在座諸君的家眷親屬共一百二十七人，全被屬下接到了一個安全隱密的所在，保證萬無一失。」

此言一出，除韓信和張盈外，眾皆失色，他們素知趙高的手段，對這種利用人質進行挾持的行事作風並不驚奇，驚奇的是趙岳山的辦事效率：自己前腳一走，竟然後腳就接走了自己的家眷！可見趙岳山對此事早有佈置，趙高此時說來，無非是讓眾人明白自己的處境，有進無退，誓死一拚。

趙高明白自己的話起到了敲山震虎的作用，微微一笑道：「各位不必驚慌，本相此舉，只是爲各位的家眷著想。試想一旦動起手來，以胡亥的爲人，難免不會對各位的府上有所騷擾，唯有將各位的家眷集中一處，加以重兵保護，便可去了各位的後顧之憂。」

他笑了笑，接道：「當然，如果有人敢背叛本相，壞了本相的大計，那麼本相說不得也要讓他絕子絕孫，香火一脈從此不續！」

衆人無不倒吸了一口冷氣，心裡透涼，彷彿人在千丈懸崖邊緣，已無退路可言。不過，他們都對趙高具有無上的信心，倒也不以爲意。

張盈道：「趙相過慮了，這些人都是追隨趙相多年的屬下，忠心可鑒，斷無二心。」衆人紛紛表示附和之意。

韓信看出趙高與張盈一唱一和，旨在提高士氣，畢竟對手是大秦皇帝，權柄在手，趙高不得不有所忌憚。

格里首先站起身來道：「屬下所轄三千暗殺團弟子，已經整裝待命，只等趙相一聲令下，必當誓死效忠！」

趙高微一點頭，樂白等人一一站起，各自表明效忠之心。韓信一一聽來，始知這幫人中，既有負責皇宮守衛的帶兵尉閻樂，亦有負責城防事務的將軍，勢力之大，幾乎涉及咸陽城的每個角落。

趙高揮手讓衆人坐下，這才站將起來，踱步來到了他們中間。他那形如竹竿卻隱帶風骨的身形傲立於衆人之上，隱有鶴立雞群的領袖風範，咳嗽一聲，緩緩說道：「此時此刻，能坐到本相九宮殿中的人，都將是本相非常器重的人才，所以今晚一戰是否成功，決定於各位是否能夠堅定不移地執行本相發出的每一道指令，你們的忠心勿庸置疑，關鍵還要看你們臨危處變的能力，本相相信你們一定能夠完成本相交給你們的每一個使命！」

他雖然細聲慢氣，但極有條理，首先將相府周邊的一切防務一一交代，閻樂及一干將領紛紛領命而去。韓信聽得如此周密的佈置，不僅為趙高所擁有的壓倒性優勢而心驚，同時更為趙高縝密的心思而感到可怕。當他的目光每一次不期然地與趙高那犀利的目光相對時，他都有一種如坐針氈的感覺。

隨著時間一點一點地流逝，殿堂中除了趙高之外，就只剩下了張盈、樂白、格里、趙岳山以及韓信五人，人數雖然減少，但氣氛卻愈發緊張，因為每一個人都知道，趙高接下來的安排才是整個計畫的核心，事情的成敗與否，關鍵還在他們身上。

果不其然，趙高沈吟半晌，這才說道：「你們都是我最為器重的心腹，所謂養兵千日，用在一時，現在就是用到你們的時候了。」他不再自稱「本相」，而改用「我」字，言下自有籠絡之意，眾人無不抬頭仰視，凝神屏氣，生怕漏過趙高所言的一字一句。

「樂白的親衛營，著重於整個相府外的警戒，在今晚酉時之前，任何人許進不許出。酉時之後，全面戒嚴，不許有任何人出入府內，敢有違者，殺無赦！」趙高拍了拍樂白的肩頭，下手雖輕，卻帶出了一種無可匹敵的殺氣，令人根本不敢存有抗拒之心。

「是！」樂白領命而去。

趙高待樂白的身影消失在殿外之後，這才轉頭望向格里道：「你的任務是帶領你的戰士進駐相府，或明或暗，必須牢牢控制住府內的整個局勢。據我所知，在參加龍虎會的百名戰者之中，其中不乏有胡亥派出的高手混跡藏身，你著重於他們身上，一旦信號傳出，立時實施格殺，不得有誤！」

格里接過趙高遞出的一張名單，瀏覽一遍道：「何爲信號？」

趙高毫不猶豫地道：「擲杯爲號！」

格里應聲而起。

趙高微微一笑，道：「雖然府內的一切局勢有利於我，但真正兇險之處，卻在登高廳。」

韓信一直沈默不語，直到這時，他才低聲發問道：「登高廳又在何處？」

趙高看了他一眼，道：「登高廳當然也在相府之內，不過在今天晚上，它卻是我專門宴請胡亥的所在。爲了不引起胡亥的疑心，今夜出入登高廳的人，不僅非富即貴，而且不能私帶兵器入內。」

韓信心中暗驚：「紀少果然聰明，已經算到了趙高的心思。這麼說來，趙高果真是想利用我來行刺胡亥。」他不動聲色，靜聽趙高下文，孰料趙高話鋒一轉，面對趙岳山道：「至於登高廳的佈置，相信岳山已安排好了？」

「是，一切盡按趙相吩咐，萬事俱備。」趙岳山恭聲道。

「很好！」趙高滿意地點了點頭，與張盈相視一笑，道：「還有一件事情，我想了很久，總是不太踏實，只有有勞你去替我打理一下。」

他稱張盈並不直呼其名，而是只用一個「你」字，可見二人的關係不同尋常，韓信看在眼中，微微一怔，卻見張盈的俏臉微紅，目光盯視趙高，似乎有一種說不出的情意。

「趙高與張盈難道是一對情人？如果不是，兩人的神情何以會如此曖昧？如若是，以趙高的性情，他又怎容得下張盈風流淫蕩的行事作風？」韓信不由大感惑然。

「趙相請講。」張盈微微低頭，避過趙高的視線道。

「我想請你替我監視一下後院廚房的那一幫人，神農廚藝，雖然傳世十代，家世清白，但是他們終究是外人，俗話說：小心能駛萬年船。我可不想在陰溝裡面翻船。」趙高此言一出，嚇得韓信頓冒冷汗，不由得爲紀空手擔起心來。

張盈領命道：「我一定照辦，不過爲了預防萬一，我可以在酒菜上席之前，命其自嘗一筷，以防他們在酒菜中做手腳。」

趙高笑道：「你果然心細如髮，好！就照此辦理，只要每一件事情都做到毫無漏洞，明年的今天，必定是胡亥的祭日！」

趙岳山與張盈看了韓信一眼，這才在趙高的示意下匆匆離去。偌大一個殿堂中，轉眼間便只剩下趙高與韓信二人相對，半晌無聲，一時靜寂。

在趙高的目光逼視下，韓信心中忐忑，整個人極不自然，好半天才聽趙高相問一句：「你在想什麼？」

韓信微驚，趕忙答道：「屬下所想，只怕有污趙相之耳，是以不敢回答。」

趙高「哦」了一聲，頗感興趣地道：「但說無妨，我不怪罪於你便是。」

韓信這才答道：「屬下心想，不知趙相與張軍師是什麼關係，何以你們二人的神情讓屬下一直看不分明？」

「哈哈哈……」趙高略怔，驀然爆發出一陣大笑，半晌之後才戛然而止，注視著韓信道：「我一生從不輕易信人，對你亦不例外。就在這之前，我還一直在是否對你加以重用表示懷疑，現在我確信，你應該是一個可以讓我信任的人。」

韓信似乎糊塗了，問道：「爲什麼？難道我心中的想法就能改變你對我的看法嗎？」

「是的。你心中所想正是你真實心境的寫照，因爲但凡心懷叵測之徒，到了這種緊要關頭，他只會想到如何隱藏自己，如何伺機一擊，而絕對不會想到與他無關的事情。你能看出我與張盈之間的關係，這不僅證明你觀察入微，同時也證明你對我並無惡意。」趙高緩緩而道，眼中露出欣賞之意。當世之中，像韓信這般傑出的年輕後輩畢竟不多，趙高雖然閱人無數，但對韓信卻有一股發自內心的扶植之意。

韓信心中一驚，不由爲趙高的推理感到欽服。事實上若非紀空手事先提醒，他或許在心情緊張之下，極有露出馬腳的可能。

此刻，韓信等著趙高說出他與張盈之間的關係，平心而論，他的確對此抱有濃烈的興趣，興之所至，並非全是作僞，可是趙高並沒有接著這個話題聊下去，而是輕品一口香茗道：「你的流星劍式已經具有一定的火候，再輔之於雄渾的內力，當世之中，確實算得上年輕一輩的頂尖人物。但是擁有這些尚且不足以讓你名揚天下，一個真正的高手，他還需要具備一往無前的勇氣與對勝利的渴望。現在正好有這樣一個成名的機會，不知你是否勇於面對？」

他的話平平無奇，卻給人振奮的精神，不知不覺地使聽者有一種熱血沸騰的亢奮。韓信深深地吸了一口氣，壓下自己激動的情緒，沈聲道：「我此次咸陽之行，不求財富，只求功名，能有成名之機，豈容錯失？還請趙相吩咐！」

「好！我就喜歡年輕人的這股衝勁！」趙高眼中頓時閃射出異樣的光彩，接道：「我要你在今晚的登高廳上，刺殺胡亥！」

韓信臉顯震驚之色，他倒不是爲趙高的話而震驚，而是對紀空手的判斷能力感到有一種不可思議的害怕。如果讓紀空手得知他此時心中的真正想法，不知紀空手臉上會是一種什麼樣的表情？

「你怕了？」趙高的目光如電般射入到韓信的眼眸中，似乎想從中看穿一點不明的玄機。

「不！」韓信斷然答道：「我早就在等著這樣的機會。」

趙高滿意地點了點頭，道：「你能如此想，說明你的確是個難得一見的人才，也證明我的識人眼光並沒有錯。在我的門下，武功高過你的並非沒有，但真正能夠完成這次刺殺任務者，恐怕你是唯一的一個！」

韓信很想知道這其中的原因，是以詢問道：「爲什麼？對於趙相來說，我畢竟是一個外人。」

趙高搖頭道：「以前是，但從這一刻起，你已是我的親信。所謂用人不疑，我相信你對我的忠心。」頓了一頓，隨即接道：「世人皆知，胡亥登上皇位，其功在我。但是正因如此，使我功高震主，所以胡亥一登上皇位，他最想除去的人，當然就是我。只是他一直礙於我的實力，遲遲不敢動手，但卻暗中培植了不少力量，就等待機會給我致命的一擊。」

韓信道：「我聽人說，胡亥喜好酒色，從不節制，是一個庸碌無爲的昏君，想不到他會有如此心計。」

趙高道：「這才是他聰明的地方，若非如此，我又豈能容他活到今日？不過所幸我終於發現了他的陰謀，今夜一戰，猶是未晚。我要讓他知道，我趙高既然可以立他，也可以廢他，大秦的天下始終只能掌握在我趙高的手上！」

說到這裡，他的臉上油然生出一股傲然之氣，不失入世閣豪閥的王者風範與一代權相的氣勢。縱是韓信如此大膽之人，亦在這股威勢之下黯然低頭，不敢仰視。

良久之後，趙高方才又道：「不過我依然失算了一招，就是胡亥不僅從始皇身上學到了『龍御斬』，而且功力之高，絕非是一般高手所能匹敵。只要他有劍在手，殺他並非易事。」

韓信問道：「今夜登高廳上，不是不可佩劍嗎？」他一問之下，方知所問極爲幼稚，不由臉上微紅。

趙高看出了他極爲不好意思，佯作不知道：「但是他是王者，豈有解劍之理？所以我千思萬慮，終於想到了利用龍虎會來對付他！」

韓信已聽過紀空手點評趙高陰謀，聽到這裡，已是全然明白，他有意掩飾自己適才的無知之談，故作恍然大悟道：「趙相莫非是想讓我在龍虎會上一舉奪魁，然後藉機召見，給我刺殺胡亥之機？」

趙高微一點頭，道：「是的，唯有如此，你才能帶劍進入登高廳，而且不會讓胡亥有半點疑心。所以我說，只有你才能助我完成這次刺殺行動！」

韓信這才明白趙高器重自己的原因：一來是因爲自己的劍法不錯，以有心算無心，或許可以敵過胡亥的「龍御斬」；二來自己面相極生，胡亥不會對自己過分注意，這樣無形中就增加了成功的機率。想通了這些事情之後，他這才知道趙高的心計之深，固然讓人害怕，但紀空手料事如神，卻又讓人佩服得五體投地，若非他深信冥冥之中必有天理，或許會改變自己的主意。

韓信收攝心神，很快進入了自己扮演的殺手角色，問道：「可是龍虎會上高手如雲，縱然我能打敗所有敵手，想必亦是力竭，又怎能與胡亥一拚？」

趙高微微一笑道：「這一點你不用擔心，我對此事早有安排。我可以保證你出現在登高廳的時候完全擁有應有的戰鬥力，而且還有同樣的幾個攻擊手爲你策應。」

韓信笑道：「如果真是這樣，那麼胡亥一定是必死無疑了，我對自己的劍法通常都很有信心！」

趙高也笑了，而且是得意地一笑：「是嗎？那就讓我們拭目以待！」

◆

張盈與趙岳山並肩出了九宮殿，稍作安排一下，便帶領一干手下往後院而來。

膳房不大，卻隱於花園一側的竹林之中，一點不顯粗俗之氣，唯有隱隱傳來的刀剁砧板之聲與隨之而來的撲鼻香氣，構成了廚房獨有的氛圍。

在趙岳山的佈置下，膳房的安全戒備愈發森嚴，除了少有的幾個人可以自由出入外，其他的人各就各位，一片忙碌。

負責膳房守衛的是帶刀侍衛莫生，他是一個盡忠職守的典型軍人，憑著戰功晉升官位，不善言辭，卻是個有本事的人物，趙岳山派他負責此地，自然是看重他的實力。是以，他此刻見到趙岳山與張盈之後，恭聲行禮，只說了一句話：「莫生給兩位請安。」

趙岳山「嗯」了一聲，並不還禮，而是一擺手道：「免了吧，你忙你的，我帶張軍師四處走走。」

他踏入膳房之內，第一眼看到的便是一張大大的躺椅、一張茶几、一杯香茗，然後才看到神農那張清癯的臉容。他總有一種錯覺，認爲神農既然是天下第一名廚，理所當然也是天下第一胖子才對，可是當他見過神農之後，才知道這不過是自己的謬論而已。

「神農先生，我可又來看你來了。」趙岳山素知名人都有自視清高的毛病，是以臉上帶笑，舉止有禮。

「趙總管不必客氣，你一日總要來個數次，又何必在乎多來這一次呢？你能對趙相如此忠心，難怪趙相會對你如此看重呢！」神農起身相迎，見到張盈時，眼中陡然放光，裝出一副好色之徒的模樣。

張盈認識的男人無數，又豈會在乎這種目光？咯咯一笑道：「說得好，趙相看重的人，武功本事尚在其次，關鍵還要看這個人是否忠心。說到『忠心』二字，放眼相府之內，唯有總管當居首席。」

趙岳山剛想謙遜幾句，忽然醒悟張盈乃是借此諷刺自己，不由狠狠瞪了她一眼，轉而問道：「神農先生的廚藝天下聞名，我也不想再加讚美了。只是今夜宴席之上，食客如雲，高手無數，若是先生稍有大意，只怕難逃眾人的非議。」

神農先生傲然道：「廚藝之道，乃我九世家傳，平生不敢自吹，唯有於此道敢誇下海口，這一點但請總管放心。」

趙岳山拍掌笑道：「大師就是大師，所說之話句句與眾不同。」他巡視了一下膳房內的物件，接道：「一應所需是否都已齊備？從此刻起，相府之內已經封關戒嚴，不許任何人出入相府，你若欠缺一些材料，說給我聽，待我替你跑上一趟吧！」

神農先生道：「不敢勞煩總管，諸事俱備，只等開席，我早就已經安排妥當了。」

張盈任由神農先生與趙岳山二人閒聊，一雙俏目卻在四處打量，巡察半天，始終不見異樣，稍覺放下心來。當她來到一排鍋灶之前，看著十幾道背影忙個不停時，突然心神一跳，覺得有一股力量吸引著她，循其望去，發現那是一道背影，感覺有點熟悉，可是一時之間，卻又想不起來在哪裡見過。

她不由留心起來，對她來說，只要是曾經在其記憶中留下印象的東西，一般都不會輕易忘卻。

這是一道厚實的背影，在運動的韻律中充滿著動感，透過薄薄的衣衫，彷彿可以看到裡面蘊藏著青春活力的肌肉。不知爲什麼，當張盈悄然走近時，她的心中竟然泛起情動的漣漪。

這幾乎不可能發生的事情，竟然在她的身上驀然出現，這簡直讓她有些亢奮不已。自從她那段刻骨銘心的戀情最終遙遙無期後，她便對任何男人都失去了應有的興趣，甚至不能激起她對情慾的正常需求。雖然她日夜有男人相伴而眠，但她從來不認爲這是情緣，更不用說付出感情了，她只將這種男人當作是一種戲弄的對象，玩弄別人，同時也玩弄自己，在醉生夢死中尋求心靈的慰藉。

但在這一刻，她面對這道背影時，竟然產生出一種對異性的渴求，甚至感到了自己身體正悄悄地發生異樣的改變。她深深地吸了一口氣，收攝心神，終於在與那道背影相距五步時站定。

「我們一定是在哪裡見過？」張盈冷然道，其語氣冷得有些做作。

這道背影依然不停地翻動著炒勺，聚精會神地對付著鍋中的菜肴，彷彿沒有聽到張盈的問話，倒是神農先生與趙岳山聞聲走了過來。

「莫非張軍師認得劣徒？」神農心中雖驚，但臉上卻不動聲色。

「也許。」張盈一雙美目凝視著這道背影，等到這道背影轉過身來，她微微失望地「哦」了一聲，卻對此人產生了更濃烈的興趣。

她可以肯定自己從來沒有見過這個男人，如果見過，她就絕對不會放過！她從那張略帶油煙的臉上看到了一種滿不在乎的氣質，似笑非笑，眼帶憂鬱，雖然算不上俊美，卻有一種撩人心扉的男人魅力。隱約之中，她似乎又看到了昔日的戀人，目光在瞬間變得如霧般撲朔迷離。

是的，這人當然就是紀空手，也只有像紀空手這樣被補天石異力改造過的男人，才能夠吸引住張盈這等慾海嬌娃的目光。

「我想這位夫人一定是認錯人了。」紀空手微微一笑，他當然知道來者是張盈，但他卻不知張盈對他的熟悉感是來自其體內的補天石異力。當日他在船上用補天石異力將張盈的天顏術破去，其補天石異力尚滯留於張盈體內，故此兩氣相吸，使張盈對他有種特別的感覺。他知道自己的易容術很難被人識破，此刻與其在她的面前刻意掩飾，倒不如坦然相對，畢竟張盈閱人目力十分驚人，如果作僞，定難逃過她的視線。

張盈的俏臉一紅，趙岳山故意怒斥道：「小子無禮，張軍師雖然年紀不小，卻仍是未嫁之身，你怎麼可以『夫人』相稱？」

張盈眼中泛出一絲恨意，一閃即沒，冷哼一聲道：「不知者無罪，我可沒有計較，又何必勞煩趙總管操心？喂！你姓什麼？叫什麼名字？」她這後面的一句話顯然是問紀空手，倒把趙岳山晾到了一邊。

紀空手不慌不忙地道：「小人姓丁，名紀，師從神農先生已有數年時間了。」他以丁衡之姓爲姓，以自己之姓爲名，表示不忘丁衡提攜之意。

張盈嘴上念叨了一遍，突然發問道：「你剛才炒的是一道什麼菜？」

「油爆花生。」紀空手道。

「怎麼壽宴之上會有這種菜？」張盈微一皺眉道。

「此菜雖然平常，亦是市井常見之物，但要將它做成一道上席菜肴，又豈是容易之事？油爆花生，講究的是色澤金黃，香酥可口，清脆生香，口感適中。小小的一道菜肴，卻有十九道工序，若非廚道中人，又怎知內中艱辛？」紀空手娓娓道來，絲毫不顯呆滯，說話舉止之中，隱現大廚風範，便是神農聽了，亦是連連點頭，暗自歎服紀空手的記憶力與悟性。

張盈依然不動聲色地道：「油爆花生會有十九道工序，何不說來聽聽？」她絲毫不覺厭煩，一一相詢。

這是她一慣的行事作風。她總認爲，一個奸細，往往都注意到一些大的枝節，卻會忽略一些微不可察的細節，唯有從細節上入手，才能發現奸細的破綻。但若你從一些大事問起，這些問題幾經奸細琢磨，已是天衣無縫，更能自圓其說，你是很難從中找出破綻的。

紀空手微微一笑，胸有成竹地道：「第一道工序，在於選料。雖是一碟花生米，卻必須是産自關中沙地的紅皮花生，個大心圓，顆顆均勻，這樣方能入菜；第二道工序，將選料出來的花生在深寒井水中浸泡一個時辰，然後濾水備用；第三道工序，則是選油……」他一一說來，談到油溫、控火、下鍋時機等事宜，一氣呵成，宛如行雲流水。說到最後時，他才頓了頓，道：「翻炒時需用滾雲勺，這樣才能讓花生受熱均勻，炒至第三十七勺時，起鍋離火，濾油裝盤，不可有一點停頓時間，否則花生必然焦黑。但若提前起鍋，花生便帶一絲生味，算不上是炒貨上品。」

張盈微微點頭，似乎非常滿意紀空手的回答，神農見狀，一顆心頓時放了下來。

但是張盈正要轉身之際，陡然目光生寒，厲聲問道：「你剛才一口氣說了三百六十九個字，卻氣息悠長，不見呆滯，可見內功不弱，以你這樣的身手居然安心來做廚子，若無不良居心，又作何解釋？」

此話一出，趙岳山與神農俱都失色，張盈身後的一幫隨從更是拔刀逼上，形勢危急，刻不容緩，大有一觸即發之勢。「張軍師能看出小人的身手，眼力果然高明。不過神農門下，要想找出一個不會武功的人，實在太難，不信請問神農先生。」紀空手鎮定自若，不慌不忙地答道。

神農先生趕忙道：「這是我家傳的內功心法，凡我門下，入門必修，只是爲了發揚廚藝，絕無與人爭勝之心。」

張盈奇道：「內功心法難道還與廚藝有關？」

神農先生道：「廚藝一道，講究繁多，若無內力，單是掌鍋顛勺便極難掌握，又怎能談得上廚藝高明呢？此事還請張軍師與趙總管明鑒！」

張盈不再說話，所謂隔行如隔山，她對此道　無所知，也就不好亂加妄斷，而且她對紀空手確有一種莫名的好感，便抱著「寧可信其有，不可信其無」的態度放過了他。

等到張盈與趙岳山離開膳房，紀空手這才緩鬆了一口大氣，叫了聲：「好險！」發現自己的內衣俱已濕透。

「紀少這招『意形留神』真乃達到易容的最高境界，如此險中求勝，今夜盜取登龍圖，我們必定成功！」神農笑了笑，拍了拍紀空手的肩頭道。

「那我們可得好生計畫一下才是，今夜的相府，無異於龍潭虎穴，只要我們稍有不慎，恐怕就會全軍覆滅！」紀空手目光一閃，顯然意識到了任務的艱鉅。

「你不必擔心，今夜的行動我已經計畫好了，趙岳山剛才通知我，今夜凡是上到登高廳的每一道菜肴，必須要試菜之後方可上席，我們完全可以利用這個機會，摸清廳中的形勢，再伺機下手。只要刺殺得了趙高，登龍圖便不難到手。」神農看了看四周的動靜，悄然說道。他的臉上沈穩無比，似乎對事態的發展已經胸有成竹。

紀空手臉上不見動靜，心中卻暗吃一驚，與神農敷衍幾句，見到守衛前來，各自散開。

時間在等待中一點一點地過去，隨著夕陽西下，漸漸消失，暗沈的夜色終於降臨。今夜雖無星月，但在相府內已是燈火通明，亮如白晝，處處笙歌響起，車水馬龍，熱鬧一片，以一場壽宴爲名的大決戰終於徐徐拉開了帷幕。

◆

七月初二，夜，咸陽城中趙高相府。

將近酉時，相府之外的廣場上，車馬列隊而立，足有千駕之多，人聲鼎沸，凡是咸陽城中有頭有臉的人物全都到來，更有些人知道二世皇帝胡亥要親來道賀，都想目睹帝君龍顏，無不趨之而來，整個氣氛顯得異常熱鬧。

相府內外點起了萬盞大紅燈籠，燈籠之上寫有「壽」字，愈發突出了喜慶的氛圍。過道園林都有千姿百態的各色燈飾，更加增添了不少輝煌的氣派。

但是熱鬧之餘，卻不失有度，在樂白與格里的統領下，暗殺團武士與親衛營的戰士俱已到位，形成了非常嚴密的戒備態勢。膽小之人見之，已是戰戰兢兢，有心人見之，不免在心中有所揣度，但更多的人卻不以爲意，認爲相府守衛，自當如此，一切盡在情理之中。

由大門而入，賓客雖然魚貫不絕，但一切接待均是井井有條，絲毫不顯亂跡。來賓各按自己的身分，由專人引領，分別進入了一主二輔的三座大廳。

當中一廳面積最小，但設置最爲豪華，與兩邊輔廳相距數十丈遠，卻高高在上，只可由上俯瞰，輔廳中的人根本看不到主廳動靜。廳上有匾，匾名「登高廳」。既有登高而望之意，又可作「登高一呼，四方回應」之解，由此可看出趙高的狼子野心。

登高廳所設宴席只有寥寥數桌，雖顯空曠，但桌與桌之間的間距有度，顯示著每一桌賓客身分地位的差別。若非是王侯將相一類的人物，只怕是沒有資格居坐其中的。

沿登高廳向兩邊而建的，正是兩座輔廳，輔廳面積極大，各設五百席，可容下數千賓客。三廳之間，有一塊偌大的空場，搭置木台，成爲了龍虎會的演武場。三方賓客俱可在喝酒作樂之餘，欣賞到高手之間演繹而出的龍爭虎鬥。

韓信在台下的一方席上入坐，手抱一枝梅，閉目養神，絲毫不爲外界動靜所驚擾。他並不擔心自己是否能奪得魁首，登上登高廳。因爲趙高既然有言在先，想必一切都已安排妥當，他倒是一心想看看紀空手何以能在大庭廣眾之下，從胡亥的身上盜走登龍圖。

他雖然對紀空手一向很有信心，但看到眼前這種場面，不由得爲紀空手擔起心來，畢竟這是在相府府內，稍有閃失，的確是無路可逃，無處遁跡。

格里瞅了個空暇時間，悄悄來到他的身邊，道：「你不必緊張，此事雖然事關重大，但若趙相沒有把握，他也絕對不會貿然動手。」

他與韓信極是投緣，料其新手上陣，難免緊張，是以特來囑咐幾句。韓信知他心意，微微一笑道：「多謝將軍關心，時某心中有數。」

格里見他神態如常，頓時放下心來，拍拍他的肩道：「若想成名，成敗在此一舉，不動則已，一動必要義無反顧，永不言退。」

「是。」韓信心中一凜，肅然道，這是格里殺人的經驗之談，的確是刺殺精華，韓信怎敢不聽？

格里巡視了一下四周的人群，其中不乏有躍躍欲試的戰士，陡然間看到東面角落處的一條人影，心中一驚，咦了一聲道：「怎麼此君也到了相府？」

韓信循聲望去，只見那人一身玄衣打扮，身材健碩有力，懷抱一杆長槍，在夜色映襯下彷如一個幽靈般挺立於那角落中。雖然看不清其面目，但觀其輪廓，已有一股襲人的寒意油然而生，令人不寒而慄。

韓信剛要發問，倏覺那人抬頭望來，一道如電的寒芒透過虛空，竟與自己的目光在空中相對，雖是一觸即分，但是韓信只覺胸口一悶，彷彿感到有一股大力擊中胸膛一般。

「此人姓扶，名滄海，乃南海長槍世家的傳人。南海長槍世家一向少有人在江湖走動，他今日前來，已經是與長槍世家往日的行事作風大大不同。」格里似乎對江湖軼聞如數家珍，娓娓道來。

「他莫非亦是胡亥的手下？」韓信悄聲問道。

「不可能，胡亥安排的高手已全在我們掌握之中，他們也絕對不會來爭這份名頭，倒是這扶滄海的槍法不弱，若他有心奪魁，只怕對你不利。」格里不由擔起心來。

「若是如此，倒也再好不過。」韓信豪氣頓生，大有與扶滄海一決高低之意。

格里搖頭道：「趙相對你早有安排，豈能再容節外生枝？何況今日相府之內戒備如此森嚴，此人竟能避過眾多耳目，闖入府內，單憑這份膽色與勇氣，已足以讓人不可妄生小視之心！」

韓信正待說話，忽見扶滄海從人群中走出，大步行來，他的步伐堅定有力，目光透出，直逼韓信面門。隨著他的人每向前移動一分，帶出的壓力便隨之增強一分，韓信昂頭而視，不動聲色，心中卻感到一座山嶽緩緩移來，給人以咄咄逼人的壓服之勢。

扶滄海走到與韓信相距三尺處方才站定，臉如嚴霜，眼中神光若電，半晌才道：「我巡視全場武者，今夜的龍虎會上能與我一戰者，唯君而已。」

他言下並無太大的惡意，反倒對韓信多了幾分推崇的意思。韓信一怔之下，微微笑道：「不敢，扶兄英氣勃發，未出手時已氣勢在先，這等威勢，豈是時信所能比肩的？」

「時信？長街擊殺樂五六的時信？」扶滄海的眼光一閃，追問一句。

「僥倖得手，怎敢言勝？樂五六死在我的手下，全是輕敵所致，若非如此，只怕死的人就會是我了。」韓信淡然笑道。

扶滄海沈吟半晌方道：「樂五六的身手我早有所耳聞，你過謙了。如果我眼光不差，縱是樂五六全力以赴，也未必是你的百招之敵。」他突然間傲然笑道：「幸會，幸會，有強手親臨，總算讓扶某不虛此行。」

他說完此話，又悄然退回自己剛才所站的那個角落，來去突兀，瀟灑至極，頓讓韓信歎服不已。特別是他面對格里這等高手時猶似不見，這份傲氣，實是狂得可以。

「看來你與扶滄海必有一戰，他指名點你，只怕你難以迴避。」格里臉上露出一絲憂鬱之色，輕歎一聲道。

「難得遇上如此英雄人物，我亦不想錯失這個機會。」韓信眼眸中頓閃異彩，戰意勃發下，整個人多出了一股必勝的氣勢。

格里欲勸又止，只得匆匆離去。雖說韓信與扶滄海之戰勝負未料，鹿死誰手猶未可知，但兩人若是交手，終需百招之後方能罷休，到時即使韓信勝了，也必定已是強弩之末，又怎能再擔負起刺殺胡亥的使命？

這種結局絕對不是趙高願意看到的，所以格里無論如何，都不能讓扶滄海與韓信交手。而要扶滄海接受這個建議，通常的辦法，只有格里親自與扶滄海一戰，迫他離開相府。

格里的行事作風就像是一陣風，只要主意拿定，立時實行。於是一炷香的時間不到，他已約上了扶滄海，悄然離開人群，來到了花園之中。

扶滄海人到花園，便已看到了花園之中人影幢幢，潛藏了不少高手。他皺了皺眉，卻絲毫不懼，緩緩地將長槍取在手中。

格里看出了扶滄海眼中的疑慮，輕笑一聲道：「我絕沒有以多欺少的意思，之所以約你一戰，只是不想讓你與時信在今夜交手。」隨即打了個手勢，竟然指揮屬下全部退出了花園。殊不知，這個決定帶給他的將是滅頂之災。

「爲什麼？」扶滄海沒有料到格里會是如此自信，但他更想知道，格里爲何要攔阻他與韓信在龍虎會上的爭魁之戰。

「如果你能勝得了我的霸王鉞，過了今夜，你就自然會知道原因。但是現在，我卻無可奉告。」

格里笑了笑，南海長槍世家雖然名揚天下，但他卻絲毫不懼，他完全有擊敗扶滄海的自信，否則也不會貿然挑戰了。

「霸王鉞，這是格里的兵器，莫非你就是入世閣中暗殺團統領格里？」扶滄海倒吸了一口冷氣，心中暗驚，他絕對沒有料到站在時信身邊的將軍竟是入世閣的三大高手之一。

「你現在知道，並不算遲，只要你答應離開相府，我留給你的還是一條生路。」格里很滿意扶滄海的反應，更不願貿然與南海長槍世家爲敵，所以提出了一個折衷的方案。

「不，你錯了，你可知道，我來到相府是何目的嗎？」扶滄海臉上突然露出了一絲不易察覺的笑意。

格里道：「來參加龍虎會的人，都想奪魁，藉此爭得一份功名，你難道不是嗎？」

「當然不是，南海長槍世家屹立江湖數百年，你可曾聽到過有一人身居官位？」扶滄海淡淡一笑，臉上彷彿多出了對功名利祿的厭倦。

「這倒不曾聽過。」格里想了想道。

扶滄海道：「我來相府，一是欲會會天下英雄，二來則是爲了幫朋友的一個忙。英雄可以不會，但忙卻不能不幫，所以我不能走，咱們唯有一戰！」

格里眼中閃過一抹詫異之色，道：「你的朋友是誰？」

「你很快就會知道。」扶滄海冷冷一笑，陡然間長槍一振，大聲喝道：「就讓我的長槍會一會你的霸王鉞吧！」

他雙腿錯步，長槍已然破空，槍鋒閃耀虛空，發出嗡嗡之音，一股懾人的殺氣頓時瀰漫空中。

他初時給格里的印象，雖然狂傲，卻不失有禮，聽到自己的名號，似有怯意，但這一刻卻像變成了另外的一個人般，非常沈著冷靜，視線射處，無一不是隨時可以發動攻擊的突破口，根本沒有半點輕敵或是怯陣的表現。

他的雙手握住槍身，穩定如山，卻意態輕閒，隨意擺出的架式，如山梁般橫亙，的確具有震撼人心的高手風範。

格里心中暗自喝彩一聲，不敢大意，將手伸向背後，再伸出時，只見一只大如鐵扇的鋼鉞躍然空中，鉞邊寒芒盡現，竟是一件可攻可守的殺人利器。

他的眼神變得如刀鋒般銳利，洞察著對方長槍逼迫而出的氣勢走向，而自己的霸王鉞卻一點一點地伸向虛空……

花園之中靜若無聲，清風徐來，到了他們相距的空間，彷彿撞上了一面牆，再也滲透不進。如此強橫的氣勢，使得雙方都不敢有半點疏忽，更不敢貿然出手。

幽暗的花香覆蓋了整個園林，淡香襲人，沁人心脾，但是無論是格里，還是扶滄海，似乎都沒有聞到這如處子體香般的幽香，撲鼻而入的，是那股沈沈的肅殺氣息。

這是無聲的對峙，在如此緊張的氣氛中彷彿透出了一個資訊，那就是不動則已，一動必是石破天驚！

格里感受著對方迫來的如潮壓力，不得不爲自己的一時輕敵暗自叫苦。他根本沒有想到扶滄海的內力會如此雄渾，一時大意，讓對方在氣勢上壓了自己一頭，不過他畢竟身經百戰，臨場經驗豐富，而且實力不弱，表面上絲毫看不出落於下風的跡象，卻在暗中催逼勁力，企圖在相峙中扳回劣勢。

他的本意是想速戰速決，心繫龍虎會和韓信，使得他無心戀戰。按他的實力，假若與扶滄海同時拔出兵器，在氣勢上不分軒輊，他就處於主動，但是到了此刻，他只能氣度沈凝，嚴陣以待，根本沒有出手的機會。

他明白自己此刻的處境，不由心中一急：「倘若扶滄海一直不動，我豈非便要陪他站上一夜？」

但是扶滄海絕對沒有再等待下去的意思，他忽地身子向前微俯，如獵豹般陡然衝前。人動，槍卻未動，就彷彿長槍懸凝空中一般，等到他踏出兩步時，勁力陡然從掌中爆發，長槍甫動，如惡龍般標射而出。

如此怪異的出槍手段，實乃格里生平僅見，但他卻知道這樣的出槍，借力強大的慣性可以使速度增加逾倍，間不容緩之際，他唯有架鉞格擋。

「噹……」地一聲，槍鉞一觸即分，發出一聲輕響，但兩人同時感到手臂一麻，不由得重新估量對方的實力。

扶滄海回槍退步，槍勢更烈，手腕一振之下，長槍化作漫天槍雨，如暴風驟雨般捲向格里的身體。

格里雖處守勢，卻絲毫不亂心神，指撥霸王鉞，竟如風車般全力旋轉，一時「砰砰……」之聲不絕於耳，頓時化去扶滄海的如潮攻勢。

「高手就是高手，臨危不亂，不過你再接我這十七式滄海槍法試試！」扶滄海戰意勃發，暴喝一聲，人如狂飆直進。

他占得先機，欲一鼓作氣挫敗對方，何況面對的又是格里這等高手，一旦讓對方轉守爲攻，自己便難以扳回勝勢，是以他一招出手，招招不讓，槍勢如大江之水，連綿不絕，盡顯長槍攻略的威力。

格里一見之下，心中再也不存僥倖，心知高手交戰，只要一旦失勢，唯有在嚴防之下等待對方出現破綻，倘若貿然攻擊，往往是畫虎不成反類犬，徒增敗筆。

於是他全力退防，霸王鉞飛旋如風，遮擋得滴水不漏，鉞動風生，獵獵直響，捲起花草殘枝，愈滾愈大，猶如滾雪球一般，任憑對方的長槍舞動穿越，竟然不散。

扶滄海看得心驚，久攻不下，不由怒喝：「第十七式，滄海怒潮！」話音一落，長槍速度陡然放緩，一點一點地透入虛空，勁力四溢，潮聲隱起，猶如海潮怒嘯而來。

格里心中一凜，頓覺一股強大無匹的勁氣隨著槍鋒的挺進，成階梯式的浪潮一級一級不斷加強，由四面向自己圍殺而來。觸目之下，但覺扶滄海在精奧的步法配合下，正圍繞著自己做出旋轉式的攻擊，處處俱是飛旋的人影。

他不由心中一緊，同時暗自竊喜，因爲他看出了這是扶滄海竭盡平生所學的一招精華，只要自己能夠擋住這絕妙的一殺，勝負已可立判。

他當然有化解此招的辦法，事實上他在盡力防守的同時，已經作好了反攻的準備，唯一要做的，就是等待機會。

而現在就是一個機會，以格里的眼力，當然不會放過，是以他突然在這一刻變得異常冷靜，雙目厲芒綻射，凝注著長槍在每段空間與每個時段裡衍生的變化與進度。

「呼……」當扶滄海的長槍如毒蛇吐信般刺破他的勁氣防線時，格里再不猶豫，一退之下，就在對方槍勢欲盡未盡之時，陡然出手了。

「轟……」爆響驚起，格里提聚的功力驀然沿著霸王鉞飛旋爆射，向四方迸裂。一時間那凝聚的草球散裂開來，疾風襲捲，花草如漫天星雨般標射開來。

誰也想不到這飛旋的草球也是一種攻擊的武器，花草疾射，形如暗器，彷彿形成了千百個攻擊點。而最讓扶滄海感到心驚的，還不是這些，就在草球爆裂的刹那，他感到在草球的中心有一股凌厲無匹的殺氣飛襲而來。
殺氣，刀的殺氣，格里以霸王鉞成名，所以誰也沒有想到他也會使刀，而且還是用刀的高手，這才是格里真正致命的一殺！
凜冽的殺氣如針刺般直侵肌膚，眉毛倒豎，卻不能使扶滄海的眼珠轉動一下。他在瞬息之間感受著這突然的一變，並且必須要在最短的時間內作出判斷和相應的變化。
刀是彎刀，呈弧形而來，刀氣更帶著一股強大無匹的迴旋之力，任何人面對此刀，都不可能真正做到無動於衷。
扶滄海也不能，不過他幸好也留了一手，所以他並非毫無迴旋的餘地，因爲他的滄海槍法雖然名爲十七式，但真正的一式殺招，就隱藏在這第十七式之後。
南海長槍世家能夠屹立江湖數百年不倒，固然與它地處邊疆有關，實則是因爲每隔數年，這個世家中都會湧現出一位傑出的弟子，對祖傳的槍法套路做出精心地改良或者重新設計。每經一人，其槍法的破綻便減少一分，漸漸達到攻守平衡的完美境地。到了上一代人的時候，長槍世家出了個扶三槍，爲了檢驗這套槍法的實用性，竟然現身江湖，公然與當時最負盛名的劍客飛散人決戰於吳楚故地。雖然最終無人知道這一戰的結果，但扶三槍回來之後，認定槍法攻勢有餘，防守不足，是以閉關七年，終於創出了這滄海槍法的最後一招——「意守滄海」！
只因這一招只守不攻，與滄海槍法十七式的全攻精髓格格不入，是以扶家子弟並沒有將它納入滄海槍法之列。但這一招一旦與之配套，攻守有度，渾然天成，又的確是這套槍法的後續之招。
此招創成數十年，今日方在扶滄海的手上展露出來，怪不得連格里這等行家高手都沒有預知此事。

「轟……」槍鋒破空，終於與彎刀碰撞一起，爆發出一股猛烈的狂風，草樹連根拔起，向四方飛瀉。

兩條人影俱覺渾身一震，身形不由自主地向後跌飛。格里心驚之下，霸王鉞陡然出手，發出了一記意想不到的攻招。

鉞鋒森寒，如圓盤飛旋，嗚嗚聲響，懾人心魄。勁氣隨著霸王鉞運行的軌跡向前罩射，頓時將扶滄海的整個人影籠罩。

扶滄海心驚這陡生的變化，再也無力作出應變之招，他不得不承認，自己低估了格里的實力，根本就沒有想到格里竟能在身體失控的情況下猶能施出這厲害的殺招。

高手之爭，虛實變幻莫測，一切全靠預判能力來搶佔先機。扶滄海沒有算到格里的彎刀，但他有「意守滄海」應急，可是他又沒有算到格里除了彎刀之外，真正的殺人兵器是霸王鉞，這一次，他似乎死定了。

格里也是這樣認爲的，所以他身體向後跌飛，氣血翻湧的同時，臉上已經露出了一絲笑意，他相信扶滄海絕對逃不過自己這致命的一擊。

第十章　天下五豪

格里離去之後，韓信依然席地而坐，冷冷地注視著來來去去的人影。偶爾從人群中走過一群王族公卿家的貴婦豔女，傳出陣陣嬌笑，但他卻是視若無睹。

他已無心注意這些美女的豔色，若換作一年前的他，怎麼也要湊上去搭訕幾句，或是擠入人群混水摸魚，但時至今日，他已覺得這些舉止都是無聊之人所做的無聊之事。因爲此刻在他的心中，已有了鳳影。

也許人生講究「緣分」二字，他總覺得，能在茫茫人海中遇上鳳影，這是上天的安排。雖然他們相處的時間只有短短數日，但他已將鳳影當作了自己的知己，今生今世，再也不願與她分離。

這是他的初戀，也是他第一次將一個女人牽掛心間，割捨不下。當他接受鳳五的命令前來咸陽時，他不僅是爲了蟻戰中昭示的一線天機，更多的則是爲了鳳影。他想擔負起一個男人的責任，不想讓自己心愛的女人爲他而感到羞愧，是以無論如何，他都要轟轟烈烈地活上一回。

思及鳳影，他的嘴角不經意間露出了一絲甜甜的笑意。當他將思緒重新放回到今夜的行動上時，卻突然發現，扶滄海竟然不見了。

他心驚之下，驀然想到了格里臨走時的神情。毫無疑問，爲了讓他在進入登高廳之前保存實力，格里將會不擇手段地阻止他與扶滄海交戰，是以扶滄海的失蹤必定與格里有關。

他喜歡扶滄海，更喜歡這個人的風骨與傲氣，他覺得這個人像極了紀空手，而紀空手是他最可信賴的朋友。

所以他站了起來，想去找格里，讓他放棄截殺扶滄海的行動。可是他的人剛走出兩步，人群中頓時騷動起來。

門官以悠長而響亮的聲音唱喏道：「知音亭五音先生駕到！」

韓信往大門處望去，首先入目的是一位面容清癯的老者，劍眉入鬢，英氣勃發，帶出一股不相適宜的恬淡。止步時長袍曳地，行動時衣袂飄飄，不經意間的一舉一動，無不透出落寂出塵的悠閒意態，偶然間寒芒一閃，才盡現王者風範。

「此人能夠躋身五大豪閥之列，豈是僥倖所致？哎……此生若能如他這般活得瀟灑，也就不枉來世一遭了。」韓信驚見之下，由衷地在心裡讚歎道。關於五音先生與知音亭的傳說，他已聽了太多太多，在他的心中，早已將五音先生當作了世外高人，每每思及，感慨良多，想不到今日終於得見尊容，不由得也隨著人流向前湧出幾步。

五音先生固然對他有莫大的誘惑力，但韓信卻是以迫不及待的心情期盼著紅顏的出現。他真的想看一看能讓紀空手鍾情的女子究竟是何等模樣，更想知道在紅顏與鳳影之間，到底是誰更勝一籌。

不知爲什麼，每當他遇上紀空手時，心中已多出了比較的心理。他不得不承認，隨著這一年來經過的太多事情，使得他在自信心方面已有了大大的增強，他已不再是一年前的韓信，更不是一味順從的韓信，他希望自己終有一日能夠與紀空手並駕齊驅，甚至超越對方，成爲真正的強者！

這是一直橫亙於韓信心中的一大心病，一個不能向外人道知的心病。紀空手的整個人就像一座大山般壓迫著他，令韓信有一種鬱鬱不得其志的感覺，所以如何超越紀空手，便成了韓信最想解決的一個關鍵問題。

當他的目光越過五音先生厚實的背影，向其身後望去時，驀覺心神一跳，因為就在這一瞥之中，絕色的紅顏終於出現在他的視野之中。

他不得不承認，無論他用如何挑剔的目光去看待紅顏，紅顏都是那種可以讓人心醉的女人：雍容華貴而不失真趣，美麗驚豔卻又隨和可親。雖然他深愛鳳影，但他始終覺得，鳳影之美未必就能蓋過紅顏，或許這兩個女人的美麗本是不同類型，根本就沒有可比性。是以，「各領風騷」一詞更能恰如其分地說明她們身上所具有的美麗風情。

「連他所愛的女子都是這般出色，莫非上天註定他始終要壓我一頭？」韓信的頭腦一熱，莫名間對紀空手生出一絲難言的妒意。正當他為自己的心緒感到震驚時，登高廳門前，鼓樂聲喧天而起，趙高已率門下一幫弟子，步下臺階，正按江湖規矩相迎五音先生。

這兩人都是名動天下的江湖豪閥，在場的眾人平素久仰得緊，卻少有人識得這二人的真面目。今日這二人竟然同時現身，頓時引起了滿場的轟動，萬千目光匯聚一處，使得趙高與五音先生頓處焦點的中心。

兩人見得這等場面，不以為意，只是寒暄幾句，把臂而行，似乎早已習慣了這種受人注目的場面。

「五音先生不問江湖世事已久，卻為了趙某的壽辰而不遠千里奔赴咸陽，這份情義實在讓趙某感動不已。」趙高顯然對知音亭的人也有所忌憚，因為他是為數不多知道知音亭背景的人之一，是以不得不小心提防，出言相試。

「趙相所言，倒讓五音慚愧不已，此次咸陽之行，五音固然有爲趙相拜壽之意，實則還有一件更爲重要的事情要做，這才動了出遊江湖的心思。」五音先生淡淡一笑道。

「哦？能讓五音先生動心的事情，在這個世上已是不多，這倒讓趙某有了好奇之心，倘若先生不吝賜教，趙某願意洗耳恭聽！」趙高故作驚訝，實則是想逼著五音先生表明立場。對他來說，今夜一戰若有知音亭的人介入，自己雖然佔有地利與人數上的優勢，但勝負殊是難料，這不得不讓他謹慎從事。

五音先生豈有不知趙高心意之理？不過他的心中早有打算，根本不想介入到胡亥與趙高的權力之爭，是以微笑道：「此事終是未成，不提也罷，所以今夜五音前來，是專爲趙相拜壽而來，並無他意，對於這一點趙相大可放心。」

趙高聞言不禁大喜，他深知知音亭與大秦王室的關係，生怕值此非常時期，知音亭人介入此事，現在五音先生表明中立，作壁上觀，頓時讓趙高盡去憂慮。

他絕不擔心五音先生會出爾反爾，自食其言，因爲在江湖中，人人盡知五音先生一言九鼎，從不食言。當日江湖之上人人誦傳玄鐵龜上記載玄奇秘學之事，一經五音先生出言釋疑，謠言即止，可見其信譽卓著，堪可信任。

◆

兩人分主賓入座，登高廳上，分三面開席，每面當前設有一席，席位豪華，紅毯鋪地，盡顯尊崇地位。每席之後另設六席，則是次要人物安坐之地。

趙高與五音先生分坐主賓首席，餘人皆對號入座，場面絲毫不亂。席間正對龍虎會擂臺，臺上動靜，一目了然，顯然是經過精心準備。

趙高心病既去，心情頓時大好，望向五音先生身後的紅顏道：「這一定是世侄女了，果然是名門之後，大家閨秀。」

紅顏微微一笑，上前見禮道：「世伯過譽了，紅顏這廂見過世伯。」

趙高笑道：「可惜趙某並無子嗣，否則見得世侄女這般人才，又怎能讓她錯失趙家？真正是一大憾事。」

五音先生道：「這是趙相抬愛小女之言，豈能當真？何況趙相縱有子嗣，以你一人之下，萬人之上的身分地位，又豈是我等山野之人可以高攀的？」他借機喻志，表明自己兩不相幫的立場。

趙高心道：「只要你不介入其中，我已是千謝萬謝了，又豈會無事生非來惹上你？」他淡淡一笑，順著五音先生的話題道：「先生說笑了，世侄女眼高於頂，聽說連項羽這等人物尚不足以入她的法眼，也不知哪位俊彥有這樣的齊天之福。」

五音先生道：「說到項羽，自項梁死後，流雲齋一脈在他的統領之下，已成了楚國一支最重要的力量，時刻威脅著大秦王朝的存亡。以趙相的見識，怎能任由楚人如此倡狂，而不竭力將敵之氣焰消於無形呢？」

他的口吻漸顯尖銳，談到時事，已經掩飾不住他對大秦王朝的那一絲眷戀之情，並對趙高不顧大局、爭權奪利的做法感到由衷的憎厭。趙高微微一愕，沈吟半晌道：「先生所言甚是，的確讓人深思不已，但是你只知其一而不知有其二，造成今日之天下亂勢並非是趙某不竭力殫思，或是居高位而不理政務，實在是因趙某有難言的苦衷，不足為外人道也。」

他有意無意間，將目光瞟在當中空著的首席之上，五音先生心領神會，知道他的苦衷在於胡亥，只是沒有言明罷了。

「其實天下亂勢，早在先王在世時已有徵兆，只是到了此刻，矛盾激發，才使局面難以控制。」趙高察言觀色，明白五音先生對胡亥已是失望之極，絲毫無襄助之心，不由如數家珍般數落起胡亥在位的種種不是：「皇上雖受我大力匡扶而登位，但是卻小雞肚腸，疑神疑鬼，不足以與之謀天下大事，而且優柔寡斷，思前慮後，致使貽誤戰機，讓陳勝於陳地稱王，若非我力薦章邯東征，只怕大秦此刻已是易手他人了。」

「如此說來，平定陳勝匪患，功勞全在趙相一人身上了？」五音先生情知趙高所言屬實，卻忍受不了趙高的驕狂，是以話中帶刺。

趙高頓時收斂了自己的囂張氣焰，肅容道：「不敢，趙某只是據實而說。數月前，章邯曾經大敗項梁於定陶，倘若聽我一計，乘勝追擊，此刻哪還有楚國存世？又哪裡輪得上項羽稱雄？孰料皇上卻想當然耳，急令章邯揮師北上，征剿餘趙匪患，這才讓楚軍得以喘息，養息休整，形成如今這般聲勢。」

五音先生雖然身處巴蜀，卻心憂天下，自然對近來的時事瞭若指掌。他不得不承認，如果戰局真的按趙高預想的發展，的確可以起到一錘定音的效果，而事實卻令人大為失望，由此他也更對胡亥失去了信心，恨不得一走了之，甩袖不管。

只是思及先祖遺訓，使得他不得不做出最後的努力，希望通過這一點努力，能使大秦王朝能夠延續下去。雖然他也知道，這一切或許只是自己的一廂情願，抑或只是一場徒勞，但他已是義無反顧。

他默然無語，看出了今夜相府的肅殺氛圍，他打定主意，一旦雙方爭殺起來，他意在登龍圖，不在胡亥，自然做到兩不相幫，互不侵害。只要他帶走了登龍圖，縱然趙高殺了胡亥，也不敢毫無顧忌地開國稱王，必然會立始皇長子扶蘇之子子嬰爲君，使得大秦王朝得以延續。

他對胡亥殊無好感，照他自己的想法，似這等暴君誅殺千次亦不解恨，倒不如廢之而另立新君，或許還能解救萬民於水火，只是礙於自己有先祖遺訓，是以不能親自動手。

趙高又怎知他是這副心思？只要讓知音亭人作壁上觀，他已是很滿意了，當然也不再要求五音先生相助自己。事實上他作出了非常精心的準備，縱然是知音亭人相幫胡亥，他也完全能夠控制整個局面，只是所冒風險太大，倒不如現在這般穩操勝劵。

五音先生半晌方道：「據我所知，這章邯乃是趙相門人，又是入世閣弟子，他怎敢置趙相的手令而不顧，卻聽令於皇上的旨意？」

趙高苦笑一聲，道：「趙某雖在萬人之上，畢竟還居一人之下，又怎敢越俎代庖，替皇上指揮？何況章邯雖然出自我門下，卻深受皇上的恩寵，翅膀硬了，也就不把我放在眼裡了。」他說到最後，眼中寒芒陡現，竟生殺意。

五音先生微微一笑，明白其中利害關係，道：「原來如此，外人不知，還以爲趙相一人把持朝政，風光得緊，孰料內中還有這般艱辛。」

「這點艱辛倒也算不了什麼，趙某官居相位，最感棘手的還在於君臣猜忌，一旦種下此禍，政務不通，軍令不行，最是禍國殃民。趙某有時想起，也欲歸山退隱，不爲這些俗務煩心，但每每念及先王對己的恩寵，惶惶之餘，怎敢不鞠躬盡瘁？唉，看來做人真難！」他的眉間不停地顫動，顯然觸及真情，情不自抑，完全是一副憂國憂民的忠臣神態。

「那按趙相所見，此時天下已呈亂局，該當如何應付才是？」五音先生眼露睿光，雖是討教的口吻，其實旨在印證自己的見解而已。

趙高身體微震道：「假若皇上恩准，由我指揮大軍，我將揮師攻楚，搏其一地，可安天下。須知天下匪患無數，皆以楚馬首是瞻，擒賊先擒王，講的便是這個道理。」

他見五音先生微微點頭，顯是同意自己的觀點，不由得談興大發：「所謂楚國軍隊，其實主要是項梁、項羽統領的流雲齋子弟。這些人雖然武藝不錯，但缺乏最基本的作戰知識，假若三軍應命，可以一擊潰之。」

「可是自匪亂以來，項羽一師，從來沒敗，這又作何解釋？」五音先生搖了搖頭，說出了自己的疑問。

「項羽此人，只是匹夫之勇，不足爲懼，雖然作戰屢次不敗，也許只是運氣使然，用不著誇大其辭，人驚小怪。」趙高一臉不屑之色，緩緩而道。

五音先生表面不動聲色，卻知趙高雖然貴爲五大豪閥，可統一門一派之勢力，卻遠不是能指揮十萬大軍作戰的帥才。他所看到的東西往往是事物的表面，流於形式，卻根本就沒有看到問題的實質。因爲一個人能夠交戰數十次而從來不敗，這絕不是「運氣使然」可以涵括的。趙高如此敷衍了事，顯然對此毫無見識，比及他爭權奪利的手腕本事，真可謂一個在天，一個在地。

話不投機，半句嫌多，五音先生話鋒一轉道：「趙相閱人無數，可識得劉邦此人？」

趙高沈吟半晌，才說道：「據說此人來自於泗水沛縣，以一名亭長之職，在沛縣起事，被亂民視爲赤帝轉世，使其不到一年時間，便擁兵十萬，已是楚國中唯一可以與項羽抗衡的人物。他此次兵至武關，雖說已成大氣候，但老夫認爲他對大秦的威脅還不及項羽。」

「你休要小看這小小亭長，他能在眾多諸侯中出人頭地，必有其過人之處，縱是項羽亦不敢小視於他。還有其背景十分神秘。也正是如此，不由得讓我對此人產生了濃厚的興趣。」五音先生的眼神中流露出一絲興奮的色彩，似乎預見到了一些什麼東西，卻又不敢確定地道。

趙高看看天色，已近酉時，可是胡亥依然未至，不由心下著急，遞了個眼色，讓張盈出外巡視一下，然後才靜下心來聽著五音先生慢慢分析：「能在亂世之中出人頭地的，除了要有過人的本領與超凡的智慧外，必須還要倚仗一定的勢力才能立足於群雄之間，進而爭霸天下。項羽便是這樣的一類人物，可劉邦出身低微，只憑著七幫會盟的一點實力，如今卻能與項羽並駕齊驅，這不得不讓我心生好奇。於是在我經過了周密的調查之後，發現一個奇怪的問題，就是每當劉邦遇到了不可化解的凶兆時，總有一股神秘的力量會適時出現，替他逢凶化吉，而且不是殺人滅口，便是不著痕跡。這說明了在他的背後同樣有一股很大的勢力在支持著他，而這股勢力之大，當屬武林五大豪門之一。」

五音先生的話彷如一顆石子，擊破了一潭靜水，頓讓趙高感到有一種可怕無形的力量正向自己一步一步緊迫而來。

「依先生之見，劉邦背後當會是哪股勢力？」趙高驚問道。

「我也不知。」五音先生淡淡一笑道：「反正不會是我知音亭。」

趙高霍然醒悟道：「在問天樓與聽香榭中，二者必居其一，倘若它與項羽的流雲齋聯手，只怕其意不僅是爭霸天下，更有一統武林之嫌！」

◆

格里的確有這個自信，因爲他給這一招取了個名字，就叫「有去無回」。飛旋的鉞體，森寒的鉞鋒，無邊無際的殺氣，構成了一幅詭異的圖畫，可以讓任何人爲之膽寒。

扶滄海顯然爲對方這一殺招感到心驚，他漏算了敵人的招式，當然要付出應有的代價，而這種代價，往往就會是自己的生命！

「呼……」眼見霸王鉞僅距扶滄海只有七尺距離時，突然從這段虛空中流星般劃出一柄飛刀。飛刀七寸，疾若流星，燦若焰火，準確無比地截住飛鉞。

格里大吃一驚，而便在此時，他只覺一縷寒意狂襲至，在他幾乎來不及反應之時已襲入三尺之中，倉促之中，格里橫移。他快，但身後襲來的刀更快，在其橫移五尺之時，只覺腰間一涼，一般沈沈的痛感襲遍了全身。

「呀……」疼痛傳遍全身之時，格里禁不住發出一聲沈沈的慘嚎。也便是在此刻，他看到了身後偷襲的兇手。但他死也想不到身後偷襲的人竟然是他自己。

具體地說應該是一個面容打扮與自己一摸一樣的人，兩人對立就像是在照鏡子一樣。直至此刻，格里突然明白了什麼，望了扶滄海一眼，又望了望與自己面對的偷襲者，眼裡閃出絕望而恐懼的光明，顫聲問道：「你，你是誰？」

偷襲者眼中閃過一絲憐惜，淡漠地吸了口氣，冷冷地吐出三個字：「紀空手。」

格里眼裡閃過一絲慘澹而無奈的神彩，嘴角邊竟泛起了一絲淒涼的笑容，英雄末路的笑，而後，魁偉的身體如山般倒下……

◆

趙高所言如果都是事實的話，那麼這實在是太恐怖了。以五大豪閥的實力，只要有任何兩門聯手，都足以翻雲覆雨，改變江湖的歷史。

聽香榭與知音亭一樣，數十年來少有人走動江湖，是以名聲雖在，卻如傳說中的故事存在於人們的腦海，隨著時間的流逝而漸漸被人淡忘。

如果當今五大豪門中有一大勢力與流雲齋聯手，那麼最大的可能性就是衛三公子的問天樓，但是衛、楚乃世仇宿敵，其深仇大恨不易消弭，縱然在利益之上暫時苟合，只怕亦非長久之計。

趙高沈吟半晌，終是沒有確切的答案，只能將目光投注在五音先生的臉上。

「依我看來，無論是聽香榭，還是問天樓，都不可能與項羽的流雲齋聯手爭霸天下。」五音先生緩緩分析道：「如果五大豪門之間真的能夠相互相容，江湖早已一統，又何來這四分五裂？」

趙高頓時釋然，鬆了一口大氣道：「可是如果劉邦背後確有五大豪閥的人支持，那豈非與流雲齋聯手無異？」

「非也！」五音先生淡淡笑道：「我可以斷定，項羽絕對不知道劉邦的真實背景，而劉邦依附在項羽軍中，也只是權宜之計，時勢一到，自然會翻臉成敵！」

「這麼說來，劉邦在暗，項羽在明，這劉邦豈非更爲可怕？」趙高似有所悟地道。

「行軍打仗，項羽遠勝劉邦，但說到知人善任，禮賢下士，深謀遠慮，謀略算人，項羽似又差了一截。據我所知，劉邦自起兵以來，借七幫勢力，門下已有眾多奇能異士，又收各方謀士，吸納各路英豪爲己用，比之項羽，他雖只擁兵十萬，但各個都是精兵良將，以一擋十，其勇銳不可擋。是以趙相對於武關一戰，千萬不要輕敵。」五音先生出於對大秦王朝的存亡著想，不由又委婉地勸諫趙高，希望他能以大局爲重，放棄個人恩怨問題。

趙高沈吟半晌，輕歎一聲道：「我又何嘗不想立時帶兵東進，拒敵於武關之外？只是箭在弦上，不得不發！」

五音先生聞言，知道趙高心意已決，只得不再說話。從內心來說，無論是趙高占到上風，還是胡亥把握局勢，都對他沒有利害關係，他只希望雙方在動手之前，紀空手能夠成功盜得登龍圖，令趙高有所忌憚，這樣一來他也就算對得起先祖遺訓了，只要自己這方不插手雙方之爭，相信任誰也不敢與之公然爲敵。

他的目光在廳中眾人的臉上搜尋良久，卻始終看不出何人才是紀空手所扮。他已算定，紀空手唯一能接近胡亥的地方，只有登高廳。以他的眼力，只要紀空手在，他就不會看不出來。

易容術自西周以來，已經開始流傳於江湖，到春秋戰國時期，已盛行一時，在製作工藝與化裝技巧上有了質的提高。丁衡既有盜神之名，那對易容術當然也就瞭解得非常透徹，是以他所擁有的易容絕技，已經具有了非常高深的水平。

但無論是多麼精湛的易容術，它所能產生的效果最多只能是仿真逼真，而絕對不能達到完美無缺的地步。再說以五音先生這等行家，只要用心，是不可能被紀空手蒙蔽過去的。

「我能看出來，趙高必定也能看出破綻，紀空手肯定想到了這一點，所以他不會這麼快出現在眾人眼前。」五音先生尋思著紀空手的心思，差點啞然失笑，不經意地看了看身邊的紅顏，卻見她的臉上雖是笑意盈盈，卻還是掩飾不了她對紀空手的牽掛之情。

「女兒大了，有自己的心思了。」五音先生微微一笑，在心中念叨著。他中年喪妻，未再續弦，把紅顏當作掌上明珠般撫養成人，算是了卻自己對愛妻的一番相思之情。他之所以多年絕足江湖，固然與他淡泊的心性有關，但更多的卻是為了思妻育女的贖罪心態。

他少年仗劍江湖，快意恩仇，敢作敢為，博得了響亮的名聲，並娶得當時武林第一美人——南海長槍世家的扶海棠為妻，次年即得一女。面對美滿姻緣，又是英雄美人的絕配，按理說五音先生應該知足，可是他抱著爭霸江湖的雄心壯志，足跡遍佈大江南北，依然不懈拚搏。直到終有一日愛妻病故，他痛心之餘，方才醒悟自己虧欠愛妻實在太多，面壁七日之後，遂將雄心收斂，歸隱林泉，把自己對亡妻的一腔摯愛全部傾注在愛女的身上，再也不問江湖俗事。

此次咸陽之行，若非礙於先祖遺訓，五音先生絕不會出川半步。後來又得知紀空手人在咸陽路上，心繫半子之情，也想見識一下，遂率眾北上。照理說他未說動胡亥隨他入川，已是盡了心力，可以撒手不管了，但他既要紀空手出手盜圖，倘若有失，必生禍患，於是他不得不前來為紀空手保駕護航。這樣一來，縱然紀空手失手，大不了他與趙高、胡亥扯破臉皮，也可拚個全身而退。

想到紀空手，他不由自主地在嘴角處泛出了一絲笑意，彷彿又看到了從前的自己。這是一位武學奇才，機緣巧合已是一奇，見識機斷亦是不凡，難得的是他重情重義，真正具有男兒本色，只有這樣的男人，才配得上他知音亭的小公主。

就在此時，門官悠長響亮的唱喏又起：「接駕！」

趙相府內鼓樂聲喧天而起，滿場之人紛紛下跪迎駕！趙高與五音先生率眾迎出，但見在數百名御前衛士的開道下，紅毯鋪地，香花遍散，大秦二世皇帝胡亥在一幫高手環衛之下步入相府大門。

韓信人在高處，雖俯跪卻不礙視線，只見昂首闊步而來的胡亥年約三旬，身材適度，並無酒色淘空之虛態，皮膚白皙，臉容蒼白，看似軟弱無力，但眼芒神光懾人，自有一股不凡氣概。

「王者就是王者。」韓信心中驚道，他只看了一眼，已爲胡亥身上透發出來的傲視天下的霸氣所震懾。畢竟這是他第一次看到有九五之尊的君王，難免在心中有些驚慌。

不過這種驚慌一閃即沒，終於看到了一個事實：胡亥真的是一個高手，一個絕不弱於五大豪閥的超級高手。趙高並非不想將他取而代之，而是面對胡亥，趙高實在是沒有必勝的把握。

只有這樣，才是合理的解釋，才能說明趙高何以會花費如此氣力來佈下這麼一個宏大的殺局。思及此處，夜風雖涼，但韓信的脊樑處已有冷汗滲出。

「如果紀空手出手，無論是明是暗，都絕對逃不過胡亥的眼睛，那麼是不是這就意味著他一動手，就必然死定？」韓信發現了一件很要命的事情，作爲生死與共的朋友，他不由自主地爲紀空手擔心，但更要命的是，他明知紀空手出手必死，卻根本找不到他的人來通知他。

胡亥在眾人簇擁之下入廳坐定後，眾人才紛紛依次依序入座，輔廳兩邊雖然又恢復了先前的熱鬧，但音量明顯小了許多。

一陣肅靜之後，胡亥按例向趙高頌揚了一番吹功頌德的套話，在趙高連連謝恩之下，壽宴終於在一片看似平靜而正常的氛圍中開始了。

與此同時，廣場木臺上兩名武者直面相對，拉開了龍虎會奪魁之戰的帷幕。

◆

紀空手與扶滄海便在眾目睽睽之下出了花園。花園外的一些屬從見了大是詫異，剛才明明看見格里與扶滄海劍拔弩張，轉眼又見兩人毫髮無損地走出來，都在心中暗叫奇哉怪也。

他們一入廣場，便見擂臺之上已有人廝鬥一處，殺聲響起，隨著四周陣陣喝彩聲，使得場上的氣氛愈發濃烈。紀空手微一皺眉，已經感受到了金戈交擊帶出的肅殺之意。

擂臺上廝鬥的兩人都是年輕人，一時氣盛，不避鋒芒，是以搶在最先出場。不過這兩人既然敢來赴會，手底下也真還有幾手硬功夫，一來一往，殺氣四溢。

扶滄海與他相距七尺，不敢太過靠近，只能收斂氣息，束氣傳音道：「這兩人都是江湖上新近崛起的劍客，功夫相當，只怕有好一陣廝殺，你趁這空暇尋到韓信後，咱們按計畫行事。」

紀空手微一點頭，抬頭望去，卻見韓信亦抬眼向這邊望來，見得扶滄海竟然無事，臉上不免生出疑惑。

紀空手雙手背負，繞場而行，一路碰到數人，神色都是極爲恭敬。他明白這些人都是格里布下的暗殺團戰士，亦不理會，走得幾步，卻見趙岳山迎面而來。

「將軍剛才去了何處？可讓我一陣好找。」趙岳山神色頗爲緊張，靠過頭來低聲道。

紀空手對格里的聲音早已練得很熟，倒也不顯破綻，壓低嗓門道：「莫非情況有變？」

「趙相吩咐，爲了爭取時間，奪魁之戰必須盡早結束，否則皇上一旦臨時變卦，提前辭行，於大計有所不利。」趙岳山臉色一沈道。

「這恐怕是趙相多疑罷了，皇上既然有心一戰，怎會臨陣而逃？」紀空手裝得極是老練地道。

「不怕一萬，只怕萬一。我們這些做屬下的，只管聽命就是，用不著說三道四。」趙岳山叮囑幾句，逕自去了，行色匆匆，似乎事務繁忙。

紀空手尋思道：「時間提前，正合我意。只是這數十人中無一不是想在龍虎會上大出風頭的高手，怎麼才能讓他們不下場一爭高下呢？」他卻不知在這數十人中，既有胡亥安插的人，亦有趙高相應派出的高手，各懷鬼胎，無意奪魁，真正有心一試身手者，不過寥寥十餘人而已。

他靈機一動，揮手叫來幾名屬下，將命令傳達下去。他既然想不出妙法，於是乾脆不想，將事情交給屬下，甩手不管，這倒也不失爲不是辦法的辦法。

等到他靠到韓信身邊時，韓信已經恢復常態，淡淡笑道：適才怎麼不見將軍？」

紀空手道：「我既有心讓你奪魁，怎能容你的對手活命？當然是誘殺扶滄海，爲你去一大敵。」

「扶滄海不是好好地站在那裡嗎？」韓信似有不解地道。

「他還活著，那麼我豈能還站在這裡？」紀空手嘻嘻一笑，還復原本嗓音道：「因爲我不是將軍，真正的將軍此刻只怕已在黃泉路上了。」

韓信大吃一驚，根本就沒有想到眼前的「格里」竟是紀空手所扮，更沒有想到紀、扶二人聯手，竟然敢在相府之內斬殺格里。此招雖然兇險，卻也著實精妙，紀空手裝扮成格里混入登高廳，不僅膽大，而且確是神來之筆。

他好不容易穩住心神，裝作不經意地看了看四周，這才微微笑道：「紀少就是紀少，敢做別人不敢做的事情，這就是你的風格。」

「所以我們三人聯手，一定可以穩操勝劵。」紀空手充滿自信地一笑道。

「我可以相信他嗎？」韓信看了扶滄海一眼。自他從鳳舞山莊出來之後，便已養成了從不輕易信人的習慣，而對紀空手則是一個例外。

「你可以像相信我一樣去信任他，因爲我把你們都當成了兄弟。」紀空手眼中一亮，眸子裡已是一片溫情。

韓信笑了笑，不再說話，轉頭望向場中，第一對武者已分出勝負，敗者下場，勝者則昂頭接受眾人的歡呼。不過隨著另一名武者的上場，一番廝殺重新拉開帷幕。

「我應該怎麼做？」韓信將視線重新落到了紀空手的臉上。

「你將在最後的時候出場，對手就是扶滄海。你們最終的結果應該是勢均力敵，打成平手，只有這樣，我們才可以保證三人同時進入登高廳！」紀空手覺得韓信的目光有些怪異，卻沒有放在心上，他將這種怪異理解爲大戰之前的緊張，是以毫無保留地說出了計畫。

「然後呢？」韓信問道。

「然後我們就可以看到一場真正的大戲。」紀空手笑了，笑得很燦爛，韓信雖然看不到紀空手那張被人皮罩住的臉，卻還是感覺到了這股笑意。

而此刻與他們相距不遠的登高廳外，已設三層重兵防守，三步一崗，五步一哨，氣氛空前緊張。這些侍衛既有相府親衛，亦有胡亥帶來的御衛，人人都是身手不凡的高手，他們同時接到了一條命令：未經宣召，任何人不得入廳一步，違者殺無赦！是以在登高廳外的十丈距離內，根本不見一個遊走的人影。

廳外的形勢如此緊張，廳內的氣氛卻熱鬧得很，一副君臣言歡的場面，不知情的人還道是今夜咸陽歌舞狂歡，誰又能料到在這背後潛藏的是暗流湧動的殺機？

大廳之內，三副首席各成犄角之勢，由胡亥、趙高、五音先生三人落座，各方隨從沿著各自主人居於後席，籠統算來，不過四、五十人，但無疑都是各方精英。

趙高攜張盈、趙岳山以及府中一幫高手坐於主席，而五音先生親率知音亭精英位列下首席位，坐在上首的則是胡亥，在他的身後，除了內廷十八鐵衛之外，還有御衛統領郎子車與三名不知名的劍手列隊而立。三方實力雄厚，鹿死誰手，猶未可知。

在一番照例慶酒賀壽之後，胡亥輕咳一聲，轉頭望向五音先生道：「先生此番前來咸陽，距上次入宮，已有十餘載了，按理本王當親自設宴款待，只是苦於公務繁忙，一直抽不出時間來安排，今日正好在此相遇，本王借花獻佛，權當作為先生接風洗塵。」

五音先生淡淡一笑道：「不敢有勞大王。」

胡亥意在拉攏，兼或混淆趙高視聽，是以一臉親切地道：「你我之間，何必客氣？算來你亦是皇親國戚，用不著如此生分。」

五音先生道：「這既是做臣子應有的本分，也是五音恬淡的心性所致。就好像此次咸陽之行，明知不可為而為之，實非本意，是以勉強不得，不如歸去。今夜為趙相祝壽之後，亦是五音離開咸陽之時。」

胡亥微一皺眉，聽出了五音先生話中的幽怨，心中暗暗生氣：「你這般小看於我，莫非認定我鬥不過趙高？真是豈有此理！若非看你是誠心為我著想，單憑你對我這輕侮之罪，非得重重辦你不可！」

他請五音先生前來，原是希望借祝壽之名，得一強援，然後合二人之力扳倒趙高，誰知五音先生審時度勢，認為趙高此時權勢太大，不可硬撼，反而力勸胡亥激流勇退，兩人話不投機，聯手之事只能作罷。

但胡亥並沒有因為五音先生的袖手旁觀而動搖扳倒趙高的決心，反而利用五音先生的影響，吸引了趙高的注意力，加快了自己行動的步伐。他始終認為，自己畢竟是一國之君，一旦在壽宴之上將趙高制服，相府群龍無首，餘黨不足為慮，自己完全可以利用「大王」的權勢與手腕控制整個局勢。

他之所以對五音先生百般容忍，以親情關係大示籠絡，還有一個重要的原因，那就是企圖用知音亭來壓服趙高的入世閣。他雖然急切想扳倒趙高，但並非有勇無謀，早已看出趙高的可怕之處絕非因其乃大秦相國，而是因為趙高乃武林五大豪閥之一，門下高手如雲，一旦對抗交鋒，自己根本沒有必勝的把握。如果自己能在壽宴之上挑起知音亭與入世閣的爭雄之心，那麼鷸蚌相爭，漁翁得利，自己就可以輕而易舉地控制全局。

這實在是一個如意的算盤，因為他看穿世情，文無第一，武無第二，五音先生心性再怎麼淡泊，也不可能甘心讓知音亭位列入世閣之下，是以這更是為聲名而戰，容不得兩方有半點謙讓。

「先生何必要急著走呢？本王近日一直尋思：近一年來，天下大亂，匪患無數，其根源究竟在何處？是因為政律不嚴，還是吏治不清？抑或是捐稅苛刻、行賦太重？」胡亥問出一連串的問題，事涉民生大計，令人深思，便是五音先生與趙高也將目光凝視在胡亥的臉上，以為其人已有解決之道。

「非也。」胡亥搖了搖頭道：「這些也許是問題的所在，卻絕非問題的根本。行軍打仗，講究一個『武』字，武風盛行，卻又不能自律，是導致亂民匪患四起的基本原因。本王雖在內宮，卻熟知朝野，自始皇之前，天下武林已有五閥之分，整個江湖一分為五，各自霸據一方，致使江湖不能一統，形成亂世格局。所謂『江湖亂，天下亂』，江湖不能一統，天下便永無寧日。」

他的話雖然有失偏頗，但聽在五音先生與趙高耳中，卻是新鮮刺激。他們都是五大豪閥之一，在內心深處，無不有一統江湖的夢想，是以胡亥之言，確能打動他們的心扉。

五音先生與趙高相視一眼，同聲問道：「那又當如何？」

胡亥微微一笑道：「要想天下不亂，當然只有先定江湖，而江湖要定，必須首先結束五閥之分的格局，形成一統的江湖！」

五音先生聞其音，知其意，已明胡亥用心，淡然一笑，沈默不語。

趙高道：「五閥之分，由來已久，豈能說合就合？就算五音先生的知音亭與我聯手，先不說其他三閥是否答應，便是兩門之中，推誰爲首，就是天大的難題。更何況縱是趙某有心承讓，只怕門下弟子也未必答應。」他對這些事情顯然思來已久，是以一經說起，便口若懸河，並非是他絲毫不察胡亥的離間之情，只是他對武林霸主之位渴望已久，但有一線機會，便欲爭取得之。

「本王卻有了一個主意，既不傷和氣，又可立時實行，不知二位是否有這個興趣？」胡亥笑道。

趙高看了一眼五音先生道：「請大王賜教！」

胡亥的目光在人群中巡視了一圈，道：「本王之意，是想設立一個封號，爲『天下第一高手』，能得此號者，可以在大秦國土之上徵調兵馬、糧草，所有郡縣官吏，皆任其調度，以成全其一統江湖之志，並檄令天下，留名青史！」

此言一出，全場皆驚，胡亥此舉的確可謂前無古人，乃獨創之舉。眾人無不心血沸騰，不可自抑，縱是如趙高、五音先生，亦是怦然心動。

如果事情真如胡亥所言，那麼這「天下第一高手」無異於是除大秦國君之外的又一個皇帝，不僅可以一統江湖，而且權勢之大，前所未有，端的誘人至極。

趙高語帶顫音道：「此話當真？」

「本王乃一國之君，豈有戲言？」胡亥眼見趙高墮入計中，心中暗笑，臉上卻佯怒道。
「微臣一時失言，真是該死！」趙高連忙說道：「只是要想獲此稱號者，不知是哪幾位？」
胡亥微微一笑道：「當然唯有五大豪閥，方有資格一爭高低。若是如外面擂臺上的那班角色，只怕給這天下第一高手提鞋也不配。」
「哈哈哈……」趙高陡然間大笑三聲，臉色一沉道：「大王無非是想讓臣與五音先生較量一場，兩虎相爭，豈有不傷之理？而大王便可坐收漁翁之利了。」
他臉現嘲弄之色，剛才的那番表情顯然是戲弄胡亥而來，胡亥勃然大怒，正要拍案而起，忽然似想到了什麼，強行壓下怒火，冷哼一聲道：「趙相莫非認爲本王所言有什麼不妥嗎？」
趙高已存魚死網破之心，當下再不掩飾自己的狂態，投以冷笑道：「大王太過聰明了，所以總是看低了我們這些做臣子的。你也不仔細想想，若是臣與五音先生真的信了你的話，又怎能名列五大豪閥，可笑！真是可笑！」
胡亥臉色未變，反而息氣屏聲道：「這麼說來，趙相是想藉武林豪閥之名，欲與本王較量一番囉？」
大廳中頓時寂然無聲，全場的目光都投向了趙高，似乎皆在等待著他的回答，空氣緊張得彷彿在這一刻間凝固。
目光聚集的中心，是趙高那一張瘦削嶙峋的臉，沒有一絲的表情，就像是挺立於懸崖之上的孤石，夷然無懼地等待著一場暴風驟雨的來臨。
只有那冷如寒芒的眼光，一點一點地在大廳的虛空中移動，眸子如深海無底，深邃而廣闊，讓人無法捉摸。

動靜之間，肅然生出一股獵獵殺氣，使得每一個人都感受到了一股強烈的震撼，就連呼吸都在這一刻中停止。

「呼……」就在這時，一陣如雷般的掌聲與叫好聲從大廳之外轟然響起，頓時轉移了眾人的目光。五音先生抬頭一看，原來是扶滄海已經勝了一場。

他心中暗道：「龍虎會總算接近尾聲了，而登高廳中的決戰卻剛剛開始！」

◆

扶滄海是倒數第三個走上擂臺的，在他的身後，一個是雪域劍客阿方卓，另一個才是韓信。

對於阿方卓此人，扶滄海只聞其名，從未謀面，是以當一個冷如餓狼的少年站到他的面前時，他頗顯幾分詫異。

狼是自然界中一種兇猛的獸類，生性好鬥，善於忍耐，冷血無情。一個人如果被人認爲是一頭狼的話，通常不是說他的相貌，而是暗指他的氣質，是以阿方卓的出場讓扶滄海感到了一種莫名的寒意。

而更讓扶滄海心驚的是阿方卓那小小的眼睛，小得瞇成了一條縫似的，卻在這縫中暴閃出一道冷冷的寒芒，就像是來自地獄的無常，夜半三更站到你的床前死盯著你一般，讓人渾身直起雞皮疙瘩。

但是扶滄海絕對沒有想到，阿方卓對他剛才一戰表現出來的戰鬥力更是心驚。當他站到扶滄海面前兩丈之距時，他必須收攝心神，全神貫注，才不至於被扶滄海的氣勢所乘。

誰擁有了扶滄海這樣的敵人，想必都不會覺得輕鬆，至少阿方卓是這樣認爲的。

是以他緊了緊手中的劍，緩緩地道：「南海長槍世家在武林中一向大大有名，滄海十七式更是槍中一絕，我早有心見識，只恨路途太遠，今日幸會，還望不吝賜教。」

他很少一次開口說這麼多話，據說他與人對話，能用三個字表達意思的，從來不用第四個字，但是此刻卻不然，他始終覺得，有時候面對值得尊敬的對手或是比較可怕的對手，說話也是一種調節心理的方式。

「希望我不會令你失望。」扶滄海微微一笑，他的話不多，卻愛笑。愈是遭遇強敵，他愈是笑的開心，因爲他也需要以笑來放鬆自己的神經。

這絕對是一場勢均力敵的決戰，雖然槍劍未動，但兩者相峙的空間已然湧出太重的殺氣，令人有一種如臨大敵般的緊張。

「你太客氣了，希望不會讓人失望的應該是我。我原以爲自己的劍法已經很不錯了，所以一聽到這龍虎會的消息，便從關外不遠千里趕來，一心想奪得魁首大出一番風頭，孰料竟然遇到了你，我就知道今日只怕難遂心願。」阿方卓依然冷冷地道。

「彼此彼此吧，對我來說，有你這樣的對手也並不是一件輕鬆的事情。」扶滄海還是在笑，但他的心裡卻毫不輕鬆。

四周酒席上的賓客中不知是誰叫罵了一句，顯是等得不耐煩了。扶滄海目若冷電，轉頭而望，就在這時，他驀地感到了身後的空氣正急劇地流動……

殺氣，只有真正的殺氣才能打破這僵持之局。扶滄海心驚之下，這才知道阿方卓的人不僅冷，而且其手中的劍更冷，用近乎偷襲的方式企圖搶得先機。

扶滄海轉念之間，不由爲阿方卓出劍的速度感到震撼。他明明看到阿方卓的劍鋒還在鞘內，只偏個頭的功夫，其劍不僅已經出鞘，而且劍鋒劃過兩丈虛空，竟然危及自己的肋部。

全場一陣驚呼，扶滄海卻心靜如水，冷漠得可怕，用周身的感官去觸及劍鋒在空氣中運行的軌跡。

這才是高手的風範，臨危不懼，不亂陣腳，許多人說起容易，但要做到這等境界，談何容易？而扶滄海卻做到了。

阿方卓心中一凜，望著扶滄海不動如山的身形，他不由得爲扶滄海的鎮定功夫感到驚服，同時也正是因爲扶滄海的不動，使得他驀生一種恐懼的感覺。

高手相爭，只爭一線，這一線往往是指氣勢的先機。扶滄海人既不動，當然無跡可尋，阿方卓面對的是一個毫無破綻的背影。

「呼……」他陡然加力，勁氣從劍鋒中逼出，標射出一道尺許長的青芒，吞吐跳躍，力罩四方。他既已出手，便無退路，唯有毫不猶豫地全力出擊。

眼見劍芒逼至扶滄海身體的三尺處，扶滄海這才動了，身形未動長槍先動，槍鋒閃躍，驀地跳向虛空，如惡龍般籠罩劍芒。

「轟……」一聲爆炸性的巨響，震徹全場，強大的氣勁向四方飛瀉，空氣爲之一窒。

扶滄海的身子借力倒射，落在七尺之外，由於他處於守勢，在氣勢上並不兇狠，是以在阿方卓的全力一擊下，只能順勢而退，但是阿方卓人如餓狼，手中的劍鋒更如餓狼的利牙，兇狠無比，招招進逼。

「呼……」扶滄海來不及細想，讓過劍鋒，槍身一橫，改槍爲棍，勢如千軍萬馬般橫掃一片，阿方卓唯有退卻，一跳已在丈外。

「你的應變能力果真不差！」阿方卓由衷地讚了一句，絲毫不爲自己偷襲的行爲感到羞恥。在他看來，戰就是搏命，只要打倒對方，可以不擇手段，若是非要講究出手光明正大，就是迂腐之談，雖然這是武道中人所不恥的行爲，但他卻認爲這是愚蠢，至少可笑。

扶滄海笑了笑道：「若是差了一點，只怕我已無法站在這裡與你說話了。」並未指責對方的暗襲。在他看來，能夠制敵的手段，才是有用的手段，有時候暗襲也是一種好方法，就像紀空手的飛刀一般。

阿方卓詫異地看了扶滄海一眼，爲他的毫不動氣而感到一絲驚懼。他原以爲對手遭受了自己的暗襲後必然心生怒意，伺機反攻，但扶滄海依然不動，神情悠閒得彷如閑庭信步。

「你這般自信，是否已有了必勝的把握？」阿方卓本想問上一句，但最終卻沒有開口，他忽然覺得這種問話太幼稚了些，與其相問，倒不如一試，是以他劍身一橫，重新出手。

劍已出手，橫亙虛空，看似不動，其實卻是以常人不易察覺的速度一點一點地劃向虛空。他的劍式雖然緩慢，就像是天邊緩緩蠕動的烏雲，但每向虛空伸出一寸，劍鋒溢出的壓力便增強一分，氣勢如虹。

扶滄海臉色一變，終於在心中感到了一絲可怕的壓力。他從來沒有看到過有這麼可怕的劍法，在動靜對比之間，有一種莫名其妙的感覺。

事實上阿方卓的劍身一出，他就感到了一股懾人的寒意，很冷很冷，冷的就像是面對一座龐大兀立的雪峰。他彷彿聽到了一種非常古怪的聲音，有些像雪崩之前的裂動，當他用自己的氣機去感受這種心兆時，甚至有一種人在雪峰之前的感覺。

這就是阿方卓劍式中的「大雪崩定式」，也是他劍式中的精華所在。他生於雪域，目睹過無數氣勢恢宏的雪崩奇景，用之於劍，已有了這種自然界奇觀的神韻。

當劍鋒完全延伸至虛空的極限時，隨著劍身而繞的氣旋突然急劇地轉動，先是發出嗡嗡之聲，如採花的蜂蟲，不過半晌功夫，竟然發出了隆隆聲音，彷若雨前的隱雷。

滿場之人無不訝異，便是登高廳中的一幫人物，也爲這一劍之威而吸引，渾然忘卻了緊張的形勢。

紀空手心下一沈，與韓信對視一眼，臉上隱現擔憂之色，情不自禁地向台前邁了一步。

唯有扶滄海，依然如故，手握丈二長槍，一動不動。

他無法先行啓動，面對對方如此強悍的氣勢，他彷彿陷入到了一個無底的漩渦，身不由己，只能以靜制動，這是他此刻唯一可做的事情。

然後他的目光迅速地將這勢如雪崩的劍鋒籠罩，追尋著劍勢將要爆發的瞬間。他無法抵擋阿方卓這驚人的一劍，是以也就根本沒有要擋的動機。他忽然記起了人在雪崩之下猶能逃生的技巧，不由心下一動。

在不可抗拒的大雪崩前，人唯一能夠生存下去的辦法，不是去努力掙扎，亦不是去拚命對抗，而是毫不猶豫地逃跑，有多遠逃多遠，有多快逃多快，只有這樣，才有可能出現一線生機。扶滄海不準備逃，卻要閃避，閃避那如大雪崩般的氣勢鋒端，這無疑是可行之策。

就在這一刻間，阿方卓的劍勢突然無聲，如暴風雨之前的死寂，就在眾人都爲這靜態所迷惑時，

「轟……」地一響，劍鋒一振，幻化萬千劍影，如雪塊冰淩般飛奔而來。

劍如崩潰的流雪，劍如急捲的狂風……

但在扶滄海的眼中，劍依然是劍，一把殺氣飛瀉的有芒之劍。

有芒就有氣勢的鋒端，而扶滄海要避的，就是這鋒端處的劍芒。是以他不得不動，他只覺得自己此刻有些無奈的心態，但正是這種無奈的心態，卻激發了他胸中奔湧不息的豪情，使得他的神經與戰意迅速繃至極限。

他人在動，心卻靜如止水，將感官的機能盡數逼發出來，去感受這股如洪襲捲的劍勢。他的每一個動作都是恰到好處，身形起落，總是穿越於劍勢的空隙，虛空中的任何異動，似乎都在他的掌握之中。

夜空無星，亦無月，卻有緩緩漂移的暗雲，還有那緩緩流過的清風，動與靜結合一處，其實都在扶滄海的心中。

終於等到對方稍緩的一刻，雖然短暫，卻已足夠，扶滄海沒有放過，手腕一振，長槍標射而出。

他似乎已經完全不能駕馭自己的槍鋒，一切都是跟著靈異的感覺在走。他槍一出，連他自己都無法想像這是一招如何具有爆炸力的槍鋒，抑或這根本不是槍，而是火，一團熊熊燃燒的烈焰，釋放出巨大的能量，足可將冰山熔化。

沒有人可以形容這一槍的速度，就像沒有人可以形容阿方卓的那一劍一樣，兩件兵器都在這蒼茫虛空中進入了速度的極限，然後便聽到一聲驚天巨響，劍與槍終於交擊在一處。

「轟……」勁風飛揚，吹得眾人無不皺眉，更生出一種莫名的恐懼。

扶滄海卻笑了，如釋重負般地笑了，他幾乎是在生死懸於一線間尋到了「大雪崩定式」的破綻，奮力一搏，竟然一錘定音。

他沒有想到，阿方卓的「大雪崩定式」只有一招，並無後招，所以他贏了。阿方卓卻沒有想到扶滄海竟然破去了自己引爲自傲的絕招，是以，他輸了，而且是黯然退場。

望著傲立於場上的扶滄海，紀空手不由得微微一笑，他相信扶滄海的實力，所以讓扶滄海與韓信在最終的決戰中會師，這在他的預料之中。只要這兩人再經歷一場精心動魄的表演賽，那麼他們三人同時登上登高廳便是一個不爭的事實。

思及此處，他看了一眼站在身邊的韓信，心中忽然生出一種陌生的感覺。他自以爲自己已經非常瞭解韓信這個人了，無論是個性，還是行事作風，都無一不知，但在此刻韓信的臉上，他卻看不到任何的表情。

「也許他是太緊張了！」紀空手心中想道，輕輕地拍了一下韓信的肩，笑道：「該輪到你出場了。」

韓信面無表情地點了點頭，並沒有看紀空手一眼，而是大步向前，朝擂臺走去。

觀看了扶滄海與阿方卓驚人的一戰，韓信不由得對扶滄海又多了一層認識。不知爲什麼，他的心中突然冒出一個可怕的念頭：「如果需要決出勝負的話，在我和他之間，究竟誰會更勝一籌？」

想到這裡，連他自己也嚇了一跳，不明白自己何以會有這樣的念頭。

第十一章　君詭臣詐

趙高終於說話了。

「臣不敢，想來是大王誤會了臣的意思，是以才會有此發問。」他沈吟半晌，見韓信還未出場，覺得還是應該按計畫行事，只得鬆一口氣，選擇了暫時退讓。

他此言一出，廳中劍拔弩張的氣氛頓時消散一空，便是胡亥也在心中鬆了一口大氣。他也不想與趙高太早翻臉，因爲他也在等一個人，一個可以決定今夜勝負之人。

他能利用趙高從兄長扶蘇手中奪得皇位，就已經證明他不是一個簡單的人。他能在趙高的餘威之下坐穩王位，等到今日，這就更能說明他的城府之深，已非常人能及。是以，他聞言微微一笑，佯裝糊塗道：「本王爲想出這個主意，費了不少心血，想不到趙相竟然持反對意見，這可出乎本王意料，不過既是趙相反對，本王就不再堅持了，此事從此作罷吧！」

趙高心中有些詫異，在他的印象中，胡亥縱然退避，其口氣也絕不會如此軟弱。何況他們之間決戰在即，氣勢爲先，任何一個細節都有可能影響到雙方，胡亥絕對不會意識不到這一點。

合理的解釋就是胡亥一定還有非同小可的殺手鐧，這才會顯得如此自信。只有有所倚憑，他才可以擁有這般閒適自若的風度。

這讓趙高感到了一絲驚懼，一種渡河之人未知河水深淺的那種恐懼。他千算萬算，深謀遠慮，自認為自己的每一個計畫都已是算無遺漏，那麼胡亥的自信又會從何而來？

目前敵我力量的對比，至少是以三搏一，而且以趙高的目力，已經看出了胡亥所攜的高手並非太多，除了跟隨他身後的幾位侍衛有放手一搏的實力之外，其他的人根本微不足道，不是他手下這班訓練有素的入世閣弟子的對手。

即使這樣，為了防患於未然，趙高甚至還嚴令在登高廳十丈之外嚴禁閒人出入，除了送菜的廚子之外，便是如格里這般親信，未經宣召，亦是不敢妄入，是以趙高才會對胡亥表現出來的自信感到一種莫名的困惑。

想到這裡，趙高的心中一動，掃視了一眼站在廳門處的那名廚子，那名廚子正是神農門下後生無。他雙手肅立，在幾名入世閣弟子的看護下，正在品嘗一道入席的菜肴。

趙高為了防範胡亥派人在酒菜中做手腳，是以借保護皇上安全之名，特意要膳房中的每一個廚子都跟菜上廳，持銀筷以試毒性。後生無上的這道大菜名為「八仙過海」，乃是取八種海鮮精心烹製的一道湯菜，湯未至而香氣淡淡襲來，使廳中的每一個人都口中生津，大起食慾，可見廚藝之精，頗具功底。

「臣聽聞大王要光臨舍下，特意從上庸請來名廚神農，專門烹調今夜的膳食。這還是微臣數次與大王聊天之時聽大王談及，謹記於心，藉今日微臣壽宴一償心願。」趙高笑了笑道，為了讓胡亥光臨相府，他的確是煞費苦心，只是此舉不是為了表白自己的忠心，更像是圈套中的誘餌。

胡亥道：「趙相如此有心，可見是本王少有的忠直之臣，難得有今日這般大喜的日子，本王要好生獎賞於你。」

「微臣不敢。爲大王盡忠竭力，乃是我們這些做臣子的本分，只要大王大開尊口，吃得盡興，便是對微臣最大的賞賜。」趙高之所以這般說話，是因爲胡亥自開席以來，尚未動筷開食，雖然每道菜肴都有神農弟子親口試菜，可是仍不足以盡去趙高的疑心。

「好，本王便依趙相所言。各位賓客，請端起酒杯，讓我們共賀趙相一杯！」他心中暗自一笑，毫不猶豫地端杯便飲，眾人紛紛仿效，大廳之上頓時一片熱鬧。

趙高這才放寬心來，看了看張盈與席後的幾名隨從，見他們淺嘗即止，更是一笑。當下下得席來，接受賓客的道賀。

五音先生見得君臣之間化干戈爲玉帛，稍稍放下心來。他也知道這種平靜只是暫時的假象，真正的決戰遲早會在這種平靜之後徹底爆發。可是紀空手遲遲還未出現，這讓他不免有些憂心忡忡。對於紀空手來說，盜圖的機會只有一個，那就是在決戰爆發的那一刻！只有在那個時候，趙高的心神才會完全受戰事的干擾，而不在登龍圖上。也只有在紀空手得手之後，他才能尋機名正言順地率眾離去，跳出這場君臣相爭的是非圈中。

紅顏悄然貼近五音先生的席間，低聲問道：「爹，你看紀大哥這時候還不現身，會不會有什麼意外發生？」她心繫情郎的安危，是以眉間見愁，始終不展。

「我想不會，以紀空手的功夫和見識，都是一流的境界，你應該相信他，完全用不著爲他擔心。」五音先生心中雖然也有一絲疑惑，卻不動聲色，好言勸慰道。

「可是他雖然身手不錯，畢竟身在相府這等龍潭虎穴般的險地，若是有個三長兩短，女兒只怕也不想活了。」她語帶幽怨，話出雖不經意，卻透露了她對紀空手的一番真情，等到覺得不妥時，可惜已是遲了。一抹紅暈飛上俏臉，女兒羞態，煞是好看。

五音先生豈有不知女兒的心思之理？思及此事的確風險太大，不免有了幾分後悔。但是要讓他一點不顧大秦王朝的安危，甩袖而去，他又不能做到。而盜取登龍圖一事，除了紀空手之外，再沒有第二個合適的人選，這不免讓他爲難得很。

「你大可放心，爹閱人無數，如果連這一點也看不清楚，豈不是白在江湖上混了這麼多年？我相信紀空手遲遲不出，自然有他的道理。」五音先生斜眼看了看擂臺上的扶滄海，此刻扶滄海正與阿方卓戰得激烈。他既已現身，那麼紀空手必然就在左近，這一切都在計畫之中，是以五音先生不再煩心。

「但願如此。」紅顏輕歎一聲，坐回原地，只是心兒早已不在登高廳中。

五音先生看了看遠在三丈外的胡亥，見他一臉微笑，專情於眼前的美食佳釀，不覺心中一動：「看他這般悠閒的神態，莫非他真有必勝的把握？」當下端酒一杯，下得席來。

他人到七尺之外，胡亥似乎才有所察覺，微微一愕，抬起頭來，五音先生心中更驚：「看他模樣，竟然對廳中形勢視而不見，心不在焉，一副心有所屬之態，難道說他對趙高的決戰並不是安排在登高廳中，抑或他還有另外對付趙高的殺手鐧不成？」

他近前之後，行了君臣之禮，這才站到胡亥席前，用一種只有兩人才可聽到的聲調說道：「大王今夜前來，勢必是想與趙高攤牌了？」

「是的，還有那句老話，如果本王能得先生相助，實是感激不盡。」胡亥微微一笑，眸子中充滿期盼之情。無論他胸中是否有數，畢竟有五音先生的知音亭相助，勝過於任何殺手鐧的效力。沒有人敢輕視這支敢與當今四家豪閥爭霸江湖的龐大勢力，縱是胡亥與趙高亦不例外。

「五音絕不想參入這種君臣之爭的漩渦，是以只能說聲抱歉。五音此來，原想是勸雙方罷手，不管誰勝誰負，最終都會使我大秦王朝大傷元氣，這是我所不願看到的事情。只有在你們雙方都覺得此戰已是不可避免的時候，我才會死了這條心，自行離去。」五音先生話語雖輕，但目光堅定，眉間顯得有幾分焦慮。

「先生認爲，此戰可以避免嗎？」胡亥笑了，似有幾分調侃的神情。

「明知不可爲而爲之，這雖然是愚夫所爲，但也正是大丈夫的行事作風。」五音先生對胡亥的表情絲毫不以爲意，昂然說道。

「可惜，實在可惜。」胡亥搖了搖頭，不知是因爲沒有得到知音亭的強助而惋惜，還是爲五音先生的豪氣而感歎息。他的眼芒緩緩從人群中劃過，日光中帶出一種亢奮的激情，似乎預見到這一戰的激烈與殘酷。

「大王因何而歎息？是爲了五音，還是趙相，抑或是大王自己？」五音先生目視胡亥形如兒戲的態度，心中不由有些氣憤。他之所以不想插手此事，無非是因爲胡亥的行事作風與昏君無異，縱有先祖遺訓，他也不想助紂爲虐。

「先生生氣了？」胡亥詫異地看了一眼五音先生道：「如果先生認爲本王剛才的那一番話是意在挑起知音亭與入世閣兩大豪閥之爭的話，那就錯了，證明先生對本王的瞭解還不夠深刻。本王絕無利用先生之意，只是借機想讓趙高低估於我，本王才有可乘之機。」

「我相信大王對我知音亭殊無惡意。」五音先生淡淡一笑道：「以大王的心機，絕不會如此太著痕跡地挑起我與趙相之間的矛盾，你策劃扳倒趙相已非數月數日，若是真的有心如此，也絕不會在大庭廣眾之下這般說來，所以我根本沒有將之放在心上。只是你若認爲這樣做可以讓趙相小覷於你，將注意力有所轉移，那麼大王才真的錯了，至少說明你對趙高其人還未研究透徹。」

「哦，這倒讓本王來了興趣，依你之言，莫非趙高竟成了一個不可戰勝的神話？」胡亥又笑了，他自問這幾年來對趙高的研究十分仔細，凡是有關趙高的任何消息，他都派人四下搜集，然後加以研究，從中找尋對付趙高確切的辦法。若非如此，他也不敢今夜前來相府與趙高爲權力而戰。

「他也許不是一個不可戰勝的神話，但對任何一個敵人來說，他就像是一座永遠不倒的大山。不僅高不可攀，而且深不可測，否則他也不能立足於這五閥爭霸的亂世，更不可能走上他今日登頂的權勢巔峰。」五音先生覺得自己還有最後一點義務要盡，至於胡亥能否聽得進去，他已並不在乎，只求對得住自己的心便行，是以一字一句地道：「昔日始皇登基，若無趙高，只怕難以從呂不韋手中奪回皇權；回想大王登位之時，若無趙高，只怕大王也難以登上這萬人覬覦的寶座。如果一個人可以將天下都玩弄於股掌之間，這樣的人難道還不可怕嗎？」

他的每一句話都是事實，如鯁在喉，不吐不快，只求能引起胡亥的重視，收起決戰之心，只要胡亥答應與他出走，以圖東山再起，相信憑他的實力，趙高未必敢輕舉妄動，而且趙高也不敢自立爲王，唯有另立新君，使得大秦王朝的血統得以延續。

可是他失望了，對他來說，這絕對是此時此刻可以採取的上上之選，可是他還是錯了，錯就錯在他還不瞭解一個人對權勢的瘋狂追求達到了何種可怕的地步。身爲一國之君的胡亥，已經嘗到了一呼百應、萬人之上的甜頭，他又怎會輕言放棄？就算他能放棄自己得到的榮華富貴，他的心也不可能放棄自己曾經得到的滿足與榮耀。

井底之蛙的故事，已經流傳了很久，它的寓意相信很多人都已知道，但是它還有另外的一層寓意，只怕所知的人就未必多了，五音先生也許就是其中之一。

有人把井底之蛙這個寓言形象地比作一個熱衷於權勢之人。說的是一個人在沒有得到權勢之前，他就好比是這隻井底之蛙，所見所聞，只有方寸之大，自然滿足於眼前的平淡，可是當他跳過了這方寸之地，得到了權勢之後，他寧可死在井外，也不願活著回到井裡。這只因為他已看到了井外的誘惑，其心態再也不能回復到過去的平淡。

而胡亥無疑就是這一類人，是以他根本就沒有理會五音先生的這番好意，而是忽然覺得眼前的五音先生既然不助自己，反而喋喋不休地打擊著自己的信心，真是可惡之極。當下冷哼一聲道：「趙高也許可怕，但本王卻無懼於他，今夜一戰，我已勢在必得，先生請回吧！」

五音先生眼見話不投機，多說無益，只得輕歎一聲道：「你一定會為今夜的決定而後悔的！」說罷逕自回席。

而趙高人在廳中穿梭，眼光卻始終不離二人的動作與表情。直到五音先生黯然離開胡亥，他才鬆了一口氣，想到堂堂的一國之君最終如同甕中之鱉任由自己擺佈，得意之下，不由得呵呵笑出聲來。

在這一刻間，無疑是他最得意的時刻。他出身於市井之中，憑一人之力，苦心學藝，終成正果，年方三十便登上武林五大豪閥之位，後出於對政治高度的敏銳與對天下大勢的分析，步入政界，與權相呂不韋敵對數年，終於襄助始皇嬴政奪回大權，成為大秦王朝一統天下之後的第一權臣。隨後他更在胡亥與扶蘇的王位之爭中顯示出了他驚人的智慧與過人的手段，讓本無登位之名的胡亥坐上了二世皇帝的寶座。

當這一切本不可能發生的事情在他手中一一變成事實之後，基於個人的私欲，使得他對權勢的追求愈發膨脹，漸漸對自己所擁有的一切已感到不滿足。在他的心中，更希望自己能夠在目前一人之下、萬人之上的地位上更進一層，成爲君臨天下的趙氏皇帝。有了這種想法之後，他開始策劃起今夜將要進行的一場決鬥。

這絕對是一場貨真價實的決戰，勝者爲王，敗者爲寇，這是自有人類歷史以來就昭示的一個不變的真理，趙高絕對不會忘記，是以他用盡了一切的腦汁與力量，就爲了今夜的這場決戰。

也許五音先生的出現是一個意外，但在趙高的眼中，這既是勢在必行的一戰，那麼縱是前面橫亙著一座大山，他也必須要逾越它，絕不容許有任何東西阻擋他前進的步伐！何況五音先生既已答應了他保持中立的承諾，他沒有理由再去爲此而感到煩心。

是以這一刻的趙高的確是躊躇滿志，意氣風發。他已經看到了人生的目標，距此也就一步之遙，他甚至相信大秦的天下將在一夜之間有所改變，變成他趙氏之天下！

他變得幾乎有些迫不及待了，心裡不免有幾分埋怨：「格里在幹什麼？怎麼到了這個時候還沒有把事情搞定？只要時信一入登高廳，那麼這場決戰就可以爆發了。」

他期待著這一刻的到來，就像是洞房中等待郎君歸來的新娘，有一種從未有過的亢奮，這的確是一個值得期待的時刻！

◆

無論韓信還是扶滄海，他們的相貌也許並不出眾，放在人海之中，或許並不能吸引別人的眼球，可是當他們走上擂臺的那一剎那，自然而然地成爲了眾人矚目的焦點，就像是一塊美玉，只要給它一點光芒，這就會無比燦爛。

紀空手人在台下，就已經感受到了這兩人凌駕於眾人之上的那種獨具一格的氣質，他絲毫不起一絲嫉妒之心，反而為朋友的這種表現感到高興。他始終認為，朋友就是朋友，它的重要性也許遠勝自己的本身，朋友有這種照人的風采，他也沒有理由會不高興。

是以他的目光帶著一種理性去看待兩人的戰前對峙，高手相爭，爭的就是這股氣勢。韓信與扶滄海無疑都是高手，氣度沈凝，不動聲色，隱隱然已有大師風範。

兩人對峙了不過半盞熱茶的功夫，扶滄海忽地微微向前一個俯衝，腳步移動之下，彷如一頭尋到獵物弱點的獵豹，雙目神光大射，長槍振出。

他必須主動出擊，這也許是無奈之卜做出的一個決定，卻是勢在必行。因為他已看出韓信的站位極佳，人也非常冷靜，就像是一座有不動的冰山，隨時隨地張放著它的壓力，漸漸地控制了整個場上的局勢。

這雖屬無奈之舉，但槍自扶滄海的手心而出，寒芒畢現，風聲頓起，幻化槍影無數，籠罩了八方範圍。

虛空為之一暗，槍卻如躍空而起的蒼龍，看似速度奇緩，實則快逾電芒，這一動一靜之間產生出對比的效果，奇妙之極，若非人在局中，確是難以言喻。

韓信心中一驚，始知扶滄海的長槍凌厲無匹，遠非自己所見的那般平和。只有當他面對面地與之相峙時，這才真正懂得了南海長槍世家得以久享盛名的原因。

扶滄海的槍法沈穩中不失輕靈，動中有靜，氣勢更是獨具一格。槍鋒一出，風雷隱起，他的整個出手乾淨俐落，幾乎毫無破綻可尋。縱是有些微弱點，但在他的神速之下，卻能掩飾。

韓信依然不動，但屏氣凝神，整個身心已經悉數投入，關注著這一槍運行的軌跡。

長槍漫空，在空中變化了不止四次，然後才以迅雷不及掩耳之勢挑向了韓信握劍的手。

紀空手由衷地暗讚一聲，他已看出扶滄海槍勢中的每一個變化，不但可以迷惑敵人的判斷，而且隨著自身的變化而急劇加速，使得自己的氣勢在不斷變化中漸臻完美的一刻，從而發揮出數以倍計的功效。

他不由在欣喜之餘，多了一分擔心，他擔心韓信是否能對抗這驚人的一槍！

他感覺到了這一年來韓信在氣質上的變化，也感覺到了韓信在性格上的一點改變，但他還從來沒有看到過韓信的劍法，雖然他相信以趙高的眼力，絕不會有看錯人的事情發生，不過任誰見到扶滄海這風雷隱起的一槍，都不由得會為韓信捏上一把冷汗。

他之所以這麼擔心，還在於扶滄海的這一槍的厲害之處，是旨在韓信握劍的手腕。看來，扶滄海並不想讓韓信從容拔劍來對付自己。

這無疑是極富戰略性的打法，只憑這一槍，扶滄海已足可躋身江湖一流高手的行列。

同時全場的人都覺得韓信的表現實在是過於托大，面對扶滄海的槍鋒，誰若不動，無異送死！

但紀空手卻並不這麼認為，他很快就明白過來：韓信之所以選擇不動，實是冷靜的表現。因為扶滄海的槍鋒所向變化之快，變化之多，都是有的放矢，只有等到他的變化窮盡之時，這才是韓信出手的最佳時機。

「鏘……」金屬之音驀然響起，就在槍鋒逼近三尺之距時，韓信腳步一滑，身形向後急退，腰間奇異般的扭動數下，一枝梅的寒芒脫鞘而出。
一團耀人眼目的異芒閃射虛空，就像是雨過天晴之後天邊的那道亮麗彩虹。
扶滄海頓感手中的槍異常沈重，一股懾人的壓力逼至，如緩緩移動的山嶽，幾乎讓人窒息。
但這並沒有讓扶滄海停步不前，反而激發了他心中的戰意，雖然耳邊響起紀空手的囑咐，心中也明白這只是一場掩人耳目的表演，但面對韓信這般強手，他實在忍受不了對武道的癡愛，依然全力以赴。
韓信亦有同感，也想知道自己的流星劍式在高手相爭中是否有用，是以劍鋒既出，攻勢頓時如潮而湧。
「噹……」劍槍交擊一處，驚人的爆響震徹全場，引得眾人的耳膜發出嗡嗡之響。兩人一合即分，速度之快，若非餘音猶在，還道是二人尚未交手。
但就只一個回合，頓讓二人手臂發麻，心中生出惺惺相惜之感。他們同時都意識到了對手對武道的領悟有著非凡的造詣，而且在攻防之道的心得幾近大師級的水平，是以心中都不敢小視對方。
韓信一分之後，迅即踏前一步，劍鋒一絞，帶著一股迴旋之力裹住槍鋒，企圖鎖住長槍的來路。
全場眾人無不動容，如此反應，如此劍法，確是世所罕有，而更驚人的是，劍鋒帶出的氣旋不僅有聲，更似有形，雖然不現，但每一個人似乎都清晰地感覺到了它的存在。
以這種方式當然鎖不死扶滄海神鬼莫測的長槍，但已足可減緩對方愈來愈烈的氣勢。雙方的速度都是奇快，兼而用上了妙至毫巔的技巧，外行人看得花俏，明眼人更是喝彩聲起，大聲叫好。
登高廳中的眾人無不紛紛隔窗而望，日光全部被場中的較量所吸引。大家都有一個同感：龍虎會之名，直到此刻，方才名符其實，這一戰壓軸大戲才算得上是真正的龍爭虎鬥。

「那人是誰？」趙高微一皺眉，問道，他入閣拜相多年，涉及官場，對江湖中人已是生疏不少，是以才有此問。

「這兩人會是誰？何以本王從來不曾聽人說起？」胡亥也在同時發問。為了對付趙高，他曾經搜羅了不少高手，但在此刻，看到韓信與扶滄海時，他頓有失之交臂的惋惜之感。

廳中各人無不心驚，能博得胡亥與趙高同時關注的人物，這本身就是不同尋常的事情，由此可見這二人的確有非凡的實力。

但問聲才起，場中兩人已在瞬息之間攻守了十餘招，扶滄海的奪命槍如蒼龍出海，槍出聲起，好似掀起陣陣濤聲，與韓信的一枝梅帶出的有若幻象的光華交織一起，確有五彩繽紛之感。

「能將長槍使得如此出神入化者，除了南海長槍世家之人外，還會有誰？」五音先生淡淡一笑，轉頭看了趙高一眼，最後才將目光鎖定在胡亥略顯詫異的臉上：「至於這使劍之人，其名雖不得知，但從他的劍法來看，當屬冥雪宗。」

「這兩人莫非是趙相專門為龍虎會請來的高手？」胡亥心中有心籠絡二人，卻又疑是趙高事先安排的人手，淡然一笑，有心相試。

「非也。」趙高心中有鬼，忙道：「微臣之所以召開龍虎會，意在追尋天下真正的精英，並非事先有知。在微臣看來，真正的武道高手，永遠是可遇而不可求，一切盡在隨緣。」

「說得是。」五音先生拍手道：「若是趙相事先得知有如此精英現身，只怕就不會讓他們在大庭廣眾之下一試身手，顯露形跡，而是盡心結納，收歸己用了。」他有心為趙高圓謊，是因為他也希望胡亥能出言相召，讓這二人同上登高廳來。

「知我者先生也。」趙高哈哈一笑，雖然他不知五音先生何以會相幫自己，但只要韓信能上得廳來，其餘都可不計。

「既是如此，本王有心賞賜他們，便讓他們上廳一敘。」胡亥遲疑片刻，在趙高的這一笑中盡去疑心，終於發出了宣召的旨意。

趙高心中一喜，臉上卻絲毫不露形色，望向張盈道：「大王有令，張軍師可去辦理！」

張盈應喏一聲，站到門口，雙手一擺道：「二位停手，大王傳下令來，著時信與扶滄海入廳晉見！」

此聲一出，全場轟動，許多人都以豔羨之色投視場中二人，紀空手更是深吸了一口氣，壓下心中激動的情緒。

他明白，真正的戰鬥這才開始，這雖是一條通往成功之路，但更是一條密佈荊棘的生死之路，步步臨淵，危機重重，稍有一步走失，便是全軍盡滅的不歸路。

◆

紀空手領著韓信與扶滄海終於站到了登高廳的門口。

在經歷了一番口舌之後，在五音先生與趙高的鼓動下，胡亥下旨，讓韓信與扶滄海攜帶兵器上廳，因爲他也想看看，這兩人的武功是否値得他許下榮華富貴來收歸己用。

紀空手的心思卻並沒有放在這上面，他心中清楚，武功達到了一定的境界後，有無兵器並不重要，重要的是要有一種平和的心態，而且他的注意力全部放在這些十丈之外的守衛上，因爲他知道，由這些人構築的十丈空間是否固若金湯才是自己整個計畫的關鍵。

在登高廳中的人，無論是胡亥，還是趙高，他們都明白一點，就是他們之間的君臣之戰最好是在小範圍內進行，讓戰事局限於登高廳中，一旦戰事蔓延出這個範圍，局勢一亂，任何一方都很難控制局面。而咸陽之外，劉邦的義軍若是得到消息，趁亂而入，極易形成「鷸蚌相鬥，漁翁得利」的格局。對於這一點，胡亥和趙高顯然達到了共識，是以他們同時命令手下，要將登高廳與全場隔離，構成真空地帶，以防廳中有任何消息走漏。

而紀空手也希望看到這一點，只有這樣，他才能在盜圖之後，尋機全身而退。所以當他巡視一番，確定這條防線毫無疏漏時，他的心情頓時輕鬆了不少。

「臣格里攜時信、扶滄海求見！」紀空手與韓信、扶滄海相視一笑，做了個輕鬆的手勢，這才學做格里的嗓音大聲道。

「進來吧！」廳中傳來一個聲音，紀空手讓韓信、扶滄海二人先入，自己略低下頭，緊跟在二人之後，魚貫而入。

行至廳中，三人跪伏見禮，得到胡亥准許，這才退坐在靠門處的一張空席上。

紀空手人在韓信與扶滄海之後，偷眼一瞥，已將廳中形勢一眼看盡。他的目光在紅顏的俏臉上停留片刻，見得佳人眉間帶愁，知其心繫自己，不免情動，再看五音先生，卻見他的臉上突然露出一絲不經意的笑容，顯然識穿了自己的行跡。

紀空手不由在心中暗道：「這可奇了，我殺格里取而代之，這事唯有扶滄海與韓信得知，五音先生又是怎麼看出破綻的？」他自問自己的易容絕技有了一定的火候，百思之下，卻想不出五音先生何以能認出格里竟是自己假冒的。

他卻不知，五音先生之所以能認出他來，是因爲五音先生入廳之後，已經細察一遍，發現紀空手未在廳中，便對每一個隨後入廳的人多加留意。他識人的法寶，其實是觀察此人的眼神，當紀空手看到紅顏之時，雖然不動聲色，但眼中自有一絲柔情淡淡而出，以五音先生的敏銳目力，豈會錯過？是以自然便認出了紀空手。

隨著三人同入，登高廳中的氣氛剎那間又熱鬧緊張起來，胡亥賜坐賜酒，好言嘉獎了幾句，突然話鋒一轉，望向趙高道：「今夜乃趙相壽辰之日，單是飲酒聊天，豈不單調？以趙相的作風，應該還有節目以娛嘉賓吧？」

趙高笑道：「大王真是猜透了微臣的心思。」當下站起身來宣告道：「傳令下去，歌舞表演現在開始！」

他話音一落，笙歌聲起，樂聲悠悠，剛才還是生死相搏的擂臺上，早已是紅毯鋪地，花香四溢，上百位妖豔歌姬身著輕衫，媚骨盡露，隨著靡靡之音的節拍，載歌載舞起來，頓時吸引了眾多男人的目光，便是身爲女子，看到這等勾魂的豔舞，呼吸亦是急促了許多。

紀空手心中一動：「趙高果真是老謀深算，以歌舞之聲來掩蓋廳中動靜，縱然待會兒有廝殺聲傳來，廳外之人亦難聽分明。更重要的一點是由於這是豔舞表演，但凡是正常的男人，很難不將自己的注意力放在其上，自然就對歌舞之外的事情少有留心了。」

但胡亥顯然意不在此，對場中豔舞視若無睹，確實與傳聞中的他有大相逕庭之處。他望向趙高道：「這歌舞固然是好，卻不足以讓人盡興，而眼前就有兩位年輕才俊，本王倒想看看今日的武林中對於武道境界的追求是否更進了一步。」

趙高一聽，心中暗道：「這可是你自尋死路！」當下卻裝著糊塗道：「大王之意，莫非是想在這大廳裡看看時信與扶滄海的比武？」

「正是此意！」胡亥微微一笑道：「不過兩位俠士勢均力敵，勝負難分，再行比鬥已是不妥，倒不如由你我君臣各出一人，分別與之一戰，博個彩頭，不知意下如何？」

趙高心中盤算，若是以韓信一人行刺胡亥，未必能夠奏效，此刻聽得胡亥之言，心中頓時一喜，只要己方再出一人，與韓信假裝廝鬥，一旦瞅準機會，兩人聯手，同時發難，必可置胡亥於死地。思及此處，當下應諾答應。

「昔日齊威王在世，常與宗族諸公子馳射賭勝為樂，齊相田忌馬力不及，屢次敗於威王。後採納孫臏之計，以千金一棚之賭贏了齊威王，更為齊國贏得了孫臏這等軍事大家，傳誦一時，引為佳話。」胡亥引經據典，說起數百年前的歷史，令得眾人面面相覷，誰也不知他葫蘆裡究竟賣的是什麼藥。他卻自顧接道：「今日本王有心仿效，不如與趙相各出千金，以作彩頭，但凡勝者，不僅可以博得千金，而且本王還會封他為內廷帶兵衛，另賞良田百頃。」

他有心結納韓信與扶滄海，是以出手大方，引得眾人無不色變。無論是入世閣弟子還是胡亥帶來的貼身近衛，更是蠢蠢欲動，無不垂涎這莫大的富貴。

趙高卻絲毫不以為意，他本是醉翁之意不在酒，又豈在乎這區區千金？他心中算計著以何人與韓信聯手為最佳，思及再三，覺得唯有張盈出馬，才能有更大的把握。

但胡亥似乎看穿了趙高的心思，轉頭望向五音先生道：「既然這是賭局，當然要分出勝負，而評定勝負之人，唯有先生才是最合適的人選，想必先生不會推辭吧？」

「既蒙大王看重，五音唯有勉爲其難了。」五音先生答得極爲乾脆，事實上胡亥此舉亦正中他下懷，豈有不應之理？

張盈在趙高的暗示下站將起來，扇柄輕搖，嫣然一笑道：「難得今日是趙相的喜壽之日，小女子無以爲報，學得幾手三腳貓的功夫，倒想向這位時世兄討教。」

她的人嫵媚至極，語聲軟糯，綿意多情，似有不容他人抗拒之力，偏偏五音先生另有用心，淡淡一笑道：「張軍師的美人扇自是武林一絕，倘若真心賜教，確實能讓這位時兄弟受益匪淺。不過我來咸陽雖是未久，卻聽說了關於張軍師的一些傳聞，是以爲了安全起見，還是請張軍師與這位扶兄弟過招吧。」

「這難道會有區別嗎？」張盈咯咯一笑，目光如水般掠過五音先生的臉頰，似乎想尋找到問題的答案。

「如果這是一場生死之戰，當然沒有區別，但若只是一場娛人耳目的賭局，卻又另當別論。」五音先生毫不理會張盈火辣的目光，站將起來道：「我既蒙大王看重，忝居公證人，當然希望這場賭局能公平競爭下去，卻不想看到有人借機尋仇，敗了大家的興致。」

「這可奇了，我與這位時兄弟有何仇怨？先生何以會如此看我？」張盈笑意猶在，臉上的肌肉卻僵硬了不少，趙高亦有莫名其妙之感，但他更關心張盈能不能與韓信對陣而聯手，尋機刺殺胡亥，是以不想讓五音先生節外生枝，剛要說話圓場，卻聽五音先生道：「我聽聞時兄弟曾經當街殺了樂五六，想必張軍師不會不知吧？」

此言一出，無論是張盈還是趙高俱皆色變，趙高的心中頓生一股酸溜溜的感覺。張盈的臉上更是一寒，若非說話之人乃五音先生，只怕她會當場發作。

她與樂白的關係，知者不少，以她的淫蕩之名，加上一個樂白，亦無非是她上百位入幕之賓的其中一個，根本不值得她為此事動氣。但她暗戀趙高已久，淫蕩之舉，亦是報復趙高對己無動於衷的一種手段，此刻五音先生當著趙高提及此事，豈有不讓她惱怒之理？

而令她更著惱的是，她與樂白無非是相互利用的關係，而五音先生所指，竟說她乃是想為情郎之侄報仇，以挑戰為名尋機殺掉韓信。事實上她之所以出戰，的確是為了殺人，不過並非韓信，而是胡亥。

五音先生當然洞察其中陰謀，是以絕不能讓韓信捲入到這場君臣相爭的漩渦之中，這也是紀空手事先再三囑咐的。他以退為進，確實收到了立竿見影之效。

「五音先生也許有些誤會了，但一時半會卻又難以說清，既然這樣，張軍師不妨就向南海長槍世家的扶兄弟請教吧！」趙高不敢得罪五音先生，卻又不願在張盈的豔史上多加糾纏，是以大手一揮，示意張盈狠下殺手。

對他來說，如果能夠趁機殺了扶滄海，也未嘗不是一件好事。畢竟扶滄海實力太強，又來得突然，在其身分不明的情況下，寧可錯殺，也不能放過！這歷來是趙高的行事風格，何況韓信若能與胡亥帶來的高手對陣，趁機下手殺之，至少可以除掉對方的一員生力軍。算來算去，趙高認為這亦算是一個不壞的結局。

張盈還復自己的萬種風情，向扶滄海橫斜一眼，款款笑道：「南海長槍世家歷來是武林望族，能蒙扶公子賜教，小女子榮幸得很。」說罷纖腰一扭，人如凌波虛渡般站到廳中，只距扶滄海一丈之距，美人扇搖，香風沁人，滿廳之中竟然不見一絲殺氣。

她這一動，但凡是習武之人，無不駭然，其速之快，確如一陣香風，先聞其香，再見其人，裙裾未見翩揚，人已凌空而至，可見其輕功之高，已達到了駭人聽聞的地步。

她能以區區一個紅粉之軀躋身於入世閣三大高手之列，且素有「軍師」之稱，這本事就說明了她的實力。扶滄海一愣之下，終於看清了她那不老的芳容。

如果不是事先得知張盈的年齡已是年輕不再，恐怕扶滄海還真會以爲眼前的女子只是一位初識閨房之樂的少婦。她的那雙大眼睛又黑又亮，眼波傳情，如夢如幻，確能勾魂攝魄，嬌豔的俏臉上泛出胭脂般的紅暈，恰如桃花豔麗，如絲的細眉似彎月斜掛，一笑一顰，發出迫人的光彩，道不盡萬千風情。

扶滄海心頭一震，暗道：「聽說武林中有一種『香銷紅唇』的媚術，在不知不覺中蝕人心智，讓人莫名之下黯然銷魂，莫非張盈擅長此術不成？」當下屏氣凝神，不敢大意，人在場中，手已緊握長槍，目光更是不敢與之對視。

張盈媚眼如絲，將扶滄海的一切舉止盡收眼底。對她來說，只有在男人面前，她才能充分地展示出身爲女人的自信。她是至美的，美中帶有成熟女人固有的風韻。當她將「香銷紅唇」的媚術發揮至極致時，她相信沒有人可以抵擋得了她來自於媚骨的柔情。

柔情亦能殺人，如絲如縷，將你纏繞至死，但熟知張盈的人都知道，柔情並不可怕，可怕的是她手中的那把摺扇——繡有美女圖案的美人扇。

扇柄輕搖，隨著雪白柔荑的擺動，恰如那翩飛的蝴蝶，給人以絕美的動感。但在扶滄海的眼中，卻絲毫沒有半刻的輕鬆，反而在扇面的幅度搖擺下，感到了一股淡若無形，卻沈重如山的壓力。

在銷魂之中殺人，這種情形，確是驚人。紀空手人在局外，卻依然感受到張盈眉間隱藏的殺氣，他驀然在心中跳出四個字來：紅顏殺手！這詞用在張盈身上，真是恰如其分。

扶滄海已有冷汗冒出，不知爲什麼，他忽然覺得自己失去了以往的必勝信心，只覺得自己的心好沈好沈，沈得連腳步也難以移動。他不得不承認，張盈的確是他今生所遇的最強對手。

他幾疑自己產生了一種錯覺，因爲他忽然感到了這大廳之上竟然有風，不是扇舞而動的清風，而是風起雲湧的獵獵之風。

也許這不是風，更確切地說，這是一種殺氣，如風的殺氣！當張盈每一次擺動扇面之時，這股殺氣便增強一分，是以這風起，只因這扇舞。摺扇能有殺氣溢出，只因爲這是張盈的美人扇。

但張盈的厲害之處絕不僅僅如此，就在扶滄海全神抗衡著她緩緩迫來的殺氣之時，張盈卻開口了。

「扶公子不愧是世家子弟，家教嚴謹，講究非禮勿視，但正是如此，你不覺得這般做人太辛苦了嗎？」張盈的聲音本來就帶有一種惑人的磁性，一旦貫注媚術，更添魔性，彷如來自於雲天之外的靡靡之音，讓人昏昏然幾欲睡去。

扶滄海強抑心神，深深地吸了一口氣道：「張軍師的『香銷紅唇』確是非同小可，扶某自問定力不夠，只有得罪了！」他已經看到如果自己仍然與之對峙下去，失敗只是遲早的事情，是以再不猶豫，突然退後半步，長槍振出。

紀空手頓時鬆了口氣，他人在局外，明白破解張盈媚術之道，就在於搶先出手，唯有如此，才可使自身渾然與武道相融，不受媚術誘惑。

這雖然是一個明眼人都可知的道理，但要在張盈的動人風情下做出出槍的決定，卻需要莫大的勇氣，至少不能有憐香惜玉之心。

但扶滄海做到了這一點，是以他的長槍終於艱難地振出虛空。槍，一杆丈二長槍，破空而出，彷如天邊那道亮麗的彩虹，虛空之中似乎有了些微的波動，當這波動的幅度愈來愈大時，於是隨槍鋒而來的，是那肅殺無限的風。

或許這不是風，而是槍鋒逼出的氣勢鋒端，因爲縱是冬至那一日的風，亦比不上這風的淒寒。隨風而來的，是槍影，萬千槍影密如網眼，從四面八方向張盈罩來，瘋漲的氣勢逼得眾人無不後退數步。

扶滄海的長槍極快，快得如電芒閃耀，但是有人比他的動作更快，只快一線，卻已足夠，這人當然就是張盈。

當扶滄海的長槍殺到半空時，張盈的美人扇突然一收，「鏘……」地一聲，賣弄風情的摺扇竟然發出了金屬般的脆音。

扇是銅扇，一收之後，變作打穴點穴的判官筆之類的兵器，這才是美人扇的真正面目。扇如流雲而來，快若驚電殘虹，一收一點之間，有一種說不出的優雅和詩意，但是扶滄海卻心中一驚，認出了這是張盈的「逍遙八式」。

以張盈曼妙的身形，確似神仙般飄逸，懾人心神的是她的扇路變化之快，變化之多，更是神出鬼沒。她的每一次出手都有奪命的可能，但在每個人的眼中，你看不到殺氣，只能領略到那種生機盎然的春意，甚至於有一種對美的陶醉。

這是一種難以形容的意境，更是一種莫名其中的心境，談笑間已是殺心生起，或許這更能說明張盈此刻的形跡。

「叮……」一聲脆響，扶滄海的長槍終於與張盈的扇柄交擊一起。

流雲散去，殺氣四溢，這一切閒適的幻象盡滅，虛空中還復長槍與美人扇交擊的真跡。

張盈驟然而退，退而又進，進退之間彷如弄潮的高手，人在浪峰之上，卻不爲浪峰淹沒。她的舉止輕鬆而優雅，攻守之間，猶如信手拈花，柔中帶有極強的韌性，步伐間絲毫沒有拖泥帶水的痕跡，若行雲流水般流暢至極，給人以美的享受。

扶滄海的眉間一緊，臉上卻露出少有的驚駭。

讓人驚駭的是張盈開合有度的美人扇，實無法想像一個人的輕功步法竟會如此神奇，一旦與「逍遙八式」結合，產生出沛然不可禦之的奇效。可是扶滄海並不畏懼，反之他遇強愈強，這更加激起了他心中潛藏已久的戰意。

數招交擊之後，扶滄海的殺意更濃，濃得如一罈烈酒。在他的眼中，不再有美女，只有敵人！他唯一要做的，就是毫不留情地將之擊敗，甚至毀滅！

槍然一閃，劃過一道美麗而生動的弧跡，沒有風嘯，沒有聲吟，只有扶滄海的腳步輕踏之聲，配合著長槍前標的速度，充盈著一股無法宣洩的生機。

張盈卻突然止步，一動不動，但她的眼神更亮，也更鋒銳，洞察著長槍運行虛空的每一道軌跡。她似乎胸有成竹，又像是伺機而動，眼睛一眨不眨，看著扶滄海的長槍進入到她的三尺範圍……

這確是險極的一招，亦是必然的一招。槍乃百兵之長，攻防範圍幾達數丈，張盈若欲用一尺摺扇取勝，不出險招近身相搏似不可能，所謂藝高人膽大，張盈瞅準時機，決定行險一試。

一動一靜之間，場上的局勢真可謂兇險到了極處，任何人的心都不由往下一沈，似乎看到了即將分出勝負的一刻！

全場靜若落針可聞，呼吸俱無，只有長槍破空之聲如風雷般隱隱傳來，氣勢之強，足可讓人窒息。

扶滄海的槍一出手，已是義無反顧，他相信自己的槍法，是以槍既出手，從不回頭，但是這一次，他顯然有些自信過頭了。他怎麼也沒有料到張盈竟會以靜制動，而且冷靜的就像一座不動的冰山，給人以壓迫之感。

等到槍鋒擠入張盈布下的氣勁中時，他的心一下子揪得好緊好緊，緊得如緊繃的弓弦，已經達到了伸縮的極限。

他的長槍出手，從來例無虛發，他甚至感到了自己的槍鋒已經逼入了張盈的衣裳與肌膚，卻萬萬沒有想到，槍鋒盡處，竟是一片虛無。

足以奪命的一槍落空，這讓扶滄海不敢相信，卻又無法不相信，因爲這已是一個不爭的事實。

張盈就是張盈，她的目力驚人，是以將扶滄海長槍的軌跡掌握得十分清楚，同時也看到了唯一可以利用的一處空隙。當槍鋒擠入時，她以曼妙絕倫的步法微微一錯，讓槍鋒從自己的腋下穿過。

唯有如此，她才可以制約住長槍的威力，同時發揮出短扇的攻擊力。她的步法極快，手上更是不慢，短扇一合，柄點扶滄海的手腕要穴。

扶滄海的長槍擊空，心中一凜，便感到一股沈重的力道透過虛空逼射而來，他已無法變招，甚至於無法再握長槍。無論是誰面對張盈的這驚人一擊，似乎都只有棄槍一途。

「呼……」扶滄海也不例外，唯有棄槍，不過他的反應極快，手上一沈一抬，竟是先棄後取，就在短扇擊來的剎那，讓過短扇，卻又重新接過槍身，雙手互旋，反向短扇急壓而去。

「嘩啦啦……」張盈沒有想到扶滄海還有如此一招，腳步一錯，已然退開，同時短扇一開，如孔雀展翅般劃下幾道氣勁，企圖緩阻長槍的跟進。

這依然是不勝不敗之局，兩人相隔一丈，再度相峙，但在雙方的心中，都不由得重新估量起自己的對手。

趙高看在眼中，心裡不免詫異。在他看來，張盈既然出馬，扶滄海的敗亡只是時間問題，根本不足爲慮，但到了此刻，他卻爲張盈擔起心來，甚至有了讓張盈罷手的衝動。

他一生未娶，孤獨一人數十年，行事之怪引起世人無數猜度，甚至是親如張盈者，也對他絲毫不能理解。但他卻知道，無論張盈是多麼地淫蕩，在他的心中，她還是那位純情的小師妹，還是他一生中唯一的至愛，他之所以不敢娶她，只因爲他有難言的苦衷。

這似乎是一種變態的心理，卻是趙高心中的真實寫照。他相信張盈也是深愛著他的，只是因爲得不到他的愛，才產生了一種報復的心理，成爲人盡可夫的蕩婦。

這是一個愛情悲劇，一個可笑的悲劇，相愛的人兒不能結合一起，又何必當初相識相愛？看來人生的苦難的確是無法預料的。

但趙高並沒有讓張盈罷手，也不能讓她放棄這場決戰。在此時此刻，任何一種退縮都是不允許的，這既是一場你死我活的鬥爭，就不允許有任何仁慈的表現存在。

靜，實在是靜，全場之內一片沈寂，但如風起雲湧般的壓力充斥著整個登高廳，大廳內每一寸空間彷彿都透散著死亡的氣息。

無論是胡亥、五音先生、趙高這等武學名家，還是紀空手、韓信這等江湖新人，都感心中十分沈重，似乎皆預測到了一種可怕的先兆。在他們的眼中，這種平靜並非是一種平和，而是暴風雨來臨之前的徵兆。平靜過後，必將是驚天動地的爆發。

美人扇依舊輕搖，長槍卻彷彿懸凝空中，動與不動，已不重要，重要的是它們是殺人的兇器，不僅戾氣重重，而且氣機張揚，甚至於張盈的長袖無風自動，不斷鼓湧。

扶滄海的眼中有一絲詫異，似乎為張盈這無匹的勁氣而心驚，但他卻夷然不懼。對他來說，張盈也許是一個神話，一旦將這個神話打破，她也就不再是一個傳奇。

他靜立如孤崖之上的蒼松，渾身散發著濃烈的肅殺之氣，目光如炬，寒芒籠罩四方，使得它的本身就如同是懸凝空中的長槍，樸實無華，卻有著懾人心魄的鋒銳。

張盈感到扶滄海的視線終於迎向了自己的目光，心驚之下，已然懂得「香銷紅唇」魅力不再，根本不能在戰意昂揚的扶滄海身上起到任何作用。她無奈之下，收起了自己這套媚術，而是一心貫注於自己本身的修為，真正地憑實力去抗衡扶滄海即將出手的這驚天一槍。

她收起了小視之心，也就收起了必勝的自信，臉上依然笑靨如花，一副悠然閒散的慵懶，但她的心中卻如弓弦緊繃，勁氣貫注，耳目充盈，感受著空氣中如雲湧般的氣勢鋒端。

「真是後生可畏！十年不入江湖，使已不知江湖是非，老了，真的老了！」張盈似乎有些傷感，又似乎是在歎息，彷彿在這一刻間，她真的老了十歲。

「你未曾敗，何必歎息？」扶滄海淡然一笑，話語中多了一份同情。

「想當年小女子孤身一人，面對呂相門下五大高手合圍，扇舞輕搖，談笑殺人，是何等的瀟灑？何等的威風？想不到今日卻奈何不了你這樣一個江湖後輩，真是不知是我老了，還是你們這些年輕人太厲害了些。」張盈笑得極為苦澀，再不復先前的那般嫵媚。

「我不知道，也許是張軍師體恤晚輩，是以不忍下手，手下留情吧。」扶滄海勸慰道，他心中很是詫異，不明白張盈的態度何以會轉變得如此之快，這讓他感到有些莫名其妙。

「是嗎？」張盈輕歎一聲，低下頭去。

就在眾人都以為這場決戰無法進行下去之時，驀地機括一響，數枚鋼針陡然從扇柄處標射而出，帶著凌厲的呼嘯，襲殺向丈外的扶滄海。

這才是張盈真正的殺招，而且是非常有效的一招！這一招不僅突然有力，而且更充分顯示了張盈的心計以及她對人性深刻的理解。是以在如此短暫的距離之內，扶滄海似乎是難以活命了。

在別人的眼中，張盈除了「香銷紅唇」，就只有「逍遙八式」，誰也沒有想到在美人扇的扇柄處還設有發射暗器的機關。但饒是如此，倘若是與高手對敵，她的這一手未必就能偷襲得手，是以她為了做到萬無一失，故意示弱，顯出女兒家軟弱的一面，不僅博得扶滄海的同情，更吸引了他的注意力，趁其不備之下，驟然發難。

「呀……」場上眾人無一不驚，甚至有人驚叫起來，紀空手更是上前一步，正要出手救援。

「呼……」就在這緊要關頭，張盈的目光突然被一道槍影所籠罩。

這是一道似乎充滿異力的槍影，只是一道槍影，卻沒有人可以形容它的速度，就像是穿越蒼穹的流星，看到了它在虛空中飛行的軌跡，卻不知道它的刀鋒最終將落向何處。

張盈心驚，更生一種莫名的恐懼。她千算萬算，也沒有算到扶滄海竟是槍中套槍。雙影槍出，帶出一道巨大的吸力和「滋滋」直響的電流，突然橫向虛空，鋼針去勢更快，卻無一不失去準頭，向磁杆槍身飛撲而去。

張盈眼見不妙，唯有向後飛退。她的反應不謂不快，但扶滄海將磁槍射出的同時早已將手中的長槍與其接上，直向張盈逼去。

「呀……」一聲慘呼，沒有嫵媚，只有驚懼，卻如一把利刃，割入了趙高的心窩。他第一時間向外射出，看著張盈如斷線風箏般向後跌飛的嬌軀，他的心已碎，雙手一攬，已將張盈摟入懷中。

「小師妹。」趙高大吼一聲，聲音淒厲而悲涼，彷如一隻受傷的野狼在嗥叫，任何人都聽出了他聲音中的惶恐與關切，更聽出了他對張盈發自內心的那番情意。

一個是人盡可夫的蕩婦，一個是武林大派的豪閥，在他們的身上，難道竟會有一段纏綿緋惻的故事？

誰也不知道這個答案，但每一個人都清晰地看見在趙高那枯瘦的臉上竟有一滴淚水緩緩流下。

第十二章　意守滄海

張盈的俏臉已是蒼白無力，一縷赫然醒目的血絲滲出，彷若雪中的梅花，在這一刻間，她的臉上好生純情，就像是山谷中的蘭花。一雙無力的眼神癡癡地望著趙高終於激動的臉，喃喃道：「我已經……好久……沒有……聽到你……你……這麼叫……叫我了。」

「只要你願意聽，我以後一直都這樣叫你，小師妹。」趙高的眼中濕潤如潮，聲音卻輕柔之極，就像是安慰著漸入夢鄉的女孩，誰也想不到，冷若冰霜的趙高竟然也有柔情的一面。

他本是武學大行家，一眼就看出張盈傷在心脈，這是一處無可救治的傷痛，是以他才會如此悲痛欲絕。

「我……我……好歡喜，好歡喜，只要……能死在……你……你的懷中，我……也……也可以……瞑目了。」張盈努力地說著心中的每一句話，雖然在人庭廣眾之下，卻似兩人相對的情話，趙高輕輕地拍著她的肩頭，牙齒緊咬嘴唇，血絲滲出，可見其忍受了何等巨大的悲痛。

「你……你……不怪……怪我任性吧？我……本……不……想……如……此，可是……我……恨你……你的……無……情……」張盈喘了一口大氣，突然掙扎了一下，大聲吼道：「我……好……恨！」

「你應該恨我的，但是我絕非無情，在我的心中，你永遠是我的小師妹，我最可愛的小師妹！」

趙高淒然一笑，笑中似有幾分無奈。

張盈深深地看了他一眼，道：「你……是……在……安……慰……我，不……過……我……還……是……很……喜……歡……」她的頭突然一低，張嘴咬住了趙高的手指。

眾人大驚之下，卻見趙高絲毫不動，任由張盈咬得「喀喀」直響，他的眉頭都未皺一下，因爲他的心已麻木，整個人已麻木，看著張盈如此痛苦的表情，他的心真的好沈好痛。

張盈終於氣喘咻咻地鬆開了嘴，道：「我……恨……你！」說完這句話，她的臉上終於流出了兩行熱淚。

趙高一直未動，良久才俯下頭，貼住張盈的耳朵說了一句話，張盈陡然一驚，抓住趙高的手道：「是、是、是……真……的……嗎?!」

「不錯！」趙高毫無表情地點點頭道。

他懷中的張盈聞言回頭望向扶滄海，露出淒慘的笑臉道：「你是如何破去我的天顏術的？」

扶滄海目無表情地望著張盈道：「也許，張小姐的天顏術對天下所有男兒都具有無比的誘惑力，但唯獨對我南海世家的『滄海心法』毫無作用。當年，家祖爲創一招守式——『意守滄海』，盡將家族中的心法加以篡改，故此我南海世家的子弟只要將『滄海心法』練到五成，便可達到像一代聖僧般古井不波的無上禪境。」

扶滄海語音剛落，大廳之上驀然傳出張盈的一陣大笑，這笑中既有悲憤，亦有安慰，帶著十分複雜的心緒，感染了場中的每一個人，只是這笑聲漸去漸遠，終至無聲。突然間張盈的頭往下一沈，一代妖媚，就此辭世。

看著趙高如山岩不動的背影，無論是五音先生、韓信，還是紀空手、扶滄海，他們都感到了一種可怕的預兆，相信悲憤之下的趙高一旦出手，必定瘋狂，便是強悍如扶滄海者，都禁不住後退了一大步，以防趙高暴怒之下的突襲。

就在趙高接住張盈的剎那，胡亥有過出手的衝動，但不知爲什麼，面對趙高的背影，他還是選擇了放棄。他並不是一個喜歡衝動的人，所以他也不想冒險，更何況他對今夜的一戰已有必勝的信心，是以他不在乎讓趙高多活上一個時辰。

他同時認爲，趙高既然能夠名列五大豪閥，其身手自然不弱，雖然他對自己的「龍御斬」頗有信心，但面對趙高這等強手，實是沒有多大把握。

大廳中頓時肅然，在趙高席後的入世閣弟子已是緊握劍柄，隨時準備出擊，一股劍拔弩張的緊張態勢籠罩全場，大有山雨欲來風滿樓之勢。

趙高抱著張盈的屍體終於緩緩站起，毫無表情地看了一眼扶滄海，冷冷地說了一句：「你贏了這場賭局。」然後緩緩地回到了自己的席間。

眾人無不驚詫於趙高的冷靜，經歷了這種莫大的悲痛之後，竟然能在短時間內恢復常態，可見趙高的心理素質穩定得實在有些不可思議，就連胡亥也在暗自慶幸自己剛才沒有趁機下手，否則鹿死誰手，真的尚是未知之數。

「高手相爭，難免有意外發生，還望趙相能夠節哀順變。」五音先生沒有料到趙高對張盈的情感如斯深厚，想到自己亡故的愛妻，心中一痛，不免勸慰了一句。

「多謝先生關心，我沒事。」趙高笑了笑，雖然掩飾不了他眉間的悲痛，但眼芒如電，冷峻無比：「張盈雖然輸了一局，但我與大王之間的賭約似乎還沒有結束，便請先生宣佈下一場賭戰的開始吧！」

在他原有的計畫中，他是希望由張盈與韓信雙雙出馬，大獲全場，這樣一來，既打擊了對手士氣，也鼓舞了自己的軍心，可以說未戰已佔據了主動。但張盈的死顯然出乎他的意料之外，同時他更希望以下一場勝利來掩飾自己的悲痛之情。

他絕對是一個很有大局觀的人，理智對待每一件事情，從來不會因爲自己感情的衝動而誤了大計，這一點從他扳倒權相呂不韋的事件中就可見一斑。

當時的呂不韋，比之今日的趙高有過之而無不及，大權在握，呼風喚雨，威風八面，聲勢一時無兩，可謂是大秦王朝中最著名的一代權相。趙高雖是入世閣豪閥，但毫無政治地位，更無權勢，只是受始皇嬴政之託，忍辱負重，苦心經營，歷時九年才終將呂不韋扳倒。單從這一點來看，他確實有超乎常人的驚人忍耐力。

擁有如此驚人忍耐力的梟雄，當然不會因爲至愛的失去而引起他方寸大亂，否則他就不是趙高了。他只會將自己的傷感全部深埋心底，然後將注意力全部放在今夜這場關鍵之戰上。

也許在他的心裡，他甚至並非如外人想像的那麼悲傷。有時候他在想，或許張盈的死，也是一種解脫，更是他們之間至真感情的一種昇華。只要她活著，他與她之間都只有飽受這份毫無結果的感情煎熬，彼此痛苦，與其如此，倒不如人鬼兩世，殊途同歸，這至少也是一種淒美的結局。

胡亥沒有說話，只是看了一眼趙高，然後回頭指了指立在身後的一名劍手。這名劍手名爲陽子峰，乃是胡亥近來搜羅的精英，其劍術之高，已可列入大家一流。胡亥今次之所以帶他前來，就是想在廳上比武時滅滅群雄的威風。

陽子峰年已三十五六，成名較早，極爲自負，早有爭霸江湖之心，只因勢單力薄，不能遂願，這才投入胡亥門下，希望有所作爲。這時見胡亥點名要自己出戰，當下大踏幾步，如山嶽般穩立廳中。

陽子峰已經長時間地注視著韓信這個對手。打一開始，他就知道自己將與此人對決，是以關注著這位對手的一舉一動。不可否認，當韓信出現在他的眼中時，面對這個整整小了自己一代的年輕人，他絲毫不敢有任何小視之心。

他之所以有這種感覺，是因爲韓信的冷靜，對於一個老江湖來說，多年的漂泊生涯讓他結識了太多的人，其中不乏有少年老成者，但要找出像韓信這般冷靜的人物，實在是鳳毛麟角，更是一種奢望。韓信的冷靜，就像是一潭沈積千年的深淵，不起一絲波瀾，又像是一窖寒冰，冷得讓人心寒。他的身形配合著他的表情，不動一絲聲色，根本就讓人猜不透他心中所想，更不知道他的下一步行動會是什麼。

這的確是一個可怕的對手，陽子峰的直覺就是如此，但這僅僅只是開始，事實上當韓信與他面對面相峙時，他才真正領略到韓信的厲害之處。

無風的大廳上，突然起風，風來自於韓信的身上。他的人往前一站，殺氣溢出，頓時打破了虛空的平靜，漸成了風。

風冷，漸疾，韓信只緩緩地向前移動了一步，陽子峰便感到了一股如山壓力迫來，使得呼吸都幾乎不暢，心也爲之繃緊，他的臉色不由有了幾分難看。顯然，他的氣勢無法與韓信抗衡，初時不顯敗績，時間一長，他根本沒有勝機。

他只有起動步伐，利用移動來增強自己的氣勢。這雖然在明眼人的眼中他似輸了一籌，但總比一敗塗地被人擊潰要好受得多。

這是一種恥辱，一種深重卻無奈的恥辱，但陽子峰不得不強行忍受。

陽子峰久歷江湖，深知暫時的受挫並不可怕，關鍵是在最後的一擊中占到上風。只有這樣，才能成爲勝者；也只有這樣，才能一雪別人強加給你的恥辱。

是以他的步伐連續移動，在移動中將手近在了自己的劍柄上。要想突破對方如此冷寒的氣勢，他唯有搶先出手，在運動中尋找對方的破綻。

他無疑是用劍的高手，腳步一滑之下，劍勢已迅速充盈至極限，「鏘……」他以最快捷的方式拔劍，劍出虛空，就像是初一的上弦之月，光芒四射，隱帶弧跡。

韓信的臉部表情堅毅而剛烈，眼神深邃而堅決，對方劍出的刹那，他的眼中寒芒一閃，就像是那遙不可及的星空。

陽子峰沒有想到韓信在自己拔劍之後猶能從容自如，看著對方悠然而不變的表情，他的心禁不住爲之震撼、感動，甚至多了一絲恐怖，因爲他還讀懂了韓信眼中湧動著膨脹的殺氣與肅殺無限的生機。

韓信依然屹立著，靜靜地站在陽子峰的面前，像是一座橫亙於天地之間的大山，有著連綿不絕、不可逾越的氣勢，真正做到了「不動如山」的武道玄境。

每一個人都清晰地感應到了這一點，都在渴望看到韓信驚人的出手。沒有人會不相信，韓信的出手不是驚天動地的一擊。

此季已是夏天，一個盛夏的夜晚，放在往日，雖然有風，卻掩不去熱浪的肆虐，但在今夜的登高廳中，沒有一絲炎熱，只有那無盡的寒涼。

韓信的一枝梅終於出手了，就在陽子峰出劍的剎那出手了，他的劍路簡單而平凡，但若非身在局中，誰又能知道這一劍真正的精妙之處？

陽子峰此刻就在劍鋒之下，他當然看到了對方這一劍的威力所在。韓信的這一劍本就是化繁為簡，勁力擴張，以一種扇形的平面來控制著他們相對的空間。

沒有人可以感受到這種怪異的感覺，而陽子峰卻體會深刻。他自問自己的劍一向不慢，劍鋒一出，他的人迅速跟進，可是他卻感到虛空中多了數十層阻力極大的氣牆，正一點一點地消蝕著他的劍速。

他驚駭之下，陡然發力，劍鋒再進數寸，便聽得「叮……」地一聲，韓信的一枝梅從一個玄奧莫測的角度而來，從平面處的裂縫中標出，正好對上了他的劍鋒。

風起若狂，氣勁飛瀉，場中的人頓有窒息之感。雙劍竟然在萬分之一的機率下一觸即分，如電光石火般撞出絢爛的火花。

陽子峰只覺手臂一麻，倒退了數步，韓信並沒有低估對手，一分之下，攻勢滯住片刻，迅即重組，流星劍式如驚濤駭浪般重重掩殺而出。

他絕不想給陽子峰任何喘息的機會，不為趙高，只為自己。他已經深刻地認識到，對敵人的仁慈，就是對自己的殘忍！對待敵人，就要如冬日冰雪般的肅殺無情。

胡亥絲毫不為陽子峰的險境而擔心，他始終認為，技不如人，就該死！這沒有什麼大不了的。他倒是對韓信生出濃厚的興趣，因為迄今為止，他還沒有看到韓信的臉上出現過任何表情。

即使是在陽子峰發出驚人的反擊之後，面對洶湧如潮的攻勢，韓信依然不畏不懼，反而更顯從容自若地揮灑劍意，彷如拈花般優雅，劍意盎然，讓人心醉。

陽子峰心中的驚駭已是無法用言語來表達，他終於發現，韓信的劍法之所以可怕，不在於快，亦不在於猛、烈，而是控制對方的劍勢：他總是能夠在間不容緩之際擠入自己劍勢的縫隙之中，使得自己本是如行雲流水般的攻勢變得斷斷續續。

這就好比是一個彈琴的高手，興致所至，本是如癡如醉，偏偏遇上一個搗蛋的小孩，總在身邊亂打亂敲，引得琴音也跟著跑調。陽子峰此刻的心境，並不比這位琴道高手好得了多少，一股壓抑之情無法宣洩，難受之極，無法言表。

就在此刻，韓信的一枝梅又在萬分之一的機率中尋準了陽子峰的劍芒中心，一觸即分，兩人相互錯位。

這似乎是一件很正常的事情，在高手相爭中，靈活的步伐也是一個重要的組成部分。在步伐的頻繁移動中，身位的互換亦是再平常不過，但陽子峰卻覺得有些詫異，不爲別的，只因爲韓信的這一次移形換位並非純出自然，而似刻意爲之。

有意與無意之間，是很難區分的，這更多的只是一種感覺，一種判斷，也許韓信要的就是陽子峰去判斷這種感覺的真僞，只有這樣，他才會心神略分。

是以就在兩人身形錯位的剎那，刀風便已將陽子峰的整個身形籠罩。

韓信本用劍，怎會有刀？可是他若無刀，那麼他的手上拿著的又是什麼？

他的手上當然多了一把刀，一把長七寸，寬如指的飛刀，這種飛刀來自於樊噲。無論是紀空手，還是韓信，他們都從樊噲的手中學得了這套飛刀絕技，是以在他們的身上都有這種飛刀。

韓信的這一刀出現得極爲突然，不僅如此，更是決定生死的一刀，是以他不遺餘力，勁力提聚，陡然之間手腕一振，飛刀以最快之速飆射而出！

陽子峰吃了一驚，卻已不能用劍做任何形式的格擋。原來，當他身形一錯間，握劍的右手已在身體的另一側，而飛刀射來的方向卻是左側，他左手空空如也，除非以空手格擋，或是空手奪白刃，否則他很難逃過韓信這一刀的襲殺。

「叮……」但陽子峰並不慌亂，反而屈指一彈，正對刀鋒的去處。他的指力確實驚人，不僅破去了這要命的一刀，同時身形借勢一縱，去勢更快。

「呼……」韓信絕對不會讓陽子峰就此逃逸，他飛刀不中，身體順勢一旋，一枝梅竟幻化爲萬千劍影，緊緊地鎖住陽子峰的身形。

韓信的這一連串攻擊，如行雲流水般順暢，每一個動作都充滿爆炸性的力道，顯示了非常高超的水平，看得全場眾人無不心旌神搖。但陽子峰並非弱手，雖然處於下風，可是談到勝負，只怕還早。

陽子峰退開之後，「刷刷刷……」三聲劍嘯，在自己身後連佈三道氣牆，緩解了對方咄咄逼人的如潮壓力，然後他轉過身來，劈出了竭盡全力的一劍。

劍如刀劈，這的確是有違武學常理，但經陽子峰施展而出，不僅有劍的靈巧，亦有刀的沈穩有力，更有刀那夜戰八方的豪氣。

韓信的眼中第一次露出了詫異之色，他不得不爲陽子峰獨特的劍法而感到驚懼。一招之中，有攻有守，這已是很難得的事了，竟然用劍刺改爲刀劈，這就更令人有不可思議之感。韓信幾乎清晰地感覺到這一劍中那一往無回、霸烈之極的氣勢，雙劍終於撞擊一處。

「轟……」強烈的勁氣撞擊交融，形成一個巨大的漩渦，向四方擴散，兩條人影乍合又分，手腕振動，數丈之內盡是森森寒芒。

陽子峰的劍快，便連趙高、五音先生這等江湖豪閥也非常欣賞這種不失刀道的快劍。俗語有云：欲速則不達。但這用在陽子峰的劍上，卻全不是這麼回事。他的劍一旦攻勢形成，即如狂風驟雨，從四面八方向韓信掩殺而至。

「嘶……」韓信的劍勢一頓，勁力爆發，以快制快，面對陽子峰如山洪般迸發的攻擊，他沒有選擇退避，也沒有全力防守，而是針鋒相對。

他之所以採用這樣的戰術，乃是源自他對流星劍式的自信，更是對自己體內雄渾無匹的玄陰之氣的一種肯定。他相信自己已經具備了一流高手的實力，是以逾越每一道橫亙於眼前的障礙，已經成為了他步入頂尖高手行列之前的必修課，他需要這種與高手實戰的經驗。

「叮叮叮……」陽子峰這才真正領略到韓信劍術的可怕，雖然每一次他都能以極快的速度擋開韓信的劍，但是他的氣血都因每一次的格擋而翻湧，更感受到一股無形的壓力正緩緩地包圍著自己，控制著自己的行動範圍。

胡亥的眉頭微皺，似乎預見到了未來。他的心裡不由自主地湧出一股沈悶之感，並不是為了陽子峰，而是他作為一個旁觀者，竟然尋不到韓信劍法中的一些規律。

趙高亦有同感。他們都看出韓信的劍術來自於流星劍式，但它的內涵卻因此而延伸，不僅突破了流星劍式原有的套路，而且有所超越，加入了韓信本身對武道的領悟。這種突破與超越，難能可貴，縱然在趙高、胡亥這等武學大家的眼中，也是可遇而不可求的事情。

韓信的每一劍劃出，都帶有一定的隨意性與不可預見性，似乎是任意揮灑，猶如天馬行空，無跡可尋，但他的劍鋒每每會出現在最具威脅性的角度，給人予最強烈的震撼，這使得他的每一劍都帶有超強的侵略性，更有化腐朽爲神奇的魔力。

紀空手將這一切看在眼中，又驚又喜。韓信的武功的確大有精進，對武道的領悟也達到了一個很高的層次，給人以脫胎換骨的感覺。他不僅擁有天下無雙的補天石異力，更有名傳江湖的流星劍式在手，使得他體內的潛能本身就有渾厚的底蘊，一旦爆發，縱是如紀空手者也看出了韓信的潛力無限。

「接我這一劍試試！」韓信雖然占到上風，但要想在頃刻之間奠定勝局，殊爲不易。是以輕叱一聲，劍鋒一變，猶如一條在雨泥中奮起的靈蛇，標射而出，更在虛空中扭曲變化成一種怪異的幻痕。

「叮叮……噹噹……」陽子峰大驚之下，一連用了數劍方才擋開韓信這玄奧精妙的一擊，同時整個人後退了三步。

「嗤……」韓信的劍尖一彈，震出嗡嗡之音，顫出千百道劍鋒，沿著陽子峰的劍身滑下，刺向其握劍的手腕。

陽子峰驚駭之下，面臨著兩種選擇：一種是棄劍，然後退回認輸。這種方式雖然狼狽，卻不失爲活命的方法；另外一種就是再行險著，利用自己雄渾的指力再度彈開劍鋒。這種方式不僅需要自信，更需要勇氣，畢竟空手奪白刃的功夫不是人人都十分精通，況且對手還是一個用劍的高手。

對陽子峰來說，其實答案早在心中。他只有一個選擇，那就是行險一搏！一個劍客的聲名與榮譽，遠比他自己的生命更爲重要！

韓信進，陽子峰退，一進一退，都在極短的時間內同時完成。

當韓信的劍然如電芒閃至時，陽子峰只感到一股極大的威力從劍身上傳來，彷如電流穿越般震得手臂發麻。他的心中卻不驚不懼，而是將全身勁力運聚於另外一隻手的指尖，伺機而發，並用自己鋒銳般的目光緊緊地鎖住韓信的劍鋒，洞察著它在虛空中隨時可能出現的破綻。

「呀……」韓信對陽子峰如此冷靜的表現感到了一絲驚訝，低吼一聲，劍鋒滑下之時，竟發出風雷之聲。劍身與劍身摩擦發出的怪音，更讓全場眾人有種毛骨悚然之感。

一枝梅強行滑下，速度之快，令人心寒！陽子峰眼看著劍鋒就要觸及自己的手腕，握劍的手陡然回縮，同時指力彈出，迎向劍鋒。

勿庸置疑，陽子峰的目力與判斷力的確有其驚人之處，單是這運指一彈的時機，便拿捏得恰到好處，早一分則劍鋒未至，指劍不能相觸；遲一分則有斷腕之虞。關鍵之處在於他陡然回收勁力，強壓於己劍之上的一枝梅縱然收勢及時，亦會隨著慣性作必然的緩衝，以至於出現一個瞬息間的失控，而這個時機，就是陽子峰克敵制勝的最佳機會。

他的指力一出，空氣竟似乎在這剎那間如炸開的山石般四分五裂，氣流亂湧，向四周擴散……彷彿這天地間湧動的不是使萬物復甦的生機，而是足以毀天滅地的肅殺之氣。

韓信驚駭，卻並沒慌亂，他或許沒有想到陽子峰會有如此反敗為勝的一招，或許也沒有想到陽子峰會有這般厲害，當其手指劃破虛空帶出的萬千勁流如針芒衝擊著自己的肌膚時，他甚至不敢相信這是已成強弩之末的陽子峰所為。雖然這一切都在他的意料之外，可是他並不慌亂，因為他手上除了有劍之外，還有刀，那一把例無虛發的飛刀！

「呼……」飛刀絕不是用來握在手上的，既是飛刀，當然會飛，而且是快如電芒般地脫手而出，無比準確地對準了那暴湧勁力的手指。

沒有人可以形容這一刀的速度，就像沒有人可以真正說出流星的來去行蹤一般。

但每一個人都看到了這一刀飛行虛空的輝煌，一種令人心生悸動的輝煌，包括陽子峰。

陽子峰看到這一刀的時候，他沒有想，也不敢想，完全是出於本能地收指疾退。他不敢不退，卻沒有想到在這一刀的攻擊之下，任何退避只是一種徒勞的行爲。他只感到手指一寒，然後便聞到了一股腥臭的血腥，最後才感到自己的心中一陣冰涼。

他做夢也沒有想到，飛刀一出的時候，韓信的一枝梅竟然借著慣性俯衝，配合著飛刀攻出了一記絕殺。飛刀削斷了他的手指，一枝梅的劍芒卻透入了他的心窩，刀與劍之間，似乎都充滿著無處不在的殺機。

「你的表現實在不錯，可惜，你遇上的對手是我。」韓信的人緩緩移到了三尺之外，刀已不在，劍已入鞘，他的整個人又回復了先前的冰冷。

陽子峰苦澀地笑了笑，已是無話可說，也再也無法開口，他只覺得心中的痛已漸漸遠去，思維中的故事也漸漸消沒。當他最初踏入江湖之時，在每次搏殺之後，總在心中問著自己：「我將會以何種方式死去？」現在他終於知道了答案，那就是死在別人的刀劍之下！

其實這是個很簡單的答案，人在江湖之上，不是殺人，就是被殺，物競天擇，適者生存，唯有強者，最終才能引領風騷。

陽子峰用生命來得到這個答案，這樣的代價實在是太大了。

「這依然是一個未分勝負的賭局。」趙高看了一眼胡亥，冷然一笑道。

「是的，對你我來說，的確如此。」胡亥沒有因爲陽子峰的死而感到一絲不快，而是以非常欣賞的目光凝視著已經退下的韓信與扶滄海，笑瞇瞇地道：「但對他們來說，卻是這場賭局的勝者，他們完全可以得到屬於他們的一切。」

趙高的眼芒一寒，沒有說話，只是緩緩地端起了席上的酒杯……

他的動作非常悠然雅致，有一種淡淡的閒適之意，可是站在他身後的幾名入世閣弟子以及韓信，他們的心都同時一緊。

他們之所以感到緊張，是因爲他們都知道趙高此舉並非是無意識做出的一個飲酒的姿勢，而是一個信號，一個動手的信號。

也許趙高還想再等下去，但是張盈的死顯然激發了他心中的戰意，令他的殺機大漲，達到了忍無可忍的地步。張盈的意外之死雖然是因扶滄海而造成的，但趙高卻將這一切歸罪於胡亥的頭上，他必須要讓胡亥付出應有的代價。

當他端起酒杯的剎那，任何人都感覺到了他身上散發出來的懾人殺氣，大廳中的氣氛頓時冷到了極點，有一種暴風雨將至的前兆。

「哈哈哈……」一陣不合時宜的輕笑響起，打破了這廳中的沈寂。胡亥看了看桌間的菜肴，突然發問：「神農廚藝，天下一絕，不知趙相這是第幾次嘗試高人的手藝？」

趙高微微一怔，他想不到胡亥會在這個時候說起這麼一個無聊的話題，淡淡一笑道：「微臣對廚藝一道並不十分喜好，神農其人，亦是聽大王說起，這才慕名相請，是以對他的廚藝尚是頭一遭品嘗。」

「怪不得，怪不得。」胡亥故作恍然大悟狀，道：「本王是說今夜的席間似乎少了一道名菜，何況今夜既有龍虎會，此菜更是少不得！想必這壓軸大菜還未端上來，趙相何不派人催上一催？」

趙高緩緩地放下酒杯，沈吟片刻，正要派人去請，驀地廳外有人沈聲答道：「小人神農已恭候多時，未蒙宣召，不敢進來。」

他的話一響起，廳中眾人無不吃驚，趙高更是駭然。廳外重兵防範，神農借上菜之名靠近登高廳，似還不算太難，但廳中高手如雲，竟然沒有一人感覺到他的存在，這至少說明這神農本身就已是大師級高手了。

這不得不讓趙高心生疑竇，甚至相信胡亥的話並非無心，而是有意。他緩緩地看了身後的入世閣弟子一眼，示意他們小心提防，同時暗暗提氣，準備一搏。

就在這時，更可怕的事情終於發生了！趙高微一提氣，卻發現自己的內力竟然空空如也，整個人竟在這一刻間渾然無力。

一絲冷汗頓時從趙高的鼻翼兩側滲出，他千算萬算，終於還是沒有算到胡亥竟會處心積慮地利用神農在酒菜中下毒。

他的頭腦迅速轉動，很快便明白了胡亥的整個用心所在。

——神農是胡亥手中一顆重要的棋子，胡亥相信以自己的實力，絕不可能在趙高的對抗中占到上風，是以他一開始就沒有想過要用武力來扳倒趙高，而是採取下毒這種「不戰而屈人之兵」的手段，以最小的代價獲取最大的利益。

——這雖然是上上之策，但要讓趙高相信一個外人，實是一件十分困難的事情，於是胡亥總是在趙高面前不經意地提起神農。趙高爲了在自己的壽宴之上誘來胡亥，不得已之下也只好將神農請來作整個壽宴的主廚。

——但是要想在不知不覺中讓在座的高手們中毒後不能立時發現，就必須採用一種毒性極慢且具有實效的毒藥，而這種毒藥又不會馬上發作，是以胡亥一直故意拖延時間，甚至用幾場精彩的決鬥來分散眾人的注意力。

這個計畫實在精彩，它的精彩之處就在於趙高想到了這一點，卻最終還是落入了圈套之中。

他不僅安排了每一道菜上席之前必須試菜這道工序，而且一直注意到胡亥是否品嘗酒菜這個環節，現在想來，神農手下的那些弟子並不知情，所以就成了神農下毒的替死鬼。相比之下，若能兵不見血刃地擊殺一大勁敵，死掉幾個手下又算得了什麼？

趙高深深地吸了一口氣，力求保持自己心態的穩定。他不能慌，也不能自亂陣腳，在這種生死關頭，任何一點失態都有可能造成不可挽回的敗局。

他現在最想知道的是，在這登高廳中，除了自己這一方人之外，知音亭的人是否中毒？胡亥一方的人是否也中了毒？這廳中是否有人並未中毒？他一定要知道這個答案！因爲他知道，現在唯一的生機，就在廳內的人，而爲了嚴鎖廳中的消息，沒有他的命令，任何人都不可能靠近登高廳的。

此刻他有種作繭自縛的感覺。

但他已沒有時間後悔，當他的眼芒緩緩向眾人的臉上掃過時，這些人臉上的表情都已告訴了他，包括胡亥在內，廳中的每一個人都無一倖免，遭受了這種不明毒藥的困擾。

而為了不讓他起疑，胡亥竟然不惜以「苦肉計」來迷惑他，其心思之縝密，的確使整個計畫達到了天衣無縫的地步。

大廳的門輕輕被推開，然後便傳出一陣輕輕的腳步聲，一個清癯的老者穩穩當當地端了一盤大菜走進廳來，人未至而香氣已至，只是再也勾不起眾人半點食慾。

每一個人都明白自己此刻的處境，是以無不將目光投注在此人的身上。因為大家的心裡都十分有數，來人必是神農！而神農無疑是下毒的元兇，許多人甚至在心中忐忑不安地問道：「這是什麼毒？為何它只會廢掉功力卻對身體毫無大礙？」他們更清楚一點：武功既廢，他們只能任人擺布，任何反抗都是徒勞，甚至是自取其辱！

「小人神農，叩見大王、趙相。」神農終於在廳中站定，緩緩地環視了眾人一圈，這才恭恭敬敬地道。

他的言語畢恭畢敬，但臉上絲毫不見恭敬的表情，更沒有一點跪拜的意思。他的眼神中有一絲得意的笑意，彷彿很滿意自己眼前的這盤大菜一般。

「免禮吧！」胡亥也忍不住笑了。他不得不笑，眼看著一塊壓在心頭的大石就要搬去，他的整個人輕鬆了不少。

「本王曾經吃過你親手烹製的一道人菜，食之如逢甘霖，始終念念不忘，今日趙相的五十壽宴之上，怎麼竟然不見了呢？」胡亥並不急著要神農解自己所中之毒，而是與神農對起話來。看到橫行一世的趙高終於落進了自己的圈套，他有一種貓捉老鼠的快感。

「小人當然不敢忘記，其實這道大菜已在小人手上。」神農笑了笑道。

「那你就獻給趙相品嘗一下吧，順便告訴他這道菜的名稱，本王覺得用在今夜的壽宴之上，倒是極爲貼切。」胡亥看了一眼趙高不動聲色的表情，倒是非常佩服趙高居然在這種情況下還能鎮定自若，端的有豪閥風範。

神農道：「謹遵大王旨意。」他將大菜上到趙高的席上，微微一笑道：「此菜名叫『龍虎鬥』，乃大王專爲趙相壽宴欽點，請趙相品嘗。」

「多謝！」趙高淡淡一笑，反而伸出筷來嘗試一口，讚道：「味道鮮美，端的是名不虛傳。」他的表現如此鎮定，似乎胸有成竹一般，胡亥與神農對視一眼，心中都覺得有幾分詫異。

「趙相可知這道菜名何以會稱之爲『龍虎鬥』嗎？」胡亥笑道。

「微臣不知，正想請教。」趙高試著運了幾次真力，絲毫不見動靜，心下著急，臉上卻不動聲色，只想拖延時間，靜觀其變。

「其實這菜原名不叫龍虎鬥，而是『風華絕代』，只是因爲今日乃你我君臣相鬥，是以才改名如此，不過是應景貼題而已。」胡亥覺得自己的心情實在是好，忍不住繼續道：「本王之所以在五音先生力勸之下堅持不離咸陽，並非是本王不識好歹，而是本王早有安排，必能穩操勝劵。只是害得五音先生亦受中毒之苦，本王實在有些不好意思，待本王與趙相的恩怨一了，必當奉上解藥，得罪莫怪。」

「不必客氣。」五音先生淡淡笑道：「五音自問久歷江湖，又懂藥理，卻在不知不覺中中了神農之毒，倒想請教神農先生，你所用何藥？何以會有如此隱密的藥性？」

神農看了胡亥一眼，得到後者默許，這才微笑道：「神農既以『神農』爲姓，當然對藥理亦有研究，只是雕蟲小技，不足以登大雅之堂，是以先生不曾聽聞。這藥配製簡單，不說也罷，倒是這藥理有些與眾不同，恐怕先生才會因此而奇怪了。」

「這藥理有何不同，倒想請教。」五音先生知他在賣關子，是以追問一句。

「這藥無色無味，入喉之後，須有兩個時辰的發作時間。等到時辰一到，它可以化解人的功力，滲入經脈之後，任是武功多強的高手，也與常人無異。若要將此症狀盡除，非得用我秘製的獨門解藥『百味七草』才行，是以先生不必擔心。」神農矜持地一笑道。

「可是這位時兄弟與扶兄弟他們都是後入大廳的，雖然也嘗了一些酒菜，可並未有兩個時辰，何以他們也有中毒之兆？」五音先生似有不解地道。

「這只因為我在後面的幾道菜中加重了藥效。以我的藥入菜，先淡後重，原是只想隱瞞先生與趙相這等武學大高手的，憑他們幾人的功力，無異於牛嚼牡丹，又怎識得出菜中有藥？」神農不慌不忙地道，他的神態從容，眉間漸生驕狂之氣，入廳已久，竟似忘了為胡亥解毒。

胡亥皺了皺眉道：「神農，你是否忘了一件事情？」他不得不出言提醒。

「小人可不敢忘，解藥在此，這便奉上。」神農趕緊從懷中取出一顆藥丸，雙手捧上道：「請大王服用。」

胡亥微微一笑，不疑有它，一口吞服道：「今日一戰，你當立首功，本王一定會重重賞賜於你。」他的話一完，整個人已經霍然站立，雙袖一拂，確有王者霸氣。

他自登基以來，一直受趙高挾持，不能揚眉吐氣，直至今日，他才算真正享受到了帝王那傲視天下的豪情。

這兩年來，他過著花天酒地的口子，不問政事，不出內廷，沈緬於美人紅唇之中，其實暗中一直培植著自己的勢力，企圖有朝一日，將趙高扳倒，成爲真正的王中之王。此刻眼見抱負就要實現，不由大聲狂笑宣洩。

大廳之中，盡是他毫不掩飾的笑聲，其中充滿了驕橫、霸氣，以及勢不可擋的自信，眾人無不將目光注視於他，凝視著他近乎瘋狂的表情。

半晌之後，胡亥才恢復常態，卻聽得有人冷笑一聲：「大王高興得實在太早了，難道你就不想想，大王服下的未必就是解藥，也許是一種更毒的藥物也不一定啊？」

此聲一出，全場皆驚，胡亥更是以一種不可思議的表情注視著這說話之人。

說話者當然是神農，全場之人，似乎唯他才有這種資格說這樣的話。

如此驚人的一變，便是想像力再豐富的人，也絕對想不到神農竟會背叛胡亥，但趙高心中一喜，因爲他知道，轉機來了。

胡亥的臉上頓時出現了一種從大喜到大悲的愕然表情，幾乎懷疑是自己的聽覺出現了問題。他沈默了片刻，終於問道：「你說什麼？」

他不敢相信自己精心設下的一枚棋子竟然會在如此關鍵時刻反戈一擊，也不相信父皇多年前給他的一根救命稻草竟是一條反噬的毒蛇，是以他不得不問一句，就像是溺水之人抓住了一根浮萍一般。

「大王沒聽清嗎？那麼實在不好意思，對於大逆不道的一些話，我只想說一遍。」神農淡淡一笑，似乎根本就沒有將胡亥放在眼中。

「爲什麼？你爲什麼要這樣做？」胡亥突然間像是沒了底氣一般，頹然坐下，嘴上喃喃道，他真的沒有心理準備來承受這種直上直下的氣勢落差。

「不為什麼，我只想對我自己這十年來浪費的光陰作一個補償。」神農似有所思，彷彿又記起了這十年來承受的太多寂寞，他覺得這是一段痛苦的回憶，但是——回憶雖然痛苦，卻值得，因為他終於等到了自己一直夢寐以求的東西——那就是權力！

「你想補償什麼，我可以給你，我可以讓你封侯拜相，我可以給你一生的榮華富貴，我還可以給你……」胡亥顯得氣息急促，他不想讓本已到手的勝利就這樣白白流失，更不想讓自己的命運受人擺佈，他急切地說著一些誘人的承諾，卻似乎忘記了一點：這一切都已遲了！從神農說出那一句話的時候就已遲了，此刻神農臉上的表情明顯地說明了這一點。

「其實你什麼都不想給我，你只是把我當作一條狗，一條替你賣命的忠實的獵狗，你能恩賜給我的，只有一根食之無味、棄之可惜的狗骨頭。」神農的臉上露出不屑的神情，淡淡一笑道：「十年了，我已經想得很清楚，求天求地求人，不如求己！只要我得到你手中的登龍圖，何愁這天下不姓神農？」

他緩緩地在廳中踱步，雙手背負，昂頭以對，渾身上下不由自主地多出了一絲霸氣，望著大廳之上的這些人，在他們中間，既有貴為帝王的胡亥，又有名動江湖的豪閥，而此刻他們的命運卻全部都在他一人掌握之中，真是讓他感到快意至極，簡直讓他幾疑南柯一夢。

胡亥這才相信神農是真的背叛了自己，悲憤之下，他的心態已很難平靜。他相信神農讓他吞服的一定是劇毒之藥，因為在這一刻間，他感到自己的胸口悶得厲害，更有一股鑽心的絞痛在折磨著他本已緊繃的神經。

「咳……」他忍不住咳了一聲，手掌一捂，攤開來竟是一口血痰。他的臉色是那麼地蒼白，緩緩地從懷中取出一方錦帕，輕輕地擦拭乾淨，然後扔在地上，平靜地道：「你很想得到登龍圖嗎？」

「是的，對它我是勢在必得！」神農獰獰地一笑道：「只要有了它，稱霸天下便指日可待，相信在座的諸位與我一定都有同樣的興趣。」

「可是你錯了。」胡亥幾乎是掙扎著說了一句：「你絕對得不到它，我來之前，已將它藏在了一個非常隱密的地方，面對今夜如此嚴峻的形勢，我不得不留一手。」

人之將死，其言也善，這是胡亥說的最後一句話，由不得神農不信。他大驚之下，飛身縱步過去，卻已遲了，堂堂的大秦二世皇帝竟然頭頸一低，就此而去，這是無人可以猜到的結局。

神農幾乎瘋狂，將胡亥的身體遍尋，甚至於每一個角落都不放過，卻始終沒有找到登龍圖，這實在是出乎他的意料之外。

他之所以背叛胡亥，膽敢背負弒君之罪，就是爲了這天下至寶登龍圖。如果得不到它，那麼他的十年努力便都是白費了。

他已經算定了以胡亥多疑的性格，絕對會將登龍圖攜帶身上。正因如此，他才敢犧牲自己精心培植的門下弟子，才敢背叛胡亥，作此最後一搏。一旦登龍圖下落不明，那麼他多年的夢想頓成泡影，他真的不知道自己應該怎麼辦才好。

「不會的，不會的……」當神農仔細地在胡亥身上搜尋了第三遍時，他的整個人近乎絕望了。他千算萬算，自以爲已是萬無一失，想不到最終還是棋差一著，遭到了胡亥無情的戲弄。

他緩緩地站了起來，眼中射出瘋狂的殺意，這種失落感造成了他本已緊繃的神經徹底崩潰，他根本接受不了這種得而復失的沈重打擊。

他本可以在得到登龍圖之後再加害胡亥的，可是他太相信自己的直覺，也太迫不及待了，最終他卻作繭自縛，什麼也沒有得到。
這難道就是人們常說的「報應」？
「哪裡走？」神農突然暴喝一聲，人已飛起，如大鳥般向門口撲落。他抬頭間，正好看到了一名入世閣弟子悄悄離座，欲向門口逃去。
那人一見行蹤暴露，加快腳步。他本是入世閣中難得的好手，只是此刻內力盡廢，根本跑不過神農的輕功。
卻見神農人在半空之中，拳勁已出。他的五味拳本屬霸烈一道，此刻盛怒之下，更是威力十足，一拳下去，擊中那人腦部，頓時頭骨俱裂，血漿横流，大廳之中一片慘然。
「誰敢擅離席間，此人便是榜樣！」神農嗥叫一聲，整個人變得幾近喪心病狂，猶如一頭亂咬人的瘋狗一般。
誰也想不到事情的發展竟是這般一波三折，如此地充滿戲劇化的色彩，但是廳中的每個人都覺得事態倘若照此發展下去，必將是人人自危的局面，因爲誰也猜不出瘋狂的神農將會如何對待他們。
「你冷靜一下，也許我們可以想出辦法來幫你找到登龍圖。」五音先生望著來回在大廳中踱步的神農，看他一臉怒容的表情，極是躁動不安，是以出言穩定住他的情緒。
「先生何以教我？」神農大喜道，人已疾步上前，滿臉儘是乞求之色，他希望五音先生可以告訴他一個滿意的答案。
「你想聽嗎？」五音先生微微一笑道。
「當然。」神農湊近一步，頗顯急切。

就在此刻，神農近乎瘋狂的神經突然一緊，竟似多了一種感覺，一種實實在在的感覺。這種感覺就像是心中陡然被一座大山壓伏，沈悶得駭人，便是空氣也彷彿在這一刻停止了流動。

然後他便感到了一種無匹的壓力以閃電般的速度飛迫而至，這種感覺和壓力的產生，其實只因爲虛空中突然多出了一隻手。

只有一隻手，卻充滿了力感，充滿了幻象，當它出現在虛空中時，神農只感覺到它由小變大，幾乎塞滿了自己所有的視線。

這幾乎是不可能發生的事情，卻奇蹟般地發生了，神農著實吃了一驚，也使他昏沈的頭腦猛地打了個機伶，似乎清醒了不少。

神農既然下藥施毒，那麼大廳之上的人就應該是無一倖免，怎麼五音先生還能使出如此精妙絕倫的一掌？難道其內力壓根兒就沒有遭廢？

他唯有退，而是飛退，當他正以爲自己已經脫出五音先生掌勢控制的範圍時，他卻感到自己的背上一寒，一記沈重的敲擊擊在自己背部要穴之上，頓時讓他動彈不得。

他做夢也沒有想到，殺機竟然來自於自己的身後，除了五音先生沒有中毒之外，這大廳之中竟然還有人沒有中毒。

他的心猛地一沈，彷彿墜入了無底的深淵。直到此刻，他才驚覺，自己其實一開始就陷入了一個別人早已設計好的殺局之中，而他竟渾然未覺。

神農無奈地望了一眼五音先生，卻更想看看身後的這個人，只是苦於全身不能動彈，是以他只能憑空猜度。

「神農先生，實在抱歉，我辜負了你對我的期望。」一個沈渾的聲音在神農的耳邊響起，他渾身一震，終於明白了身後的人究竟是誰。

這個人不是別人，就是他一直想利用的紀空手。當紀空手開口說話的時候，除了五音先生、韓信與扶滄海三人之外，其他的人心中莫名之下，無不震驚，誰也沒有料到這人竟不是格里，而是另有其人。

紅顏更是驚喜地跳了起來，絲毫不顧女兒家的矜持，一頭撲在紀空手的懷中，笑嗔道：「紀哥哥，你怎麼變成了這副樣子？」

紀空手輕拍了一下她的香肩，然後揭下臉上的人皮面具，微微一笑道：「若非如此，我又怎能瞞得過趙相與神農先生呢？」

他站到了神農面前，搖了搖頭道：「先生是廚藝高手，亦是武學大家，而且還能製毒配毒，多才多藝，的確讓晚輩由衷佩服。其實在你我之間，本無恩怨，你即使利用了我，也是無可厚非，但遺憾的是，你我殊途同歸，都想得到那張登龍圖，這就讓你我之間不得不相爭一番。」

神農深深地吸了一口氣，盡量使自己暈沈的頭腦冷靜下來，沈吟半晌，方才問道：「你怎麼會沒有中毒？」這是他心中的一個謎，不問清楚，他簡直死不瞑目，因爲正是基於這個原因，才使他一時大意，從控制全局之人變成了受人擺佈的角色。

「這個問題很簡單，只因爲我的手上正好有幾顆解毒的丹藥。」紀空手微笑道，手掌攤開，上面赫然多出了一顆「百味七草」。

「不可能的，只有我才可以製得出『百味七草』，你是從何得來的？」神農幾乎是尖叫著質問紀空手，他根本不相信這世上除了他之外，還有人能配出「百味七草」。

「沒錯，普天之下，能配出『百味七草』之人，唯你而已。」紀空手點了點頭，表示贊同神農的觀點，但他的手突然在空中一揚，再攤開時，那顆「百味七草」已經消失無蹤，手法之快，猶如魔術：「可是對我來說，要想從一個人的身上拿走一點東西，並不是什麼難事，因爲我是盜神丁衡唯一親傳的朋友。」

神農驚道：「盜神丁衡？」

「是的，盜神丁衡，一個可以名動江湖的傳奇人物，也是我在無意中結識的朋友。」紀空手緩緩說道，雖然他與丁衡並無師徒之名，卻有師徒之實，是以他對丁衡的感情，總是帶著一股不可自抑的敬意。

「這莫非就是天意？」神農神色頹廢，喃喃道。

「這也許是天意，也許是因爲你太自信了，才致使你功虧一簣。當你向我提出要刺殺趙高時，我當時問了一句：『這裡既是相府，而趙高又是武林豪閥之主，要我行刺於他，這似乎是一個不可能完成的任務。』而你卻說：『當你真要動手的時候，老虎雖然還是老虎，卻是沒有牙齒的老虎。』就是這一句話，使我猜到了你的真正動機。」紀空手緩緩看了一眼趙高，此時這名入世閣豪閥雖然穩坐席間，但神情中隱現無奈，的確就像是一隻沒有牙齒的老虎，威風猶在，殺氣卻蕩然無存：「以趙高的身手，要讓他在危急時刻不能還手，這種情況只有一種，那就是他已沒有了還手的機會！而通常出現這種情況的，就只有用毒，這無疑是一種安全可靠的做法，所以我就一直留心於你，甚至看到了你下毒的整個過程，當然還順手牽羊地從你的身上取走了幾顆『百草七味』。」

「我甚至預見到了你會背叛胡亥。」紀空手拍了拍神農無法動彈的肩，接道：「你不是一個甘於寂寞的人，從盛名之下退隱江湖，這本身就讓人值得懷疑：所謂十年磨一劍，你肯定會有更大的抱負，這樣才能使你甘於平淡，為你的二度出山做好充分的準備，而登龍圖無疑就是你最大的目標。」

「你難道不是為它而來？」神農慘然一笑，神情中多了一絲嘲弄，反問道。

「不錯，今日來到登高廳中的，除了五音先生之外，只怕大家都是衝著登龍圖而來。登龍圖蘊藏有天下最大財富和權勢的秘密，誰若得之，等同於得到天下，試問誰又不是對此覬覦已久，垂涎三尺？」紀空手的眼芒一閃，從神農的臉上緩緩劃過，又落到了趙高的臉上：「若非如此，趙相又怎會費盡心計，置眼前的榮華富貴於不顧，而甘冒天下之大不韙，行弒君之實？」

「弒君之罪，非趙某所為，這乃是不爭的事實！你是何人？竟敢如此信口開河，誣衊本相！」趙高皺了皺眉頭，他眼見胡亥已死，登龍圖又形蹤不見，不由得另有圖謀，當然不願替人背這個天大的黑鍋。

「胡亥雖非你親手所殺，卻與你親手殺人又有何區別？若今夜神農不出，難道你還會放過胡亥嗎？」紀空手冷笑道：「至於我是何人，並不重要，重要的是你所仰仗的時公子，恰好正是我的一位好朋友，相信趙相明白這個道理之後，應該是無話辯駁了。」

趙高渾身一震，目光如利芒般掃到韓信的臉上道：「你是誰？莫非你不是寧秦時信？」

「是的，在下乃淮陰韓信，冒名入京，亦是意欲染指登龍圖。」韓信的臉上毫無表情，依舊是冷冷地道。

「你是韓信，那麼他就一定是那讓張盈破了天顏內勁的紀空手囉？」趙高的臉上似乎多出了一股難以置信的表情。

韓信不再說話，形同默認。

等到趙高的目光再次移來，紀空手寒芒一掃，兩人的眼芒在虛空中悍然相接……

「在趙相的眼中，無論是你自己，還是神農，包括在下在內，我們三人既然目標相同，那麼各盡手段，應該是無可厚非。但我之所以想得登龍圖，卻不是與兩位的想法相同，完全有大相逕庭之分，所以我能成爲最終的勝者，這是天意。」紀空手面對趙高咄咄逼人的寒芒，絲毫不懼，整個人昂頭挺立，大義凜然，多出了一股震懾八方的正氣。

「得登龍圖者得天下，難道你不是爲了爭霸天下？」趙高笑了。

「得天下這無可非議，關鍵在於你是爲己一人而得天下，還是爲了千萬蒼生百姓而得天下。這兩者具有本質的區別，切不可混爲一談。」紀空手一臉正色道，他的話自有一股震懾人心的力量，聽得五音先生、扶滄海等人無不點頭，縱是韓信，眼中也撲朔迷離，似有心動之感。

「原來如此，原來紀公子今日的一切所爲，乃是爲了天下蒼生，佩服佩服！可笑可笑！」趙高苦於自己受制於人，氣極而怒，言下大有譏諷之意，似乎不屑於紀空手這一套漂亮的說辭。

紀空手平靜如水，絲毫不怒，淡然一笑道：「小人者，當然以小人之心度君子之腹。我雖非君子，但清者自清，濁者自濁，終有一日蒼天可鑒我心，何必在今夜與趙相一爭口舌之快呢？」

趙高冷哼一聲道：「可惜得很，到頭來你也還是兩手空空，登龍圖自胡亥死後，從此不現。」

他的話是一個不爭的事實，這就像三隻猴子爲了井中之月而爭鬥不休一樣，好不容易分出了勝者，這才發現井中之月竟是虛幻之物，而真正的月亮卻還是高高地掛在天邊。

大廳中人頓時一陣沈默。

只有五音先生不以爲意，他今夜前來，只是不想讓趙高謀奪登龍圖，至於登龍圖的下落他根本不想過問，因爲他知道，趙高只要一日不得登龍圖，就一日不敢奪權篡位，大秦王朝也就能得以延續，他也算謹遵了先祖遺訓。

「得也好，不得也罷，今夜一過，這天下究竟姓誰，誰也不能知道。捨卻這世間煩擾，此事已了，不如歸去。」五音先生輕輕地念叨幾句，緩緩站起，他已準備跳出這煩人的是非圈中。

紀空手似有感觸，輕歎一聲，站到胡亥身前，道：「不過我卻知道，明日的天下已經不再屬於他。」他蹲下身去，抬手輕揚，拂上了胡亥死不瞑目的眼睛，等到他站起身來時，誰也沒有注意到，那被胡亥隨手扔棄的錦帕竟然不見了。

他緩緩退回原位，從神農的懷中取出「百味七草」，道：「這是解毒之藥，本想雙手奉上，只是此刻的咸陽與相府之內戒備森嚴，常人要想出入，無異難如登天。所謂害人之心不可有，防人之心不可無，還請趙相隨我們走上一趟，一出城門，此藥必定交到趙相手上。」

趙高眼見形勢如此，只得點頭。當下紀空手將「百味七草」分發己方的每一個人，盡去其毒，這才準備出廳而去。

「你何不將我也一併帶走？」神農臉上色變，看到廳中餘人怨毒的目光，禁不住打了個寒噤道。

「我本該帶你走，但是你卻做錯了一件事，所以你實在該死！」紀空手搖搖頭道：「你的門下弟子個個對你忠心耿耿，誓死效命，你卻爲了一己之私，置他們的生命於不顧，這等禽獸不如之人，有活在這個世間的必要嗎？」

神農臉上頓時一片死灰……

《滅秦②》完

請續看《滅秦③》

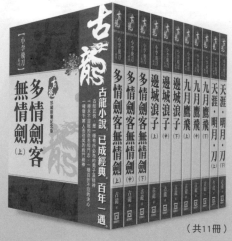

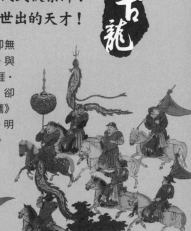

滅秦 2【珍藏限量版】

作　者：龍人
發行人：陳曉林
出版所：風雲時代出版股份有限公司
地址：10576台北市民生東路五段178號7樓之3
電話：(02) 2756-0949
傳真：(02) 2765-3799
執行主編：劉宇青
美術設計：許惠芳
業務總監：張瑋鳳
出版日期：2024年6月
版權授權：蔡雷平
ISBN ：978-626-7369-90-6
風雲書網：http://www.eastbooks.com.tw
官方部落格：http://eastbooks.pixnet.net/blog
Facebook：http://www.facebook.com/h7560949
E-mail：h7560949@ms15.hinet.net
劃撥帳號：12043291
戶名：風雲時代出版股份有限公司

風雲發行所：33373桃園市龜山區公西村2鄰復興街304巷96號
電話：(03) 318-1378　　傳真：(03) 318-1378
法律顧問：永然法律事務所 李永然律師
　　　　　北辰著作權事務所 蕭雄淋律師

行政院新聞局局版台業字第3595號 營利事業統一編號22759935

定價：340元　　**版權所有　翻印必究**

國家圖書館出版品預行編目資料

滅秦／龍人 著. -- 二版 -- 臺北市：風雲時代出版股份有限公司, 2024.05　冊；　公分.
ISBN : 978-626-7369-90-6（第2冊：平裝）

857.7　　113002954

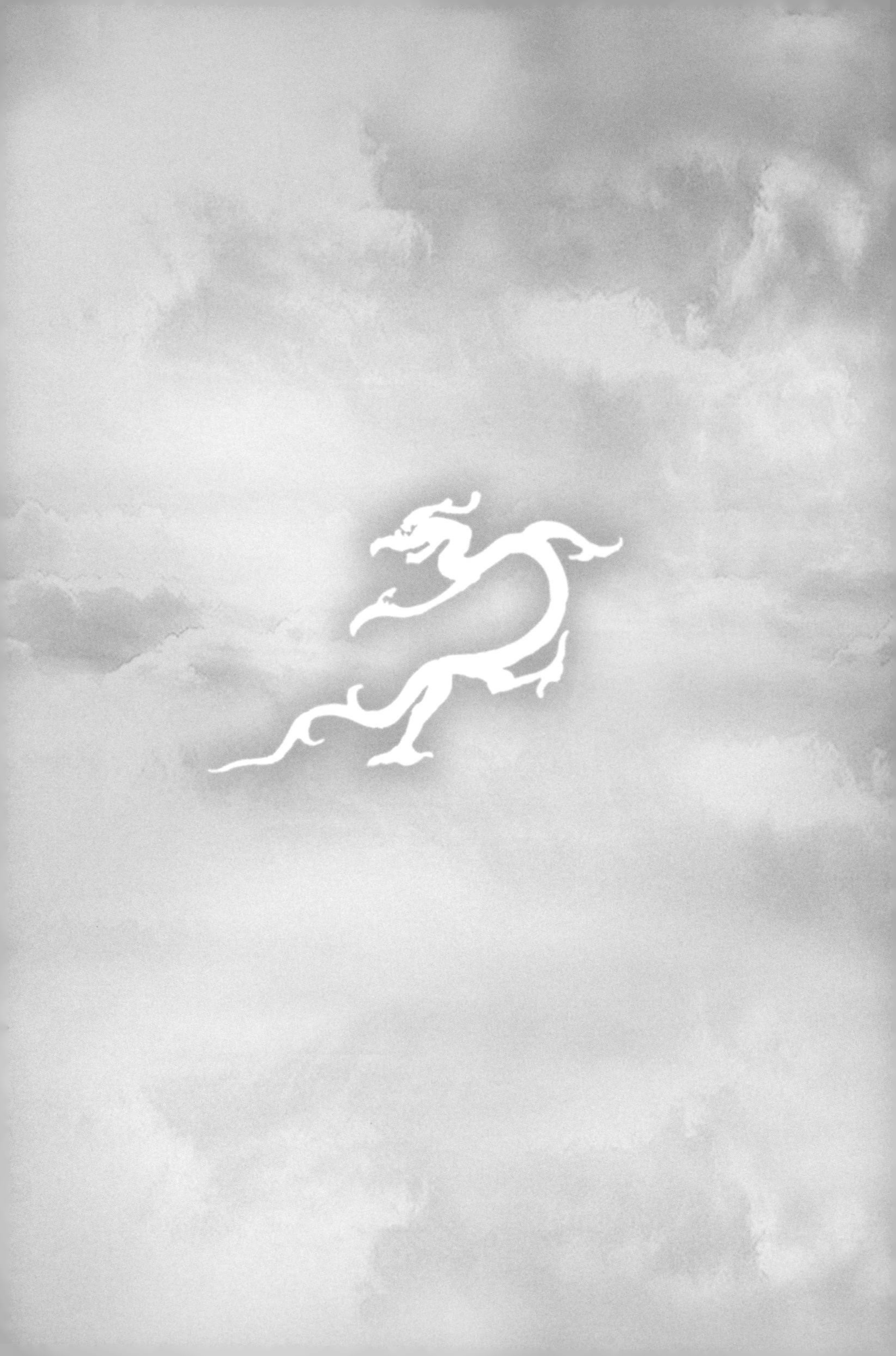

有華人的地方就有
龍人的作品